나무 대륙기

VOL. 2

나무 대륙기
VOL. 2
은림
황금가지

제2부

아메트린 스톤

세상은 한 그루의 나무
목숨은 매일 피고 지는 꽃
시체가 쌓여 땅이 되고
마음은 하늘이 되고
소원은 바람이 되는 세상
그리고
빛에서 난 옥과 심연에서 난 어둔
그 가운데에 용들이 있나니
—『나무 대륙기』 중 발췌

차례

소개

지역

나무 대륙: 세계수 신화를 가진 가상의 대륙.

령: 나무 대륙을 동, 서, 남, 북으로 나눈 영토 구분.

동령: 나무 대륙의 '동쪽' 지역.

목국: 나무 대륙의 동령에 위치한 작은 나라. 수도는 가름.

운교: 서령에 있는 무역도시.

서옥: 남령에 있는 지혜의 도시.

타마스: 북령에 있는 멸망한 나라.

인물

서미: 목국의 반공주, 목단왕의 여동생 녹옥 공주가 혼외로 낳은 사생아

무화: 서미 공주의 이야기꾼 시녀.

수련: 왕가의 보물인 수현의 연주자.

반하: 적송가의 장남.

단풍: 반하의 하인, 붉은 머리의 이방인.

사극: 반하의 할아버지.

무릇: 반하의 아버지.

목단: 목국의 왕.

청목: 목단의 아들, 세자.

호연: 목단왕의 사촌 형, 연제군.

녹옥 공주: 목단왕의 여동생, 반공주의 친엄마.

검해: 동령의 전사왕, 동대공.

마노: 무화와 서미를 구한 은인.

오트: 무화와 서미의 양육자.

밤: 무화의 친구.

어스름: 무화의 왼팔.

아라킨: 고래등걸의 영주인 태산의 조선소 설계자, 이방인

야르스: 북령의 전사왕, 북대공.

카르파: 남령의 황금도시 카리나의 지배자.

클로버: 카르파의 동생.

아몬드: 야르스의 연인.

청강: 서령의 전사왕. 서대공.

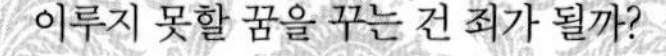

이루지 못할 꿈을 꾸는 건 죄가 될까?

제0장
달이 비친 물

검은 피로 밤을 낳은 굶주린 달이 등성이에 걸렸다. 싸구려 천개로 지붕을 덮은 영업 마차가 도로를 달리다 컴컴한 골목에서 멈춰 작은 남자를 내렸다. 그는 마차 삯을 치르고 망토 깃을 바싹 올려 어둠속으로 숨었다. 어둠은 늙은 여자의 두꺼운 화장처럼 낡고 오래된 담벼락과 오물이 흐르는 흙탕길을 부드럽게 덧칠했다. 남자는 큰 걸음으로 진창을 가로질러 좁은 골목 안으로 꺾어 들었다. 투박한 장화에 오물이 튀었다. 가난한 집 안에서 새어나오는 어둑한 불빛과 살금살금 피어오르는 저녁연기에선 떨떠름한 곡물 냄새와 이국적인 향료 냄새가 났다.

그는 쓰러져 가는 큰 나무 대문 앞에서 걸음을 멈췄다. 원래는 직물공장이었는데 지금은 텅 빈 채로 시간을 휘저으며 낡아가고 있었다. 마당에는 아무렇게나 버린 쓰레기와 부서진 고리짝, 떨어져 나간 서랍이나 더러운 옷가지가 뒤엉켜 있고 잡초가 잔뜩 자랐다. 넝마주의의 소굴이 된 비스듬히 기운 문짝 아래서 반짝이는 눈 몇 개가 남자를 훔쳐보았다. 남자는 그들과 눈을 마주치지 않고 지나쳤다.

무너진 담장을 쭉 돌아가자 돌 벽에 엉뚱하게 붙은 철문이 떡하니 나타났다. 원래 자리가 아닌 곳에 나중에 낸 문이라서 크기도 높이도 어정쩡했고 이음매도 맞지 않아 몇 번 떨어져나간 걸 간신히 붙인 자국이 있었다. 문고리에 손을 얹자 안쪽이 웅웅대며 떨리는 게 느껴졌다. 문을 열자 떨림은 소리와 온도로 전환되어 산짐승처럼 그를 덮쳤다. 술과 담배에 절은 냄새, 뭐라 말할 수 없이 퀴퀴한 살냄새와 찝찌름한 비린내가 후끈하게 코를 때렸다. 그는 날아가려는 모자와 망토를 꽉 쥐고 문아래 계단참으로 훌쩍 몸을 날렸다. 등 뒤의 문이 철컹 하고 감옥처럼 닫혔다.

지하실은 귀가 먹먹하도록 커다란 함성으로 가득했다. 누군가 연승을 올리고 있다는 뜻이었다. 판돈도 많이 올랐겠군. 그는 계단 아래 관중석을 거치지 않고 바로 장외 구석에서 도박권을 파는 사람에게 갔다. 싸구려 사설 무투장은 대개 주인이 1인 3역으로 무투장도 관리하고 도박권도 팔고 출전자도 받기 때문에 자루를 깔고 앉은 남자에게 용건을 말하면 되었다.

"뭐지?"

무투장 주인은 말이 짧았다.

"승자에게 도전하려고."

눌러쓴 모자 밑의 눈이 날카롭게 대기석을 훑었다. 거기 앉은 도전자들은 너무 늙거나 말랐거나 어수룩해 보였다. 그들은 돈이 필요해서 자신을 걸었다. 하지만 지금 투장 안에 있는 사내는 이기기 위해서 거기 있었다. 그는 그런 상대를 원했다.

주인은 도전자를 아래위로 훑어보았다. 너무 작고 너무 말랐다. 투장 안에 선 연승자와 비교하면 더욱 더.

"아서. 죽고 싶지 않다면."

이자는 동정심을 가졌군. 무투장 주인들은 동정심은커녕 푸주한보다 잔인하고, 사기꾼과 폭력배가 대부분이었다. 물론 이자도 두 가지를 겸업하고 있을 거였다. 안 그러면 배겨날 수가 없다. 술집 주인이 술 냄새를 풍기지 않을 수 없는 것처럼. 동정심을 가졌다고 해서 그가 다른 업주들과 전혀 다른 유난히 선한 사람일 리도 없다. 인간은 한가지로 규정 지울 수 없이 복잡한 존재라는 걸 남자는 경험으로 알았다.

"몇 승째지?"

도전자가 물었다. 주인은 네 손가락을 폈다.

"내가 지면 5연승으로 명예를 더하겠지. 내가 이기면 반전이고. 아슬아슬한 맛에 판돈은 몇 배로 뛰고 수수료도 잔뜩 받겠지?"

주인은 왼쪽 얼굴 전체에 검푸른 색으로 기괴한 문신을 한 남자를 훑어보았다. 먼 북쪽에는 그런 식으로 문신을 새기는 전사 부족이 있다고 들은 것도 같지만 확실하지 않았다. 그는 이 골목조차 떠나 본 적이 없었다.

"죽고 싶으면 딴 데로 가."

사실 도전자의 말은 몹시 구미가 당겼다. 하지만 석연치 않은 구석도 있었다. 주인은 이자를 본적이 없었다. 얼굴 반쪽에 흉터처럼 빼곡한 문신도 불길했다. 낯선 이와 지나친 욕심이 만나면 언제나 사고를 불렀다.

도전자는 등에 맨 칼날을 슬쩍 엿보였다. 당장이라도 열 목숨을 집어 삼킬 듯이 굶주린 날이 손때 묻은 칼집 안에서 으르렁댔다. 건드리기만 해도 회를 칠 기세였다.

"시체 처리비를 선불로 주지. 만약에 내가 이기면 이 금액에서 대전금을 빼고 남은 돈은 배당금 처리해 줘."

그는 주인의 불안을 정확히 꿰뚫었다. 그가 내민 주머니는 작지만 묵직했다. 주인은 만지는 것만으로도 작은 알갱이들의 정체를 알았지만 신중하게 입구를 열어 확인했다. 금빛이 그의 얼굴에 너울졌다. 주인은 자기도 모르게 침을 꿀꺽 삼켰다. 그는 평생 이렇게 큰 판돈을 만진 적이 없었다.

"좋아."

욕심이 신중함을 이겼다. 도전자는 씩 웃었다. 검게 물들인 이빨이 섬뜩했다.

"여기다 소지품을 놔."

싸구려 무투장이라 대전 준비실 같은 건 없었다. 도전자는 모자와 망토를 벗어 주인 앞에 내려놓았다. 망토를 개키는 빠르고 단정한 손동작이 예사롭지 않았다.

"무기도."

주인이 말하자 도전자는 등을 가로지른 칼 띠를 풀어 옷 위에 내려놓았다. 주인은 건드리기만 해도 물어뜯길 것 같은 칼에 닿지 않도록 몸을 사렸다.

도전자는 승리의 열기가 채 가시지 않은 무투장 안으로 훌쩍 몸을 날렸다.

"보호구는?"

주인이 뒤따라오며 가죽으로 만든 냄새나는 가슴받이와 우스꽝스러운 솜 두건을 흔들었다. 솜 두건은 귀 주위만 둥그렇게 뚫려 있어서 엉터리 인형 탈처럼 보였다.

"누가 그런 걸 써?"

얼굴 반쪽의 문신이 씰룩댔다. 주인은 어깨를 으쓱하고 대기석으로 보호구를 던졌다. 도살장에 줄지은 짐승처럼 겁먹은 눈들이 흥분과 호기심으로 번들대며 문신쟁이 도전자를 따라갔다. 박수와 함성 속에서 실컷 자기도취에 빠져 있던 승자가 그를 돌아보았다.

"이봐, 이게 뭐야?"

그는 장외 모서리에서 주인을 불렀다.

"저런 난쟁이 똥자루랑 싸우라고? 정상이 아닌 거 같은데?"

승자는 새로운 도전자를 아래위로 훑었다. 여자처럼 왜소한 덩치와 얼굴 반쪽을 뒤덮은 문신도 기분 나빴다.

"대전금을 냈으니 한수 가르쳐 주라고."

주인이 말했다.

"배울 거면 나한테 내야지."

승자가 투덜댔다.

"어차피 이기면 한몫 톡톡히 챙길걸."

주인은 돈주머니를 잘각 흔들고 낚아 채이기 전에 쏙 빠졌다. 승자는 빈주먹을 쥐락펴락했다.

도시 외곽에서 인기 몰이 중인 도박 무투장의 규칙은 어디나 비슷했다. 배당금에 해당되는 대전료를 내고 투장으로 들어갔다. 도전은 하거나 받았다. 도전을 거부하거나 기권할 수 있지만 패한 것으로 간주했다. 상대가 정신을 잃거나 항복하면 경기를 멈췄다. 혹시나 있을 투장 안에 있는 사고의 책임은 도전자들 자신이 졌다. 이기면 배당금과 수익금을 받았다.

"상어한테 멸치 대가리를 상대하라니."

승자가 투덜댔다.

"넷이나 이겼으면 힘 좀 빠졌을 텐데, 멸치가 적당하잖아?"

도전자가 대꾸했다.

"흥. 힘이 빠지긴! 너 같은 건 열 명이 덤벼도 끄떡 없어."

남자는 거대한 주먹을 들어보였다. 강철 같은 뼈대 위로 힘줄이 도드라졌다.

"그럼 하자고."

도전자가 도발했다.

"처녀처럼 살살 다뤄주마."

승자는 바닥에 침을 퉤 뱉었다.

"그럴 수 있을까."

도전자가 대꾸했다. 투장 울 안에 배인 피 냄새와 굶주린 열기가 발목을 타고 전신을 휘감아 올랐다. 모든 사물과 움직임이 점과 선으로 치환되며 감각이 예리하고 명료해졌다. 승자는 고양감에 가득 찬 포효를 질러 상대를 위협했다. 도전자에겐 통하지 않았다. 작은 체구를 직격하는 치졸하고 천박한 농담도 들리지 않았다.

투장 모퉁이에서 시작을 알리는 호각소리가 울렸다. 도전자는 무투장의 반을 접어 휙 당긴 것처럼 순식간에 접근해 팔꿈치를 승자의 턱에 바짝 댔다가 타격 없이 물러났다. 승자의 주먹이 후끈 떨렸다. 반격은커녕 아직 힘을 주기도 전이었다. 관중석에선 놀람과 환호가 터졌다.

“인사야.”

도전자가 말했다. 승자의 목울대가 꿀꺽 움직였다. 시큼한 흥분의 냄새가 코를 찔렀다. 도전자는 거기 섞인 옅은 비린내를 맡았다. 겁먹은 짐승에게서 나는 특유의 냄새였다.

“감히!”

승자는 숙련된 싸움꾼답게 울퉁불퉁한 투장 바닥을 낮게 디디고 곤봉 같은 주먹을 휘둘렀다. 윙 하는 섬뜩한 굉음이 귓가를 아슬아슬 스쳐갔다. 아무리 잽싼 상대라도 한 대만 제대로 맞으면 뻗는다. 그는 위압적인 덩치와 몸에 달린 무기인 강철 같은 주먹으로 네 번의 승리를 쟁취했다. 그의 싸움을 구경한 대기자들은 그와 대결하길 꺼렸다. 오늘은 그의 날이었다. 미꾸라지 한 마리만 빼면. 아니 멸치지.

도전자는 끌어당기는 듯한 인력을 가진 위협적인 주먹에 주의했다. 정통으로 맞았다가는 이 세상과 영영 안녕이다. 하지만 공격점을 정확히 조준하지 못한 무기는 허공에 매단 보릿자루만도 못했다. 도전자는 위에서 내리치는 주먹을 오른쪽으로 흘리며 몸의 중심을 왼쪽에 몰아 승자의 정강이 뒤를 가격했다. 속도와 유연성이 가미된 공격에 승자가 주춤하자 그는 반대편으로 몸을 돌려 정확한 주먹으로 두툼한 어깨를 후려쳤다. 승자는 신음했지만 무너지지 않고 획 몸을 돌려 빠른 발차기로 반격했다. 도전자는 두 팔을 모아 막았다. 퍽 하는 소리가 요란하게 울리며 두어 걸음 밀렸다. 팔이 부르르 떨렸다.

"빠른데."

문신한 얼굴이 기괴하게 일그러졌다.

"버티다니 아쉽군. 지금 안 쓰러진 걸 후회하게 될 거다."

승자는 기세등등하게 말했다.

"맘에 들어."

도전자는 한쪽으로 고개를 꺾으며 망가진 인형처럼 삐뚜름하게 웃었다. 문신이 뒤얽힌 입술에 광기가 번들대고 유리벽 속에 얼어붙은 물고기 같던 심장이 펄떡였다. 더껑이 졌던 눈에 빛이 스며들며 안개 같던 세상이 조금 선명해졌다. 그래, 이 느낌을 원했다. 계속 계속 온몸에 뜨거운 피가 돌고 심장이 뛰는걸. 하지만 삶이 숨결에 깃들면 생각이 머릿속으로 되돌아왔다. 비단 휘장 안에서 두 소녀가 서로 어깨를 기대고 웃는다. 손가락에 감긴 보석 반지의 무게, 나긋한 비단 신의 촉감, 혀끝만 닿아도 가득 퍼지는 음식의 풍미, 음악소리, 꽃향기, 금술이 담긴 잔을 드는 우아한 손가락, 은실 같은 머리칼을 나부끼며 말하는 아름다운 뱀.

훅.

집중력이 흩어진 사이 배를 한 방 얻어맞았다. 몸이 반으로 푹 꺾이며 숨이 막히고 쓴물이 위를 타고 치밀었다. 도전자는 반사적으로 움직여서 위에서 내리치는 주먹을 잽싸게 피했다. 몸을 더 움직여야

해. 그래야 생각을 멈출 수 있어.

떠난 것은 나일까, 너일까.

공주가 부럽지 않았다면 거짓말이다. 그래도 내가 나 자신이 아니길 바란 적은 한 번도 없었다.

"어딜 보는 거냐?"

느슨한 발길질을 피한 승자가 말했다. 도전자는 가볍게 어깨를 털었다.

"음. 그냥. 잠깐."

그는 번개처럼 상대의 옆구리로 파고들어 주먹으로 가격하고 비틀대는 머리를 후려쳐 바닥에 처박았다.

"옛날 일이 떠올랐어."

연승자는 쓰러져 다시 일어나지 못했다. 천둥 같은 환호가 투장을 휩쓸었다. 소리의 벽으로 첩첩한 틈으로 그는 누군가의 입술 끝에서 떨어진 아주 작은 소리를 들었다.

"무화?"

도전자의 눈이 소리를 따라갔다. 계단참에 방금 전까지 누가 있던 듯 빈 공간이 남아 있었다.

"끝났어. 그만 나오라고."

무투장 주인이 채근했다. 사람들이 투장 한쪽 그물막을 벗기고 부상자를 들것에 옮겼다. 무화가 칼과 망토를 집어 들자 주인이 무거운 돈주머니를 내밀었다.

"받아. 다시는 오지 마."

주인은 액땜처럼 손등을 흔들었다. 무화는 쫓기듯이 거리로 나왔다.

누구였을까. 그 목소리는.

제1장 도둑맞은 심장

아름다운 무늬로 상감된 파란 접시 위에 산 채로 회 떠진 생선을 물끄러미 본다. 차마 시선을 돌릴 수도 머물 수도 없는 산 머리가 입을 뻐끔댔다. 시퍼렇게 눈뜬 삶이 무화를 노려본다.

연회장에 차려진 식탁의 한가운데엔 식재료의 싱싱함을 자랑하는 살아 있는 물고기가 헤엄치는 크고 아름다운 어항이 놓여 있었다. 반공주는 그 안에 예정된 죽음을 기다리는 삶을 가만히 들여다보았다. 짙게 화장한 얼굴이 둥근 어항에 비쳐 기괴하게 일그러져 보였다. 누군가 무화를 이 비루한 삶에 잡아 넣고 종국에는 이렇게 굽거나 회쳐 먹으리라. 그 식탁의 주인은 과연 누굴까. 무화는 생선 기름으로 씁쓸한 입술을 닦았다. 입 안에 씹어 삼킬 수도 뱉을 수도 없는 살점이 굴러다녔다. 그 맛이 달콤할수록 무화의 죄책감도 커졌다. 가볍고 화려한 비단 옷, 머리를 누르는 관의 무게, 맛있는 음식,

독, 입에 발린 칭찬, 관심을 빙자해 끊임없이 염탐하는 눈, 납치, 강간, 호사스런 놀이, 예절, 결혼, 후계자 생산, 수십 겹의 담벼락과 견고한 자물쇠가 걸린 문. 무화는 끊임없이 주위를 맴돌며 보이지 않는 그물로 얽어매는 손들에 진저리쳤다. 여기서 온전히 정신을 유지하려면 보이지 않는 갑옷을 두르고 인형처럼 안과 밖의 자아를 분리하는 수밖에 없었다.

입궐식을 마치자마자 왕실은 본격적으로 반공주를 사교계에 선보이고 품평회에 올렸다. 후궁에 갇힌 무화는 외부로 나올 때마다 뭇 남자들의 관심과 시선을 얻어 몸값을 증명해야 하는 곤경에 처했다. 세자는 반공주를 연약함과 비밀스러운 성장과정으로 포장했고, 무화는 이제 막 그게 얼마나 그럴싸한지 확인하는 중이었다. 무화가 스스로의 의지로 말하거나 생각하지 않는 동안에만,

이게 서미가 원한 거란 말이지. 무화는 한숨 쉬었다. 녹옥의 사생아인 반공주에게 접근하는 남자들은 별 볼일 없는 가문에 생각할 머리도 없는 귀족 놈팽이들로, 그저 공주라는 이름에 끌려 당첨 되지도 않을 왕위 계승권을 복권처럼 사두려는 자들이었다. 고래등걸의 태산처럼. 반하처럼 실속 있는 자들은 반공주를 거들떠보지도 않았다. 거들떠 본대도 걱정이지만. 아니 거들떠 봐 주는 게 좋을까? 무화는 자신을 들여다보며 씁쓸히 웃었다. 마음이란 참 복잡한 거지.

무화는 사람들 속에서 물로 만든 벽을 느꼈다. 말은 물거품으로 변하고 들리는 소리도 뒤틀려 있다. 아무도 무화가 누구인지 알고 싶어 하지 않았다. 반공주가 진짜인지 가짜인지조차 중요하지 않았다. 그들이 보는 건 진짜 무화가 아니라 수면에 맺힌 왜곡된 상이었

다. 그건 서미였던 반공주의 겉모습일 뿐 진짜 무화를 보려는 이는 아무도 없었다.

둥글게 펼쳐진 군무는 사람으로 피고 지는 꽃 같았다. 연회장의 사람들은 미소로 만든 가면을 쓰고 복잡한 예의와 화법에 스스로를 매달아 서로의 관계가 부딪침 없이 흘러가게 했다. 마치 한 무대에 올려진 꼭두각시 인형 같다. 그들의 인생은 각자 다르지만 너무 긴밀하게 얽혀 있어서 무수한 생명으로 짜인 긴 밧줄처럼 느껴졌다. 그들은 자신들을 매단 부귀와 권력의 끈을 더욱 견고히 하기 위해 끊임없이 서로에게 영향을 끼치고 목적을 위해서만 만나고 칭찬하고 이간질하고 계략을 꾸몄다. 누구든 한 번쯤 그 줄에서 내려와 맨발로 마음이 시키는 길을 걸어 본 적이 있을까? 그러고 싶어도 주변에서 가만두지 않겠지. 자신이 속한 줄이 가늘어질까 봐서.

무화는 몸에 매인 꼭두각시 줄이 얼마나 견고한지 가늠했다. 줄의 손잡이를 쥔 건 녹옥 공주였다. 녹옥은 자기 딸이 아닌 서미가 반공주 노릇을 할 때 아무 말도 하지 않았다. 무화가 돌아왔을 때도 침묵했다. 무화는 녹옥의 태도가 가장 불가해했다. 혹시 녹옥이 무화의 진짜 엄마가 아닌 게 아닐까. 무화마저 또 다른 가짜 공주인 건 아닐까? 하지만 그걸 확인하고 싶어도 녹옥을 만날 기회가 없었다. 녹옥은 '잠병'을 핑계로 내궁에 칩거했고, 무화는 고귀한 왕실 여인의 몸으로 혼처가 정해질 때까지 거동이 제한되었다.

궁궐 생활이 시작된 후 언제나 발이 땅에서 붕 떠 있는 것 같았다. 가만히 있어도 발밑 세상이 빙글빙글 돌아서 현기증이 났다. 박자를 놓쳐 버린 군무처럼 엉망이 되었지만 열에서 빠져나갈 수가 없다.

무화가 무화인 걸 기억하는 건 반하뿐이고, 서미가 있었다는 걸 기억하는 건 연제군뿐이었다. 왼팔을 못 쓰는 시녀를 기억하는 사람은 아무도 없었다.

"청목이 뭔가 또 끔찍한 일을 계획하고 있군."

오랜만에 입궐한 연제군은 무화를 보고 인사도 없이 돌아섰다. 수련과 말리조차도 공주가 된 무화를 이전과 똑같은 반공주로 대했다. 무화는 꽃잎처럼 부푸는 군무를 돌아보았다. 그 안의 꽃들은 모두 소중하지만 무화가 그 꽃일 필요는 없었다. 무화는 뒤돌아 회장을 나갔다. 말리가 서둘러 따라왔다. 무화는 사람들로 번잡한 모퉁이에서 손쉽게 말리를 따돌렸다. 당장 이곳을 벗어나고 싶지만 연회가 펼쳐진 누각 주위엔 커다란 연못이 해자처럼 둘러져 있고 나가는 길은 석교 하나뿐이었다. 무화는 석교에 버티고 선 근위병들을 보고 방향을 돌려 누각 위로 올라갔다. 12층 누각은 닫힌 곳 없이 여덟 방향으로 창을 낸 건축물로 어디든 밖이 내다 보였다.

무화는 계단을 오르다 멀리 떠오른 등만으로 구분가는 궁궐을 바라보았다. 동쪽과 남쪽에 등이 가장 많이 켜진 곳이 왕과 왕비전이었고, 서쪽의 세자궁은 규칙적으로 늘어선 보초등이 보였다. 북쪽은 아예 깜깜했다. 녹옥의 거처다. 나무 난간에 흐르는 속삼임에 귀를 기울이며 계속 올라가던 무화는 오랫동안 인적이 끊긴 계단 앞에서 멈춰 섰다. 큰 문엔 자물쇠가 걸려 있었지만 곁문은 자물쇠 없이 작은 나무 조각품으로 빗장만 질러져 있었다. 무화는 나뭇결에 귀 기울여 빗장 매듭을 바른 방향으로 풀었다. 상단에서 익힌 잔재주였다. 문안으로 들어가자 천장을 떠받친 거대한 기둥들과 어둠을 뒤집어 쓴 채 달빛에 희끄무레하게 떠오른 악기들이 보였다. 무화는 벽에 걸린 작은 등잔에 불을 당겼다. 그림자가 짙어지고 어둠이 성큼 빛 밖으로 물러났다. 천장에 매달린 나무 문살들이 보였다. 필요할 때 저 문살들을 내려서 연결하면 복도와 방을 만들 수 있었다.

무화는 방안에 놓인 악기들을 둘러보았다. 서로 대화를 나누는 듯 빙 둘러진 악기들은 목국과 교류하는 동령의 모든 나라에서 협력과 화합의 의미로 보내온 거였다. 목에서 보낸 건 어떤 악기일지 궁금해 하면서 무화는 방 한가운데 놓인 커다란 하르피엔 앞에 멈춰 섰다. 잘 익은 술처럼 매끄러운 광택을 뿜는 뚜껑을 열자 검은색과 흰색과 빨간색이 연결된 건반들이 나타났다. 한음 누르자 섬세한 진동이 나무통 속을 울리며 공간에 퍼져 나갔다. 나무결에 새겨진 시간이 악기가 온 곳과 이름을 말했다. 동령의 서쪽 끝 연국 출신이었다. 무화는 악기의 몸체에 귀를 대고 몇 음을 더 눌렀다. 연주하는 법은 모르지만 나무와 선을 엮은 섬세하고 묵직한 음이 거대한 몸통 안을 울리는 감각이 좋았다. 눈을 감고 나무의 노래로 악기에 새겨진 연주를 더듬어가는 동안 악기를 연마하는 장인의 손길과 시험 연주, 하르피엔이 여기 놓였을 때 조율을 맡아 직접 연주했던 악사의 열정적인 손가락이 시간을 거슬러 되살아났다. 아니, 나무의 노래가 아니라 진짜 연주였다. 무화는 눈을 떴다.

"그냥, 계속해."

강한 턱과 대조되는 섬세한 곱슬머리를 따라 그윽하게 내리깐 금빛 속눈썹에 감싸인 검은 눈이 보였다. 그 눈은 무화가 아니라 악기 위에 얽힌 손들에 집중해 있었다. 금과 옥으로 치장한 여자 손과 얽힌 남자의 손은 더 크고 거칠고 굵은 핏줄이 두드러져 보였다. 무화는 바짝 긴장한 채로 그의 움직임을 따라 붉고 희고 검은 건반들을 눌렀다. 비키라고 말할 수가 없었다. 밀려오고 밀려가는 파도에게 멈추라고 명령할 수 없듯이 그 곡을 끝내야만 했다.

"둔해졌군."

야르스가 말했다. 무화는 어리둥절했다.

"비켜 주세요."

목소리가 목에 걸려서 몹시 거슬리게 들렸다. 야르스는 커다란 몸과 악기 사이에 무화를 가두었다. 무슨 생각을 하는 걸까? 무화는 그의 눈을 흘끔 훔쳐보았다. 표정을 읽기가 어려웠다.

"움직이지 마. 도망갈 생각도 말고. 한 번만 더 그러면 무슨 짓을 할지 나도 몰라."

등에 닿은 몸통에서 우렁대는 소리가 무화의 귀에 속삭였다. 취한 걸까? 무화는 바짝 경계했다. 야르스는 남자들조차 제압하기 어려운 상대다. 힘으로 어찌하려 든다면 속수무책이었다.

"오해예요."

무화인 걸 알아봤을까? 속았다고 화내는 걸까?

"무슨 오해?"

악기를 연주하던 섬세한 손이 무화의 몸을 가볍게 쓸었다. 무화는 그의 손가락이 닿은 자리에서 오싹하게 피어오르는 열기에 몸을 움츠렸다.

"나를 배신한 게 오해라고? 변명해 봐, 대체 뭐가 오해지? **자라나는 돌탑**으로 끌어 들인 것? 괴물들 속에 나를 버리고 사라진 것?"

크고 두툼한 손바닥의 열기가 등과 어깨를 따라 허리에 머물렀다. 여기서 빠져나가야 해. 다른 사람과 착각한 거야. 무화는 그를 뿌리치려고 했다. 야르스는 몸부림치는 무화를 놓치지 않게 온몸으로 꽉 죄었다. 물고기 비늘처럼 반짝이는 비단 옷이 그의 다리에 엉켰다.

"놔 줘요."

무화가 애원했다.

"안 돼."

야르스가 속삭였다. 그의 숨결은 그리움과 분노와 열망으로 뒤엉켜 있었다. 무화는 숨이 막혔다.

"됐어. 그런 건 다 상관없어. 그저…… 무사해서 다행이다."

그의 입술이 머리에 닿았다. 무화의 몸이 돌처럼 굳었다.

"누구의 그림자를 안으려는 거죠?"

냉랭한 목소리에 야르스는 퍼뜩 깨었다.

"아몬드……가 아니군?"

그는 한 대 맞은 사람처럼 휘청대며 물러났다. 아몬드인 줄 알았다. 하지만 다시 보니 전혀 닮지 않았다. 어떻게 그런 착각을 할 수가 있지?

"귀하신 분께 결례를 저질렀습니다."

야르스는 눈앞의 귀부인에게 서둘러 사과했다. 무화는 그의 사과가 탐탁지 않았다.

"내가, 그 사람을 닮았나요? 아몬드?"

떨어진 몸 사이의 공기가 선득하게 느껴졌다. 무화는 그가 물러나서 아쉬운 마음을 깨닫고 놀랐다. 끌어안긴 몸통에서 울리던 그의 목소리는 정말 듣기 좋았다. 무화는 그의 넓은 가슴에 머문 시선을 깨닫고 얼른 눈을 떨궜다. 입 안이 말랐다.

"그냥, 듣지 못한 걸로 해 주시죠."

야르스가 말했다. 누굴까 그에게 이런 얼굴을 하게 만든 건. 속내를 감추도록 훈련받은 전사의 눈에 떠오른 굶주림과 열망을 보면서 무화는 숨을 죽였다. 깊숙이 감춰둔 상처에서 신선한 피 냄새가 풍겼다.

"그 여자가 당신을 버렸나요?"

야르스의 얼굴이 굳었다. 정곡이군.

"듣지 못한 거로 하시죠."

술이 완전히 깼다. 무화는 갑자기 변한 야르스의 태도에 상처 받았다. 하지만 당연했다. 그는 눈앞의 여자가 누구인지 전혀 몰랐다. 그게 얼마나 엿 같은 기분인지 무화는 방금 알았다.

"그러죠."

무화는 등을 꼿꼿이 세우고 야르스를 지나쳤다.

"잠깐."

야르스가 무화를 불러 세웠다. 무화가 그를 올려다보자 커다란 손가락이 섬세한 놀림으로 흐트러진 옷매무시를 다듬어주었다.

"그냥 가시면 오해를 사실 겁니다."

무화는 그 손이 떨구던 예리한 음들을 떠올리고 살짝 떨었다. 그의 연주는 사막에 쏟아진 비처럼 얼토당토않았다. 적을 살육하고 살아남는 법을 연마한 전사의 손으로 마음을 휘젓는 음률을 빚다니.

"무례를 용서하신다면, 제가 먼저 가겠습니다."

야르스의 손이 옷깃에서 떨어졌다. 무화는 그를 보지 않았다. 발소리가 사라지자 등잔 불빛이 갑자기 어둡게 느껴졌다. 지금 무슨 일이 일어난 거지? 왜 야르스가 목궁에 있는 거지?

"공주님? 여기 계셨어요? 한참 찾았습니다."

드디어 말리가 무화를 찾아냈다.

"술을 드셨어요?"

하르피엔 위에 술잔이 놓여 있었다. 무화는 말리가 집기 전에 손을 뻗어 잔을 쥐었다. 찰랑이는 술이 손등에 튀었다. 무화는 단숨에 남은 잔을 비웠다. 오늘을 잊기 적절하게 독했다.

"어쩜. 연제군이 찾으시는데!"

말리는 난처해서 어쩔 줄 몰랐다. 무화는 씩 웃고 빈 잔을 안겼다.

"찾으신다면 가 뵈어야지."

무화가 앞장섰다.

"어딜 쏘다닌 게냐. 인사드릴 중요한 귀빈들이 계신데."

연제군이 무화를 질책했다. 반하가 얼른 그 사이에 끼었다.

"마마, 잠시만."

반하는 무화를 기둥 뒤로 데려가 주위의 시선을 차단했다. 무화는 그가 뭘 하려는지 몰랐다.

"왜……"

반하는 말없이 손짓으로 가리켰다. 연제군이 막 맞이한 손님은 무화가 아는 사람이었다.

"카르파잖아?"

무화는 깜짝 놀랐다.

"왜 저자가 여기 있어?"

"말을 조심해. 남령의 엔센이시다."

반하가 일러주었다. 남령은 독립 도시들로 이루어진 연합국이고 엔센은 그들의 우두머리를 칭하는 이름이었다. 사실상 남령의 모든 영토의 주인은 엔센인 셈이었다. 무화는 어긋난 조각 하나가 맞춰지는 걸 느꼈다. 그가 야르스를 왕궁에 데려왔다.

"고래등결에서의 일 때문이군."

무화가 말했다.

"그래. 남령의 엔센이라니, 그냥도 연을 대려 안달일 텐데 중요한 것들을 처리해 주셨지. 목단왕은 그 일을 핑계로 교류를 단단히 다질 셈이야."

반하가 말했다. 오만가지 생각이 무화의 머리를 스쳤다.

"그는 내가 반공주의 시녀였던 걸 알아."

해적이라면 상관없었다. 부유한 상인이라도 괜찮았다. 하지만 남령의 엔센이라면 애기가 달라졌다. 목국은 의도치 않게 엔센을 속여서 큰 결례를 범한 셈이었다.

"절대 서미라고 속일 수 없어."

무화의 목소리가 낮아졌다. 다른 누구도 아닌 카르파다. 절대로 불가능했다. 반공주가 바뀌었다는 사실이 들통나면 왕실에서도 조용히 넘어갈 리가 없었고 무화는 물론 묵인한 녹옥 공주와 연제군, 반하까지도 무사할 수 없었다.

"서미인 척할 필요는 없어. 그냥, 네가 진짜 반공주라는 걸 알게 하기만 하면 돼."

반하가 말했다.

"그거 참 쉽겠네."

무화가 투덜댔다. 서미라면 몰라도 무화에게 공주의 기품을 요구하는 건 무리다.

반하는 무화를 다시 연제군에게 넘겨주었다. 카르파는 엔센이라 아무나 먼저 말을 걸 수 없었다. 무화는 엄마에게서 떨어지는 어린 애처럼 반하의 팔을 아쉽게 놓았다.

"어리광 부리지 마라."

연제군이 말했다. 반하는 어쩌자고 이 불길한 것에게 자꾸 곁을 주는 것일까. 연제군은 그에게 거는 기대가 컸다. 반하는 작은 목국 안에서 머무를 자가 아니다. 소름끼치게 영리한 청목이 무슨 생각을 하는진 몰라도 출신부터 뒤죽박죽인 반공주가 반하의 발목을 잡게 둘 수는 없다. 그는 빨리 남색왕에게 반공주를 팔아 버리라고 목단 왕에게 충고했다. 입으로는 나라를 위해서라고 말했지만 실은 목국을 위해서도 무화를 위해서도 아니었다. 오직 반하를 위해서였다. 한 나라의 왕 위에 무엇이 더 있겠느냐고 사람들은 말하겠지만 연제군은 왕을 넘어선, 감히 생각조차 할 수 없는 것을 그에게 기대하고 있었다. 하지만 그게 뭔지는 그도 정확히 알지 못했다. 다만 넓다란 세상을 돌고 돌면서 인간을 넘어서는 위대한 무언가가 존재하고, 보통 사람은 날고 기어도 도저히 닿을 수 없겠지만 반하 같은 자들은 훌쩍 그 중심으로 걸어들어갈 수 있다는 걸 알았다. 그는 그 순간이 보고 싶었다.

연제군은 옛 악사를 떠올렸다. 갈망조차도 부끄러운, 아주 낡은 영혼조차 한순간에 태워 올려 별처럼 명멸시키는 날카로운 지각의 순간을 다시 마주할 수 있다면 가진 모두를 잃어도 좋으리라. 아니 부디 그 조우로 모든 것이 전소되길 그는 바랐다. 늙어가는 고역스런 몸뚱이와 삶과 가질 수 없는 왕관과 옛 악사의 기억까지.

"언제 물어뜯을지 모르는 뱀을 참으로 아끼시는군요."

무화는 연제군이 내민 팔에 손을 얹었다.

"비아냥댈 거 없다."

연제군은 공주가 바뀌었대도 딱히 대하는 태도를 바꾸진 않았다. 무화는 그편이 나았다.

"처신에 주의해라. 목단이 무슨 생각을 하는지는 알 수 없으니까."

연제군이 말했다. 무화는 어리둥절했다.

"그 말씀이야 말로 모르겠는데요."

"알게 될 거다, 곧."

연제군은 귀족들에게 둘러싸인 카르파에게 무화를 데려갔다.

남쪽의 용, 별의 심장. 카리나의 황금 도시 카노푸스의 주인이며 남령의 우두머리인 카르파 엔센이시다.

연제군이 카르파를 소개하자 무화는 무릎을 낮추고 머리를 조아렸다.

동쪽의 뿌리, 늘푸른 가지, 나무 왕의 조카 서미 공주입니다.

연제군의 소개에 카르파의 눈이 안경 안에서 빛났다.

서미 반공주?

연제군이 나서기 전에 무화의 입에서 능숙한 남쪽 말이 흘러나왔다.

고래등걸에서 도움을 주셔서 진심으로 감사합니다.

여자의 얼굴은 천만가지로 변한다. 무화는 날 때부터 공주였고 죽을 때까지 불변하리란 믿음이 단 한 번도 흔들린 적 없는 초연하고도 단정한 목소리로 엔센에게 인사했다. 연제군은 속으로 탄복했다. 그는 이런 얼굴은 알지 못했다. 오늘의 반공주는 서미도, 시녀 무화도 아닌 다른 사람이었다. 재미있는걸. 목단은 반공주로 뭘 준비하려는 거지? 반하는 알고 있을까? 녹옥은?

그는 연회장 너머로 키가 훤칠한 청목 세자의 뒤를 따라 슬쩍 사라지는 녹옥 공주의 뒷모습을 보았다. 고모와 조카라기엔 너무 그럴싸하게 잘 어울리는 한 쌍이었다. 녹옥은 이름 없는 산에 유폐된 이후로 조금도 나이먹지 않은 것 같다. 나는 어떤가? 마음은 젊은이 같다고 생각하지만 아침에 일어나는 것이 뻣뻣하고 머리는 희게 세기 시작했다. 호연은 혼자만 나이 먹은 듯한 씁쓸하고도 불안한 감상에 젖었다. 사촌 목단도 그보다 훨씬 젊어 보였다. 세상을 돌며 풍파를 겪었다한들 이렇게 차이질 수 있을까. 혹시 누각을 둘러싼 연못과 그 너머의 궁궐과 그 복잡한 지형은 시간을 삼키는 덫이 아닐까.

이 궁은 이상해, 언제부터 이랬을까? 원래 이상한데 나만 몰랐던 걸까, 아니면 내가 모르는 새 변한 것일까. 호연은 푸르게 밤이 내린 궁과 궐의 기왓장 너머로 달팽이 모양의 세자궁을 바라보았다. 그 모양새는 사방으로 뻗어나가는 듯도 보이고 사방을 끌어들이는 듯도 보였다. 청목은 어떤 인물일까. 다른 모든 왕손들처럼 그도 성인식을 치르기 전까지의 성장과정이 가려졌다. 목왕실은 다른 왕실들과 달리 자손의 잉태와 성장을 자랑하지 않았다. 왕손이 한 사람으로서 제 몫을 하는 것은 성년식을 치른 후부터였다. 목단왕도 그랬다. 호연이 그보다 세 살 어렸기 때문에 목단을 만난 것은 목단이 성인식을 치른 열일곱에서였다. 목단의 여동생 녹옥도 그때 처음 만났다. 녹옥은 오빠보다도 훨씬 태도가 의젓해서 누나 같았다. 뭐, 원래 여자들이 빨리 자라는 법이지. 녹옥은 공주답게 왕실을 위해 혼사를 치렀고 목단은 왕이 되었으며 호연은 세상을 방랑하다가 연제군의 칭호를 받고 궐로 돌아왔다.

세월이 흘렀구나.

연제군은 궁궐 기둥 뒤에 서 있는 악단 속에서 수련의 모습을 찾았다. 수현 악사만은 시간을 거슬러서 변치 않는 것 같다. 인간은 늙어 사라지는데 산과 바다와 나무는 그대로인 것처럼.

이거, 참.

카르파는 주위에 양해를 구하고 무화의 손을 청했다.

잠시?

둘은 북적대는 연회장을 벗어나 한적한 정원으로 나갔다. 연못 경계에 만발한 산자고 꽃이 별처럼 하얗게 빛났다.

'두 번 볼 일은 없겠지만 청목이 무슨 생각을 하는진 모르지.'

무화는 연제군의 말을 속으로 곱씹었다. 엔센은 공식적으로는 미혼이었다. 비공식적으론 그가 여자를 좋아하지 않기 때문이라는 소문이 나돌았다. 이유야 어쨌건 간에 그도 후계자는 낳아야 하고 엔센의 궁전 카노푸스에 딸을 넣고 싶어 안달 난 귀족들은 나라 안팎으로 수두룩했다. 목단왕은 고래등걸의 인연을 계기로 두 가문의 관계를 공고히 할 생각이구나. 속한 령은 다르지만, 덕분에 더욱 매력적인 동반자가 되리라. 아직 엔센의 정비 자리도 비어 있으니 목단 왕이 무화를 압박할 것은 자명했다. 무화는 카르파가 다시 한 번 목숨 줄을 쥐었다는 것을 알았다. 해적선 흑요에서 그는 무화의 목숨을 구했다. 하지만 이번에는 그 자신이 올가미가 되었다.

반공주 연극은 고래등걸에서 끝났잖아? 이건 무슨 꿍꿍이지? 동령의 나무왕이 남령의 엔센을 상대로 무슨 짓을 하는 건가?

카르파가 말했다. 무화는 진땀이 흘렀다. 예상한 중에 최악의 상황이었다. 목국은 카르파 엔센을 홀대하여 남령의 신뢰를 잃게 될 거고 동령에서도 위축될 것이었다.

엔센…….

무화가 쩔쩔매며 변명하기 전에 카르파가 말을 가로챘다.

그런 생각이 스쳤지, 아주 잠깐. 서미에게 무슨 일이 생겨서 연극을 계속하게 된 거야? 설마, 죽었어?

이쯤 되자 무화가 웃고 싶었다.

제가 진짜 반공주래요.

카르파는 미묘한 속뜻을 금방 이해했다.

너도 몰랐다고?

무화는 고개를 끄덕였다.

목단왕은?

녹옥 공주랑 연제군만 아세요.

반하도 알지.

카르파는 허리띠에 맨 담배 상자를 만지작댔다. 아름답고 훌륭한 세공품이었다. 반하의 작품일까? 하지만 너무 오래되어 보인다. 반하가 세공을 시작한 건 근래였다. 클로버도 반하를 알고 있었지. 남쪽 끝의 엔센 가는 반하와 어떤 인연인 걸까.

들을 이야기가 많겠군.

카르파의 말에 무화는 약간 안심했다.

복위된 녹옥 공주 소생인 반공주 때문에 왕위 서열이 뒤엉켜서 달갑잖게 여기는 사람이 많아요. 따로 비밀 호위를 둬야 할 만큼.

네가 그 호위였지.

카르파가 거들었다. 무화는 고개를 끄덕였다.

그런 줄 알았어요, 저도.

카르파는 담배 상자에서 짧게 말린 담배를 꺼내 불을 당기려다 멈췄다.

어떻게 너도 모를 수 있지? 네가 반공주인걸?

그게 좀, 복잡해요.

노래하는 나무 상단에서 지낸 건 비밀이다.

마노지?

카르파는 담뱃불을 깊숙이 빨아들였다. 무화를 살리려고 옥인의 수장이 그의 배에 탔었다. 보통 인연일 리가 없다.

어떻게 알았죠?

무화는 깜짝 놀랐다.

그가 흑요를 줬거든. 그리고 너를 살리러 왔지.

카르파는 담배 연기를 뱉으며 무화의 가슴을 가리켰다. 무화의 시선이 멍하니 그의 손끝에 걸렸다. 마노가 나를 보러 왔었다니. 얼마나 바라온 순간인데 쿨쿨 자느라 놓쳤다고? 무화는 뼛속까지 자기가 미워졌다.

그나저나 서미가 가짜란 건 믿을 수가 없군.

카르파는 서미의 미모와 당찬 기품을 떠올렸다. 카르파가 엔센인 걸 알았을 때도 서미의 태도는 조금도 주눅들지 않았다.

저도 그래요.

무화가 말했다. 카르파는 가볍게 헛기침했다.

그럼 서미는? 어떻게 됐지? 벌을 받았나?

그랬다면 조금 아까운걸. 카르파는 속으로 생각했다.

사라졌어요. 고래등걸에서.

무화의 대답에 카르파는 오래 침묵했다. 묻고 싶은 게 많았다. 어떻게 본인조차도 신분이 바뀌었던 걸 모를 수 있는지, 누가 일부러 모르게 한 건지, 그래서 누가 무엇을 얻었는지. 그의 뇌리에 짐작 가는 얼굴이 스쳐갔지만 이건 목국의 일이다. 외부인이 참견할 일이 아니다. 물론, 반공주를 후궁으로 삼는다면 달라지겠지만.

매일 서미가 돌아오는 꿈을 꿔요.

무화가 말했다. 매일 밤 등 뒤에서 닫힌 방문을 보면 그 너머에 서미가 서 있을 것만 같았다. 금방이라도 문을 열고 들어와 옷을 바꿔 입고 고맙다는 말조차 없이 당연한 얼굴로 나가 버릴 것 같았다. 하지만 그런 일은 일어나지 않았다. 어리석은 기대는 서미의 하현도를 발견했을 때 버렸어야 했다. 주인이 부르면 되돌아가는 칼은 놓인 자리에서 꿈쩍도 하지 않았다. 서미는 무화를 버렸다.

그래, 공주가 되니 어때? 좋은 옷, 맛있는 음식, 훌륭한 집. 부귀영화를 누리니 좋지?

카르파가 화제를 바꿨다. 무화는 눈에 띄지 않게 고개 저었다.

아니요.

예상한 대답이다. 사람마다 어울리는 자리가 있다. 금은보화로 치장한 의자에 비단을 입고 앉는 것보다 바람을 맞으며 언덕에 섰을 때가 더욱 강하고 빛나는 남자를 그는 알았다. 무화도 그와 비슷한 냄새가 났다.

암망아지처럼 뛰다가 울타리에 갇히니 답답하겠지. 익숙해지면 편안해질 거다.

하지만 그렇게 될까? 카르파는 무화를 아래위로 훑었다. 가슴골을 드러내 여성미를 강조한 다른 귀부인과는 달리 무화는 온몸을 꼭꼭 싸맸다. 카르파는 살과 뼈를 열고 심장을 쥐던 촉감을 떠올렸다. 역시 흉터가 남았겠지. 그 괴물은 어떻게 됐을까?

왼팔, 얌전해졌군.

카르파는 그것이 날뛰는 걸 직접 보진 못했지만 야르스에게 전해 들은 걸로 충분했다.

수도와 궁궐에는 강력한 방비가 있어요. 어둔은 활동 못해요.

무화가 말했다. 여기서는 그 이름을 말하는 것도 고래등걸만큼 예민하지 않았다. 여기는 이름 없는 산이 없으니까.

동령에선 그걸 **나락**이라고 불러.

카르파는 담배를 깊숙이 빨아들였다, 옥과는 달리 어둔은 불리는 이름이 많았다. 부를수록 강해지는 존재를 직접 언급하는 건 용감하거나 어리석은 일이기 때문이다.

왕실 여자의 할일은 좋은 혼처에 시집가서 아들을 낳고 행복하게 사는 거지.

근데 그 팔을 하고 애를 가질 수 있겠어?

잠자리에서 그 팔을 본다면 달아나지 않을 남자가 없으리라. 만약 어찌어찌 애를 가지더라도 나락은 생명력을 먹이로 하기 때문에 무화 안에 다른 생명이 자란다면 어떤 반응을 보일지도 알 수 없다. 카르파는 호기심에 가득 차 무화를 바라보았다. 저 몸에 아기를 갖게 하면 무얼 낳을까.

내게 시집오면 어때?

카르파가 말했다. 무화는 깜짝 놀랐다.

나는 너를 알고, 너도 나를 알지. 엉뚱한 곳에 시집가서 구박받으며 사느니 그 편이 낫지 않겠어?

여자를 싫어하시잖아요?

무화의 직설에 카르파는 가볍게 헛기침했다.

그래, 너를 귀찮게 할 일도 없지. 어때?

무화는 카르파를 믿지 않았다.

무슨 꿍꿍이시죠?

카르파도 막 그 생각을 한 참이었다. 왜 무화는 스스럼없게 느껴지는 걸까. 애초에 남자 모습으로 만나서일까.

글쎄.

네가 뭘 낳을지 궁금하다고 말할 수는 없지. 그게 전부도 아니고.

네가 멍청한 여자들처럼 진정한 사랑에 빠질 멋진 왕자님을 꿈꾸지만 않는다면, 나쁘지 않잖아? 잘 생각해 봐. 나는 황금 궁전 카노푸스의 주인이고 나와 사돈 맺지 못해 안달 난 가문이 수두룩해. 결혼의 진정한 가치는 사랑의 완성이 아니라 권력의 유착과 승계야. 너는 아직 어려서 정략혼이 싫겠지만 혼인으로 얻을 것과 잃을 것을 따졌을 때, 뭐가 유리한지는 금방 알 수 있을 거다.

카르파의 말을 듣던 무화의 얼굴이 점점 하얗게 질렸다.

저는 결혼하고 싶지 않아요, 누구와도.

카르파는 물러서는 무화의 손목을 잡아챘다.

네겐 결정권이 없어.

무화는 그의 손을 뿌리치지 않고 똑바로 노려보았다.

클로버도 이런 식으로 취급한 거죠? 물건처럼? 그래서 공주님이 도망친 거죠?

카르파는 무화의 손을 놓았다.

그 애가 네게 무슨 말을 했지? 어디로 갔는지 알아?

무화는 카르파가 클로버를 아직 잡지 못했다는 걸 알았다.

왜 그 애에게 집착하시는 거죠? 당신은 엔센이고 모든 걸 다 가졌잖아요. 다른 사람도 아니고 혈육인데, 원하는 대로 살게 놔주셔도 되잖아요.

난 내 보물을 도둑맞는 걸 싫어해.

무화는 몸서리쳤다.

클로버는 물건이 아니에요. 엔센의 것도 아니고요.

카르파는 연기를 뱉으며 킥킥 웃었다.

몽상가 같은 소릴 하는구나. 공주는 왕실의 재산이고 여자는 남자의 것이야.

그리고 백성은 왕의 노예고요?

무화가 비아냥댔다.

건방지게 굴지 마라. 네가 아무리 날고 긴대도 넌 한낱 여자고 소국의 서녀야.

카르파에 말에 무화는 정말로 화가 났다.

당신 맘대로 나를 규정할 수 없어요. 황금 궁전의 왕이건 남령의 엔센이건 당신은 당신 몸만 뜻대로 움직일 수 있고, 당신 마음만 다스릴 수 있어요. 당신은 다른 사람에게 당신을 사랑하라고 명령할 수 없어요.

카르파의 웃음소리가 낮아졌다.

너는 권력을 모르는구나, 무화. 권력은 내가 아닌 자도 내 몸처럼 움직일 수 있고 나를 사랑하라고 명령할 수도 있어. 나는 네 왕에게 아무 약속도 하지 않고 너를 공짜로 받아갈 수도 있어. 목단왕은 기꺼이 지참금까지 챙겨 줄걸?

무화는 주위를 떠다니는 몽롱한 연기에 숨이 막혔다. 불합리한 것들이 사방에서 조여 오는데 말과 생각은 형체가 없어서 혼자 싸워 물리칠 수가 없었다. 끔찍했다.

너를 내 후궁에 가두고 평생 동안 내 말이 옳다는 걸 증명해 줄 수도 있지만, 난 현명한 왕이고 네 쓸모를 아주 잘 알고 있지. 야르스는 클로버를 놓쳤지만 넌 그 애를 다시 찾아낼 수 있어. 너희는 똑같은 음색을 가졌거든. 지금이 아닌 것, 여기 없는 것을 꿈꾸는 목소리 말이야.

무화는 그에게서 회한과 해묵은 증오를 느꼈다. 누구와 무엇에 대한 걸까.

클로버를 미워하시네요? 그래서 안 놔주시는 거예요? 괴롭히려고?

아니.

카르파는 잘라 말했다.

네가 참견할 일은 아니다. 그 애는 내 것이고 내 애를 낳을 의무가 있어.

무화는 귀를 의심했다.

동생이라고 하셨잖아요?

카르파는 두 번째 담배에 불을 붙였다. 값진 종이성냥에 불길이 일며 그의 얼굴 위에서 빛과 어둠이 부딪치는 한순간 무화는 그의 본질을 엿보았다. 그의 얼굴은 젊고 빛났지만 영혼은 몹시 늙어 있었다.

그래, 배다른 동생이지. 그리고 카노푸스의 예언하는 황금새고. 그 애는 내게 황금 새장에 넣을 새 예언자를 낳아 줘야 해.

이게 클로버가 말한 시험인가? 아니, 그랬다면 달아날 필요가 없었겠지.

클로버가 싫다면요?

카르파는 눈을 가늘게 떴다.

그 애는 싫어할 수 없어. 걔의 권한이 아니야. 그 애는 말하는 새로 태어났어. 모든 엔센들이 예언하는 황금새를 가졌었고, 나는 내 몫을 놓치는 걸 좋아하지 않아.

카르파는 말을 이었다.

예언하는 황금새는 우리 가문의 아주 소중한 보물이야. 그들은 미래를 보는 힘을 물려받았지. 엔센들은 대대로 예언하는 여자를 취해서 딸을 낳으면 새장에 넣어 길렀어. 어린 새가 무사히 여자가 되면 다시 취해서 새로운 새끼를 잉태시키지.

무화는 듣는 것만으로 피가 마르는 기분이었다.

억지로, 애를 낳는다고요? 자기 형제의?

카르파는 웃지 않았다.

때로는 아버지고. 애를 낳는 게 뭐가 억지라는 거지? 여자만 할 수 있는 일이잖아. 나를 낳은 황금새는 내 조부의 딸이었어. 형제를 거부하고 제 아비를 유혹해 한 대의 사내들을 멸절시킨 요부지. 덕분에 나는 아버지가 없고.

날고기 냄새로 가득한 주점 지하에서 클로버가 말했다.

'우리는 황금 감옥에 갇혀 살면서 비단과 보화를 입고 금접시와 은잔에 음식을 먹었어. 우리 발목에는 금족쇄가 걸려 있었고, 이모들은 이미 그걸 풀어도 잘 걷지 못했어. 나는 이모가 낳은 갓난애에게 작은 금족쇄를 다는 것을 보았어. 내 발목처럼.'

클로버의 발목은 오랜 상처에 깊이 패여 걷는 것도 불편해 보였다.

'모래사막에 볕 한 점 들지 않는 회색 탑이 있어. 그 탑의 돌들은 살아 있어서 매일 조금씩 해를 향해 자라지. 그 탑 꼭대기에 마지막 남은 용의 알이 있었어.'

클로버는 말이 짧았고, 무화에겐 이해할 지식이 없었다.

'용이라고?'

클로버는 고개를 끄덕였다.

'그 알은 내 거였어. 내가 조금만 용기를 냈다면 운명을 바꿀 수 있었어. 하지만 놓쳐 버렸지. 나는 한 번 후회했고, 두 번 후회할 수는 없어.'

클로버는 어둠 속으로 손가락을 가리켰다. 죽은 살덩이만 가득한 곳에서 살아 움직이는 형체가 보였다. 반하와 서미였다.

'너의 시험을 무사히 통과하길 바라. 세상이 무너지기 전에.'

클로버는 무화의 왼팔을 잡았다. 무화는 흠칫 팔을 뺐지만 클로버는 놓지 않았다.

'네 안의 괴물을 감당해야 해. 알았지? 절대 포기하면 안 돼.'

무화가 뿌리치기 전에 클로버가 팔을 놓았다.

예언하는 힘으로 권력을 유지하기 위해 폐륜을 자행한 걸 당연한 권리라고 말하는 건가요?

카르파는 무화의 뺨을 때리기 직전에 가까스로 멈췄다.

네가 참견할 바가 아냐. 집안일이다.

그 집안이 제 집안이 될지도 모르는 상황이죠.

무화가 말했다. 카르파는 반공주의 도전적인 눈을 들여다보았다. 이 애가 싫지만 끌리는 것도 부정할 수 없다. 델 걸 알면서도 다가가는 걸 멈출 수 없는 불꽃처럼.

당신은 여자를 증오해요.

무화가 속삭이듯 말했다. 카르파는 때리려고 들었던 손으로 어깨를 틀어쥐고 입을 맞췄다. 카르파의 입술에선 쌉싸름한 담배 맛과 희미하게 짓이긴 꽃향기가 났다.

억지로 항변할 필요 없어요.

무화가 말했다. 카르파는 미소 지었다.

네가 하는 말마다 아주 맘에 안 드는데 왜 네가 싫어지지 않는지 정말 궁금해.

카르파는 다 탄 담배 끄트머리를 연못에 던졌다.

서미는 네 이름이 아니지. 진짜 네 이름은 뭐지? 보리?

무화예요.

피지 않는 꽃이라. 여자에겐 잔인한 이름이군. 그런 이름을 지은 부모는 어떤 얼굴이지?

무화는 킥킥 웃었다.

모두가 궁금해 하지만 입 밖에 내지 못한 걸 물으시네요. 제 아버지가 누군지는 아무도 모르죠.

어쩌면 녹옥도 모르는 거 아닐까? 무화는 머릿속에 떠오른 너절한 생각을 떨쳤다.

너만 한 딸을 가질 나이로는 안 뵈던데.

카르파는 인사 나눴던 얼굴 중에서 또 다른 공주를 기억해 냈다. 아주 젊고 아름다우며 섬뜩해 보였다.

그러게요.

녹옥이 엄마다운 태도를 보인 적도 없다.

야르스는요?

무화가 화제를 바꿨다.

그는 여기 안 왔어.

카르파는 시선을 돌렸다. 왜 거짓말을 하는 걸까?

그를 사랑하세요?

무화는 자기가 무슨 말을 해 버린 건지 몰랐다. 카르파는 무화를 노려보았다.

너는 정말 겁이 없구나.

잡을 수 없는 꿈을 너무 오래 숙원해서 말라 비틀린 빽빽한 목소리였다. 그의 눈에 떠오른 갈망과 굶주림이 너무 지독해서 숨이 막혔다. 뭐든지 가질 수 있다고 생각한 자가 갖지 못하는 남자는 얼마나 강한 존재일까. 그 생각을 하느라 뻗어오는 카르파의 손이 목을 틀어쥔 것도 몰랐다.

무화는 꽃이 없다는 뜻이지. 너를, 지금 꺾어 버릴까?

무화의 손에 새하얀 얼음칼이 쥐였다. 그 칼이 카르파의 손목을 날려 버리기 직전에 등 뒤에서 누가 그들을 불렀다.

카르파 엔센.

카르파의 손에서 무화의 그림자가 빠져나갔다. 청목 세자가 카르파에게 인사했다.

그대가 세자 청목이군.

카르파는 엷은 베일 너머에 숨겨진 얼굴을 꿰뚫듯이 들여다보았다. 음영은 보이지만 얼굴은 구분되지 않았다. 그럼에도 수려한 아름다움은 감춰지지 않았다.

목국의 관습은 희한하군. 왕위 후계자의 얼굴을 여자처럼 가려두다니. 상황에 따라서는 몹시 무례하기도 하고.

카르파가 말했다. 청목은 다소곳이 예를 갖췄다.

오래도록 이어져온 관습에는 나름의 이유가 있습니다. 부디 양해를 구합니다.

몸을 숙여도 그는 카르파보다 훨씬 컸다. 청목은 무화를 슬쩍 등 뒤에 감추었다.

"고모님이 피로해 보이신다. 모셔 가거라."

청목의 고모란 무화의 엄마인 녹옥이었다. 둘이서 너무 빨리 가까워질까 봐 걱정하는 걸까? 무화는 오해를 산 게 카르파의 손목을 날리게 된 것보다는 낫다고 판단했다. 카르파는 손목만 잃겠지만 무화는 제 목숨과, 다른 무고한 목숨을 더해 대가를 치러야 했을 터였다.

"네. 세자 저하."

무화는 둘에게 예를 취하고 총총히 멀어졌다.

카르파는 청목에게서 풍겨오는 엷은 비 냄새를 맡았다. 메마른 사막의 먼지를 사흘 동안 씻어 내린 것처럼 청명하고 깨끗한 냄새였다. 이런 향을 어디서 맡았더라.

"피로해 보이십니다. 모셔가라 이르지요."

청목은 사람을 불러 엔센을 모시도록 했다.

가고 싶을 때 갈걸세. 압박할 필요 없어.

카르파는 덜 꺼진 담배 연기를 들이쉬었다. 청목의 베일이 옅게 흔들렸다. 웃는 건가? 카르파는 그의 얼굴이 궁금했다.

왕위 후계자가 아니라면 목단왕이 공주 대신 그대를 내줬을까?

청목은 가볍게 팔짱을 꼈다.

글쎄요.

카르파는 꺼진 담배를 연못에 던졌다.

서쪽 홍예문 밖에 카르파 엔센의 거처가 마련되어 있었다. 기둥에 새겨진 상감과 처마 밑의 단청이 말끔하고 섬세한 아름다운 대문을 지나 처소에 들자 다섯 명의 시종들이 나와서 엔센을 벗기고 얼굴과 손발을 씻기고 숙면을 위한 밤 치장을 해 주었다.

연회는 즐거웠어?

병풍 너머 침전에서 목소리가 들렸다. 카르파는 만면에 웃음을 띠고 주위를 물렸다. 침상 위에는 태어난 그대로 완벽하게 아름다운 야수가 늘어져 있었다. 어떤 힘과 이름과 권력으로도 이 금빛 짐승을 지배할 수 없으리라. 억지로 가지려 들다간 목을 내놔야겠지. 카르파는 목을 물어 뜯기는 것보다 다시는 그의 얼굴을 보지 못할까 봐서 손가락 하나 까딱하지 못했다.

이거, 기대해도 되는 거야?

그래도 혀는 잘 놀렸다.

무슨 기대? 헛소리 말고, 재미있었냐고.

야르스가 베개를 던졌다. 카르파는 떨어진 베개를 주워 침대 머리에 놓고 약간 물러났다. 가득 찬 술통 앞에서 주저하는 주정뱅이처럼.

그러게 같이 가자고 했잖아. 진짜 재밌었는데.

카르파는 무화가 진짜 반공주였다는 이야길 해 주려다가 나중의 즐거움을 위해 미뤄두었다.

그냥.

야르스는 돌아누웠다. 웅크려도 발이 침상 밖으로 삐져나왔다. 카르파는 탁자에 놓인 술병을 흔들었다.

혼자 다 마셨어? 잔은?

잃어버렸어.

카르피는 한숨쉬었다.

거기서 잘 거야? 그럼 좀 비켜주든지.

절대로 잠들 수 없겠지만. 카르파는 그 말을 속으로 삼켰다.

아몬드는 찾았어?

그 이름이 얼마나 무거웠던지 입에서 잘 떨어지지 않았다. 금발이 뒤엉킨 굵직한 어깨가 움찔하는 게 보였다. 야르스는 자고 있지 않았다. 카르파는 계속 말했다.

그러려고 따라 온 거잖아? 네가 여기 있으면 불편할 자들이 수두룩한데도 말이지.

야르스의 묵직한 목소리가 떨어졌다.

아몬드가 여기 출신인 걸 어떻게 알지?

야르스도 몰랐던 거다. 카르파는 혀를 깨물었다. 야르스는 몸을 일으켰다.

너였군. 아몬드를 서옥 밖으로 빼내 준 게.

사람은 그렇게 연기처럼 사라질 수 없다. 반드시 어딘가에 흔적을 남기기 마련이다. 그게 무덤이라도.

아몬드가 도둑질 한 거 알았어? 몰랐다면 그게 더 믿기 어려운데. 아무리 서옥이 남령의 휘하고, 네가 엔센이라도 이 문제에 관해선 현자회의 문책을 피할 순 없을걸?

카르파는 손을 저었다.

도둑인 건 몰랐어.

정말로 몰랐다. 알았다면, 놓아주지 않았을 거다. 사막의 별을 가졌는데 놓쳤을 리가. 카르파는 검은 모래 속에서 아몬드를 발견했을 때를 떠올렸다. 멀리서 보이는 몸뚱이가 떨어진 별처럼 빛났다. 하인들이 그를 운반해 오자 카르파는 의사로서 그 몸을 직접 씻기고 돌보았다. 다음 날 그는 세상에서 가장 아름다운 소년으로 변해 있었다.

아몬드가 도망치는 걸 도와준 적 없어. 맹세해.

카르파는 입술에 침도 바르지 않았다. 그가 빼내 준 건 아몬드가 아니었다.

도둑인 줄도 당연히 몰랐지. 그 여자가 서옥에서 뭘 훔쳤기에?

야르스는 입을 굳게 다물었다. 아직 카르파에게 말해야 할지 결정하지 못했다. 카르파는 야르스의 사정을 이해하고 전폭적으로 지지해 주고 있지만 그건 북령의 일이었고 서옥은 다른 문제다. 게다가 야르스의 개인 감정도 얽혀 있었다. 만약에 '그 일'이 다시 일어난다면 카르파가 아몬드를 도와주길 바랄까, 서옥에 넘겨주길 바랄까. 야르스는 선택할 수 없었다.

'정말로 운이 좋았어.'

사막의 자라나는 돌탑에서 그를 구해낸 현자들이 말했다. 야르스는 의식이 오락가락 하는 채로 그들의 목소리를 들었다. 정신을 잃기 전에 그는 아몬드와 탑 꼭대기에 있었다. 그 돌탑은 단 하나의 바위로 빛과 흙과 먼지를 먹고 햇살과 바람에 다져진 돌이 늙은 나무처럼 오랜 시간 자라서 탑으로 변한 거였다. 아몬드가 붉은 등을 가지고 앞장서 탑에 올랐다. 보통 등이 아니라 숯처럼 빨갛게 빛나는 돌멩이였다. 어떻게 돌이 저 스스로 빛날까? 그때는 미처 생각지 못했다. 그저 아몬드니까, 어디서 뭘 만들어 내서 가져오건 이상하지 않았다.

아몬드는 천재였다. 서옥엔 그가 손댄 연구 두루마리는 반드시 성공한다는 미신까지 떠돌았다.

'자라나는 탑의 열쇠가 없어진 걸 어떻게 알게 된 거요?'

병상에 누운 야르스의 머리맡에서 누군가 말했다.

'아몬드가 신입생들 신고식용으로 빌려갔습니다. 어차피 열쇠가 있더라도 탑의 문은 망가져서 열리지 않아요. 괜찮을 거라고 생각했습니다.'

주저하는 목소리가 간신히 말했다. 다른 목소리가 물었다.

'문이 망가졌는데 어떻게 그 탑에 들어간 거지요?'

'이런 게 있었습니다.'

누군가 매끄러운 수정을 둥글게 연마한 임시 돌쩌귀를 꺼냈다. 그 아름다움과 정교함에 현자들은 잠시 말을 잃었다.

'이건 수정이잖소.'

'수정은 단단하죠. 뒤틀린 문을 충분히 떠받쳤을 겁니다.'

아무도 이런 생각은 하지 못했다. 이정도로 큰 수정 덩어리를 구하는 건 불가능했고, 연마를 감당할 장인도 없었다.

'아몬드는?'

'탑속의 보물을 훔쳐서 사라졌습니다.'

'보물이라? 정말로 거기 뭔가 있기는 했소? 아무도 들어간 적이 없는데 어떻게 알지?'

'돌의 이야기를 읽는 자가 사막에서 저 혼자 자라나는 바위 탑에 대한 기록을 남긴 것이 있소이다.'

'먼지로 빚어진 별의 심장, 태고가 남긴 용의 알을 나락이 지키고 있다고 써 있죠.'

나서기 좋아하는 목소리가 끼어들었다. 서늘한 손이 산 채로 타는 듯한 야르스의 몸뚱이를 쓸었다. 그의 몸은 나락에게 공격당한 상처들로 목숨이 위태로웠다.

'그가 깨어날까요?'

'이건 나락이 입힌 거야. 아직 죽지 않고 버티는 게 놀라워.'

'그는 전사의 축복을 받았죠. 그게 도움이 됐을 겁니다.'

왼쪽 가슴에 새긴 푸른 인장에 입술이 닿았다. 얼음처럼 차가운 입김이 야르스의 심장을 싸늘하게 조였다. 아몬드가 그를 안고 얼굴을 올려다보고 있었다. 눈동자가 타는 숯처럼 새빨갛게 빛났다. 탑에서 들고 있던 등과 똑같다. 그는 탑의 괴물들을 상대할 방책으로 야르스를 끌어 들였다. 야르스가 누군지 그 여자가 알고 있었을까? 그래서 일부러 접근하고 이용한 걸까? 몰랐다 해도 의미는 없으리

라. 몸이 증명하는 그대로 그는 최고의 전사였다.

아몬드는 사람이었을까?

아몬드는 너무 완벽하고, 아름답고, 거짓말처럼 모든 것에 뛰어났다. 옥에서 난 자들이 그렇게 모든 것에 완벽하고 뛰어났다고 전해졌다. 모든 좋은 것 강한 것 빛나는 것이 응축된 존재가 그들이었다.

아니, 세상에 옥인 같은 건 없어.

야르스가 칼 한 자루로 맞서는 세상은 피와 살로 이루어진 실존적인 것이었다. 거짓말이나 어린애들의 허튼 소리가 끼어들 구석은 전혀 없었다. 하지만 서옥은 달랐다. 그곳에선 흐르는 물과 마른 나무, 돌덩이와 금속 조각에서도 다른 의미를 읽고 시험하고 기록했다. 야르스에겐 그 광경이 마치 그가 읽을 수 없는 글로 쓰인 책처럼 보였다.

아몬드가 훔친 건 자라나는 돌탑의 보물이야. 용의 알이라더군. 클로버 공주가 찾던 것이지.

야르스가 말했다. 카르파는 고개를 끄덕였다.

그 애는 이미 사라진 걸 쫓고 있군.

야르스는 그가 이미 알고 있었을지도 모른다는 생각이 들었다. 카르파는 새로 장정을 입힌 오래된 책 같았다. 외양은 젊지만 그의 내부에는 가문에 전해 내려온 모든 것들이 켜켜이 쌓여 있었다. 이것이 계승인가? 여러 대에 걸친 한 가문이 한 사람으로 계속 새로 태어나며 살고 있는 것 같다.

클로버가 돌아오지 않으면 어쩔 거야?

야르스가 물었다.

엔센 가는 예언하는 보물을 영영 잃게 되겠지.

카르파는 말을 이었다.

목의 반공주에게 청혼했어.

야르스는 깜짝 놀랐다.

여자를 증오하는 건 내가 아니라 너야. 그런데 서미를 사랑할 수 있겠어?

카르파는 낄낄 웃었다.

사랑해서 혼인하는 건 내놓을 것 없는 상것들의 속빈 예물이야. 왕들은 그런 식으로 결합하지 않아.

그는 열망 어린 눈으로 야르스를 보았다.

그리고 정말로 사랑한다면, 결혼 같은 건 필요 없지.

야르스의 어깨에 힘이 들어갔다. 카르파는 주먹이 날아오기 전에 돌아섰다.

잘 자.

야르스는 그가 어디서 잘지 신경 쓰지 않았다. 카르파를 재워 주고 싶어 하는 침대는 아주 많았다.

이마에 팔을 괴자 억지로 물리친 술기운이 돌았다.

아몬드인 줄 알았다.

눈을 감으면 탑 안에 가득 찬 백은의 빛이 떠올랐다. 태고부터 자라온 바위 탑 안의 보물을 아몬드가 가로채자 그 안에 살던 괴물들이 흉포하게 날뛰었다. 야르스는 아몬드를 지키려고 그것들과 맞싸웠다. 그가 마지막 괴물을 베었을 때 탑 안은 텅 비어 있었다. 어떻게 거기서 나왔는지는 기억나지 않았다. 불과 얼음이 번갈아 그의 몸을 부수고 태웠고 의식은 한없는 밑바닥으로 곤두박질쳤다. 몇 번은 숨이 멎은 것 같기도 했다. 물밖에 끌어올려진 물고기처럼 폐가 타는 듯한 숨을 삼킬 때마다 그는 아직 죽지 않은 것을 알았다. 밤도 낮도 없었다. 고통에서 벗어나 미온한 꿈의 경계를 헤맬 때면, 바닥에 진 긴 그림자가 보였다. 빛도 어둠도 없는데도 닫힌 문을 등지고 선 그림자는 아주 선명했다.

내……놔…….

길게 끄는 목소리가 따갑게 귀를 긁었다.

뭘?

야르스는 아무도 없는 곳을 향해 소리 낼 수 없는 목을 껙껙였다. 그림자는 사라졌다.

다음 날 그림자는 한 걸음 더 가까워져 있었다.

내놔…… 우리…… 보물…….

없어. 난 아무것도 없어.

야르스가 소리쳤다. 목소리가 목에 걸렸다. 그림자는 사라졌다.

다음 날이 마지막이라고 야르스는 느꼈다.

내놔라……. 우리 보물. 훔쳐간 별의 심장.

소리가 바로 옆에서 들렸다. 그림자는 없었지만 너무 가까워서 보이지 않은 거였다. 있지도 않은 숨결에서 썩은 입 냄새가 맡아졌다. 야르스는 온몸의 힘을 끌어 모아 손안에 숨겨둔 날카로운 가위를 휘둘렀다. 낮에 붕대를 갈아 줄 때 빼낸 물건이었다.

'그런 건 없어.'

오랫동안 굳어 있던 목에서 쉰 소리가 샜다. 그림자는 산산조각나 흩어지고 그 자리는 텅 비었다. 야르스는 숨을 몰아쉬었다. 방 안

전체와 문, 벽과 천정까지 흐트러트린 먹물처럼 빼곡히 다닥다닥 달라붙은 괴물들이 보였다. 돌탑에 있던 것들이었다. 놈들은 온 사방에서 한 목소리로 말했다.

별의 심장을 내놔라!

벽과 문과 천정이 뒤틀리며 야르스를 덮쳤다. 놈들은 기름 바다처럼 밀려와 몸을 옥죄고 눈코입과 귀까지 차올라 틀어막았다. 야르스는 죽음에 대항해 싸웠다.

'그 애를 놔라!'

얇게 벼린 겨울바람처럼 날카로운 충격이 괴물들을 휩쓸었다. 야르스를 덮치던 죽음이 썰물처럼 물러갔다. 야르스는 눈을 떴다. 그의 방이었고 곁에는 푸른 피를 가진 전사 부족의 마지막 후예인 그의 스승이 있었다.

'잘 버텼다, 야른.'

'타르만? 제 꿈에 들어오셨습니까?'

푸른 피의 타르만은 고개 저었다.

'그건 네 꿈이 아니야. 현실도 아니고. 거기는 꿈과 현실의 틈새, 아직 아무도 이름 붙인 적 없는 어딘가다.'

'아몬드는 어떻게 됐습니까? 살았나요?'

야르스는 간신히 물었다. 카르만은 야르스를 내려다보았다.

'그렇겠지. 그러려고 너를 제물로 삼았으니까.'

그의 시선엔 어떤 연민도 타이름도 없었다.

'저를 잃어도 된다고 생각한 걸까요?'

타르만은 말없이 고개 저었다. 아니라는 건지 위로하려는 건지 알 수 없었지만 야르스는 다시 묻지 않았다. 이미 무의미했다.

아몬드를 만나면 묻고 싶은 게 많았다. 나를 이용한 거였느냐고, 일부러 가까워진 거냐고. 우리가, 정말로 사랑은 했었느냐고.

아니, 아예 모른 척 하는 게 낫겠다. 기억조차 나지 않을 만큼 얄팍한 인연이었노라고 온몸으로 선언하는 것도. 하지만 건반을 두드리는 뒷모습을 보자 아무 것도 떠오르지 않았다.

'무사해서 다행이다.'

오직 그 생각만 해 왔다는 걸, 화내거나 묻거나 무시하는 모든 상상들은 그저 아몬드를 다시 만나고픈 뒤틀린 바람이란 걸 그는 깨달았다.

그런데 아몬드가 아니었다.

그는 빈 술병을 억지로 입 안에 털었다. 제정신이 아닌 게 분명해. 아무리 술김이라도 사람을 착각하다니. 게다가 사랑했던 사람이랑.

야르스는 거대한 하르피엔 앞에선 여자의 뒷모습을 떠올렸다. 진주와 옥을 장식해 허리까지 내려뜨린 머리칼 너머의 단정한 목선에 마음이 찰랑였다. 몸에 잘 맞는 긴 치마는 날렵하고 경쾌했고 무게감 있는 넓고 긴 소매가 어깨를 따라 흐르는 모양이 아주 보기 좋았다.

누구였을까?

화장한 여자 얼굴은 구분하기가 어렵다. 옷차림이 굉장해서 이름을 물었다간 뒷감당을 하기 어려울 것 같아 바로 빠져나왔지만 궁금하기도 했다. 무화를 찾으면 물어 볼까? 아직도 여자인 척 하고 있을까? 아니면 제 모습을 갖췄을까. 잘 차려 입으면 말끔하겠지? 반공주가 카르파와 혼인하면 무화를 데려올까? 그 영리한 공주가 제가 가진 보물을 뺏길 리는 없다.

'여자는 능력을 가졌어도 감추도록 억압받아. 그러니 조심해. 보이는 게 전부는 아니야.'

아몬드가 말했다. 서미는 사생아라는 신분과 여자라는 천형이 가진 굴레와 억압에 구애받지 않고 당당히 자신의 뜻을 전할 만큼 용감했다.

무화가 카르파에게 온다면, 그 애를 달라고 해 볼까.

야르스는 무화가 탐이 났다. 어린애처럼 가벼운 몸과 힘의 절묘한 균형은 덩치가 커질수록 맞춰나가는 재미가 있을 터였다. 야르스는 그를 전사로 키우고 경험을 나누고 어깨를 넘는 걸 지켜보고 싶었다.

하지만 동대공의 승인이 필요하겠지?

모든 남자들은 자신이 속한 령의 전사왕에게 귀속됐다. 부름을 받건 받지 않았건 간에. 왕들조차도 대공의 부름은 거부할 수 없었다. 대공들은 령에 속한 나라간의 분쟁을 통제하고 인간의 힘으로는 어쩔 수 없는 자연재해와 맞서 병사들을 부렸다. 대공이 부리는 전사들은 그들이 태어난 땅을 기반으로 가족과 재산과 명예를 지키기 위해서 뭉치고 싸웠다. 그래서 돈이나 다른 이득을 쫓아 자기 땅을 벗어난 전사는 용병으로 명예가 실추되었다. 근원을 잃은 사람들은 방황하게 마련이고 전사들도 마찬가지였다. 강력한 힘은 조금만 틀어져도 큰 화를 불렀다. 그래서 전사들은 소속과 명분을 중시했다. 이쪽의 정의는 저쪽에겐 불의가 될 수도 있었다.

동대공이 무화를 봤다면 공주의 호위로 썩게 두지 않았을 것이다.

반드시 휘하로 불러들였겠지. 무화는 누구를 받드느냐에 따라서 가장 명예로운 전사부터 무시무시한 살육자까지도 될 수 있었다. 둘은 종이 한 장 차이지만. 게다가 아직 어리고 세상물정도 모르니 누구든 마음을 얻으면 기꺼이 그의 것이 되리라. 아니 이미 반공주의 것인가?

서미가 무화를 지켜줄 수 있을까?

전사로서 한 여자를 지키는 건 좋은 구심점이고 명예로운 일이다. 그 여자가 아몬드처럼 배신하지만 않는다면. 그리고 야르스는 무화를 요구할 권위도 없었다.

'성급히 굴지 마라. 멀리 봐. 하지만 혼자여서는 절대로 안 돼. 네가 왕이 되려면.'

스승 타르만이 말했다. 그는 긴 담뱃대를 잉걸불에 걸면서 말했다.

'너는 다른 왕들과 달라. 그들은 물려받은 성과 황금의 후계자이고 그것으로 영원하지. 그들에겐 이름이 없어. 하지만 너는 네 이름만으로 죽는다. 인간은 모두 죽지. 너는 진짜 인간의 왕이 되는 거다.'

하지만 지킬 것은 아무것도 없었다. 그는 이제 왕이 아니었다. 그가 지켜야 할 땅은 사라지고 사람들은 뿔뿔이 흩어졌다.

술이, 더 필요한데…….

야르스는 침대에서 눈을 감았다.

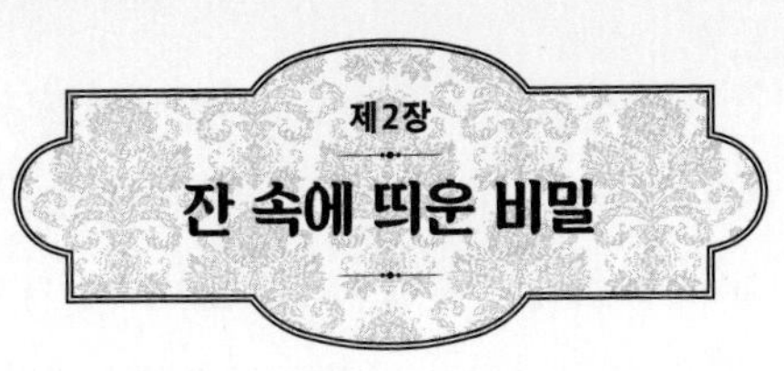

제2장 잔 속에 띄운 비밀

반하를 궁궐로 부른 것은 하얀 비단 조각에 먹으로 쓰인 한 글자였다. '청(請)'이라고 써진 비단은 값지고 좋은 향내가 났다. 보낸 사람 이름은 없었다. 하지만 반하는 누군지 금방 알았다.

"여기서 기다리십시오."

안내를 맡은 나인은 반하가 쪽방에 들어서자 문을 닫았다. 등받이 없는 의자 한 개가 방에 있는 가구의 전부였지만 그것만으로 충분히 비좁았다. 반하는 벽에 걸린 발 틈을 내다보았다. 병풍의 무늬 없는 뒷면이 보였고 틈새로 높은 의자 등받이가 보였다.

여긴 밀실이구나.

반하가 있는 곳에서는 의자 등받이의 용머리 장식만 보였다. 반하는 그 의자의 팔걸이가 용의 앞발, 의자 앞다리는 용의 뒷발, 의자 뒷다리는 묵직하게 늘어진 두꺼운 용의 꼬리라는 걸 알고 있었다.

아무나 앉을 수 있는 게 아니라 주인이 정해진 의자였다.

비단이 바닥을 스치는 소리와 함께 중신들이 삼삼오오 탁자에 자리를 잡았다. 잠시 후 빈 용좌에 발소리도 없이 누군가 앉았다. 반하는 긴 검은 머리가 의자 팔걸이 너머로 드리워져 바닥까지 끌리는 모양을 못 박힌 듯 바라보았다. 용좌에 앉은 건 목단왕이 아니라 청목 세자였다.

모반일까?

반하는 놀라 뛰쳐나가는 대신 침착하게 방 안에 앉은 귀족들의 얼굴을 살폈다. 일반 귀족이 아니라 조정의 중신들이었다. 목단왕이 정무에 큰 관심이 없다는 건 알고 있었지만 청목이 벌써 실세를 잡았을 줄은 몰랐다.

"무덤 섬에 배들은 전부 회수되었습니까?"

청목 세자가 물었다. 고래등걸은 여전히 수습 중이었다. 영주가의 범죄는 밭에 뿌린 감자처럼 캐도 캐도 계속 나왔다. 연제군이 지휘하는 수군은 선박 밀매 장소로 쓰인 무덤섬 뒤에서 태산이 빼돌린 무장선을 여러 척 발견했다. 밀매매만으로도 중형이었지만 반역은 가문을 멸족에 처하는 대역죄였다. 늙은 항목 부인은 처벌이 내려오기 전에 대들보에 목을 매고 자살했다.

"절반은 수도 북쪽항에, 나머지는 지시하신 대로 남쪽 항만으로 이동중이오, 세자저하."

연제군이 말했다. 그는 이 회합이 썩 마음에 들지 않았다. 하지만 그는 고래등걸의 임시 영주였고 경과를 왕실에 보고할 의무가 있었다. 원래 보고를 받아야 하는 건 목단왕이었지만 왕은 귀찮은 일은 모두 세자에게 미루었다.

후계자 교육을 마치고 궐로 돌아온 지 얼마나 되었다고.

연제군은 세자의 베일 너머를 꿰뚫듯이 노려보았다. 그가 고래등 걸의 봄 축제에 참석하도록 압박한 것도 청목이었다. 연제군은 이 모든 것이 그의 계획이라고 확신했다. 여자인 녹옥과 서미를 제외하면 연제군이 그곳에서 가장 지위가 높았다. 사건이 터지고 영주가 실각되자 임시 영주 노릇은 자연스럽게 연제군에게 넘어왔다.

'너무 기뻐하지 마세요, 사촌. 가까운 혈족은 늘 서로 증오하기 마련이고, 계승권이 걸려 있으면 더하죠. 적을 견제하는 가장 좋은 방법이 뭘까요? 가까이 두고 감시하는 거죠. 쓸데없는 일을 떠맡겨 다른 생각을 못하게 만들면 더 좋고요.'

녹옥은 계승권 우위를 주장하는 대신 이렇게 말했다. 그 얄미운 계집은 유폐지에서 영영 나오지 않는 게 좋았다. 목단이 부마를 잃고 누명을 쓴 누이를 가엽게 여긴 마음은 이해하지만 연제군이었다면 다른 누명을 씌워서라도 완전히 제거했을 것이었다.

그 계집은 불길해.

지금까지 단 한 번도 목왕실에는 공주가 태어난 적이 없었다. 녹옥은 왕실의 첫 공주였고, 홀몸으로 사생아를 잉태했다. 그 사생아도 또 계집이었다. 이변이긴 했지만 왕실에선 공주가 정략적 가치가 있다고 판단했다. 연제군의 생각은 달랐다. 공주가 나지 않는 가문에서 2대에 걸친 계집이라니. 그는 그걸 '징조'라고 느꼈다.

나이가 드니 아무 상관없는 것들 속에서도 논리와 연관성을 찾아내는 기이한 능력이 저절로 생겼다. 연제군은 그게 통찰인지 망상인지 면밀히 살폈다. 반려를 잃은 녹옥이 유폐되었던 곳은 이름 없는 산이었다. 이름 없는 산에는 산 것을 먹는 괴물 어둔이 살았다. 보이지도 않고 불러서도 안 되지만 모두가 어둔이 거기 있다는 걸 알았다. 사실 녹옥의 처우가 은거인지 유폐인지도 명쾌하지 않았다. 역모를 처벌받은 것은 사실이지만 따로 유폐지를 결정하진 않았다.

게다가 그 얼굴은 뭔가.

세월은 그에겐 흰 수염과 주름을 안겼는데 녹옥은 딸과 견주어도 부족함이 없을 만큼 젊어 보였다. 이름 없는 산에서 은거한 동안 시간이 비껴간 것처럼.

"늦었소."

연제군은 사극의 목소리에 깜짝 놀랐다. 방 안이 물을 끼얹은 듯 조용해졌다. 적송가의 우두머리인 늙은 사극은 방 안의 불빛이 침침한 듯 몇 번 눈을 부비더니 좌중을 둘러보았다.

"어라, 이게 누구신가요. 고귀한 청목 세자저하."

그는 용좌에 앉은 베일을 쓴 남자에게 깊숙이 허리를 낮췄다. 그의 말투는 무례했으나 태도는 흠잡을 데 없이 공손했다. 사극은 재치 있는 남자였고, 늙어서 더 능수능란해졌다. 반하가 얼음뱀이면 사극은 방울뱀이었다. 즐거운 듯 몸을 흔들지만 물리면 즉사였다.

"그런데 여기서는 제가 초대받지 않은 손님인가요? 적송가를 빼고 하는 회합이라니요."

그는 관중을 앞에 둔 광대처럼 좌중을 쭉 둘러보았다. 뱀이 먹이를 시선으로 제압하듯이 상대의 시선을 사로잡는 것이 사극의 특기였다.

"이런, 쯧. 연제군께서 저는 빼자고 하신 게 분명하군요."

적송가와 연제군의 관계는 나쁘지 않았다. 사극은 껄끄럽지 않은 상대를 핑계 삼아 자연스럽게 자리에 어울렸다.

"초대받지 않은 자리에 일부러 들르신 용건이 있겠지요."

청목의 목소리는 부드러웠다. 하지만 반하는 그의 혀 밑에 고인 오싹한 냉기를 느꼈다. 누가 청목 세자를 뱀 잡는 몽구스라고 했더라.

"깜박할 뻔했군요. 나이가 들어서 말이지요. 마당에 동대공께서 당도하셨답니다."

사극이 말했다.

"동대공 검해께서?"

그가 온다는 전갈은 없었다. 반하는 공납 때를 헤아려 보았다. 아직 멀었다.

"동쪽의 지킴이가 자기 땅을 둘러보는데 무슨 예고가 필요하겠습니까?"

연제군이 말했다. 하지만 그 역시 속으로는 걱정하고 있었다. 대공이 아무 용건도 없이 들르는 일은 절대로 없었다.

청목은 나인을 불렀다.

"아바마마는 어디 계시지?"

"오시는 중입니다. 하지만 세자 저하께서 먼저 가 보셔야 할 거 같습니다."

청목은 나인의 얼굴에서 두려움을 읽었다.

"알았다."

그는 긴 옷자락을 갈음하고 의자에서 일어났다. 용좌에서 비를 머금은 짙은 나무 향이 풍겼다.

연제군과 다른 중신들도 자리에서 일어났다. 회랑에서 사극은 일부러 그와 걸음을 맞췄다.

"우리 세자 저하는 참으로 유능하신 분이 아닙니까. 덫에 걸린 고기를 놓치는 법이 없지요. 알뜰하기는 또 어떻소이까. 고래등걸 사태에서 이득이 될 것은 모두 왕실 국고로 넘어가고 출자금을 댄 우리는 한 푼도 건지지 못하게 됐습니다. 잘못 입을 놀렸다간 역모에 연루될 테니까. 조만간에 고래등걸은 모조리 국고로 들어가고 쓰레기를 태운 재 한 줌만 소문으로 남겠지요."

"하지만 그는 아식 왕이 아니지."

연제군은 사라진 청목의 뒷모습을 좇았다.

"그가 왕위에 오른다면 피가 물처럼 흐를 겁니다. 이토록 완벽하고 냉철한 방식을 이해하고 소화할 만한 영리한 신하를 얻기는 하늘에 별따기만큼 어려울 것이고, 그가 펼치는 정책을 이해하는 백성은 아무도 없을 테니까요. 그는 고립될 겁니다."

연제군은 거침없이 말하는 사극을 돌아보았다.

"뒷방 늙은이 주제에 무시무시한 말을 하는군. 나랑 역모라도 꾸미자는 건가?"

사극은 웃었다.

"그렇게 말씀하실 줄 알았습니다."

"하고 싶은 말이 뭔가?"

연제군이 물었다.

"반하를 설득해 주시렵니까?"

"빙사는 그대의 손자가 아닌가? 날더러 뭘 어쩌라는 건가?"

"그 애는 연제군을 흠모하지요. 반하의 해외 활동이 활발한 것은 알고 계실 겁니다. 같잖은 재주로 명성을 얻어 둔 건 목국 밖에서의 활동에 대비해서죠. 그 애는 제 아비 무릇을 따라 외교관이 될 생각입니다. 하지만 목에는 그 애가 필요합니다. 머리를 맞댈 자가 둘이라면, 청목 세자의 방식을 이해하고 백성들을 독려할 매력과 지략을 가진 신하가 있다면 좋은 시대가 될 겁니다."

"그대는 나라와 왕실을 위하는 마음이 참으로 크군."

연제군은 사극의 말을 모두 믿지는 않았다.

"당연한 일입니다."

사극이 머리를 조아렸다. 연제군은 생각해 보겠다고 답하고 앞서 갔다. 뒤에 남은 사극은 주름진 관자놀이를 문질렀다.

목국은 오래도록 건재해야 했다. 적송 가문은 그에 빌붙어 계속 명면을 유지하며 융성할 것이다. 그의 할 바는 영원토록 가문의 명맥을 잇는 거였다. 왕조가 쇠퇴해도 적송가는 결코 쇠퇴하지 않으리라. 그러려면 지금 이 자리에서 최선을 다해야 했다. 가문의 부강은 하늘에서 떨어지거나 땅에서 솟아나는 게 아니라 오늘 움켜쥔 하루하루로 다지는 것이니.

반하와 청목이 펼치는 치세는 어떠할까. 사람들은 어떤 생각과 문물을 나누며 그들 자신을 존속시키고 새로운 것들을 융성할까. 그는 몹시 기대 되었지만 그 세상을 구경하지는 못할 거였다. 그게 조금 아쉬웠다.

청목 세자는 대궐 앞마당의 넓은 판석 가운데 기둥처럼 멈춰 섰다. 동대공은 자기 덩치의 세 배쯤 되는 자루를 짊어지고 있다가 자랑스레 앞에 내려놓았다. 벌어진 입구에서 죽은 머리가 주룩 미끄러져 나왔다. 자루 안에 괸 핏물이 궁궐의 하얀 판석 사이사이를 검게 흐르며 스몄다.

"어서 오십시오, 동대공 전하. 그런데 이건 뭡니까?"

청목은 침착하게 예를 갖춘 다음 동령의 대공과 괴물을 번갈아 보았다.

"선물이오. 오는 길에 잡았지."

동대공은 체격이 크지 않았지만 당당했고 호기가 넘쳤다. 그는 목국이 속한 동쪽 전체의 전사들을 다스리는 왕좌 없는 왕이었다. 대공직은 세습제가 아니었기 때문에 그가 뿜어내는 위용은 그의 핏줄이 아닌 그 자신에게서 나왔다.

"이걸 어디서 잡으셨습니까?"

"북쪽 경계에서. 북대공의 관리가 허술해서 짐승들이 늘었더군."

청목은 나인을 불러 동대공이 온 모든 길목을 청소하고 향을 피워 비린내를 쫓도록 지시했다. 빨간 옷을 입은 나인들이 나무로 만들고 은을 입힌 항아리를 가져와 괴물을 자루 채 담아갔다. 그중 몇몇은 노란 독에 담긴 물로 피가 밴 판석을 닦고, 몇몇은 그 뒤를 따르며 지워진 단청무늬 위에 비슷한 모양이 수놓인 천을 덮었다. 그 천은 판석이 마르고 단청을 다시 그릴 때까지의 임시방편이었다.

동대공은 붉은 옷의 나인들이 일하는 걸 유심히 지켜보았다. 그들은 상황에 대한 훈련과 대비가 되어 있었다.

"이쪽으로."

청목은 동대공과 휘하의 전사들을 서쪽 마당으로 이끌었다.

"목욕물이 준비되었습니다. 비린내를 씻어내시는 동안 머무실 준비를 마쳐 놓겠습니다."

동대공은 좋은 향기가 나는 맑은 물이 가득 담긴 물통과 물독들을 둘러보았다. 물은 달을 담근 것처럼 저 혼자 은은히 빛났다.

"그대는 저 짐승이 뭔지 아는군?"

동대공은 청목 세자를 올려다보았다. 베일 때문에 얼굴이 보이지 않아서 답답했지만, 베일이 없어도 표정을 읽을 수 있을 것 같진 않았다. 왜 저런 낡은 관습을 유지하는 걸까. 왕위 후계자의 얼굴을 익히기는커녕, 언제 바꿔치기 당해도 아무도 모르겠다.

"저도, 대공 전하도 아시지요."

동대공은 선선히 옷을 벗고 욕조로 들어갔다. 그의 옷가지는 부하들 것과 마찬가지로 즉시 소각로로 향했다.

"대공이 승계식 때 사냥하는 특별한 짐승이지. 방비가 있어서 들어가는 것도 나가는 것도 마음대로 할 수 없는 곳에 살아. 전사왕의 승계자만이 합당한 의식을 치르고 들어갈 수 있지. 거기 있는 짐승을 잡으면 그 영혼이 몸에 새겨져. 진정한 전사왕의 표식이자 가장 강력한 보호구지."

동대공의 가슴과 옆구리에 뱀 같기도 하고 웅크린 짐승 같기도 한 이상한 반점이 넓게 이어져 있었다. 검해는 이 반점 때문에 더 기민하고 강해진 느낌을 받았다. 권력은 종종 주인을 속이지만 몸은 절대 주인을 속이지 않았다. 전사들에겐 모든 것이 실존이었다. 여자들은 검해의 반점을 무서워했지만 그가 더 두렵기 때문에 잠자리를 거부하지 못했다.

"비슷한 걸 가진 사람을 압니다."

청목이 말했다.

"동서남북령의 네 우두머리들이 가졌지. 누구의 것을 보았나?"

동대공이 물었다. 청목은 대답하지 않았다.

"그대는 어떻게 이 괴물에 대한 대비책을 아는 거지? 이 정도 규모로 준비된 곳은 령 내에 없었어."

동대공은 령을 순회하며 잡은 괴물을 족족 근방의 왕실에 선사했다. 방비 안에 갇힌 괴물들이 밖으로 나도는 건 나쁜 징조였다. 그는 령의 안전을 지키는 대공의 임무로 괴물들을 사냥했고, 각각의 왕실과 나라에 대비책을 촉구했다.

"그게 목 왕가의 존재 이유니까요."

청목 세자가 대답했다.

무화는 독 안을 들여다보았다. 자기 피에 담긴 검은 괴물은 여러 개의 다리를 단 뱀 같기도 하고 너무 큰 지네 같기도 했다. 한쪽 눈은 짓눌려 터지고 다른 쪽 눈은 온전했는데 검게 벌어진 동공은 영혼을 집어삼킬 것처럼 깊고 우묵했다. 무화는 방금 그 안에서 뭔가를, 아니 누군가를 본 것 같았다. 긴 검은 머리에 피부가 종잇장처럼 흰 소녀의 옆모습이 이쪽을 돌아본다.

서미?

아니 그건 눈동자에 비친 무화였다.

"거기서 뭐하는 거지?"

다부진 남자가 호령했다. 무화는 흠칫 얼굴을 들었다. 옷차림으로 보아 궁인은 아니었고 무화를 모르는 것으로 보아 외부인인 것 같았다. 무화가 만난 적 없는 왕실 사람일 수도 있었다.

"거기서 물러나. 죽었어도 독기는 그대로다."

남자의 말에 궁궐의 방비 때문에 잠잠했던 **어스름**이 으르렁댔다.

"그대가 녀석을 사냥했나? 어떻게?"

무화가 물었다. 어떻게 인간이 어둔을 사냥하고 무사할 수 있지? 어떻게 이 어둔은 형체가 있는 거지?

"녀석? 여자 주제에 재밌는 말을 하는 구나."

남자의 눈이 가늘어졌다. 불쾌한 시선이었다. 궁궐에 들어와서 무수한 모욕적인 시선을 견뎌 왔지만 이런 식으로 욕망이 날것 그대로 번들대는 무례한 눈은 보지 못했다. 서미를 보는 태산의 눈이 이랬지. 너는 이 소름끼치고 구역질나는 걸 잘도 웃으며 견뎠구나.

"제법 차려입은 걸 보니, 후궁?"

"무례하다."

무화는 위엄을 갖춰 말했다. 남자는 눈을 가늘게 뜨더니 껄껄 웃었다. 그 소리를 듣고 마침 근처에 당도한 목단왕이 달려왔다.

"무슨 일입니까, 동대공 전하?"

무화는 깜짝 놀랐다. 동대공은 동령에 속한 모든 전사들의 우두머리이며, 동령에 속한 모든 나라는 동대공에게 조공을 보내고 그들의 안전을 보장받았다. 그에겐 왕관이 없었지만 실질적인 위계는 목단왕보다 높았다.

"동령의 주인, 왕좌 없는 왕이시여. 목 왕가의 서미 반공주가 인사 올립니다. 무지로 인한 무례를 너그러이 용서하십시오."

무화는 뒤늦게나마 적법한 예우를 갖추려고 노력했다. 동대공은 무화에게서 시선을 떼지 않았다. 재미있는 데다가 담대한 계집이구나. 그의 호령에 울음을 터트리지 않는 여자는 오랜만이었다. 나무토막처럼 말라서 여자 냄새를 풍기려면 좀 더 익어야겠지만 드러난 목과 탄탄하게 조인 어깨선이 눈길을 끌었다. 그저 피는 꽃이라서가 아니라 단련한 몸이다. 이거 재밌는걸? 여자가, 무예를 연마했단 말이지?

"오랜만에 검무연을 열고 싶은데, 어떻소?"

검해가 말했다. 의견을 구하는 것이 아니라 명령이었다. 목단왕은 수락했다. 동대공의 전사들은 검무에 능하니 이쪽은 멍석만 깔면 되었다. 동대공이 무화를 가리키기 전까지 목단왕은 그게 복잡한 요구라고는 생각도 하지 않았다.

"목공주도 끼워 드리지. 춤 잘 추시오?"

침묵의 파도가 마당을 휩쓸었다. 동대공은 왕실의 여인을 술자리에서 춤추는 무희 취급했다. 엔센 왕이 반공주에게 청혼했다는 기쁜 소식이 전해진 지 반 나절도 채 지나지 않은 때였다. 목단왕은 창백한 얼굴로 식은땀을 뻘뻘 흘렸다. 동대공의 요청을 수락하면 엔센에게 몹시 불쾌한 일이 될 것이고, 거절한다면 왕좌 없는 왕의 심기를 크게 거스를 것이었다. 목단왕이 사면초가로 갈팡질팡하는 동안 무화가 말했다.

"받아들이겠습니다."

"네가 나설 일이 아니다."

목단왕이 호통쳤다. 무화는 기죽지 않고 똑바로 머리를 들었다.

"검무가 얼마나 위험한지 아십니까? 혼사는 마음대로 정할 수 없으니 목숨이라도 제가 결정해야겠습니다."

엔센의 청혼을 거부하든 동대공을 거부하든 유폐되거나 죽음으로 대가를 치르게 될 것이었다. 왕실이 여자를 다스리는 법은 궐 밖과 다를 것이 없었다. 뜻대로 안 되면 윽박지르고 때리고 가두고 죽였다. 무화는 아주 작은 기회라도 잡아야 했다.

"어리석은 것. 감히 어디서 나서는 게냐!"

목단왕은 조카딸의 얼굴을 때렸다. 무화의 관자놀이에서 피가 흘렀다. 목단은 뒤늦게 자기가 한 짓을 깨닫고 흠칫했다.

"고정하시지요."

동대공이 무화와 목단왕 사이에 끼었다. 머리 위에 하늘밖엔 인적이 없는 자가 엔센과 동대공 사이에 끼었으니 이성을 잃었구나. 목단왕이 그릇이 얼마나 작은지 무화는 깨달았다. 이런 자가 녹옥을 용서하고 딸과 함께 복위시켰다니 의아하다 못해 놀라웠다.

"물러가겠습니다."

반공주는 왕들에게 억지로 인사하고 돌아섰다.

반하가 궐을 나서는데 다급한 목소리가 가마를 붙들었다.

"뉘쇼?"

가마꾼이 물었다.

"반하 공자께 긴히 전할 말이 있다."

반하는 말리의 목소리를 알아듣고 덧문을 열었다.

"가마를 세워라. 무슨 일이지?"

말리는 동대공이 반공주를 사람들 앞에서 창녀처럼 춤추게 할 거라는 소식을 전했다.

"카르파 엔센이 반공주에게 청혼한 줄 아는데?"

'엔센의 후궁으로 가게 될 거야.'

무화가 말했다. 반하는 귀를 의심했다.

'뭐라고?'

예상 못했다면 거짓말이었다. 그러나 무화의 입으로 직접 들을 줄은 몰랐다.

'카르파가 엔센이라는 거 언제부터 알고 있었어?'

무화가 물었다.

'야르스 같은 무시무시한 자를 곁에 둘 만큼 담대한 이가 몇이나 될까?'

반하가 말했다. 무화는 미간을 문질렀다.

'네가 알고 나는 모르는 게 또 있어?'

'글쎄. 네가 뭘 모르는지 몰라서.'

반하는 찻잔을 들었지만 차를 마시진 않았다. 방 안이 유난히 썰렁하게 느껴졌다. 그는 반공주의 교양 선생 중 하나로 악기 교사를 맡아 정기적으로 궐에 드나들었다. 하지만 반공주의 연주 솜씨는 좀처럼 늘지 않았다.

'엔센의 후궁으로 가면 괴물 공주 때문에 벌벌 떨던 궁인들도 한시름 놓겠지?'

무화는 궁궐에서 자기가 뭐라고 불리는지 정확히 알았다. 반하는 무화의 시녀가 계속 바뀌었고, 아무도 견디지 못해서 결국 외궁 소속인 말리가 내궁으로 들어앉았다는 이야기를 들었다. 무화를 보러 왔다가 비명을 지르며 달아나는 궁녀들과 마주친 적도 있었다. 반하는 새파랗게 질려 뛰어나오는 그들을 보고 앞뒤 생각 없이 문을 박차고 들어갔다. 안엔 연기가 자욱했다. 불이 났다고 생각했는데 발밑에 물이 질펀하게 튀었다.

'누가 남기는 했네.'

자욱한 안개 너머로 무화의 목소리가 들렸다. 반하는 몸에 물이 튀지 않도록 조심하며 궁녀들이 팽개치고 간 수건과 빗을 들고 욕조 옆에 앉았다.

'도와줄 사람이 필요해?'

무화는 그의 목소리를 듣고 놀라지 않았다.

'그럴래? **어스름**을 보면 다들 기절초풍을 해서.'

반하는 물에 젖어 비치는 얇은 홑겹 너머로 꿈틀대는 흉측한 문신을 바라보았다. 수증기와 눈의 착각이 아니라 정말로 움직였다.

'등만 부탁해.'

반하는 말없이 거품을 낸 해면으로 무화의 등을 닦고 물을 부어 헹궜다. 반하가 큰 수건을 들자 무화는 수건 밑으로 목욕용 홑겹을 벗었다. 목욕을 마칠 때까지 둘 다 아무 말도 하지 않았다.

'이름을 지어 줬어? 왼팔에?'

반하가 물었다. 무화는 흘러내리는 젖은 머리칼을 가다듬으며 어깨 너머로 그를 돌아보았다. 하얀 피부엔 홍조가 돌고 물방울 맺힌 입술이 그린 듯이 붉었다.

'이름이 있는 게 옳아. 그래야 둘을 분리할 수 있거든.'

손목에 걸린 붉은 팔찌가 숯불처럼 반짝이자 꿈지럭대던 문신이 잠잠해졌다. 무화가 욕실을 떠나자 뒤에 남은 반하는 물 묻은 손바닥에 돋은 붉은 비늘을 몰래 감췄다.

"전하께서도 엔센의 청혼에 기뻐하셨는데, 어떻게 되어 가는 건지 모르겠어요."

말리가 말했다. 반하는 손짓으로 말리를 물리고 가마를 출발시켰다. 머릿속이 복잡했다. 카르파는 남색이니까, 그에게 가는 편이 나으리라고 생각했던 터였다. 어차피 여인들의 운명은 어떻게든 더 나은 보호자를 선택해 몸을 의탁하는 방법 외엔 다른 무엇도 할 수 없다. 버들 부인처럼 미망인이 되지 않는 한. 그나마도 버들 부인은 친정이 권세가여서 시가를 견제할 수 있기 때문에 가능했다. 하지만 그 친정도 언제든 더 나은 지위와 강한 권력을 위해서 미망인을 재혼시킬 의사가 있었다. 버들 부인은 사교계를 좌지우지 하는 권력으로 가문이 자기를 마음대로 못하게 견제했다.

그는 반지 낀 손가락을 부볐다. 긴 손가락엔 쇳물에 덴 자국과 패이고 박인 굳은살이 있었다. 거기에 물이 닿으면 비늘이 돋고 그는 다른 존재로 변할 수 있었다. 반하는 무화에게 끌렸지만 청혼하진 않았다. 무화가 기대하고 있다는 걸 느낀 순간도 있었지만, 그에게 남은 인간의 시간을 알 수 없었다. 모든 것이 불안정한 상태에서 무책임한 짓을 벌일 순 없었다.

"연촌으로 가자."

반하의 명에 따라 가마는 궐 담을 둘러 홍예문을 지나 연촌으로 갔다. 작은 시내와 수로마다 연꽃이 피어서 연촌이라고 불리는 궁궐 서쪽 마을은 부유한 지역이었다. 거기엔 외국 사신들이 머무는 공관이나 왕이 외유할 때 쓰는 거처가 있었다. 지금은 거기에 엔센이 머물렀다. 반하는 연촌 입구에서 가마꾼들을 떼어 놓고 혼자서 월영가로 들어갔다. 대문을 지키는 하인들은 반하의 은발을 보고 쉽게 통과시켜 주었다. 안에는 금색 피부의 시종과 가신들이 바쁘게 오갔다. 반하는 귓등으로 들은 엔센의 체류 일정을 기억해 내려 애썼다. 떠날 날이 머지않았다.

반하는 잘 그을린 황동색 피부의 문지기에게 이름을 말하고 중문을 넘어 안채로 들어서다가 그 자리에 못 박혔다.

왜 야르스가 여기 있지?

키 큰 나무들 드리운 저녁 햇살에 휘영청한 금발을 드리운 거구는 절대 잘못 볼 수가 없었다. 그가 왔다는 소식은 듣지 못했다.

"빙사 반하, 웬일입니까?"

그가 먼저 알아보지 않았다면 그대로 돌아 나왔으리라.

"노스 야른."

야르스의 눈가가 꿈틀했다. 반하는 뒤늦게 혀를 깨물었다. 너무 당황해서 말이 멋대로 나가 버렸다.

"엔센을 뵈러 오셨습니까? 이쪽입니다."

듣지 못한 건가? 반하는 안심한 속내를 능숙하게 감췄다. 아무리 엔센이라도 그를 대동한 것은 지나쳤다. 여긴 엔센의 영토도 아니고 야르스가 누군지 아는 사람이 본다면 둘의 동행이 의미하는 불안을 눈치 챌 터였다. 반하는 궁궐 마당에 도착한 동대공 일행을 떠올리며 긴장감으로 뱃속이 꼬이는 것 같았다. 이 좁은 수도에 몇 명의 왕들이 모인 건가. 동대공이 허락 없이 영토를 침범한 야르스를 본다면 대체 어떻게 될까.

야르스는 커다란 덩치에 어울리지 않는 민첩한 몸놀림으로 앞장섰다.

"빙사 반하? 전갈도 없이 오다니, 놀라운데?"

카르파는 긴 의자에 누워 왕실 서고에서 빌린 고서들을 뒤적이며 빈둥대다가 고개를 들었다.

"내게 빚을 갚으러 온 건가?"

반하는 옆에 있는 야르스를 잔뜩 의식했다.

"왕실에서 반공주의 청혼을 수락 받으셨습니까?"

반하의 물음에 카르파는 손을 흔들었다.

"소식 빠르군. 아직 발표하지도 않았는데. 따로 수락을 받을 게 있나? 남쪽의 용, 별의 심장 카리나의 카노푸스를 다스리는 엔센가와의 사돈을 누가 거절하겠어?"

"동대공이 연회에서 반공주의 춤을 요구했답니다."

반하의 설명은 간결했지만 카르파에겐 충분했다. 동대공은 여자를 아주 좋아했다. 그에겐 궁전이 없지만 후궁은 도처에 있었다.

"남령의 부자 사돈이냐, 목전의 깡패냐. 목단왕이 머리 깨나 아프겠군."

카르파는 읽고 있던 고서들을 책 상자에 넣었다. 반하도 구경한 적도 없는 왕실의 보물들을 꺼내 준 걸 보면 목단왕이 그와의 인연을 얼마나 귀이 여기는지 잘 알 수 있었다.

"그래서 연회는 언제래?"

반하는 말리에게 들은 연회 날짜를 말해 주었다. 일주일 뒤였다. 카르파는 하인에게 일정 변경을 명했다.

"그런데 자네 신발은?"

카르파의 시선이 발등으로 떨어지자 반하의 얼굴이 하얘졌다가 곧 빨개졌다. 카르파는 흔치 않은 그 변화를 눈여겨보았다.

"뭔가 이상하던 참이지, 여기."

반하가 몸 둘 바를 몰라 하는 틈에 야르스가 그의 앞에 신발을 내려놓았다. 황금이 어깨 위를 흘러 반하의 발등에 닿았다. 반하는 불에 덴 것처럼 소스라쳤다. 야르스는 의아한 눈으로 그를 보았다. 반하는 얼른 신을 들고 물러났다.

"감사합니다."

그가 신을 신는 사이 카르파가 야르스에게 물었다.

"동대공을 알지?"

"그는 타고난 전사고 자존심이 아주 강해. 반공주를 뺏기면 목국에 대한 수호 의무를 반납할지도 몰라. 그럼 목국은 동령에서 고립되고 무법자와 약탈자들의 손쉬운 먹잇감으로 전락하겠지."

카르파는 눈썹을 문질렀다.

"이거 복잡하게 됐는걸."

아직 정식 납폐를 치른 것도 아니니 파혼은 성립되지 않고 엔센이 직접 청혼한 것이니 아예 없던 일로 할 수도 없었다.

"목단왕이 이 일을 어떻게 처리할지 아주 궁금한걸. 우린 불구경이나 하자고."

엔센은 손짓하고 다시 책 상자로 관심을 돌렸다. 반하는 절하고 물러났다. 야르스는 중문 앞까지만 마중 나왔다. 그도 거취에 주의하고 있었다. 최악의 상황은 피할 수 있겠군. 반하는 긴장을 늦췄지만 안심하진 않았다. 불이 붙지 않았다고 폭탄이 있는 걸 잊을 수는 없다.

"서미 반공주 때문에 일이 복잡해진 건가?"

야르스가 물었다. 반하는 그게 무화라고 굳이 수정해 주지 않았다.

"카르파가 남색인 걸 목단왕이 아나?"

"알아도 상관없을 겁니다. 왕실의 혼인은 나라간의 가장 큰 거래니까요. 정비도 아니니 후계자 압박도 덜할 테고요."

반하는 그와 둘만 있는 시간을 줄이려고 짧게 대답했다. 오래전 반하는 그에게 목숨을 빚졌고, 야르스가 알지 못하더라도 그가 잊기는 어려웠다. 하지만 절대로 야르스가 알게 해선 안 됐다.

"남편 노릇을 할 수 없는 자에게 딸을 내 주는 집안이라니."

야르스는 단정하고 용감한 서미 공주를 떠올리며 안타까움을 느꼈다. 악기 방에 있던 그 여자도 같은 처지겠지. 남자가 지배하는 세상에서 여자들이 결정할 수 있는 일은 아주 적었다. 그가 생각에 잠긴 틈에 반하는 슬쩍 목례하고 떠났다.

궁궐 서문을 통과하면 세자궁이 가까웠다. 궁 안은 적막하리만치 돌아다니는 사람이 없었다. 말끔한 단청과 장식이 없었다면 폐궁이라고 착각했으리라. 세자가 어디에 있는지 물어볼 사람이 하나도 없어서 반하는 음악 소리를 따라갔다. 수현의 맑고 애잔한 음계가 굽이진 복도를 따라 점점 커지다가 뚝 끊겼다. 반하는 주위를 둘러보고 손잡이가 가장 반들대는 미닫이문을 밀었다.

문 안쪽은 파란 하늘이 보이는 작은 정원이었다. 방이라고 생각했는데 바위와 연못이 나와서 반하는 당황했다. 산책로에 깔린 돌 틈에 낀 부드러운 이끼와 풀이 그의 발에 짓밟혀 향기를 뿜었다. 정원수 너머에 툇마루가 있는 정자가 있고 그 옆에 이무깃돌로 두른 연못이 있었다. 세자는 따뜻한 김이 모락모락 피어오르는 물속에서 목욕 중이었다. 수련은 까마귀 날갯깃처럼 새까맣고 진주처럼 광택이 흐르는 반질반질한 머리카락을 마른 돌 위에 가지런히 정돈했다. 청목의 목욕 시중을 드는 수련의 손길은 한없이 섬세하고 정교해서 보는 사람이 숨죽일 정도였다. 반하는 수련의 그늘진 옆얼굴과 그윽한 눈매가 의미하는 바를 깨달았다. 수련은 세자를 연모했다. 툇마루에 놓인 수현이 바람결에 저 혼자 울었다. 아니 불가능하다. 수현은 적합한 악사가 아니면 소리를 내지 않았다.

세자가 손짓하자 수련은 비단 두루마기를 그의 어깨에 걸쳐 주었다. 반하는 그가 물속에서 몸을 일으킬 때 방금 생긴 것처럼 시뻘겋게 입 벌린 옆구리의 상처를 보았다. 하지만 피는 한 방울도 안 났다. 상처는 금방 비단 자락에 가려졌다.

“무슨 일이지, 반하?”

수련은 세자가 몸을 돌리기 전에 머리에 베일을 둘러주었다. 반하는 그의 얼굴이 완전히 가려지기 전에 수려한 턱 선을 흘깃 엿보았다. 낯익었다.

"소식 들으셨지요? 반공주를 어떻게 하실 의중이십니까?"

반공주의 거취는 그 몸뚱이만의 문제가 아니라 왕실과 국가의 문제였고, 동대공과 엔센이 그의 몸값을 한껏 높여 버렸다.

"앉게."

청목은 느긋한 걸음으로 툇마루에 앉았다. 반하는 머리를 조아리고 맞은편에 앉았다. 수련이 찻상을 마련해 왔다. 청목의 시중을 다른 궁녀가 드는 일은 드물었다. 수현 연주로 외부에 나가 있지 않는 한 세자의 시중은 언제나 수련의 몫이었다.

세자는 그윽한 향이 감도는 차를 직접 잔에 따랐다. 잔은 두 개였지만 차를 따른 잔은 딱 하나였다. 그는 그 잔에 입을 대었다가 반하에게 주었다. 반하도 잔에 입술을 대고 내려놓았다. 같은 잔에 입을 댄다는 건 비밀을 공유한다는 의미다.

"먼저 자네에게 묻지. 무화를 원하나?"

반하는 발 밑에 덫을 느꼈다.

"저를 밀실로 초대하신 것과 연관이 있습니까?"

청목은 반하를 반공주의 부마로 삼으려는 걸까? 그러면 반하는 관직에 오를 수 없고 외교관도 될 수 없었다. 그의 가문의 재산과 권력은 왕실의 먹이가 될 터였다. 적송가는 왕실이 견제하고 싶어할 만큼 충분히 커졌다. 사극이 방어하고 있지만 그는 늙었다.

"내가 할 말은 자네의 대답에 따라 달라질 거네."

진실을 말해야 할까, 저 몽구스에게? 그러면 무슨 일이 일어날까? 반하는 진실과 거짓 양쪽 대답의 무게와 청목의 반응을 계산했다. 그걸로 어떤 이득이 생길까?

"저는……."

반하는 무겁게 입을 떼었다.

"저어……."

남자지만, 그가 거느린 전사들에 비하면 계집처럼 가냘픈 궐내관이 동대공의 발 앞에 머리를 조아렸다.

"뭐지? 목단왕이 따로 할 말이 있나?"

그가 망설이는 사이 동행한 궁녀가 머리를 조아린 후 당차게 입을 열었다.

"서미 공주님의 청을 전해 올립니다."

"말해라. 연회에서 빠지겠다는 건 안 돼."

직접 왔으면 좋았을걸. 동대공은 자기도 모르게 마른 입술을 핥았다. 하긴 직접 왔다면 춤이고 뭐고 출 새도 없게 만들어 줬겠지만.

"검무를 맞출 전사 둘을 빌려 주십사 하셨습니다."

그는 반공주의 패기가 아주 마음에 들었다. 신분도 알 수 없는 아비를 가진 반쪽 공주라는 것도 마음에 들었다. 그는 남자에게 맞춰 자란 유약한 순혈통이나, 권력에 기대어 화려하게 피려는 독화들에 싫증이 난 참이었다. 그는 아주 단순하게, 자신감으로 넘치는 여자가 좋았다. 예쁜 건 그 다음이어도 됐다.

“저와 다륜이 다녀오겠습니다.”

동대공의 곁을 지키던 이무기가 말했다. 그들보다 검무를 잘 추는 전사는 몇 더 있었다. 하지만 동대공은 굳이 곁을 보내기로 결정했다. 그들이 가져오는 뒷담은 동령의 굽이진 산을 넘나드는 모닥불가에서 심심풀이로 씹을 안주거리가 되리라.

말리는 대궐 안마당에 연회등이 켜지는 걸 바라보며 깊게 한숨 쉬었다. 반공주의 휘하로 좌천되었을 때 이미 평탄치 않음을 각오했지만 무화를 모시게 된 후로는 매일매일 바닥을 봐도 새로운 바닥이 나타났다. 목단왕은 공주를 위해 궁궐의 경비를 늘렸다. 공주를 보호하기 위함인지 가두려는 의도인지는 분명하지 않았다. 드나드는 사람도 엄중히 관리되어서 쉽게 움직일 손이 적으니 말리가 할일은 더 늘었다. 말리는 궁궐 안에서 유배된 기분이었다. 무화는 오히려 좋아했다. 아무도 드나들지 않으니 아무도 신경 쓰지 않고 마음대로 할 수 있었다. 지금처럼.

“연회에 가셔야죠.”

무화는 천정이 높고 연석이 깔린 방 안에서 발 딛는 울림도 없이 날렵하게 몸을 치달았다. 이 방은 원래 악기와 춤을 연마하는 장소로 구조상 소리가 잘 울리게 되어 있고 외부와는 차단되었다. 무화는 이곳을 보자마자 냉큼 값진 악기를 구석에 처박고 연무장으로 꾸렸다. 연무중일 때는 대외적으로 자수중이라고 말했다. 아프다고 둘러대기도 했다. 반공주는 아주 많은 시간을 자수에 썼고 자주 아팠다. 말리가 약을 가지러 약방에 거짓걸음을 한 것도 수십 번이었다. 하지만 아무도 반공주의 자수물을 구경한 적이 없었고 뜰의 작약 나무는 뿌리에 묻은 약재 때문에 지나치게 융성하거나 말라 죽었다. 보다 못한 반하는 궐 밖의 자수사를 몰래 고용하라고 무화에게 충고했다.

"무희들 준비는 끝났어?"

무화는 정확하고 부드러운 동세로 움직임을 갈무리하고 칼을 집어넣었다. 말리는 자기도 모르게 안도의 숨을 내쉬었다.

"네, 기다리고 있습니다."

"옷은?"

"다 됐습니다."

무화는 말리가 준비한 고리짝 뚜껑을 열었다. 매끈한 풀을 잘 말려서 색색으로 물들여 짠 바구니 안에 비단과 능라로 만든 무도복이 들어 있었다. 무화는 값지고 섬세한 비단에 트임과 시접을 겹겹이 넣어 복잡한 움직임에도 정교하게 몸에 들어맞도록 만들어진 옷을 들여다보았다. 이런 물건을 보름만에 만들다니. 새삼 이름 없는 산의 시려운 겨울과 누더기와 다름없던 옷들을 떠올렸다. 그들은 1년에 두 번 고래등걸 영주가 곳간에서 내준 묵은 곡식을 받아 곰팡이가 피고 벌레가 들끓어도 말리고 다듬고 키질해 먹었다. 녹옥은 키질을 할 줄 몰랐다. 그래서 절반이 새 먹이로 사라졌다. 서미 엄마가 없었다면 아이들 입에 들어갈 것도 남지 않았으리라.

"씻고 올게."

무화는 함의 뚜껑을 닫았다.

반공주의 목욕 시중은 아무도 들지 않았다. 그래도 무화는 물속에서 완전히 벗지 않았다. 왼팔 때문이기도 했고 너무 오랫동안 정말 아무데서나 자객들을 만나 왔기 때문이기도 했다. 제일 처리하기 곤란했던 암살 시도는 목욕탕과 화장실이었다. 무화와 서미는 자객에게 암살의 도리를 설파해야 한다고 농담했다.

'그래도 공주님인데 멋진 데서 좀 예쁘게 죽여 주면 안돼?'

무화가 해치운 자객의 피가 욕조에 벌겋게 번지자 서미는 난간에 올라가 웅크려 피했다. 하얀 속옷 아랫단은 이미 빨갛게 물들었고 위로 갈수록 점점 노래졌다.

'그렇게 죽으면 덜 억울할까?'

무화가 말했다.

'그건 아니지.'

서미가 대답했다.

'왜 못 죽여 안달일까? 왕위 후보래도, 어차피 무슨 핑계를 대서라도 여자는 안 줄 거면서. 굳이 죽일 필요까지 있을까?'

여자는 안 된다고 명시된 곳은 없지만 목왕실에는 여자가 난 적이 없으므로, 왕관은 처음부터 끝까지 남자들만의 것이었다.

'네가 아들을 낳으면 어떻게 돼?'

무화가 물었다.

'왕위 계승 경로가 복잡해지겠지. 목왕실은 단 한 번도 직접 승계

가 아닌 적이 없을걸.'

서미가 말했다. 둘은 짧게 한숨 쉬었다.

'나가. 뒤처리 할게.'

서미는 무화를 욕실에 남겨두고 나갔다. 뒷일은 **어스름**의 몫이었다. 무화는 욕실 구석에 처박혀서 어둔이 게걸스럽게 굶주림을 채우는 모습을 지켜보았다. 전에는 귀를 막거나 눈을 감기도 했지만 한쪽 손밖에 없으니 불완전했다. 차라리 처음부터 끝까지 지켜보면서 어디까지가 어둔이고 어디부터가 무화 자신인지 계속 확인하는 편이 나았다.

자객들이 처음부터 집요했던 건 아니었다. 사냥감이 만만치 않으니 그들도 수단 방법을 가리지 않게 된 것이다. 처음에 암살 시도가 있었을 때 무화와 서미는 사고라고 생각했었다. 그다음엔 운이 나쁘다고 생각했다. 왕실에 경호를 요청했지만 번번이 무시당했고, 예민하다고 치부되거나, 몸가짐이 바르지 않아 꼬인 사내를 자객으로 매도했다는 둥 헛소리만 들었다. 결국 둘은 모든 상황을 직접 처리하게 되었고, 아주 능숙해져 버렸다.

무화는 물에서 나와 몸을 닦고 새빨간 비단과 능라와 빛나는 금사를 걸쳤다. 말리가 와서 장신구와 매듭 마무리를 도왔다.

"집박(執拍)에게 신호를 단단히 일러 둬. 검무는 위험하니까."

오가는 사람이 드문 중문 앞에 발소리가 가득 찼다. 무화는 은구슬을 수놓은 망사를 쓰고 무희들과 합류했다. 모두가 똑같은 옷이었기 때문에 금방 누가 공주인지 알 수 없게 되었다. 말리는 멀어지는 무희들을 보며 무화의 안녕을 빌었다. 하지만 반공주를 모시는 것이 이게 마지막이길 바랬다.

목단왕이 동대공과 함께 연회장에 입장했다. 자리는 목단이 중앙이고 동대공이 왼쪽이었지만 동대공이 먼저 자리에 앉았다. 목단의 오른쪽 자리는 비어 있었다. 연제군은 그 아래에 앉았고 녹옥은 나타나지 않았다. 청목은 목단왕의 등 뒤에 섰다.

목단왕은 오른쪽 빈자리에 아무도 앉지 않기만을 바랐다. 엔센이 예정일에 떠나지 않고 연회에 참석을 알렸기 때문에 사이에 끼게 된 그는 좌불안석이었다. 반공주가 골칫거리가 될 줄 알았다면 세자의 청을 들어주지 않았을 거였다. 녹옥의 복위와 반공주의 정략적 가치에 대해 목단을 설득한 것은 영리한 그의 아들 청목 세자였다.

동대공은 맞은편에 앉을 이가 누군지 아주 잠깐 궁금해 했다. 어차피 곧 알게 되거나 영영 모를 일은 중요하지 않았다. 그에겐 오늘 마실 술이 얼마나 향기로운지 반공주가 언제쯤 잠자리에 들어올지가 더 큰 관심사였다.

카르파는 연회 시작 직전에 입장해 자리에 앉았다. 큰 보석과 섬세한 순금 세공으로 머리부터 발끝까지 치장하고 거느린 하인까지 검은 머리쓰개에 금장식을 둘린 걸 보고 목단왕은 얼굴이 너무 빨리 검어졌다 희어지는 바람에 회색이 되었다. 동대공은 그가 반공주에게 청혼한 동령의 엔센이란 걸 방금 알았다. 그가 호승심을 가득 담아 잔을 들자 엔센은 마주 잔을 들어 화답했다. 두 우두머리를 경쟁자로 삼은 반공주라는 세기의 사건에 궁인들은 잔뜩 흥분해 있었다. 담장 너머에 매달린 수백 개의 눈들이 숨을 죽인 게 느껴졌다. 연회석에 한자리씩 꿰고 앉은 귀족들도 그랬다.

청목이 수현 악사에게 손짓했다. 수련은 물처럼 우아하고 부드러운 자태로 빗방울처럼 상쾌한 음들을 쏟아냈다. 바람도 불지 않는데 고인 술들이 함께 흔들렸다. 어수선하던 주위가 정돈되고 빈 마당에 고상한 춤과 아름다운 기예가 펼쳐졌다.

"지루하군."

동대공이 말했다. 그가 기다리는 건 단 한 사람이었다. 목단왕이 안절부절 못하며 청목을 돌아보았다. 세자는 기둥처럼 서 있다가 필요한 때에 집박에게 지시했다. 연회장의 불이 일시에 꺼졌다. 사람들이 불안하게 웅성거리는 사이로 안개가 흘러와 별빛을 반사해 사물이 흐릿하게 떠올랐다.

방울 소리가 들렸다.

사람 모양을 한 등이 하나씩 켜졌다. 맑은 옥을 깐 노대 아래 켜진 등에 붉은 비단과 금사가 반사되어 사람의 몸이 빛나는 등불처럼 보였다. 무희들의 손과 발과 팔과 다리와 허벅지와 어깨와 허리에 달린 방울이 음률을 따라 잘강였다. 강한 북소리가 방울소리를 달구자 무희들은 회오리처럼 빙빙 돌다 뚝 끊긴 북소리와 함께 폭풍에 휩쓸린 나비 떼처럼 한꺼번에 바닥에 엎드렸다. 그 위로 날카로운 검광을 발하며 두 명의 날쌘 사내가 양손에 칼을 쥐고 검무를 추었다. 팔뚝과 허리에 묶은 여러 겹의 얇은 비단 띠가 매섭고 낭비 없는 동작의 흐름을 따라 우아하고 화려한 선을 그었다. 바닥에 엎드린 무희들이 스르륵 무대 밖으로 퇴장하고 단 한 명이 남아 사내들의 검무 사이에 끼었다. 불안과 기대에 찬 탄성이 들렸다. 무희는 유연하고 매끄러운 동작으로 한 사내의 손에서 칼을 받아 머리 위에 떨어지는 다른 사내의 칼날을 물리치며 왼손을 뻗어 그 사내의 다른 손에 쥐인 칼자루를 넘겨받았다. 그 동작이 어찌나 아슬아슬하던지 모두가 가슴을 쓸어내렸다. 얽히는 움직임에 맞추어 교대로 울리던 북과 박이 겹쳐지며 북소리가 빠르고 강해졌다. 무희는 두 사내의 검을 양손으로 받아치며 돌고 뛰고 허리를 낮추고 몸을 틀었다. 세 사람의 검무는 서로 부딪거나 등을 맞대며 교묘히 얽혀 한 여자를 두고 경쟁하는 두 남자의 이야기로, 연인들이 훼방꾼을 내치거나 두 남자가 동시에 여자에게 끌려가는 등 흥미로운 이야기를 자아냈다. 동대공의 눈이 빛났다. 그는 그게 사전 모의가 아니라 무희의 움직임에 의해 두 남자의 상황이 결정된다는 걸 알았다. 그는 처음엔 무희들 속에서 누가 반공주인지 찾느라 애를 먹었다. 그러나 이제 아무에게도 묻지 않아도 되었다.

"제법인데."

모닥불 가에서 부하들이 술안주로 씹을 이야기는 기대보다도 근사할지 모르겠다. 물론 침소에서 그 암팡진 몸을 직접 맛보는 게 먼저지만.

빠른 북소리가 심장을 파고들어 맥동하는 혈류와 박자를 맞추었다. 세 사람의 검무가 아찔하게 뒤엉켰다. 어지간한 칼솜씨라도 저 상황을 아무 상처 없이 마무리 짓기는 어려울 거 같았다. 무화는 저 칼날 사이에서 그냥 찢겨 죽을 셈인가? 권력이 자신을 찢어발기기 전에? 카르파는 춤을 멈춰야 한다고 생각했다. 하지만 그때를 판단할 수가 없었다.

심장과 호흡을 함께 몰아대던 북소리가 뚝 끊겼다. 무희의 몸이 엇갈린 사내들의 칼 사이로 스러졌다. 여자들이 비명을 질렀다. 동대공은 자기 앞으로 미끄러져오는 무희의 몸을 받아 꽉 끌어안았다. 무희는 그의 몸에 제 몸이 가려질 정도로 폭 파고 들었다.

"끝내주는데!"

동대공은 웃으며 무희의 베일을 걷었다. 그리고 숨을 멈췄다. 땀으로 범벅된 반공주의 아름다운 얼굴 때문이 아니었다. 그의 턱밑에 차고 날카로운 반월도가 깊게 들어와 있었다.

"여기서 당신을 그어 버릴까 해."

강렬한 춤의 여운으로 몸을 들썩이면서도 반공주의 목소리는 흐트러지지 않았다. 하루이틀 배운 솜씨가 아니라 아주 오래 단련한 몸이었다. 동대공은 아랫배가 짜릿해졌다. 지금 그가 안고 있는 것이 무엇인지 그는 감히 상상조차 할 수 없었다.

"일을 크게 만들지 마라."

동대공은 말을 하다가 실수해서 목이 날아가지 않도록 조심했다. 무화는 그가 눈동자를 움직이는 것조차 허락하지 않았다. 동대공의 전사들이 얼마나 날랜지는 이미 파악했다. 등을 노리지 못하도록 동대공의 품안에 파고들어 그의 몸 전체를 방패로 삼은 것도 그런 계산속이었다. 만약에 동대공이 상황을 뒤집어 역으로 몸으로 압박한대도 그의 목이 그어진 다음일 것이었다.

"이미 커졌어."

"감히 동대공에게 칼을 들이민 계집을 네 왕이 살려둘까?"

칼날에 목이 눌린 동대공의 목소리는 텁텁했다.

"그래. 하지만 하찮은 계집이 왕들의 손에 놀아나지 않을 방법이란 죽이거나 죽는 것뿐이야. 나는 나를 죽이는 대신 당신을 죽일 생각이야. 어차피 목단이 날 죽일 텐데 혼자는 억울하잖아?"

아직 아무도 무화가 무슨 짓을 하려는지 정확히 몰랐다. 둘이 너무 가까웠고 동대공이 공주를 희롱하는 것을 똑바로 보려는 사람은 없었다.

동대공은 진심으로 감탄했다.

"대담하군. 너는 나를 못 죽여."

무화는 웃었다.

"왜? 지금 생각난 건데, 당신을 죽이면 누구도 내게 손대지 못해. 목단도 나를 죽일 수 없어. 대공직은 계승이 아니라 찬탈제지. 늑대 떼처럼. 당신 부하들이 나를 어떻게 대할지 궁금하지 않아?"

동대공은 눈을 부라렸다.

"너는 계집이야. 전사들은 계집을 따르지 않아."

무화는 칼을 쥔 손을 아주 살짝 비틀었다. 얇게 피가 밴 붉은 한 줄이 동대공의 가슴을 따라 흘렀다.

"그래? 그럼 그냥 당신만 죽이지 뭐."

이 계집은 진심이다. 미쳤군. 감히, 계집이 동대공을 협박하고 파리처럼 죽이려 들어?

"내 부하들이 너와 네 왕과 네 가문을 찢어발길 거다. 핏줄 하나 피부 한 겹씩."

동대공은 싸늘한 분노를 담아 말했다.

"전사들의 싸움에 협박이라니, 부끄러운 줄 알아."

반공주의 말에 동대공의 얼굴이 분노와 수치로 얼룩덜룩해졌다. 장난은 끝났다.

"네년을 찢어발기는 건 꼭 내 손으로 해야겠군."

"부디 그럴 수 있길 바라."

반공주의 칼날이 그의 피를 쏟기 전에 차분한 목소리가 들렸다.

"그만둬라, 무화."

무화는 깜짝 놀랐다. 궐 안에서 그 이름을 부를 이는 없었다. 게다가 그건 마노의 목소리였다. 죽음에 임박하면 별별 것들이 떠오른다더니. 무화는 돌아보지 않았다. 마노가 여기에 있을 리가 없다.

"나를 살려주면 너를 지켜주마. 내 부하도 네 왕도 너를 건드리지 못한다. 동령에서 너에게 손댈 수 있는 자는 없어. 동대공의 명예를 걸고."

동대공은 판단을 빨리했다. 죽는 거야 말로 제일 큰 손해였다. 목을 조르는 칼날이 살짝 느슨해졌다.

"그리고 네 것이 되라고? 지금과 뭐가 달라?"

"절대로 너한테 손 안 대. 전사는 전사를 존중하지."

동대공이 빈 손바닥을 보이자 무화는 칼날을 살짝 틀었다.

"공표해. 모두가 듣게."

동대공은 무화의 허리에 손을 얹고 일부러 느긋하게 술잔을 들었다. 마음 같아서는 바싹 안고 입을 맞춰도 부족했지만 무화가 칼날을 틀어 팔목 아래로 숨기고 있었다. 그 칼이 얼마나 빠른지 굳이 확인할 필요는 없었다. 동대공은 술을 따르는 시중꾼에게 무화의 잔에도 술을 따르게 했다. 그것만으로도 좌중이 웅성댔다. 목단왕은 아까부터 안절부절 어찌할 바를 몰랐다. 도대체 이런 자리에서 둘이 무슨 짓을 하고 있는 건가. 동대공은 손 빠르기로 소문이 자자했지만, 그 품으로 보란 듯이 뛰어 들어간 반공주는 또 뭔가. 세자의 끈질긴 청만 아니었어도 궐문도 넘지 못했을 천한 계집이 대공과 엔센을 양손에 쥐고 휘두르는 꼴이라니. 덕분에 입장이 얼마나 난처한지 몰랐다. 청목은 진흙 속의 진주처럼 저 계집의 가치를 알아보았던 건가? 그렇다면 그 진주의 주인이 누가 될지도 그가 알고 있으리라. 목단왕이 그런 계산을 하는 동안 동대공이 입을 열었다.

"반공주에게 접근하는 자는 이 검해를 거쳐야 할 것이다."

동대공은 맹약의 표시로 입에 술잔을 털어 넣었다. 전사로는 인정하지 않는군. 무화는 이를 악물고 동대공과 마주 댄 잔을 단번에 마셨다. 약속이 완성되었다. 목단왕의 얼굴에서 핏기가 가셨다. 단 한 번도 생각한 적 없는 최악의 결과였다.

"동대공. 그렇게 마음대로……."

"이거, 그럼 반공주와의 혼사에 목단왕이 아닌 동대공의 허락을 받아야 하는 겁니까?"

카르파가 비꼬았다.

"제 허락을 받으셔야 하는 거죠."

무화가 못 박았다. 카르파는 일부러 과장되게 절했다.

"육신의 소유를 되찾은 것을 감축 드립니다. 곧 얼마나 어리석은 일인지 깨닫게 되겠지만."

그는 등을 돌려 연회장을 나갔다.

"여흥은 그만하면 충분하실 텐데요. 지나치면 모자람만 못한 법입니다."

목단왕이 말했다.

"그대는 동령의 왕좌 없는 왕을 술김에 헛소리나 지껄이는 자로 만들 셈이오?"

동대공이 말했다. 순간 목단왕은 흐릿한 기억 속에서 대공들이 타락한 왕조를 쓸어버리고 새 왕을 추대한 일이 몇 번이었는지 재빨리 더듬었다. 목은 아직 목록에 없지만 앞으로도 없으리란 보장은 없다.

"대공 전하의 뜻대로."

목단왕이 백기를 들었다. 청목은 그의 뒤에 서 있다가 조용히 물러났다.

말리는 연회장의 소란을 전해 듣고 바삐 움직였다.

"복도에 등을 더 밝혀라. 공주님 방은 어둡게 하고. 많이 피로하실 게야."

말리는 그림자가 긴 것이 싫었다. 서미 공주를 모실 때 그림자가 길게 늘어지는 날이면 꼭 나쁜 일이 일어났다. 바람에 흔들린 불이 제멋대로 추는 춤에 불과하대도 비슷한 일들이 계속되면 징조가 된다. 말리는 작은 봇짐도 쌌다. 안에는 돈과 금장신구가 들어 있었다. 내내 닫아두었던 궤도 열어서 무화의 칼자루를 막대기처럼 봇짐에 꿰어 넣었다.

"내가 지금 뭐하는 거람."

말리는 투덜대면서도 손을 멈추진 않았다. 봇짐을 들고 나서는데 허름한 장옷이 눈에 걸렸다. 보통 아녀자들처럼 눈에 띄지 않고 궐 밖을 다닐 때 쓰던 것이었다. 말리는 잠시 고민하다가 장옷을 옆에 끼고 걸음을 서둘렀다. 저쪽에서 무화가 시중꾼도 없이 홀로 이슬을 밟아 돌아오는 게 보였다.

"공주님."

말리가 무화를 불렀다. 무화는 밤눈이 몹시 밝아서 어둠 속에 있는 말리를 금방 알아봤다.

"먼저 자라고 했잖아."

말리는 점점 잠이 많아지는 나이였고, 오늘 밤 무슨 일이 일어날지 알 수 없었기 때문에 미리 분부했었다.

"이거 챙기세요."

말리는 다짜고짜 봇짐을 무화에게 안겼다. 무슨 말을 해야 할지 어떻게 말해야 할지 알 수 없지만, 그걸 줘야 할 것 같았다.

"이게 뭔데? 왜?"

무화는 둘둘만 보자기를 쥐는 순간 바로 칼인 걸 알았다. 말리가 보따리를 무화의 허리에 매줄 때 거친 흙 알갱이를 짓밟는 수십 개의 발소리가 들렸다. 무화는 칼을 싼 보자기를 풀었다. 그러나 너무 꼼꼼히 싸여서 손이 느렸다.

"아이코, 무화님!"

말리는 돌에 걸려 넘어지듯 무화를 감싸며 고꾸라졌다. 어둠 속에서 안개처럼 퍼지는 혈향에 왼팔이 꿈틀댔다. 사람이 자기가 죽는 순간을 알게 된다면 어떨까. 말리는 머지않아 퇴궐해서 친척집 뒷방에 기거하다 천천히 늙어 죽을 거라고 말했었다. 그동안 모아둔 돈을 쓰면 크게 눈치 볼 것 없이 편히 지낼 수 있을 거라고, 그때까지 무화가 궁궐에서 자리 잡기를 바란다고 말했다.

무화는 칼을 뽑으며 주위를 둘러싼 자객들을 훑어보았다. 동대공은 감히 자기에게 맞선 계집을 처리하기로 결정한 모양이었다.

"너희 왕은 수치를 모르는구나. 미리 말해두는데 살아서 잡히지 마라. 죽여 달라고 애걸하게 될 테니까."

자객들은 말없이 공격을 시작했다. 무화는 묵묵히 그들을 베어 넘겼다. 서미와 있을 때는 가능한 목숨을 빼앗지 않으려고 했었다. 시킨 사람이 나쁜 거지 그들의 죄가 아니라는 순진한 생각도 했던 거 같다. 지금은 양심을 지키지 않은 그들도 책임을 져야 한다고 생각했다. 아니라면 아무 상관없는 말리가 죽는 일은 없었다.

"사…… 살려줘. 누가 시킨 건지 말할게."

무화는 뒤돌아 달아나는 자객의 목덜미를 날렵하게 잡아챘다.

"난 안 듣는다고 했어."

피에 젖은 날이 달빛을 삼켰다. 무화가 자객들의 목을 따는데 차가운 빗방울 같은 목소리가 후두둑 떨어졌다.

"그만해."

무화는 살육으로 달아오른 몸뚱이와 흙먼지 가득한 지면을 잠재우는 차분한 목소리의 남자를 돌아보았다. 검은 밤보다 더 검은 머리카락이 허공에 무의 공백을 자아냈다. 저 얼굴을 봤었다. 바람이 없어서 흐드러진 만리화 향기가 담장과 기와를 덮고 골목골목까지 그윽하게 고인 밤이었다. 어둔 하늘은 짙푸른 융단처럼 광택을 띠었고 별들이 모래알처럼 흩어져 빛났다. 무화는 잎이 피지 않은 가지에 매달린 꽃을 한 움큼 잡아 손바닥에서 짓이겼다. 갑갑하고 갑갑해서 무슨 짓이든 하고 싶은 밤이었다.

'뉘냐?'

아늑한 고요는 단 한 마디로 훌쩍 날아갔다. 무화는 멀리서 다가오는 치마를 끄는 그림자가 녹옥 공주라는 걸 알고 뒤늦게 머리를 조아렸다.

'공주 마마.'

무화는 녹옥을 엄마라고 부르지 않았다. 녹옥 공주는 무화를 흘깃 보더니 멈추지 않고 지나쳐갔다.

중문 너머에서 키 큰 그림자가 녹옥 공주를 기다리고 있었다. 호위인가? 그는 나비처럼 살포시 녹옥에게 다가섰다. 광택 있는 옷감 모서리가 은은한 빛을 반사하고 느슨하게 틀어 묶은 머리카락은 밤의 동공처럼 까맸다. 호위라기엔 지나치게 화려한 복색이었다.

누굴까? 연인?

녹옥 공주는 공식적으로 미망인이니 연인이 있어도 이상하지 않았다. 왕가에서는 정략적 쓸모만 있다면 자식을 낳은 공주라도 얼마든지 재가 시킬 것이었다. 혈옥(血玉)이라는 별명이 붙은 공주를 두려워하지 않을 가문이 있다면. 무화는 돌아서다가 구름에 가린 달빛에 남자의 얼굴이 드러난 것을 보고 멈춰 섰다.

'마노?'

아니 닮았지만 마노가 아니었다. 옥인 중에는 검은 머리가 없었다. 검은색은 모든 빛을 빨아들이는 어둔의 색이기 때문이다. 무화는 몰래 그들 뒤를 밟았다. 겹겹한 치마를 입었지만 얼마든지 소리없이 움직일 수 있었다. 궐 안에서 그걸 연습할 시간은 충분했다.

'그걸 어쩌실 건가요?'

녹옥이 남자에게 물었다.

'가장 필요한 때에 중요한 곳에 써야죠.'

남자의 어조는 조용했고 목소리는 깊었다.

'무화를 사용할 계획이 있으면 미리 알려 줘요. 그건 엄연히 내 패고, 지난번처럼 뒤통수 맞고 싶진 않으니까.'

녹옥이 말했다. 어머니가 아니었다. 적어도 어머니라는 존재에게 무화가 기대한 말은 아니었다. 무화는 눈을 감았다. 짓이긴 꽃의 향기에 숨이 막혔다. 남자는 녹옥의 이마에 입을 맞추고 멀어졌다. 녹옥은 그의 뒷모습을 오래 바라보다가 발길을 돌렸다.

"청목 세자 저하."

무화는 씹어 뱉듯이 그의 이름을 불렀다. 오랫동안 생각 끝에 무화는 그때의 그가 청목 세자라고 판단했다. 늘 베일을 쓰고 있지만 궐 안에서 그 정도로 키가 큰 남자는 없었다.

가끔 고모의 이마에 입을 맞추는 것이 전혀 어색하지 않은 남자의 불길하고도 매혹적인 뒷모습을 떠오르기도 했다. 그 미묘하고도 불온한 공기를 기억에서 떨치기란 쉽지 않았다.

"전하를 죽이거나 제가 죽어야겠죠."

무화는 칼날의 피를 털었다. 왼손이 투덜댔다.

청목 세자는 등 뒤에서 자기 키만큼 긴 칼을 뽑았다. 무화는 낯익은 그 모습에 침을 삼켰다. 설마.

"아니, 너는 죽지 않아. 여기서는."

청목의 칼날이 무화의 등 뒤를 베었다. 소리 없이 기척을 죽인 자객의 몸이 후두둑 첨벙 제가 흘린 피웅덩이에 떨어졌다. 무화가 삼킨 숨을 뱉기도 전이었다.

"가라."

무화는 청목을 한 번 보고 말리가 쓰고 있던 피 묻은 장옷에 팔을 꿰었다. 지금 입은 무희 옷은 발가벗은 것과 다름없었다.

무화가 달아나는 것을 등지고 청목이 말했다.

"내 얼굴을 보았으니 살려둘 수가 없겠군."

정원수와 담 그늘에 숨은 자객들은 서로 눈짓을 나누더니 무화를 쫓아 방향을 틀었다. 청목이 그들을 쫓았다. 그의 손아귀에서 벗어날 수 있는 자는 없었다. 청목은 칼날에 묻은 살점을 베일로 닦았다. 얇은 망사가 피에 흠뻑 젖었다. 그가 손목을 휘젓자 칼날은 그대로 물방울로 변해 땅 위에 쏟아졌다. 때를 맞추어 비가 내리기 시작했다.

"도대체, 이 일을 어쩔 셈인가? 어떻게 이 지경이 되도록 두어!"

목단왕은 궁인들이 청목 세자를 불러 오는 걸 기다리지 못하고 직접 그의 처소에서 기다리고 있었다. 청목은 어두운 문간에서 수련이 건네는 새 베일을 머리에 쓰고 목단왕에게 절했다. 목단은 눈살을 찌푸렸다. 수현 악사는 목단을 따른 적이 없었다. 왕이 될 자만이 따른다는 소문은 틀렸다. 선대 악사는 가짜 세자를 따랐었고 목단이 즉위하자 소리 없이 실종되었다.

"반공주가 쓸모가 있을 거라고 말한 건 그대다, 청목."

그는 아들을 남처럼 불렀다. 태어나서 아장아장 걸을 때까지 잠깐 보고 십수 년 동안 떨어져 있다가 책봉식에 다시 만난 아들은 남보다도 낯설었다. 목단은 그가 대를 이을 계승자이고 아비보다 더 크고 더 영리하기 때문에 두려웠다. 아들이 두렵다니, 이 무슨 어리석은 생각인가. 목단은 엄한 표정을 지었다. 그러나 다른 한편으로 세자가 왕위를 너무 빨리 물려받고 싶어할까 봐 밤에 잠이 오지 않는 것도 사실이었다.

"훌륭하게 제 몫을 했지요. 왕을 둘이나 물어왔으니까요."

청목은 얇은 베일 너머로 아비를 바라보았다. 목단은 진담인지 농담인지 가늠했다.

"해결책이 있단 거냐?"

"이미 끝났습니다."

청목이 말했다. 목단은 주위를 물렸다.

"끝났다니?"

"반공주는 제 재주에 넘어졌습니다. 동대공이든 엔센이든 정면으로 대드는 계집을 살려둘 남자는 없죠."

다급히 들어온 하인이 궁궐 뒷문에서 일어난 참극을 알렸다. 빗소리가 비명을 묻고 핏물을 씻었지만 시신들이 남았다. 반공주의 몸뚱이는 없었다.

"살았더라도 멀리가지 못했을 겁니다. 들짐승이라도 잡아먹겠죠."

청목은 궁인이 차려온 찻상의 잔 뚜껑을 열었다. 온기가 싸늘한 습기를 좇았다. 그는 베일을 반쯤 걷어 그 아래로 차를 마셨다. 그 자태가 참으로 우아해서 목단은 잠시 홀린 듯이 아들을 바라보았다. 그가 세자의 베일을 썼을 때는 갑갑하고 숨쉬기도 어렵고 말하려고 입을 열 때마다 면포가 입술에 달라붙어서 짜증이 치밀었다. 식사

때는 사람들을 물리고 벗고 먹거나 아예 먹지 않았다. 세자의 베일은 청목신왕 때부터 전해져 온 것으로 겸손과 주변과 세자의 안전을 위한 것으로 왕위 후계자의 빛나는 얼굴을 가까이서 보고 눈이 먼 가여운 백성들을 위함이고, 지극한 아름다움에 세상의 질시를 사지 않도록 하는 방지책이었으며 암살자의 위험으로부터 계승자를 보호하는 역할도 했다. 공식 행사에서는 세자 외에도 몇 명이 더 베일을 쓰는 것이 규칙이었다. 그 몇 명은 언제나 달라졌다.

"녹옥에게, 그 애의 아비가 누구인지는 캐냈느냐?"

녹옥은 그보다 먼저 태어났지만 여자에게 왕위를 물려줄 수는 없다는 강경한 입장 때문에 손아래 누이가 되었다. 태어날 때부터 몸이 약했던 목단이 무사히 성장할 때까지 꼭두각시 노릇을 하기도 했다. 그때 받은 대접에 아직도 취해 있는 것일까. 녹옥의 태도는 건방지기 짝이 없었다. 그는 누이의 목소리도 들은 적도 없었다. 즉위식 때마저 축하 인사도 없이 절만 받았다. 딱 한 번 녹옥이 웃으면서 말하는 걸 본 적이 있었다. 상대는 적송가의 무릇이었다. 사극의 아들이자 반하의 아비인 그는 서령의 외교관직을 수행하며 3년에 한 번씩만 입궁했다.

왕실에서 녹옥에게 무슨 짓을 했는지 생각하면 녹옥의 태도는 납득이 갔지만 왕으로서, 공식적인 자리 외에서는 예조차 취하지 않고 사라지는 녹옥의 태도는 괘씸하기 그지없었다. 녹옥은 자기가 여왕이 되기를 꿈꿨던 것일까? 혹시 아직도 머리 위의 왕관이 자기 몫이었다고 생각하고 있는 것은 아닐까.

그는 녹옥이 있는 것이 불안했다. 정말로 역모에 녹옥은 아무 관련이 없을까? 멀리 떨어진 이름 없는 산에 유폐한 것만으로 불안해서 눈 가까이 궁궐에 가두었지만 걱정은 가시지 않았다. 연제군처럼 호들갑을 떨면서 궁궐 밖으로 나돌지 않고 말없이 앉아만 있어도 녹옥 주변의 바람은 달랐다. 아무도 입을 열지 않아도 발 딛는 돌바닥의 울림과 스치는 가지의 잎새와 손바닥에 떨어지는 빗물에서 불안한 수런거림이 들렸다. 궐내에서 눈에 보이지 않는 뭔가가 변하고 있었고 그 가운데 녹옥이 있었다. 음산하고 섬뜩한 이름 없는 산에서 지낸 시간과 함께 돌아온 그의 누이는 너무도 불길했다.

고래등걸의 영주는 녹옥을 감시하는 역할도 함께 했었다. 유폐지에는 아무도 드나들지 못하도록 엄격히 왕래가 금지되었고, 산골 마을 사람들 모두가 녹옥의 감시자였다. 녹옥에게 일이 생기면, 그게 좋은 일이건 나쁜 일이건 마을 사람들이 대가를 치러야 했다. 결국 그들은 녹옥의 임신에 대가를 치렀다. 목단은 혹시나 싶어 사관에게 제부가 죽은 때와 사생아의 나이를 맞춰보았다. 전혀 맞지 않았다. 그렇다면 그 아이는 누구의 소생일까? 혹시 녹옥은 누구의 씨도 없이 증오로 그 애를 빚어낸 것은 아닐까?

고래등걸 영주가 그토록 기이하고 무참하게 살해된 연유는 무얼까. 목단은 고래등걸 영주의 죽음이 곰의 짓이라는 보고를 믿지 않았다. 딸을 인질로 잡는다면 녹옥이 함부로 행동하지 못하리라는 계획 속에서 그는 사생아에게 반공주의 지위를 내려 함께 궁으로 불렀었다. 하지만 반공주는 중간에 실종되었고, 비슷한 때에 고래등걸 영주가 죽었다. 녹옥은 딸의 실종에 놀라지 않았고 찾지도 않았다. 목단의 계획을 알고 있는 건가 생각이 들기도 했다. 하지만 녹옥의 지금 태도를 보건데 애초에 자식에게 관심이 없던 게 맞을 듯했다.

"반공주의 아비가 누구인 건 중요하지 않습니다. 그 애가 얼마나 예쁘고 정략적 가치를 가지느냐가 중요하죠. 하지만 이제 소용없어졌습니다."

청목의 목소리는 무심했다. 목단왕은 새삼 아들을 올려다보았다. 다시 생각해도 참으로 컸다. 마치 나무처럼. 사람은 일정한 때가 되면 성장을 멈추지만 나무는 죽을 때까지 자라기를 멈추지 않았다. 그가 이 아이를 만든 적이 있던가, 왕비가 낳았던 그 아이가 이 아이가 정녕 맞는 걸까? 누군가 중간에 바뀌친 것은 아니고?

"제가 왕이 되는 일은 없을 겁니다."

세자가 돌아서며 말했다. 목단은 아들을 두려워한 것이 들통 나서 어찌할 바를 모르느라 그 말이 이상하다는 걸 깨닫지 못했다.

"참으로 겸손한 말이로구나."

청목은 닫힌 문을 손수 열었다. 문 너머 서 있던 수현 악사 수련이 세자를 보고 머리를 조아렸다. 청목은 악사를 보지 않고 스쳐갔다. 수현 악사는 그의 그림자를 밟지 않으려고 몸을 돌렸다. 물고기 지느러미 같은 투명한 겹겹 비단이 발치에서 물결쳤다. 수현 악사는 언제나 맨발이었지만 그 발에 먼지가 묻는 걸 본 적이 없었다. 마치 바닥을 딛지 않고 걷는 것 같다. 목단에게는 수현 악사가 따랐던 적이 없었다. 목단은 쪽빛 밤하늘을 헤엄쳐 오는 은고기처럼 경쾌하고 유연한 발걸음이 청목 세자를 따라 멀어지는 것을 잠자코 바라보았다.

'수현 악사는 왕위 후계자만 따르지.'

연제군이 말했던가? 그 말은 틀렸다. 목단은 왕이 되었고 녹옥은 유폐되었다. 떠도는 말 같은 건 아무 의미도 없었다.

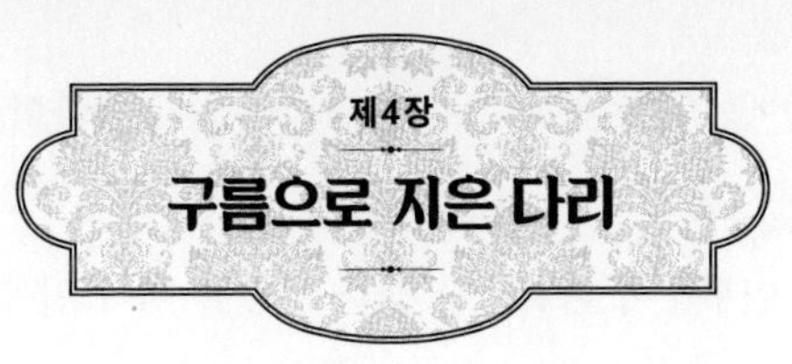

제4장 구름으로 지은 다리

무화는 날이 밝기 전에 도심 외곽까지 달렸다. 수도 가름의 길과 다리, 건물들은 어둔을 막는 방비가 철저해서 **밤**의 도움을 받을 수가 없었다. 도시 외곽의 나들목에는 부지런한 새벽 장사꾼들이 모여 있었다. 무화는 말장수와 흥정했다. 일을 서두르면 급행료가 붙는 법이라 장사치들은 다급함이 엿보이는 지친 손님에게 값을 높게 불렀다. 무화는 돈을 냈다. 적잖은 돈이 말 값으로 사라졌다. 꼬박 하루를 달리자 수도 서쪽 항구에 도착할 수 있었다. 무화는 난전에서 지친 말을 헐값에 팔았다. 주머니에 남은 돈으론 배삯은커녕 뗏목 값도 안 됐다. 궁을 떠날 때 금붙이를 버린 게 새삼 후회되었다. 뛰는 데 거치적대기도 하고 눈에 띄는 물건이라 행방을 추적당할까 봐 보이는 우물에 던졌었다.

노을진 어둠속에 녹아가는 배들은 너무 멀고 꿈결처럼 아득해 보였다. 반대쪽에는 완전히 어두워진 길들을 따라 등불이 떠오르고 있었다. 무화는 그곳에 검은 한 점으로 녹아들었다.

여행객과 인부들이 다니는 부산한 큰길을 지나 안쪽으로 들어가자 술꾼과 건달들이 눌어붙은 뒷골목이 나왔다. 술 냄새와 오줌 냄새가 켜켜이 묵은 골목 저편에서 열기와 욺은 함성이 들렸다. 무화는 그리로 향했다. 짧은 시간에 돈을 벌 방법이라면 도박뿐이었다. 그러나 전혀 모르는 것에 운을 걸만큼 무화는 스스로를 과신하지 않았다. 힘쓰는 거친 사내들이 있는 곳이라면 어디든 싸움 도박장이 섰다. 무화는 근방을 배회하다가 적당히 판돈이 달아오른 경기를 골라 가진 돈을 몽땅 걸고 스스로를 투장 울안에 넣었다. 야유와 흥분이 뒤엉킨 고함소리가 먹먹하게 귀를 때렸다. 상대는 무화의 가냘픈 몸을 보고 비웃었다. 무화는 너무 빠르지도 늦지도 않게 그를 때려 눕혔고 필요한 돈을 챙겼다.

"이름이 뭐지?"

돈을 내주면서 주인이 말을 걸었다. 관중의 눈을 끌 줄 아는 싸움꾼은 드물다. 그는 무화를 포섭해서 장기적으로 손님을 끌고 싶었다.

"여기서 명성을 쌓으면 금방 귀족나리 댁의 지킴이로 들어갈 수 있어. 그럼 팔자 피는 거야."

무화는 주인의 권유를 귓등으로 흘리고 돈을 챙겨 떠났다. 뒤에서 욕설이 쏟아졌다.

뱃삯을 치르고 출항을 기다리면서 무화는 노점에서 물고기 꼬치를 샀다. 한밤과 새벽의 어중간한 때라 유일하게 문을 연 가게였다.

동대공과 마신 술이 무화가 먹은 마지막 음식이었다. 꼬치는 차갑고 비린내가 났다. 무화는 단맛과 기름기와 잿가루의 씁쓸함이 남은 입술을 핥으면서 뒤를 밟는 발자국 소리를 셌다. 한적한 곳으로 가도 달라붙은 발소리는 떨어지지 않았다.

"너, 먹고 튀었다며?"

무화는 꼬치에 꿴 마지막 조각을 삼키고 빈 꼬치에 남은 양념까지 쪽쪽 빨았다.

"꼬치 값 냈는데."

"꼬치가 아니라 대전금! 혼자 먹으라고 받는 돈이 아니지. 어디서 굴러 와서 쥐뿔도 모르는 게."

덩치 큰 사내들이 주위를 둘러쌌다. 무화보다 머리 하나 어깨는 두세 배 컸다.

"그런 규칙은 못 들었어."

뱃고동 소리가 들렸다. 한 번. 짐을 실었다는 신호였다.

"그럼 지금부터 배우든가!"

사내들이 달려들었다. 무화는 빈 꼬치를 던졌다. 허벅다리가 꼬치에 꿰인 사내가 비명을 질렀고 어둠 속에서 칼날에 비친 안광이 번들댔다. 무화는 사방에서 날아오는 칼날을 피해 춤추듯이 왼팔의 적옥 팔찌를 뺐다. 얇은 여름 옷 위로 검은 먹물 번지듯 **어스름**이 스며 나와 삽시간에 주위를 삼켰다. 사내들은 어둑한 속에서 안개같이 퍼지는 형체를 간신히 보았다. 비명소리도 나지 않았다. 안개는 밝아오는 하늘 저편으로 두 번째 뱃고동의 여운이 사라지기 전에 부둣가로 밀려가 파도에 옷가지와 신발을 첨벙첨벙 뱉었다. **어스름**은 사람이었던 것은 머리카락 한 올 남기지 않았다.

세 번째 뱃고동 소리를 들으며 무화는 배에 올랐다. 뱃삯을 내고 가짜 이름과 출신지를 적자 승선객들은 서로의 관심 밖으로 사라졌다. 무화는 크고 튼튼한 난간에 손을 얹었다. 어디로 가는 배인지 확인하지 않고 그저 제일 빨리 출발하는 가장 큰 배를 탄 거였다. 배가 크면 항해가 길다. 무화는 목국에서 멀리 떨어지고 싶었다. 나머지는 그 다음에 생각해도 됐다.

안녕 무화.

아침 해가 차오르는 그늘 끝에서 목소리가 들렸다. 목 항구를 막 벗어난 때였다. 무화는 눈을 깜박이며 으슥한 돛 그늘 아래 흔들리는 형체를 응시했다.

"**밤**?"

분명 **밤**이었지만 무화가 기억하는 **밤**은 아니었다. 수북했던 갈기가 단정하게 정리되었고 허리는 더 길고 가늘고 털색이 엷어졌다. 밝지는 않지만 어둡지도 않고 마치 눈밭에 드리워진 그림자나 여명 직전의 하늘처럼 푸르스름했다. 뿔은 더 높아졌다.

"너 또 변했네?"

몸이 변하면 그림자도 변하지, 빛이 변해도 그림자는 변해.

"어둔은 원래 변해?"

갑자기 **밤**의 형체가 곤두박질 쳤다.

나를 그 이름으로 부르면 안 돼. 나는 이제 ***그들****이 아니야.*

밤은 다시 작은 고양이만큼 작아져서 무화의 어깨 위를 타고 올라왔다. 어둔은 독립성을 부정했다. 어둔은 하나이면서 여럿이고 여렷이면서 하나인 존재라 '나'는 없었다. 그런데 **밤**은 분명히 '나'라고 했다. 무화는 생쥐만 해진 **밤**이 그대로 쪼그라들어 사라질 것만 같아서 다급히 희끄무레한 먼지덩이 같은 것을 붙들었다.

"가지 마, **밤**."

밤은 다시 고양이만큼 커졌다. 무화가 이름을 부를 때마다 **밤**은 계속 커져서 염소만큼 커지고 뿔이 생기고, 갈기와 털이 수북한 거대한 스라소니처럼 되었다가, 마침내 높은 뿔을 단 장대한 군마의 모습을 갖췄다. 허리는 늘씬하고 긴 다리마다 물결이 흐르는 듯한 풍성한 갈기를 달고 이빨은 육식동물처럼 날카로웠다.

*나는 **그들**이 아냐. 나는 너의 **밤**이야.*

밤이 말했다. 이전처럼 머릿속에 떠도는 미미한 속삭임이 아니라 박쥐 소리처럼 인간의 귀는 들을 수 없는 음의 진동이 피부에 느껴졌다. 무화는 밤의 서늘한 털을 쓰다듬었다. 아침 햇살 속에서도 뚜렷한 형체는 사라지지 않았다.

*서미가 **그늘**을 거쳐 갔어.*

무화는 깜짝 놀랐다. 장님이 길을 갈 때 지팡이가 필요한 것처럼 **그늘**은 어둔이 아니면 드나들 수 없었다. **밤**은 **그늘**에 입구와 출구가 없다고 했다. 그곳은 무한히 닫힌 공간이며 오직 어둔만이 존재하는 곳이었다. 빗물과 강물이 만나면 하나이고 강물이 바다를 만나도 하나이듯이. 이제 **밤**은 무화가 이름을 붙였기 때문에 그들과 하나이면서도 다른 흐름이 되었다. 사람이 해류와 바람에 이름을 붙여 그것이 다른 바닷물과 다른 바람이 된 것처럼.

"서미는 너희를 못 봐. 내가 알아."

이름 없는 산에는 어둔이 넘쳐났다. 나뭇잎 그늘이나 웅크린 뿌리 아래, 돌 구석, 물고기가 헤엄치는 물 밑에도 있었다. 그곳의 어둔들은 도시나 방비된 곳의 그림자처럼 땅과 물체를 잇는 말라붙은 종잇장 같은 게 아니라 입체적이었다. **밤**은 심지어 서미 옆에 한동안 졸졸 붙어 다니며 놀릴 적도 있었다. 서미는 사위의 일부가 좀 어둡다거나, 눈이 침침하다거나, 현기증이나, 밝은 데 있다가 어두운 곳에 들어가면 갑자기 눈앞에 흑과 백이 반짝이는 거라고 생각했다. 사실 그런 것들 모두가 어둔이긴 했다. 하지만 서미는 결코 무화가 인지하는 방법으로 어둔을 인지하진 못했다. 무화는 그들이 존재하고 있다는 걸 서미에게 납득시킬 수가 없었다.

서미에겐 안내자가 있어.

밤이 말했다.

"안내자? 누구?"

그 이름을 말하면 안 돼. 이름은 부를수록 강해지거든.

무화는 그 말을 이해했다.

"그런데 서미인 줄은 어떻게 알아?"

사람이 개미를 구분할 수 없듯이 어둔은 인간 개체를 구분하지 못했다. **밤**이 무화를 알아보는 건 사람이 자기가 기른 고양이를 알아보는 것과 다르지 않았다.

나는 너를 알아 볼 수 있어. 우리 모두 너를 알아보지. 그래서 서미가 너의 일부를 갖고 있다면, 우리는 서미를 알아볼 수 있어.

"내 일부? 그게 뭔데?"

밤은 갑자기 사라졌다.

무화는 부푼 둣 너머에 서 있는 아름다운 남자를 보았다. 그도 무화를 보고 있었다. 바람에 날리는 긴 은발은 그의 절묘한 미모를 더욱 거짓말처럼 보이게 했다.

"빙사 반하."

무화가 그를 불렀다.

"그렇게 쉽게 달아날 수 있을 줄 알았어?"

반하가 대답했다. 무화는 살짝 입술을 깨물었다.

"누가 보냈지? 목단왕? 동대공?"

무화는 그가 가까이 오기를 기다렸다.

"상인은 인상 깊은 손님을 기억해 내지. 말을 사고 팔 때 적당히 실랑이라도 해두지 그랬어. 다급히 말을 사고 판 곱상한 젊은 남자가 하루에 몇이나 있을 거 같아?"

반하는 이쪽으로 오다가 멈춰 섰다.

"그거, 안 하는 게 좋아."

무화는 단번에 벨 수 있을 만큼 반하와의 거리가 가까워지길 기다리고 있었다.

"눈치가 빠른데."

무화는 혀를 찼다. 아직 기회는 있었다.

"이런 미모는 세상의 보물인데, 너무 쉽게 없애려는 거 아니야?"

반하의 말에 무화는 실소했다.

"너무 뻔뻔하잖아?"

"내 덕목들 중 하나지."

반하가 말했다. 무화는 웃음을 거뒀다.

"내가 순순히 잡혀갈 거란 기대는 하지 마."

"기대에 어긋나서 미안한걸. 널 잡으러 온 건 내가 아니야."

반하는 멀리서 슬금슬금 접근하는 덩치 서넛을 눈짓으로 가리켰다. 무화는 징글징글한 검은머리와 검은 눈을 보면서 뽑지 않은 칼자루의 방향을 돌렸다.

"신중해. 여긴 배 안이야. 소란 피우면 수장될 수도 있어."

반하가 말했다.

"포기하라고?"

무화가 물었다. 반하는 손을 들었다. 그가 팔을 돌리는 동시에 바람의 방향이 바뀌었다. 무화는 반하가 가리킨 돛이 팽팽하게 부푸는 걸 보았다. 그 위로 반짝 불꽃이 일더니 두툼한 천이 요란한 굉음을 내며 찢어졌다. 큰 돛이 찢겨 나가자 배 전체가 휘청했다. 갑판이 소란한 통에 반하는 무화에게 속삭였다.

"가방 챙겨."

돛이 너울대는 틈에 그는 사라졌다. 있던 자리엔 가방 하나만 덩그러니 남아 있었다. 무화는 그 안에서 낡은 옷가지를 발견하고 더러운 모자를 눌러썼다. 비실한 청년이 순식간에 잡부로 변했다.

"어이 너! 밧줄을 가져와! 빨리빨리!"

따로 속이려고 들 필요도 없이 여기저기서 무화를 부려 댔다. 무화는 선장과 선원들의 명령을 따라 정신없이 뛰어다니다가 배가 항구에 닿자 모자를 쓰레기통에 던지고 항구의 뒷골목으로 사라졌다. 반하는 서둘러서 무화를 따라 내렸지만 쓰레기통에 걸쳐진 모자만 간신히 찾아냈다.

"다녀오셨습니까, 도련님."

단정한 옷을 입은 남자가 반하에게 인사했다. 딱히 신분이 드러나지 않는 어두운 색 옷감은 질이 좋았고 살짝 세기 시작한 갈색 머리와 노련한 눈이 빈틈없어 보였다. 반하는 운교의 적송가를 관리하는 청지기에게 고개를 끄덕였다. 운교엔 반하의 아버지 무릇이 외교관으로 파견되어 있었고 반하도 목국보다 여기 머무는 기간이 길었다. 섬세하고 예민한 세공도구를 갖춘 그의 작업장도 운교에 있었다. 시간은 많아. 반하는 손에 쥔 낡은 모자를 바라보았다.

"그것도 가져가실 겁니까?"

청지기가 더러운 모자를 가리켰다. 반하는 고개 젓고 모자를 도로 쓰레기 더미에 던졌다.

"아니."

목에서부터 시중을 들어온 하인들이 운교의 청지기의 지시대로 짐을 부렸다. 청지기는 큰 길 가에 세워놓은 가문의 마차로 짐을 나르도록 시켰다. 반하는 일꾼들이 일하는 동안 잠시 근처를 거닐다가 멈춰섰다. 시선이 느껴졌다. 그가 뒤돌아보자 거기 있던 마차의 차양이 내려졌다. 반하는 마차의 번들대는 가죽 지붕에서 섬뜩하고 비릿한, 기억이 거부하는 어떤 냄새를 맡았다. 뭐였더라? 그래, 사람의 살로 지은 둥지가 있던 주점 지하 냄새다.

"작은 주인님께서 기다리십니다. 저녁을 같이 드실 수 있는지 여쭤 보라셨습니다."

청지기가 그를 불렀다. 반하는 현실로 돌아왔다. 무릇은 운교에 올 때마다 청지기를 통해 한결같이 물었다. 반하의 대답도 한결 같았다.

"아니."

"네."

마차에 오르자 청지기가 문을 닫았다. 반하는 마차 창문으로 밖을 내다보았다. 번들대는 마차는 아직 거기 있었다. 반하는 관자놀이를 짚었다. 붉은 광채가 눈동자를 스치며 사물이 일그러지고 뒤틀리고 다른 형상으로 재조합됐다. 마차에 매인 말들은 칠흑으로 빚은 것처럼 검고 그림자가 없었다. 아니 있기는 한데 마치 진창처럼 발굽이 끝도 시작도 알 수 없는 깊은 암흑 속에 빠져 있었다.

'보아선 안 될 것은 보지 마세요. 당신이 삼킨 것을 지키고 싶다면.'

단풍의 목소리가 들린 것 같았다. 반하는 차양을 내렸다.

"아버님께 들르겠다고 전해."

"네."

청지기의 목소리에서 안도가 느껴졌다.

반하가 식당에 들어섰을 때 무룻은 담배 연기를 날리며 창틀에 비스듬히 앉아 있었다. 키는 둘이 엇비슷했지만 무룻 쪽이 훨씬 말라서 걸을 때면 우아한 대나무가 바람에 휘청이는 것 같았다. 반하는 오랜만에 보는 아버지의 얼굴을 낯선 사람처럼 뜯어보았다. 이마부터 눈썹을 가른 칼자국이 아니라면 흠 없이 잘생긴 얼굴이었다. 아니 그 칼자국이 그의 단정한 외관을 더욱 두드러지게 하는지도 몰랐다.

'이건 왜 그래요?'

어린 반하는 그 상처가 궁금했었다.

'오래전에 다쳤단다.'

무릇은 자상한 아버지였고 반하는 걷기 전부터 말부터 하는 아이였기 때문에 아버지는 세상에 대한 아이의 궁금증을 풀어 주려고 자주 업고 나갔다. 조부 사극이 보지 않을 때만.

'제가 있기 전에요?'

'네가 있기 전부터. 네 엄마를 만나기도 전에.'

'아파요?'

'이젠 안 아파.'

'왜 다쳤어요?'

무릇은 대답하지 않았다. 반하는 그때부터 아버지가 그냥 아버지가 아니라 무릇이라는 한 사람으로 보였다.

"왔구나."

무릇은 담배연기 너머로 희미하게 웃었다. 반하는 아버지가 담배를 마저 피울 때까지 조용히 기다렸다. 무릇은 담배를 즐겼는데 피우는 양은 많지 않았지만 피우는 동안에는 방해받길 꺼렸다. 반하는 종종 아버지가 부푼 담배 연기 너머로 다른 곳을 보고 있다는 생각이 들곤 했다. 희뿌연 연기가 이마에 난 상처를 가리면 무릇은 마치 시간을 되돌린 것처럼 더 젊고 강해 보였다.

"생각하던 일은 풀렸느냐?"

무릇은 타들어간 담배 끝을 재떨이에 올려놓고 남은 연기가 마저 흩어지게 두었다. 그 연기는 다른 담배와는 달리 곱고 농밀하고 진주 같은 광택이 흘렀다.

"염려해 주신 덕분에요."

반하의 대답에 무릇은 짧게 웃었다.

"우리가 내외할 사이는 아니라고 생각했는데."

그는 훌쩍 자란 아들과 식탁에 마주 앉았다. 실종 사건 이후로 아들은 다른 사람이 된 것 같았다. 키가 더 크고 마르고 영민하게 빛나던 눈에 우수가 깃들었다. 희게 센 머리는 달빛이 드리운 눈밭처럼 은청색으로 섬세하게 빛났다. 무릇은 이제 흰 머리가 나기 시작한 자기 얼굴이 은그릇에 비치는 걸 보았다. 그가 노인이 된다 해도 저렇게 되진 못하리라.

"먹자."

무릇은 천천히 많이 먹는 사람이어서 반하가 식사를 마친 후 용건을 꺼내기엔 시간이 충분했다.

"녹옥 공주께서 안부를 전하라셨습니다."

무릇은 웃었다.

"그럴 리가 없어, 아들아. 그러니까 그냥 필요한 걸 말하려무나."

"아버님의 서재에 있던 녹색 구슬은 녹옥 공주께서 주신 겁니까?"

무릇은 젓가락을 내려놓았다.

"네가 깨트리고 혼날까 봐 가출했던 그 구슬 말이냐?"

반하는 찔끔했지만 아버지의 음성은 평상시와 다름없었다. 집안에서 사라진 그의 실종이 그런 식으로 처리되었기 때문에 그가 사라질 때와 같이 다시 불쑥 서재에 서 있을 때 아무도 놀라지 않았다. 공식적으로 적송가의 장손은 실종된 적이 없었다.

"돌려 묻지 마라. 염탐으로 시간을 낭비하기엔 우린 서로 너무 많이 알지 않느냐."

과연 무릇이 반하를 잘 알고 있을까? 남과는 다르지만, 부모자식 간이기 때문에 모르는 것들도 있다. 반하는 껍질을 너무 많이 벗어서 투명해진 실뱀을 보듯이 무릇을 보았다. 그는 사극의 아들이었고 반하의 아버지였다. 무릇이 아무리 유순해 보여도 그들에게는 같은 피가 흘렀다.

"녹옥 공주님과는 어떤 사이셨습니까?"

반하가 물었다. 무릇은 잠자코 있다 입을 열었다.

"반하, 영리하고 교만한 아들아. 녹우(綠雨)와 나 사이에 네가 알아야 할 것은 없다. 그러니 녹옥 공주와 너 사이에 네가 알아야 할 것들을 물으려무나. 그럼 내가 좀 도와줄 수 있겠지."

무릇의 투명함은 가장 지독한 것들을 녹이고 녹여 가장 마지막에 추출해낸 빠르고 강력한 맹독이었다. 그가 운교 공관에 똬리 튼 이유는 항간의 소문처럼 아비 사극을 피해 숨은 것이 아니라 운교라는 동령의 요지와의 교류에 그의 유능함이 절대적으로 필요했기 때문이었다.

무릇이 피하는 것이 있다면 자기 손으로 혈육을 해하는 일이리라. 무릇은 아비를 죽이고 싶은 자신으로부터 달아난 것이지 사극이 두려워서 달아난 것이 아니라고 반하는 확신했다. 무릇은 지독히 신중하고 아무것도 두려워하지 않았다. 반하가 느끼기엔 그랬다.

"그 구슬은 역시 녹옥 공주님의 것이군요."

무릇은 대꾸하지 않았다. 몇 번 담뱃대를 만지작거렸지만 불을 붙이지도 않았다. 그는 연기 저쪽으로 건너가지 않고 신중하게 아들과

의 대화에 집중했다.

“그건 목숨으로 빚은 구슬이다. 구슬 하나당 목숨 한 개. 그런 식이지. 네가 그 구슬로 뭘 했는지는 묻지 않으마. 하지만 내게 중요한 물건이었고 너를 탓하지 않은 건 네가 내 아들이기 때문이다.”

아주 잠깐 무릇의 이빨이 드러났다. 반하는 주의를 기울였다.

“그와 비슷한 걸 고래등걸에서 봤습니다. 반공주의 것이었죠.”

무릇은 입가를 문질렀다. 비밀을 숨긴 자들은 행여 새어 나갈까 봐 자기도 모르게 입단속을 하는 법이다. 반하는 아버지가 감춘 것이 무엇인지 궁금했다.

“녹옥 공주께서 뭐라고 하시더냐?”

“아무 말씀 없으셨습니다.”

반하는 거짓말을 했다. 싸늘한 손가락이 뺨을 훑는 감각이 되살아났다. 녹옥의 손에서는 오래된 무덤의 흙처럼 마르고 쓴 냄새가 났다. 반하 안의 용은 씹어뱉은 뼈처럼 녹옥에게 흥미가 없었다. 무릇은 반하의 거짓말을 알아챘지만 상관하지 않았다.

“네가 나에게 어떤 원망을 가졌는지 모르겠지만, 우리 사이에 네가 상상하는 것은 없어. 내가 맞아들인 건 네 엄마고. 늙은 여우가 죽게 했다.”

무릇은 사극을 절대로 아버지라고 부르지 않았다. 언제나 반하의 조부 아니면 늙은 여우였다.

“그래서 저를 받아들이신 겁니까? 조부에게 대항하려고?”

반하는 침착함을 가장했다.

“그 말을 믿느냐? 네 어미가 너를 가진 채로 나에게 왔다고?”

무릇은 차마 아들이 하지 못한 말을 시원스레 던지며 웃었다.

"어리석은 풍문에 흔들리지 마라. 네가 적송가의 핏줄이 아니라면 늙은 여우가 너를 가문에 남겨 두었을 성 싶으냐?"

그의 말이 옳았다. 사극은 반하를 살려두지도 않았을 것이었다.

"어머니를 사랑하셨습니까?"

반하가 물었다.

"사랑이라니. 네가 그런 말을 할 줄은 몰랐는데."

무릇은 킥킥 웃으면서 매만지던 담배에 불을 붙였다.

"그 말이 생긴 지 얼마나 됐다고 생각하느냐. 너는 네가 세상의 중심인 줄 알지만 너 이전에도 세상이 있었고 이후로도 있을 거다. 사랑 이전에도 여러가지 감정들이 있었지. 나는 그걸 사랑이라고 부르진 않겠다. 네 어머니를 사랑했다는 말이 듣고 싶으냐? 내 대답은 '아니'다. 하지만 사랑이 아니어도 사람이 소중한 의미를 지니는 말들은 많다."

무릇은 거짓을 말하는 남자가 아니었고 반하는 그래서 그를 신뢰하고 증오했다.

"녹옥 공주님을 사랑하셨죠?"

"나는 그분을 뵌 적이 없다."

무릇은 잘라 말했다.

"녹우는 네가 아는 녹옥 공주와는 다른 사람이다."

무릇의 창백해진 얼굴에 눈썹을 가른 상처가 두드러졌다. 반하는 무릇이 드러낸 것이 이빨이 아니라 상처라는 걸 깨달았다.

"그만 가거라. 늙은 여우에게 휘둘리지 마라. 너는 네 피를 증명할 의무가 없어."

무릇은 지친 듯 손짓했다.

"압니다."

반하가 대답했다. 무릇은 그의 담배를 아들 앞으로 밀었다.

"권하지 않는다. 하지만 네가 너무 많은 것을 보고 그걸 견디면서 계속 삶을 버텨야 한다면, 위로가 될지도 모르지."

반하는 담배를 아버지 앞으로 다시 밀었다.

"저는 아주 많은 것을 봤지만 그것이 견디기 어렵다고는 생각하지 않습니다."

무릇은 웃었다.

"너는 젊구나."

그는 희게 세다 못해 투명한 아들의 은발을 바라보았다. 어쩌면 아들은 이미 지독하게 늙었고, 그럼에도 여전히 쇠락하지 않는 강인함을 갖췄는지도 몰랐다. 반하야말로 무릇이 바란 모든 것의 집합체였다.

반하는 복도를 걸었다. 등을 들지 않아도 시야가 밝게 잘 보였다.

그 구슬을 건드린 건 우연이었을까, 필연이었을까. 반하는 아직도 가끔 운명의 기로에 섰던 순간에 대해 반추해 보곤 했다. 아버지의 장서들이 잔뜩 쌓인 책장 사이에 녹색 구슬이 있었다. 그게 언제부터 거기 있었는지 원래 있던 것을 세삼 발견한 건지는 기억나지 않았다.

집안싸움에 치여 숨죽이고 책 속에서만 살던 소년은 손닿는 자리의 책들을 모조리 읽어 치웠기 때문에 더 윗칸의 책들을 꺼내기 위해 사다리 꼭대기까지 올라갔었다. 값진 가죽으로 묵직하게 양장된 책등 너머로 질척한 눈밭에서 움튼 첫 새싹처럼 영롱한 초록색이 엿보였다. 반하는 책장 틈으로 손을 비집고 빛나는 것을 끄집어냈다.

녹색 구슬은 완전히 둥글진 않고 양끝이 살짝 기름해서 씨앗이나 알처럼 보이기도 했다. 반하는 구슬에 정신이 팔려서 책장이 위험하게 흔들리는 걸 깨닫지 못하고 와르르 쏟아지는 책과 함께 추락했다. 사다리와 뒤엉킨 반하의 머리가 땅에 부딪치기 전에 허공의 책들이 빙글빙글 소용돌이쳤다. 반하는 손안의 구슬이 산산이 깨지며 시간이 멈추고 공간이 뒤틀리는 것을 보았다. 반하가 그 순간을 멈추길 바란 탓일까. 아니면 구슬의 힘일까. 어쩌면 둘 다일까?

반하는 허공에서 몸을 틀어 떨어지다 만 책들 사이로 사뿐히 발을 디뎠다. 눈앞에 녹색 여자가 보였다. 아버지의 책상 앞에 서 있던 여자였다. 여자는 곱게 틀어 올린 머리카락부터 민무늬 옷 아래 드러난 맨 발끝까지 미미한 녹색 광택이 흘렀다. 구슬과 똑같은 색이었다. 여자는 책상에 엎드려 잠든 아버지의 상처 난 눈썹에 입 맞추고 사라졌었다.

반하는 여자를 따라갔다. 쟁반을 들고 오다가 허공에 한 발이 멈춘 하인과, 하녀를 나무라는 청지기와 그 발치에서 쏟아지다만 이불보들, 부엌에서 몰래 튀어나가는 고양이, 뒷문에서 주인을 흉보는 하인들이 뒤에 남겨졌다. 반하가 모래 산과 바위의 사막을 지나 지혜의 도시 서옥을 거치고 다시 돌아와 아버지의 서재에 떨어진 책을 주워들었을 때는 순식간에 시간이 흘렀고 검은 머리는 은색으로 바래 있었다. 바닥에 떨어진 구슬 파편이 모래알처럼 바스라져 바람에

실려 사라졌다. 하인들은 그가 없어졌었다고 난리를 피웠다. 무릇은 훌쩍 달라진 아들을 침묵으로 바라보았다.

그전까지 반하의 취미는 독서와 그 안에서 배운 검증 가능한 지식이었다. 그는 불가능한 것, 사리에 맞지 않는 것, 논리적으로 설명할 수 없는 것에 관해서는 냉정했다. 모두가 반하를 있는 듯 없는 듯 조심스레 취급했기 때문에 자기마저 헛것에 관심을 가졌다간 현실에 깔린 모래알처럼 갈려 나갈 것 같았다.

이제는 눈에 보이지 않는 것들, 침묵을 입고서야 비로서 선명히 드러나는 기저의 비밀이 그의 관심 대상이었다. 책을 읽을 때도 이야기의 전개와 논리가 아니라, 단어와 행간 사이의 빈 틈에 작가가 숨긴 말들을 찾았고, 사람들이 암묵적으로 행하는 약속과 보이지 않는 마음이 몸을 작동하는 힘, 존재하지 않는 것들을 가리키는 말들에 매료되었다. 그런 것들은 실증날 틈을 주지 않았으며 배운 만큼 새로워지고 어제 걸은 길만큼 새로운 길이 오늘은 백 가지 방향으로 열렸다.

그가 더 이상 길을 찾을 수 없는 지식의 방대한 미로 한가운데에 함몰되었을 때, 단풍이 그에게 왔다.

'과거는 분석하고 증명하는 게 아니라 기억하는 거예요. 인간은 시간을 존재케 하지만, 그런 순간은 아주 짧죠. 그러니까 과거는 과거인 채로 두고 오늘을 살아요. 그래야 내일이 오죠. 아니면 영영 어제에 갇힐 거예요.'

단풍은 그가 온 곳에서 상자를 하나 가져왔다. 안에는 희고 검고 푸르고 불그레한 돌조각들이 가득했다. 아무데서나 흔히 보는 것들이었다.

'이게 뭐지?'

반하가 물었다. 단풍이 말했다.

'**어제**들이지요. 당신은 여기에 오늘을, 어쩌면 내일을 담을 수도 있어요. 당신은 이제 용이니까요.'

반하는 뱃속이 뒤틀리는 불쾌감을 느꼈다. 하얀 사막에 검은 기둥처럼 솟은 돌탑이 있었다. 거기에 괴물들이 지키는 용의 알을 그 여자가 훔쳤다. 그 여자는 반하지만 반하가 아니었다. 마치 다른 사람이 된 긴 꿈을 꾼 것 같았다. 그 여자가 알을 삼키자 수 천 년의 시간을 단번에 살아 버린 것처럼 온몸의 털이 희게 바래다 못해 은빛으로 투명해졌다.

반하는 지층 같은 결을 가진 돌조각 속에서 호박의 화석을 집어 들었다. 안에는 그가 모르는 곤충이 기포와 함께 굳어 있었다. 거기 갇힌 공기와 시간은 영구히 보존되었다. 반하는 그것을 연마해 박제된 시간을 드러내는 일을 시작했다. 돌 안에서 까마득히 먼 과거의 시간들이 마치 지금 일어나는 일인 양 부산을 떨었다. 오래전에 빛났던 별빛이 지금 머리 위에서 반짝이는 것 같다. 별이 빛나는 순간은 그 별의 시간으로는 이미 과거이지만 그걸 보는 사람에게는 현재였다. 사람이 별을 보기 전까지 그 빛은 별에게는 사라진 시간이고 사람에게는 닿지 않은 시간이었다. 그 사이에는 오로지 빛 안의 긴 여행이 있었다. 반하는 그 시간들을 음미했다. 인지야 말로 다른 차원의 문을 여는 열쇠다. 원래의 별과, 별을 떠나 머리 위에 당도한 빛은 같지 않았지만 그럼에도 둘은 하나였다. 원래의 별이 사라졌대도 별이었던 빛은 계속 계속 앞으로 나아간다. 그것이 발견하고자 하는 이에게 닿고 싶은 별의 마음이리라. 마음은 시공간을 뛰어 넘어 과거에도 존재했고 미래에도 존재한다. 그렇게 별은 영원해진다.

반하가 만진 녹색 구슬도 그랬다. 누군가에게 닿아 운명을 일깨우고 자신의 운명까지 함께 매듭짓기 위해서 존재하는 거였다. 녹색 구슬을 만지기 전과 만진 후는 전혀 달랐고 결코 이전처럼은 될 수 없었다. 그는 아쉬워하지 않기로 했다. 시간은 흐르고 인간은 태어나 성장하고 죽는다. 어차피 정해진 것들이 있다면 정해지지 않은 것들은 그가 결정할 수 있었다. 그게 사람으로 난 그가 할 일이고 유일한 기회이기도 했다.

'녹색 구슬이 있었어. 아버지의 서재에. 여기에 그런 돌이 있어?'

반하는 그가 깨트린 녹색 구슬에 대해 단풍에게 말했다. 단풍은 고개 저었다.

'그건 생명으로 빚어서 죽음이 뱉은 숨결로 마감된 돌이죠. 그런 건 정말 드물어요. 보통 돌들은 불과 압력과 시간과 구성물로 형질이 결정되지요. 사람처럼.'

반하와 단풍은 불이 꺼지지 않는 용광로를 지었다. 아무도 땔감이 쓰이는 걸 못 보았지만 그 용광로는 언제나 활활 타올랐다. 반하는 자기 안의 불로 금과 은을 사용해 명성을 얻었다. 그의 작업실에는 보물들이 용의 둥지처럼 쌓여 갔다. 무릇은 아들의 작업과 안전을 위해 별채 주위에 깊은 해자를 팠다.

몸의 내부에서 끌어 오르는 불을 다루는 것은 순조로웠다. 그 불로 빛나는 것들을 빚어내는 일도 근사했다. 하지만 인간의 육체와

정신과 영혼과 감정을 지니고 성장하고 변화하며 소멸되는 것이 반하의 타고난 본질이었다. 그가 삼킨 알과 융화되려면 생명의 고리를 끊고 육체를 벗어야만 했다.

고래등걸에서 녹옥 공주를 본 순간 반하는 그가 아버지 방에 서 있던 녹색 여자라는 걸 알아보았다. 녹옥도 그를 알아보았다. 단순히 명성으로 유추한 알아봄이 아니었다. 그와 시간을 지내고 대화를 나누며 본질을 이해한 그런 앎이었다.

'너였군.'

단둘이 있던 순간은 아주 잠깐이었다. 하지만 그 한마디로 반하는 흩어져 있던 구슬들이 한 줄에 꿰이는 느낌이 들었다.

'내 구슬이 도움이 되었니?'

녹옥 공주가 말했다. 반하는 말없이 공주를 노려보았다.

'제게 무슨 짓을 하신 겁니까?'

'나는 아무것도 안 했어. 네가 그걸 건드렸고, 그게 너에게 말을 했지. 거기 어디에 내 의지가 있다는 거지?'

녹옥은 의자에서 일어나 한 발 다가왔다.

'그래, 그동안 무슨 일이 있었지?'

반하는 한 발 물러섰다. 식은땀이 한 방울 등을 타고 흘렀다.

'아버지의 서재에 환영으로 나타나셨죠.'

반하가 말을 돌렸다. 녹옥은 웃었다.

'그건 내가 아니야. 네가 구슬 속에서 보고자 한 것을 끌어낸 거지.'

녹옥에게서는 비 온 뒤의 흙냄새가 났다. 이것과 비슷한 것을 누구에게서 맡았더라. 그래, 청목 세자였다. 둘이 무슨 관계인 걸까. 정말로 고모와 조카 사이인 걸까?

'좋아. 그대의 비밀을 지켜주지.'

녹옥은 반하의 옷을 놓아주었다. 반하는 온몸에 비늘처럼 소름이 돋아 있었다. 녹옥은 너무나 차가웠다.

"이제 연주는 안 하니?"

연기를 흩트리는 묵직한 음이 반하를 현재로 불러왔다. 무룻은 구석에 놓인 악기의 건반을 눌렀다. 어릴 적 반하는 손님들을 초대한 자리에서 종종 하르피엔을 연주했다. 고사리처럼 작은 손가락이 붉고 희고 검은 조각 위에 내려앉아 신나게 내달리면 사람들은 손뼉을 치고 장단을 맞추었다. 진짜 가수가 노래를 부르기도 했다. 좋은 시간이었다.

"너무 오래전이군요."

반하는 말을 골랐다. 겨우 몇 년 전인데 정말로 까마득히 오래된 것 같았다.

"나는 어제 같구나. 너는 뭐든지 잘하는 아이였지. 쉽게 배우고 배운 것보다 훨씬 더 잘하는 아이였다. 모든 일이 너무 쉬운 인생은 시시해. 나는 네가 아무것에도 마음 붙이지 못할까 염려했었다."

무룻이 말했다.

"그런 걱정은 더셔도 됩니다."

반하는 식당을 떠났다.

별채는 얕게 흐르는 수로를 해자처럼 두르고 커다란 징검돌 몇 개로 다리를 대신했다. 운교의 적송 저택은 외양은 서쪽의 건축양식을 따라 건조한 바람을 막기 위해 회반죽한 벽을 두르고 나무로 지붕을 이었지만 무릇의 처소와 반하의 별채는 목국 풍으로 나무와 기와를 이어 지었다. 무릇은 이 두 채를 위해 북쪽의 거대한 나무들을 직접 골라 베어 말려 운송해 왔다. 운송은 아무 배나 하기 어려워서 노래하는 나무 상단에서 야래 선장이 직접 가져왔다.

인연이란 이상한 것이다. 아무것도 아닌 일 중요하지 않은 것들이 켜켜이 쌓여 찰랑이다가 넘치면 마침내 모든 것이 한줄기로 이어진 강이 된다. 강물은 더 이상 우연을 퍼 넣지 않아도 저절로 인연을 더해가며 알아서 흘러갔다.

반하는 돌무더기가 그득한 차가운 바닥 한가운데에 누웠다. 흙을 다져넣은 바닥은 딱딱했지만 어떤 부드러운 침대보다도 편안해서 비로소 제자리에 돌아온 기분이었다. 그의 짐은 의자 위에 놓여 있었다. 반하는 제일 작은 가방을 열고 모래가 가득 찬 큼직한 병을 꺼냈다. 병이 흔들리자 뽀얀 먼지가 피어올라 저 스스로 빛을 내기 시작했다. 반하는 그 모래를 흙으로 구운 둥근 항아리에 덜어 넣고 마감 직전까지 연마한 돌들을 재웠다. 일정 시간이 흐르자 매끄러운 돌멩이에 불과했던 돌 내부가 투명해지며 빛과 색이 흘러 다녔다. 반하는 서미가 가져간 씨앗 보석을 떠올렸다. 서미는 어디로 사라진 걸까. 녹옥 공주는 딸이 바뀐 것에 대해서 아무 의문도 표하지 않았다. 애초에 녹옥에게 반공주는 어떤 의미였을까. 세간에서는 녹옥이 유폐된 동안 신분도 알 수 없는 무지렁이와 교접해 아이를 낳았다고 했다. 누구는 이름 없는 산의 어둔이 뱃속에 스며 괴물을 잉태했다고도 했다. 녹옥이 죽은 남편의 무덤을 파헤쳐 그 씨를 품었다는 소문도 있었다.

반하는 빛을 머금은 보석 하나를 공깃돌처럼 손 안에서 굴렸다. 그물처럼 엉킨 빗살 모양이 나뭇살로 짜인 궁궐 문을 떠오르게 했다. 공주의 부마와 그의 가문이 기울어져 가는 목왕실에 기여를 한 것은 사실이다. 목왕실은 그들을 집어삼켜 쇠락한 달이 차오르듯 부강해졌다. 녹옥 공주와 부마는 어떤 관계였을까? 그저 정략적이기만 했다면 시간(屍姦)이라는 무시무시한 소문은 없지 않을까? 반하는 공주의 부마가 아버지 무릇과 같은 시기에 서옥에서 수련했다는 것을 우연히 알게 되었다. 둘은 친구였을까? 아버지가 그를 알았을까?

서옥은 남령의 사막 한복판에 세워진 현자의 도시였다. 흰 바위와 금모래로 뒤덮인 고대 유적을 탐구하는 학자들이 머물다 그들을 중심으로 상권이 생기고, 높은 가문의 자제들이 배움을 구하러 오면서 하인과 노예를 데려와 우물을 파고 오아시스와 수로를 설치하여 도시를 정비한 유례없는 역사를 가진 장소이기도 했다.

반하는 바람이 그의 발을 실어 갔던 것을 기억했다. 구름을 밟는 듯 나붓한 걸음이 낙타가 끄는 지붕 달린 수레에 올랐다. 길게 흘러내리는 머리카락이 팔꿈치를 간질이는 촉감과 발목에 감긴 금방울이 잘강이며 웃는 소리가 떠올랐다. 거울에 비친 아름다운 여인이 그와 똑같이 찡그리고 눈을 깜박였다. 반하는 거울을 뒤집어 덮고 기억이 되살아나는 것을 막았다. 지난 시간을 핥는 것보다 생산적인 일은 많았다. 그는 땔감 없는 용광로의 불을 달구고 떠돌이들이 쉽게 드나드는 배다리 아래의 술집으로 하인들을 보냈다. 그들은 빈손으로 돌아왔지만 영리해 뵈는 작달막한 남자를 데려왔다. 반하는 그에게 돈을 주어 다시 내보냈다. 남자는 하역장과 선창과 주변에 드나드는 사람과 소문을 모아 왔다. 반하는 그를 몸종으로 삼아 뒷골목 나들이를 나갔다.

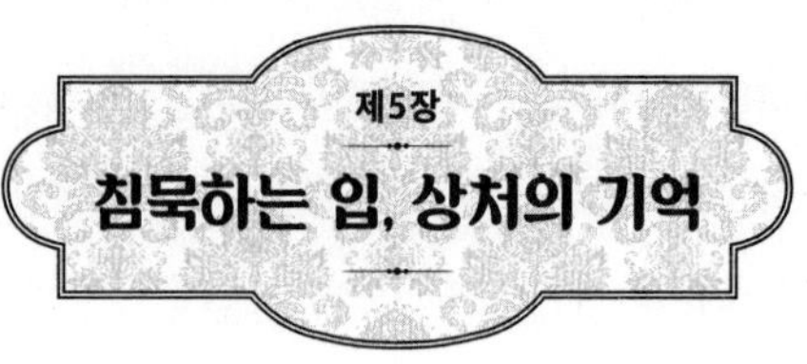

제5장 침묵하는 입, 상처의 기억

"누가 전하래요."

얇은 지갑을 챙겨 무투장을 나서는데 모르는 소년이 쪽지를 내밀었다. 무화는 받지 않고 물었다.

"그 사람 은발이던?"

"어떻게 아셨어요?"

무화는 지갑에서 동전 하나를 꺼내 소년에게 던졌다.

"거절했다고 전해."

반하는 꽤 끈질기구나. 무화는 소년이 따라오는 걸 무시하고 술 한 병과 함께 숙소로 잡은 싸구려 여관방으로 돌아갔다. 오늘 대전은 정말로 힘이 들었다. 생명의 위협을 느낀 **어스름**의 횡포를 제어하느라 진땀이 흘러 몇 번이고 미끄러질 뻔했다. 지는 날도 있다. 매일매일 이길 수만은 없었다. 그래도 버텨야 했다. 삶은 어디서건 이어지고 무화는 살아야 했다. 비록 바라는 장소가 아니고 원하는 사람이 곁에 없다고 해도.

눈을 감으면 바람이 몸을 실어 갔다. 물살이 머리카락을 간질였다. 무화는 흔들리는 작은 배가 되어 노래하는 나무 상단으로 가는 길고 오랜 여행을 계속했다. 하지만 눈을 뜨면 쓰리고 아픈 몸은 먼지내와 땀에 전 좁은 침대에 천근처럼 가라앉았다. 넓은 창공이 아닌 좁고 더러운 천정에는 어둠이 고여 있었고 창밖에선 고함소리와 울퉁불퉁한 길에서 끽끽대는 마차바퀴 소리와 뭔가 부서지고 깨지는 소리가 들렸다. 뒷골목은 하루라도 조용한 날이 없었다. 벽은 얇고 길과 바로 닿아 있어 소음이 몇 배나 크게 들렸다. 무화는 고요하고 고요한 궁궐의 담을 떠올리는 자신을 나무라며 돈주머니 속을 세었다. 이틀 치의 방값과 술값을 지불하자 한층 가벼워졌다. 무화는 여관 주인이 선심 쓴 딱딱한 빵조각을 씹으며 밖으로 나왔다. 한 방울씩 여름비가 얼굴을 때렸다.

번듯한 동네에는 번듯한 가게가, 빈민굴 근처에는 그에 걸맞은 쇠락한 가게가 있었다. 새벽이 되자 상인 조합 건물 앞엔 자질구레한 봇짐들을 들고 이고 진 행상들로 벌써 줄이 생겼고 무화는 여섯 번째로 섰다. 여섯은 너무 많지도 너무 적지도 않은 숫자였다. 여섯 명 안에 들면 비바람이 들이치는 처마 밑이 아니라 비좁은 전실 구석에서 등을 기댈 수 있었다.

상인 조합 전실에는 낡아서 좀이 슨 대륙 지도가 있었다. 지도는 운교를 대륙의 중앙으로 표시하고 바다 건너 동쪽엔 목국이 속한 동령이, 남령은 해안선과 대륙에 걸친 큰 나라들이 표시되어 있었고,

북쪽과 서쪽은 몇몇 작은 도시 외에는 비어 있었다. 무화는 그 지도가 오트의 지도에서 동북쪽에 위치한 일부임을 알아보았다. 오트는 무화가 지도를 보는 걸 허락하지 않았기 때문에 아주 잠깐 도둑질처럼 훔쳐봤었다. 더 아래 남령의 큰 물을 지나면 서쪽과 동쪽으로 가는 수로가 있었다. 인간은 가 본 적이 없는, 어쩌면 이미 오래전에 잃어버린 길들이었다.

"또?"

무화의 차례가 되어 방에 들어가자 책상 너머의 조합장은 미간 가득 주름을 잡았다.

"오지 말라고 했잖아. 그쪽이 찾는 건 없다니까?"

"노래하는 나무 상단에 줄만 대주면 돼요. 고깃배라도 상관없고 행상 밑이라도 좋아요."

무화는 끈질기게 매달렸다. 조합장은 무화의 얼굴을 흘끔 보고는 책상에 코를 박고 얼굴도 들지 않았다.

"그렇게 급 높은 상단이 이런 구석까지 무슨 볼일이 있겠어. 다른 조합에 가 봐."

무화는 돈주머니를 소리 나게 탁자에 내려놓았다.

"오트와 일할 때 당신을 본 적 있어."

조합장은 처음 보듯이 무화를 다시 보았다.

"이야, 그렇군. 그 꼬맹이들 중 하나였구나. 낯이 익더라니."

상인은 귀족과 달리 필요로 하는 모든 사람들을 만났다. 오트는 나무배에서 내릴 수 없기 때문에 상인 조합은 주로 중계상의 배에서 만났고, 육지 심부름은 무화와 서미 몫이었다.

"노래하는 나무 상단이 오면 운교의 유리 저택에 가장 먼저 들른다는 건 알고 있지?"

그건 몰랐다. 오트가 보낸 적이 없었다.

"약속 없이 오트를 만난 사람은 없어. 네가 제일 잘 알지? 하지만 너라면 만날 수 있겠지."

그는 유리 저택에 어떻게 가면 되는지 일러주며 한마디 보탰다.

"우리 같은 소상인은 이윤을 남길 만한 상품이 적어. 운교의 특산물인 색유리가 그나마 좀 돈이 됐는데, 값이 치솟으니 손님 발길이 뚝 끊겼어. 왜 그런지 좀 알아보고, 조금이라도 수급 분배가 가능하도록 타진해 줘. 같이 먹고 살아야 할 거 아냐."

무화는 그러겠다고 답하고 돌아섰다.

"이봐."

뒤에서 조합장이 무화를 불렀다. 무화는 눈 앞에 날아오는 물체를 잽싸게 잡아챘다. 무화가 조합장에게 준 돈주머니였다. 책상 위에는 은화 두 개만 놓여 있었다.

"길잡이 값은 받으마."

무화는 살짝 고개 숙여 감사를 표했다. 밖은 동이 트고 있었다. 무화는 말을 빌려 유리 저택으로 향했다. 큰 길로만 두 시간 이상 달려야 하는 거리였다. 무화는 빈속에 상처투성이 몸을 무겁게 붙들고 말에 올랐다.

조합장이 알려준 창과 벽마다 너덜너덜하게 천을 드리운 거대한 흉가였다. 무화는 몇 번이고 근처를 돌아 조합장이 설명해 준 반듯

하고 현란하고 아름다운 유리 저택을 찾았지만 위치와 맞아들어 가는 건물은 그거 하나였다.

"이 근방에 유리 저택이 있다는데? 어딥니까?"

무화는 길 가는 사람을 잡고 물었다. 그 사람은 흙가 지붕 꼭대기를 가리켰다.

"바로 저기요."

"아니던데요? 유리가 없어요."

"요즘 유리 도둑들이 기승을 부려서 가려뒀을 거예요. 가서 물어봐요."

무화는 말에서 떨어질 만큼 지쳐서 대문 앞에서 멈췄다. 문지기는 무화를 쫓아냈다. 당연했다. 신분을 증명할 소개장도 없는 초라한 시정잡배에게 문을 열 집은 사창가밖에 없다. 무화는 담을 타 넘으려고 매달렸다가 눈앞이 아득해져서 미끄러져 떨어졌다. 열기가 마르지 않은 오후의 햇살 속에서 담벼락이 희게 빛났다. 가진 돈을 다 털어 산 말 고삐가 손가락 사이로 빠져나가는 게 느껴졌다. 그걸 잡을 힘도 없었다.

"……화. 무화?"

눈앞에 수려한 금발이 어른댄다. 크고 거친 향기 없는 손이 무화의 뺨을 두드렸다.

"마노……."

무화는 몸을 붙든 온기를 느낀 순간 안도감에 정신을 잃었다. 남자는 고개를 숙여 무화의 고른 숨소리를 확인하고, 혀뿌리로 쯧 소리를 내 주인을 놔두고 가려는 말을 불러들였다. 그는 다 자란 젊은

이를 세 살 어린애처럼 가뿐하게 고쳐 안으며 투덜댔다.

"마노라고?"

무화가 눈을 뜬 곳은 초라한 숙소였다. 사방은 벌써 캄캄했고, 방엔 불빛 한 점 없었다. 허기가 밀려왔다. 손을 더듬자 크고 우아한 **밤**이 몸으로 등을 받치며 팔 밑으로 머리를 들이밀었다. 털인데 털이 아닌 묵직하고 부드러운 촉감이 느껴지자 물먹은 솜 같은 몸이 한결 숨쉬기 편해졌다.

'목숨을 아껴라, 꼬맹이. 네가 보지 못한 곳, 살아야 할 시간을 남겨둬야지.'

누구였을까, 그 목소리는.

마치 누군가에게 다 하지 못한 말을 무화에게 대신 하는 것 같았다. 무화는 얼굴을 쓰다듬었다. 두껍고 따뜻한 손의 촉감이 살아났다. 그 손은 잠시 무화의 입술 위에 머물다 사라졌다.

그건 마노였을까?

그럴 리가 없다. 옥인은 육지를 밟을 수 없었다. 세상의 균형을 지키기 위해 어둔은 그림자 속으로 들어가고, 빛은 발자국을 남기지 않기로 약속했다. 하지만 옥인인 단풍이 반하와 함께 있었고 수련은 여전히 목대궐에 남아 있었다. 어둔인 아라킨은 당당히 사람들 속을 활보했었다. 무화는 왼팔의 **어스름**과 등 뒤의 **밤**을 느끼며 곰곰이 생각했다. 뭔가가 마음에 걸렸다. 분명 무슨 일이 일어나고 있는데 무화는 개미보다도 작아서 그 일부조차 제대로 파악할 수가 없었다.

"마노를 만나야 해. 가서 물어봐야 해."

마노는 무화가 상상할 수 없을 만큼 오래 묵었고, 세상의 모든 것과 소통하는 처녀 머리를 가졌다. 옥인과 인간의 외양은 닮았지만 말 그대로 뼛속까지 달랐다.

우선 먹어.

밤이 말했다.

사람은 먹어야 해. 네가 안 먹으면 녀석이 너를 먹어치울 거야.

"알았어."

무화는 손닿는 곳에 놓인 술병으로 간신히 목을 축이고 다시 잠속으로 굴러 떨어졌다. 얼마나 잤는지 몰랐다. 무화는 인기척을 느끼고 깼다. 서늘한 기운에 심장이 바싹 졸아들었다. 무화는 몸을 뒤척이는 척 베개 밑의 칼을 쥐었다. 반하가 땔감 상자 위에 앉아 있었다. 그가 너무 아름다워서 좁고 더러운 방과 불쏘시개가 될 상자마저 비현실적으로 보였다.

"주당이네?"

반하는 바닥에 굴러다니는 술병들을 둘러보았다.

"어떻게 된 거야?"

역시 흉가가 된 유리 저택은 꿈이었나. 조합장 집에서 어떻게 숙소로 왔는지 기억이 나지 않았다. 술을 너무 많이 마신 걸까.

"싸움 도박, 심심풀이라고 생각했는데 너무 오래 가잖아."

무화는 침대 머리맡 창틀에 놓인 물을 병째 들이켰다. 칼은 여전히 무릎 위에 있었다.

"누가 심심풀이에 목숨을 걸어?"

온몸에 뻐근한 타박상과 둔통이 느껴졌다. 술을 좀 더 마시면 가실 텐데. 무화는 괜히 마른 입술을 핥았다.

"정말 세상 무서운 줄 모르네. 여자란 게 들통 나면 어쩔 거야? 투장 안에서? 다시는 못 일어나게 다치거나 어디 하나 영영 못쓰게 되면 어쩌려고?"

무화가 투장 안에 들어갈 때마다 반하는 울 밖에서 마음을 졸였다.

"계속 잔소리 할 거면 술이라도 사지? 공짜로 듣기엔 괴롭거든."

무화는 땀에 전 옷을 벗었다. 시퍼런 멍과 부어오른 자리가 눈을 찔렀다. 벌거벗은 등보다도 그 상처에 반하의 마음이 내려앉았다.

"아니면 그만 가. 난 씻고 볼일 보러 갈 거야."

"내 제안은 여전히 보류야?"

반하는 무화더러 적송가에 머물라고 계속 권해 왔다.

"네 집처럼 지내면 돼. 하고 싶은 건 뭐든 해도 되고 안 하고 싶으면 안 하고."

무화는 고개 저었다. 수많은 눈이 침묵과 감시로 번들대는 궁에서 이미 살아 봤다. 두 번 견딜 생각은 없었다.

"다른 일거리를 찾으면 어때? 싸움 도박 말고."

반하가 방법을 바꿨다.

"이방인에, 소개장도 신분 보증서도 없는 뜨내기가 할 수 있는 일이 뭐가 있겠어? 장사는커녕 남의 집 하인 노릇도 어려워. 기껏 할 수 있는 건 막노동이나 싸움질인데, 둘 중에 잘하는 걸 하는 게 낫지 않겠어?"

무화가 말했다. 반하는 한참 뒤에 물었다.

"유리 저택엔 무슨 용건이지?"

무화는 새삼 반하를 올려다보았다.

"나를 미행했어?"

한 대 칠 기세였다.

"누가 너를 여기까지 데려왔다고 생각해?"

무화는 입을 꾹 다물었다. 반하는 마노를 알았다. 마노는 곳곳의 왕실과 고위층에게 반하의 보물을 중개했고, 반하는 그의 신분과 지위를 이용해 상단의 뒷배를 봐주기도 했다.

등잔 밑이 어두웠어. 조합을 들락댈 게 아니라 반하부터 족쳤어야 했다. 하지만 그를 이용하면 이쪽이 내줘야 할 것도 많겠지. 공짜는 없다. 그는 눈에 보이는 대가를 요구하진 않겠지만 무화를 움직일 권력을 갖게 될 터였다. 무화가 지금껏 피해오던 거였다.

반하는 무화가 무슨 생각을 하는지 들여다보듯 가만히 응시했다. 어깨 너머로 굽이치는 은발이 밤에 뿌린 눈처럼 희게 빛나 방 안의 어둠을 미미하게 흐트러트렸다. 반하는 무화의 뒤에서 움직이는 뭔가를 본 것 같았다.

"그 문신, 왼팔 때문이지?"

반하는 무화의 팔을 붙들고 맨살을 드러냈다. 기괴하게 뒤엉킨 뱀의 머리들이 일제히 눈을 떠 반하를 노려보았다. 그는 천천히 괴물을 뜯어보았다. 기억보다 훨씬 징그러웠고 막연한 무늬처럼 보이던 게 훨씬 더 생물에 가까워졌다.

"무례해."

무화가 싸늘하게 말했다. 뺨에서부터 이어진 검푸른 문신은 어둠을 물리치는 벽사의 의미가 담겨 있었다. 반하는 마노가 힘을 가진 심어를 저런 식으로 다루는 것을 보았다. 목대궐에 남아 있는 단청과 부적도 같은 효과가 있었다. 한때 옥인들이 인간사에 간섭한 잔흔이었다. 누구도 여자가 몸에 문신을 새기리라고는 생각하지 못할 것이다. 조금만 상처 나도 값이 떨어지는 게 여자 몸이다. 이 문신들은 무화의 괴물을 제어하고, 상대를 겁주며, 여자인 걸 감쪽같이 감춰 주었다.

"이거 지워지긴 해?"

반하는 문신이 흉터처럼 영영 남을까 봐 약간 염려했다. 무화는 그의 손에서 팔을 뺐다.

"지워 보든가."

반하는 빠져나가는 손목을 잡아채 손등을 핥았다. 허리를 안은 팔이 바싹 죄어 왔다. 무화는 내려뜬 은빛 눈썹을 보면서 숨을 죽였다.

"그거 독 있어."

무화가 충고했다. 반하는 아랑곳없이 입술에 묻은 물감을 삼켰다. 둘은 숨결이 닿을 만큼 가까워져 있었다. 무화는 반하를 때려야 할지 입을 맞춰야 할지 가늠할 수가 없었다. 둘 다인 것 같기도 했다. 반하는 무화의 허리를 안은 팔을 풀었다.

"짐은 이게 전부야?"

반하는 무화를 혼란에 빠트리고 문 옆의 배낭을 날름 챙겼다. 그 외엔 침대 하나에 요강 하나로 숙소의 기본 비품이 전부였다. 삶이 이토록 간소할 수도 있다는 것에 반하는 놀랐다.

"내려 놔."

무화가 몸을 쓰기 전에 반하가 얼른 말했다.

"마노를 만나려면 어떤 방법이 제일 나은지 이미 알잖아?"

무화는 반하와 방을 번갈아 둘러보았다. 그리고 말없이 문을 나섰다. 반하는 속으로 안도의 한숨을 쉬고 뒤를 따랐다.

오전의 햇살이 달콤하게 비쳐드는 '옥색 방'은 녹음 진 숲처럼 푸르렀다. 반하는 슬쩍 문을 열고 안을 들여다보았다. 텅 빈 커다란 침대 끝이 볼록 조금 올라와 있었다. 그는 몰래 한숨을 내쉬었다.

"반하님?"

뒤에서 청지기가 불렀다. 반하는 흠칫 놀라 얼른 문을 닫았다. 청지기는 도무지 그답지 않은 태도에 놀랐지만 내색하진 않았다.

"손님이 오실 예정이라면 청소를 해 둘까요?"

"아니, 이 방은 당분간 드나들지 말게."

"그러죠."

청지기는 묵직한 열쇠 꾸러미를 꺼내 방문을 잠그고 잠근 열쇠를 빼 주인에게 건넸다. 그리고 말했다.

"고양이라도 가둬 두신 겁니까?"

그건 질문이 아니라 난처해하는 모습을 들킨 작은 주인을 구하려는 배려였다.

"그래. 고양이라네. 길들여 보려는 중이지."

반하는 고개를 끄덕였다.

"그러시군요. 그럼 제가 정기적으로 물과 먹이를 챙겨다 놓겠습니다. 고양이란 동물은 깔끔해서 깨끗한 잠자리를 중요하게 여긴다더군요. 구운 생선이나 사람이 먹는 기름진 빵도 제법 좋아하고요."

청지기의 말에 반하는 어깨를 으쓱 내렸다.

“고양이를 좋아하나 보군.”

“싫어해서 근처에도 안 갑니다.”

청지기는 반하가 바라는 모든 대답을 알고 있었다.

“그럼, 부탁하네.”

반하는 받았던 열쇠를 도로 건넸다. 청지기는 머리를 조아리고 물러갔다.

무화는 밖에서 잠긴 문을 억지로 흔드는 덜컥덜컥 소리에 잠이 깼다. 종일 무르익은 햇살이 창가에서 사그라질 때였다.

“어? 왜 잠겨 있지? 아침까진 열려 있었는데?”

문 옆에 서자 하녀들의 목소리가 들렸다.

“그러게, 옥색 방은 귀빈용이라 매일매일 정돈해 둬야 하는데.”

그들 사이에 묵직한 남자 목소리가 끼어들었다.

“그 방엔 당분간 들어가지 마. 반하님이 고양이를 가둬 두셨다.”

“고양이요? 기르시겠대요? 짐승 꺼리시잖아요.”

“친해 보시려나 보지.”

구멍에 열쇠를 꽂는 절그럭 소리가 들렸다.

“그건 뭐예요?”

“고양이 먹이다.”

문이 열리기 전에 무화는 재빨리 침대 밑으로 굴러들어갔다. 청지기는 탁자 위에 쟁반을 내려놓고 깨끗한 이불 한 채를 내려놓았다.

“설마 그 귀한 누비이불을 고양이 앉으라고 내 주실 건가요? 세상에! 그걸 빨아서 다시 깁는 건 저희 일이라고요."

"그래, 너희는 너희 할 일만 해. 고양이는 내가 맡을 테니까."

"고양이가 도련님이 아니라 장반을 따르면 어쩌시려고요."

"글쎄? 고양이가 사람 말을 듣는 짐승은 아니잖나."

청지기가 나갔다. 벽 너머에서 하녀들이 말했다.

"의외네, 반하님이."

"그러게."

"길들일 수 있을지 없을지 내기할까?"

"장반이 길들인다에 머리끈 두 개 걸지."

"난 도망간다에 향낭 하나 걸 수 있어."

"왜 아무도 도련님께는 안 거는 거야?"

"글쎄?"

하녀들의 깔깔대는 목소리가 멀어지자 무화는 살그머니 식탁으로 올라갔다. 쟁반에는 구운 생선과 야채 절임, 고기국물을 끼얹은 밥이 놓여 있었다. 그리고 숟가락과 젓가락이 있었다. 무화는 속으로 웃었다. 빙사네는 하인도 의뭉스럽군.

무화는 그릇을 깨끗이 비우고 수저가 눈에 띄지 않게 그릇 그늘에 놓았다. 누비이불은 하녀들이 질색할 만큼 아름답고 가볍고 포근했다. 이불 사이엔 깨끗한 옷 한 벌도 끼어 있었다. 무화는 세심함에 감탄했지만 그 옷을 입진 않았다.

해가 지고 있었다. 무화는 그림자를 밟아 더 빨리 어두워지는 동쪽으로 저택을 빠져나갔다.

새벽녘에 반하는 옥색 방문을 등 뒤에서 닫고 침대에 누웠다. 있는지 없는지도 모르게 슬쩍 기둥 옆의 이불이 부풀어 있었다. 반하는 이불깃으로 꽁꽁 만 작은 등을 살며시 쓸어내렸다. 얇은 홑겹 아래에 따뜻한 맨살이 느껴졌다. 반하는 기둥 구석에 맨 빨래 줄을 발견했다. 젖은 미역처럼 새카만 머리카락에선 비릿한 물 냄새가 났다. 수로에서 씻고 오는 걸까? 반하는 수로 외곽에서 가난한 사람들이 옷을 입은 채로 몸을 씻고 옷도 빠는 것을 본 적이 있었다. 물이 풍족한 곳이니 깨끗할 테지만 우아한 일은 아니었다. 정말 하는 짓마다 공주님이라고는 상상할 수가 없다. 공주를 선택할 수 있다면 분명 서미가 더 적임이리라.

"네 집처럼 있어도 된다고 했잖아."

반하가 말했다.

"쫓기는 반공주를 숨겨 준 걸 알면 집안에 화가 미칠 텐데?"

웅크린 이불자락이 말했다.

"내가 초대한 건 무화지, 서미 반공주가 아니야."

반하가 나른하게 흘러나온 머리카락을 쓰다듬었다. 검은 비단실 같았다. 무화는 그가 가까이 있는 게 불편한 듯 침대 모서리로 이불 채로 꿈틀꿈틀 기어갔다. 밥과 잠자리를 받아주는 것만으로 고마워하라는 건가. 정말 고양이 같군. 반하는 시트에 쌓인 고양이를 보다가 깜박 잠들었다. 깼을 때는 아무도 없었다.

"나가는 거 봤어?"

빈 그릇을 가지러 온 청지기는 웃음을 억눌러 참느라 딱딱해진 얼굴로 고개 저었다. 마치 '옆에 계신 반하님이 모르시는데 제가 어떻게요?'라는 말을 간신히 참고 있는 듯했다.

"음식을 갖다 둔 지는 한 시간쯤 됐습니다."

청지기는 빈 쟁반을 챙겨들었다.

"고양이가 돌아오면 살펴보십시오. 여기 핏자국이 있습니다. 짐승들은 세력 싸움을 하다 다치기도 하죠. 치료를 해야 할 거 같습니다."

쟁반 밑에 피가 말라붙은 검붉은 손자국이 있었다. 반하는 가슴이 철렁 했다. 그래서 씻고 왔구나. 물로 씻어내고도 남는 핏자국이면 계속 새로 피가 나고 있다는 거였다.

"알아보지."

반하는 얇은 흙색 명주로 지은 장포를 입고 모자를 눌러썼다. 눈에 띄는 은발이 가려지고 날렵한 턱만 도드라졌다. 미온한 바람이 불었다. 봄이 어디로 가 버렸는지도 모르게 여름이었다.

반하는 저녁마다 시내 외곽의 사설 무투장을 순회했다. 청지기는 그가 별채에 틀어박혀 작업에만 빠져 있는 것보다는 낫다고 생각했지만 부쩍 낯선 손님이 드나드는 것은 걱정이 되었다. 지난번에는 위압적으로 큰 남자가 불쑥 정문으로 들어왔었다. 문지기는 그 남자의 기에 눌려 막아 보지도 못했다. 그가 안고 있던 젊은이가 반하의 '고양이'였다.

반하는 길이 닦이지 않은 뒷골목 초입에서 마차를 멈췄다. 골목 앞에 생쥐처럼 잽싸게 생긴 종복이 마중 나왔다. 새로 구한 몸종은 뒷골목 사정에 아주 밝아서 여러모로 쓸모가 많았다. 무화는 같은 무투장에 두 번 이상 들지 않았다. 종복은 즉석 무투장까지 빠삭하게 꿰서 무화의 행적을 찾으면 반하에게 알렸다.

"여깁니다."

바닥이 고르거나 울타리가 있다면 그나마 나았다. 좌석은커녕 관객과 투장 사이에 밧줄 하나만 걸어 둔 곳도 많았다. 반하는 사람에 치이지 않으려고 구석에 섰다. 몸종이 곁을 지켰다.

투장 안에 맷집이 좋은 사내와 작달막한 문신쟁이가 마주섰다. 사내의 덩치 때문에 문신쟁이는 더 왜소해 보였지만 기괴한 문신 때문에 꿇려 보이진 않았다. 뒷골목에는 떠다니는 얼굴 반에 문신을 한 괴물 같은 난쟁이에 대한 소문이 장내를 후끈 달궜다.

"도박권을 사올까요, 주인님?"

영악한 눈을 반들반들 빛내는 몸종이 물었다. 반하는 그에게 몇 푼 쥐어 주었다. 이런 곳에서는 돈을 안 거는 게 더 눈에 띄었다. 몸종은 거기에 자기 돈도 몇 푼 보탰다. 그는 이 일로 꽤 많은 부수입을 올렸다.

투장 모서리에서 쉬고 있는 무화는 날렵한 얼룩무늬 야수처럼 늠름하고 아름다웠다. 반하는 무화를 주시하는 다른 눈들을 찾아냈다. 평복을 입었지만 잘 다듬은 수염과 고운 손등의 반지가 빛났다. 그들은 무투장 주인에게 전갈을 보냈고 주인은 투장에서 벗어난 무화에게 말을 전했다. 무화는 목이 타는지 입술을 혀로 적시며 고개를 저었다.

"지킴이로 들어오라고 제안하는 귀족들이 좀 있습니다요."

반하의 시선을 지켜본 몸종이 날름 아뢰었다.

"그럴 수 있으면 진즉에 내가 가졌지."

"그러게 말입니다. 주인님처럼 특별한 분을 모실 기회는 흔치 않은데 말이죠."

몸종이 아부했다. 반하는 대꾸 없이 무화에게 집중했다. 왼팔을 움직이는 폼이 영 어색했다. 괴물 때문일까? 아니면 다쳤나?

"마차를 대기시켜 놔."

무화가 대전실 복도로 사라진 뒤에 반하가 명령했다. 몸종은 즉시 이행했다.

붕대를 감아둔 왼쪽 어깨가 뜨겁다. 피가 샜군. **어스름**이 꿈틀댔다. 녀석이 없었다면 왼팔을 잃었을지도 몰랐다. 아니, 이미 잃었었지, 참. 전날 대전을 치른 상대가 주먹 속에 날카로운 돌조각을 감추고 있었다. 무화는 그자의 머리통을 때려 기절시켰다. 오늘 상대는 무화의 어깨를 탈골시켰다. 무화는 그자의 다리를 분질렀다.

무화는 다친 팔을 소매에 넣지 않고 몸에 붙인 채로 상의를 겹쳐 입은 것으로 부목을 대신했다. 유능한 반하가 어깨뼈 맞추는 법도 알았으면 좋겠는데. 짐을 수습해 나서는데 너덧 명의 덩치가 앞을 가로막았다. 무화는 욕지기를 뱉었다. 용건은 듣지 않아도 뻔했다.

"다음에 얘기하면 어떨까?"

무투장 뒷문에선 항상 원치 않는 손님들이 약속도 없이 나타났다. 돈을 잃은 깡패들이 화풀이나, 싸움 도박보다 더 위험하고 너절한 일로의 초대, 사기, 위협이 그들의 제안이었다. 귀족들의 지킴이 제안은 아주 괜찮은 축에 속했다. 그건 거절할 여지라도 있었다. 나머지는 모조리 건드리면 안 되는 상대인 걸 몸으로 가르쳐야 했다. 지금처럼.

"그냥 꺼지든지, 맞고 꺼지든지."

덩치들은 눈짓을 나누더니 칼을 빼 들었다. 아무래도 누군가의 심기를 크게 거스른 모양이었다. 손봐주려다가 과격해지는 일은 왕왕 있었지만 처음부터 죽이러 온 자는 없었다. **어스름**은 언제나 굶주려 있지. 무화는 그자들과 칼을 맞대며 왼팔의 팔찌를 뺐다. 죽이러 왔다면 자기 목숨도 내줄 각오를 해야지. 세상에는 공짜가 없으니까. **어스름**이 안개처럼 스며 나왔다.

"그만 둬."

바람처럼 서늘한 목소리가 무화를 후려쳤다. 골목에 늘어진 거대한 그림자가 무화의 등을 안고 묵직한 칼을 뽑았다. 칼날이 검집을 나오며 으르렁대는 소리만으로 깡패들의 어깨가 쪼아들었다. 무화는 아쉽게 입맛을 다셨다. 왼팔의 그림자가 붉은 팔찌 속으로 스며들 듯 사라졌다. 깡패들은 달아났다.

"지켜야 할 것이 없는 힘은 폭력으로 변질돼."

그자에게선 아무 향도 나지 않았다. 무화는 등 뒤의 따뜻한 체온에 잠시 숨을 죽였다.

"오랜만이야, 야르스."

어째서 그가 운교에 있는 걸까.

"다쳤어?"

야르스가 무화의 어깨를 더듬었다.

"빠졌군. 참아."

그는 빈 옷소매를 무화의 입에 물렸다. 무화는 야르스가 뭘 하려는지 알고 떨면서 이를 악물었다. 벼락을 맞는 것 같은 통증이 어깨를 강타했다. 야르스는 짐승 같은 신음을 뱉으며 헐떡이는 무화의 머리를 품에 안고 쓰다듬어 달랬다.

"잘했다. 잘 참았어. 내 숨소리에 맞춰. 짧게 쉬면 더 아파. 웅크리지 말고 몸한테 진정할 시간을 줘."

무화는 야르스의 가슴에 이마를 기댄 채 심장 소리와 폐가 부풀었다가 꺼지는 길고 느린 움직임에 귀를 기울였다. 바로 좀 전에 날듯한 움직임을 감당했던 몸이 삽시간에 이완되어 있었다. 한 톨의 힘도 낭비하지 않는 야수랑 똑같았다.

"꿰매야겠어."

야르스는 피로 미끌대는 손바닥을 바지에 비볐다.

"괜찮아. 알아서 할게."

무화가 말했다.

"잘도."

야르스는 짧게 휘파람을 불었다. 뒷길 모퉁이에서 갓 딴 밤처럼 윤기가 자르르한 거대한 준마가 발굽 소리를 울리며 따닥따닥 걸어왔다. 야르스는 키만큼 높은 말 등에 등자도 밟지 않고 훌쩍 올라탔다. 그리고 무화의 오른팔을 목에 두르고 단번에 안아 올려 말 앞에 태웠다. 짧게 잘린 준마의 갈기가 얼굴을 쓸었다. 무화는 힘을 빼고 몸을 맡겼다. 피를 많이 흘려서 졸렸다.

"이봐, 자지 마."

야르스가 뺨을 툭툭 쳤다. 무화는 무거운 눈꺼풀을 억지로 밀어 올렸다. 등에 닿은 몸에서 그렁그렁 울리는 목소리의 진동이 기분 좋았다. 고양이가 그르렁대는 소리는 뼈를 치료한다던데 사람도 그럴까?

“정신 차려.”

묵은 먼지처럼 더께가 앉은 시간이 그들을 쓸고 갔다. 깜박 졸았던지 야르스가 다시 깨웠다. 그들을 태운 말은 커다란 저택 앞에 서 있었다. 문 옆에 난 빼꼼한 눈구멍이 열리더니 야르스의 얼굴을 확인하고 큰문을 열어 들여보냈다. 멀리서 풍악 소리와 여자들 웃음소리가 들리는 것 같았다. 무화는 바닥을 딸각이는 말발굽 소리가 차갑게 울리는 것도 들었다. 어디서부터가 꿈이고 어디서부터가 생시인지 가늠하기 어려웠다. 야르스는 무화를 부축해 말에서 내리고 말고삐를 넘겼다.

“뜨거운 물이랑 수건, 의료 도구가 필요해.”

마른 나무 냄새가 나는 복도는 길고 좁고 어두웠다. 아니, 어두운 것은 무화의 사위(四圍)일지도 몰랐다. 늘어진 몸이 붕 뜨는가 싶더니 부드럽고 서늘한 것에 등이 닿았다. 침대로구나. 무화는 금방 알았지만 야르스의 품 안이 더 편해서 약간 아쉬웠다.

“옷 벗긴다.”

몽롱한 정신이 화들짝 되돌아왔다.

“안 돼.”

“상처를 봐야지. 출혈이 심해.”

무화는 가물가물한 의식을 붙들며 적극 고개 저었다.

“카르파를 불러 줘.”

야르스는 무화가 시간감각을 상실했다는 걸 깨달았다.

“여긴 배 안이 아니야. 정신 차려. 여긴 운교고 카르파는 없어.”

"다른 사람은? 여자는 없어?"

무화는 혼미한 가운데서도 야르스를 경계했다. 야르스는 한숨 쉬었다.

"나를 믿어 봐. 다른 누가 오든 그 팔을 보이는 것보단 내가 낫지 않겠어?"

야르스의 말이 옳았다. 누군가에게 보여야만 한다면 야르스인 게 나았다.

"한다."

야르스는 의료 상자에 든 가위로 서걱서걱 옷소매를 잘라냈다. 무화는 차가운 날이 살에 닿는 선득한 감각에 몸을 떨었다. 야르스는 중간까지 가위집을 내고 나머지는 쭉 찢었다. 트임은 어깨와 연결된 소매산에서 딱 멈췄다. 그는 침대 가까이로 램프를 옮겼다. 부드러운 불빛에 피 얼룩과 함께 끔찍하게 뒤틀린 왼팔이 드러났다. 야르스는 놀란 표정을 드러내지 않았다. 피에 젖은 나무뿌리 같기도 하고 근막을 드러낸 속살 같기도 한, 수십 마리의 가느다란 뱀이 엉킨 듯한 무늬는 손목부터 어깨까지 이어져 있었고 상처는 바로 그 위에 있었다. 마치 천을 재단해 이어붙인 옷처럼 서로 다른 몸을 억지로 꿰멘 것 같다.

야르스는 배 위에서 싸우던 괴물들을 떠올렸다. 한 마리는 무화에게서 나왔다. 그는 가끔 악몽 속에서 커다랗게 입 벌린 어두운 괴물을 보았다. 적이라면 두렵고 우리 편이래도 기가 질릴 만한 녀석이 그의 왼팔에서 꿈틀대며 솟아났다. 비명을 지르며 꿈에서 깨면 그는 한참 소름 돋은 왼팔을 문지르곤 했다.

"녀석은 **어스름**이야. 이 녀석은 원래 그것들…… 어둔의 일부야. 내 목숨을 구하려고 나한테 왔지. 자기를 희생해서. 그게 무얼 의미하는지는 나도 몰라. 그것들의 기본 성질에 위배된다는 것밖엔."

무화는 어둔을 입에 담기 꺼렸다.

"**어스름**이라. 밝지도 어둡지도 않은 시간이로군. 이게 배에서 그 괴물을 해치웠지?"

"맞아."

야르스가 상처 주위를 깨끗한 수건으로 닦아내자 무화는 신음을 삼켰다. 야르스는 물고기처럼 퍼들대는 몸에서 손을 떼고 실과 바늘을 준비했다.

"꿰맬 거야. 참을 수 있겠어?"

"독한 술이 있으면."

"물론 있지."

야르스는 탁자 아래서 술병을 꺼내 뚜껑을 열어 건넸다. 무화는 술을 물처럼 꿀꺽꿀꺽 목구멍에 들이 붓고 두어 번 기침했다. 야르스는 무화의 입에 수건을 물리고 술기운이 퍼진 눈에서 긴장이 빠져나가는 걸 주시하며 소독한 실과 바늘로 상처를 꿰맸다. 무화는 어둠 속을 응시하면서 수건을 악물었다.

"언제부터 이게 있었어?"

야르스는 벌어진 살점을 이어나갔다. 무화는 아파서 으르렁댔다. 야르스는 동정 없이 하던 일을 계속했다. 그가 빠르고 정확할수록 고통은 더 짧게 끝난다. 사람을 낫게 할 때도 죽게 할 때도 그건 똑같았다.

"어렸을 때부터."

그 소리가 너무 작아서 야르스는 바짝 귀를 가까이 댔다.

"아라킨이 그것들인 건 어떻게 알았어?"

무화가 물었다.

"몰랐어. 하지만 인간은 아닌 것 같았어."

무화는 마른 입술을 핥았다.

"그들은 원래 형체가 없어."

어둔과 달라졌다고 말하는 **밤**도 간신히 형태를 갖췄지만 육신은 없었다. 어느 곳에서든 제대로 힘을 발휘하려면 그 세계에 걸맞은 껍질을 입어야 한다. **밤**은 이쪽도 저쪽도 아니어서 불안해 보였다. **밤**의 일부인 **어스름**이 무화에게 기생해 있지 않다면 영영 사라져 버렸을지도 몰랐다.

"그런데 아라킨은 있었어. 빛이 들지 않는 단 한 가지 재료로 지은 태만이 그들에게 육신을 줄 수 있지."

야르스는 갈라진 몸에서 피와 내장 대신 쏟아지던 검은 모래를 기억했다. 그는 훈련된 전사였고 두려움을 다룰 줄 알았지만 뱃속 깊은 곳에서 치미는 종의 본능 같은 공포를 떨치기란 쉽지 않았다.

"아라킨도 그렇게 육신을 받은 건가?"

야르스는 무화를 깨워 두기 위해 계속 말을 걸었다. 무화는 구슬땀을 흘리며 멀어지려는 의식을 붙들었다.

"태산의 조선소에서 일할 때, 그 고래를 누가 잡았는지 들었어?"

배 대여섯 척을 통째로 삼켜도 끄덕치 않을 거대한 고래를 사냥해서, 해안가까지 끌고 와 건축의 기초로 삼는 건 아무나 할 수 있는 일이 아니었다. 누군가 태산을 도왔다. 그게 누굴까.

"아니. 조선소를 지은 게 아라킨인 건 들었어."

야르스는 매듭을 짓고 상처에 붕대를 감았다. 무화는 떠오르는 생각을 놓치지 않으려고 애썼다. 아라킨은 어둔이야. 어둔은 육신이 없지. 하지만 아라킨은 분명히 몸을 가졌다.

누가 아라킨에게 몸을 주었을까, 침묵하는 태를 지어서.

누가 거대한 외뿔 고래를 사냥해 빛 한 점 들지 않는 완벽한 장소를 만들었을까. 거기서 뭐가 태어났을까.

"조선소 지하에도 주점 지하랑 같은 게 있었어. 아주 오래됐지만."

무화는 고래 뱃속에 지어진 태가 누구의 손으로 만들어졌는지 알게 되는 게 갑자기 두려워졌다. 그런 일을 할 수 있는 사람이 있다는 것이 두렵고, 사람이 아닐까 봐 더 두려웠다.

머리가 띵했다. 피를 너무 많이 흘렸다. 무화는 손을 더듬어 술 한 모금을 마셨다.

"그만, 상처 곪아."

야르스는 술병을 빼앗아 바닥을 비웠다.

"해가 지지 않는 사막에 별 한 점 들지 않는 돌탑 안에도 그런 게 있었지. 그 탑은 매해 조금씩 자라서 결국은 구름을 꿰뚫을 만큼 자랐다고 해."

그의 입술에서 흐른 술 한 방울이 턱과 목젖을 따라 이어져 흐르며 불빛을 받아 밝게 빛났다. 무화는 갑자기 목이 말랐다.

"그 꼭대기엔 용이 살았대."

야르스는 눈을 감았다. 탑 앞에 모여든 덩치만 큰 소년들의 함성

소리가 되살아났다. 호랑이라도 때려잡을 것 같은 용맹함이 뱃속에서 끓어올랐다.

'이 꼭대기에 용이 있다고?'

적색반 반장이 탑을 올려다보았다. 술과 흥분으로 눈이 번쩍번쩍했다. 다른 소년들도 비슷한 상태였다. 그들은 신입생을 맞아 힘과 담력을 겨루는데 정신이 팔려 있었다. 야르스는 조용히 한 발 물러섰다. 소년들의 혈기에 휩쓸릴 처지는 아니었지만 따로 돌기도 애매했다.

'세상을 보고 와라. 그 자리를 결정하기 전에.'

스승 타르만이 말했다. 타르만의 부족은 여아 살해 풍습 때문에 오래전에 멸족되었고, 그들이 가진 전사의 푸른 피는 영원히 끊어졌다. 하지만 타르만은 야르스를 발견해 전통의 일부를 물려줄 수 있었다.

'아무도 못 봤어. 이 문을 여는 것조차 성공한 사람이 없거든. 우리가 해내면 기록에 남겠지!'

백색반의 부반장이 의기양양하게 말했다. 소년들은 거대한 돌문에 달려들어 힘을 썼다. 팔다리에 근육이 불거지고 얼굴이 새빨개졌다. 소년들이 헉헉댈 만큼 힘을 썼는데도 돌문은 꿈쩍하지 않았다.

'여기서 뭣들 하시는 걸까?'

서늘한 여자 목소리에 소년들은 그 자리에 얼어붙었다. 옥으로 깍은 듯이 매끄럽고 섬세한 이목구비에 불길하게 느껴지는 새카만 머리카락을 여러 갈래로 땋아 올린 아름다운 여자가 탑 그늘에서 걸어나왔다. 붉은 끈이 모래 바람에 뒤엉켜 우아하게 춤추며 박하 향기가 코끝을 스쳤다. 아몬드에게선 아무 향도 나지 않았지만 야르스는 그렇게 느꼈다.

이 탑은 금지 구역이었고 여기 있던 게 학장 귀에 들어가면 징계감이었다. 소년들이 원한 건 비공식적 기록이었지 공식 처벌이 아니었다.

'저리 가, 아몬드.'

적색반 반장이 여자를 위협했다. 야르스는 무심코 그 앞을 가로막았다. 아몬드의 입술 끝이 살짝 올라갔다.

'여기 들어가려면 이게 필요할걸?'

아몬드는 손엔 커다란 구슬을 내보였다. 소년들은 숨을 죽였다. 달과 별이 영롱하게 맺히는 투명한 구슬은 보통 물건이 아니었다.

'그게 뭐지?'

반장이 물었다. 아몬드는 허리를 굽혀 문 밑에 난 돌쩌귀 틈에 구슬을 끼웠다. 구슬은 처음부터 거기 있던 것처럼 딱 맞았다.

'다시 해 봐.'

소년들이 매달려 힘을 썼다. 돌문은 우르릉 소리를 내며 부드럽게 밀렸다.

'어떻게 한 거야?'

백색반 부반장이 물었다. 아몬드는 웃었다.

'그런 건 안 중요해. 최초로 탑에 들어가는 명성을 놓칠 셈이야?'

그 말이 옳았다. 소년들은 환호하며 탑 안으로 뛰어 들어갔다. 바닥에서 풀풀 솟은 먼지가 얼굴을 뒤덮으며 탑 안에 갇혀 있던 바람이 살아 있는 용처럼 쌩하게 그들을 후려치고 갔다. 술기운이 싹 달아났다. 소년들은 주저하며 걸음을 옮겼다.

'안 들어가?'

아몬드가 문 옆에 남아 있는 야르스에게 말했다.

'원하는 게 뭐야, 아몬드?'

야르스는 수백 년은 묵은 듯한 탑 속의 살아 있는 어둠을 보며 말했다. 금방이라도 뭔가가 나타나 그들을 삼킬 것만 같았다.

'그 구슬은 어디서 난 거야? 저 안에 들어가고 싶은 건가? 혼자가면 위험할까 봐 미끼 겸 호위를 풀어 넣은 거야?'

편도 씨앗처럼 생긴 아몬드의 눈이 가늘어졌다.

'여기 얹힌 건 진짜 머리였네.'

아몬드는 손을 뻗어 야르스의 금발을 움켜쥐었다.

'금은 북쪽의 색이지. 귀족도 아닌데, 무슨 수로 입학 시험도 없이 학기 중에 끼었을까?'

야르스는 길고 마른 아몬드의 손 위에 굳은살투성이 손을 겹쳤다.

'그게 중요해?'

아몬드는 웃었다.

'아니.'

붉은 입술 틈에서 진주알 같은 치아가 반짝였다. 야르스는 그 입술 위에 자기 입술을 겹쳤다. 아몬드는 놀란 듯 했지만 거부하진 않았다. 커다란 손이 허리선을 따라 미끄러지자 아몬드는 그 손을 잡아 멈추게 했다.

'여자를 안기엔 적당한 장소가 아니야.'

야르스는 고개를 숙여 아몬드의 귀에 속삭였다.

'원하는 게 뭐야.'

'뭔지 알잖아.'

아몬드가 속삭였다. 야르스는 그의 가슴에 얹힌 우아한 손가락을 내려다보면서 침을 삼키지 않으려고 노력했다.

'가 줄래? 나를 위해서.'

야르스는 낮게 목을 울리며 고개를 끄덕였다. 아몬드는 엷게 웃었다. 그 얼굴이 보기 좋아서 자주 웃었으면 좋겠다고 야르스는 생각했다. 아몬드는 아름답지만 어지간해서는 웃지 않았다.

'조심해.'

아몬드의 말에 야르스는 빙그레 웃었다. 그가 누군지 안다면 걱정하지 않았으리라. 야르스가 다시 한 번 키스하려 하자 아몬드는 손바닥으로 그의 입술을 가로막고 그 위에 자기 입술을 댔다.

'이 다음은 나중에.'

그 다음은 없었다. 아몬드는 그를 농락하고 전리품을 가로채 사라졌다.

"탑에 가 봤어? 정말로 용이 있었어?"

무화의 목소리가 야르스를 기억에서 불러냈다.

"아니, 숯불처럼 빨간 알이 있었어."

아몬드는 그 알을 삼키고 눈앞에서 사라졌다. 여인의 그림자가 불에서 인 연기처럼 사그라지자 괴물들이 이빨을 드러냈다. 악몽이 되살아나기 전에 야르스는 눈을 깜박이며 무화를 응시했다. 얼굴 반쪽에 그려진 검푸른 문신이 눈을 현혹했다. 타르만에게도 이런 문신이 있었다. 그는 그게 부족의 유산이라고 말했다.

"이 문신은 무슨 뜻이지?"

기묘하고 섬세한 문양은 섬뜩하면서도 아름다웠다.

"**어스름**의 위장이고, 방비와 벽사의 뜻이기도 해. 원래 목에서 처마나 문장식에 쓰는 거야."

야르스의 시선이 무화의 목과 어깨를 타고 몸 안으로 사라진 문신을 따라갔다. 얇은 두근거림이 그의 심장을 달궜다.

"그 알에서는 뭐가 나왔어?"

무화가 졸린 목소리로 물었다.

"나도 몰라. 하지만 누가 가졌는지는 알지."

야르스는 손으로 슬쩍 무화의 뺨을 문댔다. 누가 이걸 새겼을까, 그 빙사 반하? 투견처럼 낙인을 새겨 놓고 이기는 모습을 지켜보고 있는 건가? 그는 변장한 반하가 무화를 따라다니는 걸 알고 있었다.

"돈 때문이야? 무투장 말이야."

야르스는 침대 귀퉁이 좁은 빈 공간에 몸을 뉘였다. 무화는 저절로 안심되는 따뜻한 부피감에 눈을 감았다.

"뭐, 그냥."

밤이 곁에 누운 것과 비슷했지만 그보다 훨씬 묵직했다. 사실 **밤**은 아무리 커져도 구름처럼 가볍고 서늘했다.

"네 공주님은?"

야르스는 일부러 말을 아꼈다. 적게 말할수록 들을 것이 많아졌다.

"공주님이라……."

무화는 따뜻한 몸에 좀 더 등이 닿게 꾸물댔다.

"쫓기시는 처지라 나도 해고야."

"동대공이 쫓는다면 더더욱 지킴이가 필요하잖아?"

무화는 대꾸가 없었다. 그는 더 캐물으려다가 숨소리가 깊어진 것을 듣고 조용히 입을 다물었다. 소년 같기도 하고 소녀 같기도 한 어른도 아이도 아닌 얼굴이 잠들어 있었다. 인간이지만 인간이 아닌 것 같기도 했다. 야르스는 턱을 고이고 검은 머리카락을 손에 감았다. 아몬드와 똑같았다.

"누구나 사연이 있는 법이지."

야르스는 침대 깊숙이 몸을 묻고 눈을 감았다.

"야른님! 야른님!"

무화는 두드리는 문소리에 퍼뜩 잠에서 깼다. 천정이 낯설었다. 옥색 방이 아니었다. 아무려면 어때. 더 좁고 더러운 곳에서도 잘만 잤다. 무화는 좁고 따뜻한 구석으로 파고들어 계속 졸다가 번쩍 눈을 떴다. **밤**은 부피는 있어도 무게와 온도는 없었다. 무화는 눈을 껌벅이며 얼굴 옆에 놓인 커다란 손을 보았다. 거기 연결된 단단한 팔이 무화의 머리 밑에 있었고 팔의 주인은 다친 곳을 건드리지 않도록 조심스레 웅크린 채 잠들어 있었다. 무화는 욱신대는 몸을 추스르며 거대한 금빛 야수를 깨우지 않도록 조심조심 움직였다. 단단한 턱의 날카로운 각과 큼직한 귓불과 반듯한 이마와 시원스런 눈썹이 내려다보였다. 금색 속눈썹이 막 날개깃이 나기 시작한 병아리 깃털 같았고, 높은 콧대는 반듯하지만 한 번 부러졌던 듯 미세하게 각이 달랐다. 입술은 아직 소년처럼 엷었다.

"더 자."

그 입술이 살짝 벌어져서 무화는 화들짝 놀랐다.

"밖에, 누가 왔는데."

무화가 말했다. 목구멍이 칼칼했다.

"내버려 둬. 갈 거다."

야르스는 다시 누우라고 곁을 토닥였다. 무화는 망설이다가 상처와 근육이 거칠게 내달리는 널찍한 옆구리에 파고들어 눈을 감았다. 머리를 쓰다듬는 까끌까끌한 손이 기분 좋아서 어깨의 욱신거림도 잦아드는 것 같았다. 하루쯤은, 이런 날도 괜찮겠지. 아마 남은 날들에 이런 시간은 드물 테니까.

"노스 야른! 문 좀 열어 봐요!"

하지만 방문객은 끈질겼다. 야르스는 끄응 소리를 내며 일어났다. 무화는 어느새 잠들어 있었다. 술이 깨면 아플 거라서 그는 최대한 조용히 문을 열었다. 문 너머에서 백단향이 쏟아졌다. 이 귀한 향을 넘치도록 바를 수 있는 여자를 야르스는 딱 한 명 알았다.

"그 연회는 당신이 주인공인데 어떻게 코빼기도 안 비칠……."

야르스는 여자를 눈높이에도 두지 않고 복도 너머에서 달려오는 하인을 불렀다.

"페른!"

날쌘 하인은 으르렁대는 야르스의 부름을 듣고 전속력으로 당도했다.

"야른님, 실례했습니다. 마님! 여기 오시면 안 된다고 말씀드렸잖습니까?"

하인이 말리자 여자는 몸으로 문을 밀었다.

"싫어요! 내가 어떻게 여기까지 왔는데, 당신 얼굴 한번 보자고 그 먼 길을, 수치와 굴욕을 견디면서 왔는데!"

야르스가 말했다.

"주인을 모셔 가라."

무시무시한 목소리에 페른은 마님을 붙잡고 애걸복걸했다.

"아마렌님, 제발요. 이러다 제가 죽습니다."

여자의 가는 손이 야르스의 팔을 앙칼지게 잡아챘을 때 드디어 무화가 깨었다.

"한 번 당신을 포기했었어요. 하지만 이번엔 포기 안 해요. 나는 너무 멀리 돌아왔고 더 이상 잃을 것도 없어요. 이 머리도……."

아마렌은 검은 머리를 틀어 올린 진주 장식을 내던졌다.

"그토록 찬미 받은 금발을 버리고 새카맣게 물들였죠! 아몬드처럼! 그러니 한번 돌아봐 주기라도 해야 하잖아요!"

야르스는 아마렌의 손목을 붙잡아 떼어냈다.

"누구야? 왜 그래?"

무화는 얼굴을 찡그렸다. 술기운이 가셔서 말할 때마다 둔중한 통증이 몸 안을 울렸다.

아마렌은 무화를 보고 눈을 크게 떴다.

"저 계집은 뭐죠?"

그는 야르스를 밀치고 들어와 무화의 머리채를 붙잡았다. 무화는 얼결에 바닥에 팽개쳐졌다. 칼을 들었다면 차라리 대응이 빨랐으리라. 찻잔만 들던 가느다란 손가락이 앙칼지게 할퀴는 덴 피할 재간이 없었다.

"썩 꺼져! 이 창녀야! 감히 야른을 차지해. 너는 네가 선택받은 줄 알지? 착각하지 마. 넌 아몬드의 대용품이야. 알아?"

"그 앨 놔."

야르스가 무섭게 말했다. 페른이 달려와 아마렌과 무화를 떼어 놓았다.

"정신 차리세요, 마님. 재는 남자애라고요."

아마렌은 손을 뗐다. 무화에게서 흘러나온 피가 손에 묻어 축축했다.

"뭐야, 이건?"

"다친 거 같아요. 내버려두고 이리 오세요."

페른이 마님을 끌었다. 아마렌은 자기가 착각했다는 걸 깨닫고 새파랗게 질렸다.

"미안해요, 나는……."

"나가."

야르스는 냉엄했다. 아마렌은 야르스의 화난 얼굴을 보고 기세가 꺾였다.

"야른, 설마 정말 남색이 된 건 아니죠? 남쪽 나라의 약쟁이 왕이 당신을 애인 삼았다는 소문이 돌지만 날 절대로 안 믿어요."

"가."

야르스는 한 마디만 했다. 페른은 서슬에 눌린 아마렌을 얼른 둘러멨다.

"페른 이놈! 놔! 놓으라고!"

아마렌이 어깨 위에서 페른의 등을 때렸다. 페른은 마님의 주먹질에 눈도 깜짝 안 했다.

"네네, 제 목을 비트시든 주리를 트시든 야른님께 둘 다 죽는 거보단 낫겠죠. 암요. 귀하신 몸을 이 목숨을 바쳐서라도 지켜드려얍죠. 어차피 마님이 여기 오신 걸 알면 주인님이 저를 죽이실 테니까요."

"네놈은 대체 누구 하인이야?"

아마렌이 악을 썼다.

"물론 마님께 충성을 바치는 하인입죠. 그러니까 이 고생을 하고 있는 거 아니겠습니까요?"

야르스는 그들을 내버려두고 무화를 챙겼다.

"피가 나, 터졌는지 봐야겠어."

그는 등잔에 불을 당기고 가까이 놓았다. 무화는 고개 저었다.

"됐어. 고마워. 신세가 많았어."

술기운도 잠도 완전히 달아났다. 무화가 문고리를 잡자 야르스가 붙들었다.

"가지 마."

무화는 의아하게 그를 올려다보았다. 야르스는 어색하게 문고리에서 손을 뗐다.

"밖은 아직 캄캄해. 넌 쉬어야 되고. 거기 누워. 방해 안 받게 지켜줄게."

그는 옷을 주워들고 문에 기대앉았다.

"아몬드가 누구야?"

무화가 물었다. 야르스는 한참 후에 대답했다.

"그냥 자."

무화는 침대로 돌아가 억지로 눈을 감았다. 등이 허전했다.

아침에 눈을 떴을 때는 혼자였다. 무화는 닫힌 문 너머의 고요를 느꼈다. 침대에서 내려와 격자 창을 활짝 열자 상쾌한 바람이 쏟아져 들어왔다. 상처보다도 머리가 무겁게 쑤셨다.

무화는 새삼 방 안을 둘러보았다. 투박한 옷장 한 개와 그 옆에 기댄 작은 책장, 탁자 하나, 긴 침대가 전부였다. 나무 침대는 군막이나 배에 놓는 것처럼 좁고 실용적인데 길이가 유난히 길었다. 야르스의 키에 맞춘 것이리라. 책장은 가죽과 나무로 짠 가방을 개조한 것인데 손때 묻은 작은 책들이 빼곡했다. 어젯밤의 흔적은 말끔히 치워졌고, 탁자 위에는 잘 정돈된 구급상자와 커다란 물병이 놓여 있었다. 무화는 딱딱한 바닥을 디뎠다. 마침 문이 열리며 야르스가 들어왔다.

"여어, 씻을래?"

시원한 목소리가 망치처럼 무화의 머리를 때렸다. 무화는 미간을 찡그리며 목소리를 낮추라고 손짓했다. 목이 말라서 소리가 나오지 않았다.

"숙취야?"

야르스는 큰 잔에 물을 따라 내밀었다.

"마셔."

무화는 벌컥벌컥 잔을 단번에 비우고 비로소 입을 뗐다.

"그 술, 되게 독하네."

싸구려 술을 진탕 마셔도 아픔에 뒤척이던 밤들이 스쳐갔다.

"그렇지? 꽤 쓸 만해."

야르스는 물 잔을 받아 탁자에 놓고 창가에서 젖은 머리를 털었다. 벗은 등에 흘러내리는 황금 넝쿨 아래 크고 섬세한 근육들로 꽉 짜인 몸은 바위처럼 단단해 보였다. 그 위에 새겨진 오래된 흉터는 아무렇게나 낸 길 같았다. 모든 길은 이야기가 되고 모든 상처는 기억으로 남았다. 무화는 거기 새겨진 이야기가 궁금했다.

"그건 어쩌다 다친 거야?"

무화는 등을 가로지른 큰 흉터를 가리켰다. 발톱인지 이빨인지 알 수 없지만 보는 것만으로 오싹했다.

"사막의 탑에서."

야르스는 옷을 걸쳐 몸을 가렸다.

"다른 건? 그 팔은?"

야르스는 쌀쌀맞게 대꾸했다.

"무훈을 자랑하는 취미는 없어. 가서 씻어, 술 냄새 나."

그의 태도는 어젯밤과 온도차가 심했다.

왜지? 뭔가 기분을 거슬렀나?

무화는 물으려다가 새삼 자기 꼴을 자각했다. 피냄새와 땀냄새와 술냄새가 뒤섞여 하루 푹 묵은내는 그야말로 지독했다. 이런 몰골을 하고 있는데 좋은 얼굴로 대하기가 어렵겠다.

"욕탕은 저쪽이야. 상처에 물 닿으면 곪으니까 조심하고."

야르스가 말했다. 무화는 등 뒤의 문을 닫았다.

공동 목욕탕은 나무통이 아니라 흙을 구워 만든 거대한 욕조가 설치되어 있었다. 한꺼번에 오십 명은 거뜬히 들어갈 듯한 크기였다. 하인들이 부지런히 드나들며 바꾼 물에선 따끈한 김이 솟았다. 운교는 과거에 화산지대였고, 온천이 솟는 곳이 많아서 목욕 문화가 만발했다. 운교(구름다리)라는 이름도 연기가 하늘과 땅을 잇는 다리처럼 보인 데서 유래된 이름이었다. 운교는 도심 외곽 간이 수로도 하숫물이 아니라 따뜻하고 깨끗한 물이 흘러넘쳤다. 그래서 무화는 아무 때나 어디서든 피를 씻었다.

서미는 운교에서 살고 싶어 했었다. 상단이 운교에 들리면 꼭 심부름 거리를 얻어 육지에 오르고야 말았다. 운교는 까다로운 서미의 눈에 들만큼 깨끗하고 활기차고 풍족했다. 하지만 어디든 음습한 그늘과 뒷골목이 있고, 그곳이 무화의 차지였다.

무화는 물속으로 첨벙 들어갔다. 뻑적지근하게 얻어맞은 자리가 쑤셨지만 따끈한 물은 기분이 좋았다. 여름이지만 해가 뜨겁기 전이라 젖은 살갗에 닿는 미풍이 상쾌했다. 무화는 다친 팔을 욕조 난간에 올려놓고 셔츠를 걸친 채로 몸을 닦았다. 벗은 몸을 보이고 싶지도 않았고, 옷 입고 목욕하는 것엔 이골이 나 있었다. 왕궁에서는 궁녀들이 겁을 냈고, 산골에서는 물과 잿물을 아끼려고 몸과 옷을 함께 빠는 일이 흔했다.

셔츠는 여름이니까 한나절 걸치고 있으면 금방 마를 터였다. 무화가 욕조에서 일어나자 기둥 옆에 수건과 새 옷이 담긴 바구니가 보였다. 아까는 없었다. 깃이 높은 셔츠를 펼쳐 보니 한참 넉넉해서 치마처럼 내려올 정도였다. 같이 있는 띠는 북쪽에서 주로 쓰이는 널찍한 형태였다. 야르스의 옷이 분명했다.

북령의 전사가 왜 남령의 왕과 같이 다녔던 걸까. 용병인가? 자기 땅을 벗어나 떠도는 용병은 지위가 낮다. 하지만 그에게는 청명한 가을 햇살 같은 광휘가 있었다. 고래등걸에서 반하가 그의 서명을 받았었지. 무화는 그때 너무 긴장해서 뭐라고 쓰여 있는지 보지 못했다. 만약에 그가 용병이래도, 북령의 대공이 그를 순순히 떠나보냈을까? 힘으로 숭앙받는 전사왕은 좋은 전사를 휘하에 두는 것보다 큰 보물이 없는데.

무슨 일이 있었던 걸까.

생각에 잠긴 무화는 젖은 옷을 바닥에 떨구고 새 옷을 걸쳤다. 기둥 뒤에서 낮은 비명이 들렸다. 무화는 번개보다도 빠르게 소리의 목을 틀어쥐었다. 건장한 체격의 남자가 무화에게 들이받혀 순식간에 목젖이 쥐였다.

"누구냐?"

페른은 무화가 여자라서 놀랐고, 재빠른 공격 때문에 두 배로 놀랐다.

"야른님이 보냈어. 상처를 좀 봐 주라고."

그러면서 그는 풀어헤쳐진 무화의 가슴에서 눈을 떼지 못했다. 무화는 단검을 바투 쥐고 옷을 여몄다.

"입을 다무는 대가는 그 목숨으로 할까?"

페른은 달처럼 하얗게 빛나는 칼날을 보며 침을 꿀꺽 삼켰다. 목젖이 움직이자 날카로운 칼날에 붉은 색이 그려졌다.

"비밀을 지킬게. 맹세해."

무화는 페른에게서 눈을 떼지 않고 칼을 든 채로 셔츠를 마저 꿰어 입었다. 페른은 약간 겁먹은 채로 무화 앞에 약과 음식이 든 바구니를 내려놓았다.

"가도 돼?"

그가 슬금슬금 꽁무니를 빼자 무화는 눈짓만으로 멈춰 세웠다.

"치료해 주러 왔다며?"

무화가 왼팔을 내밀었다. 페른은 침을 꿀꺽 삼키며 약을 바르고 붕대를 다시 감았다.

"그건 화상이야?"

페른이 왼팔의 무늬를 가리켰다. 무화는 대답 대신 물었다.

"야르스 부하야?"

"야른님의 부하냐고? 그럼 더 바랄 게 없지? 난 아마렌님의 하인이야. 아주 명예롭고 아름다운 분이지. 넌 뭐야? 야른님이 신경써 주시는 거 보면 시정잡배는 아닌 거 같은데."

페른은 무화의 왼팔 문신이 무엇을 뜻하는지 뒤늦게 깨달았다.

"설마 네가 그 '난쟁이 문신'이야? 뒷골목에 떠들썩한? 너 다음 대전 어디서 해? 나 너한테 전 재산 걸게. 너 완전 대박이야."

그는 숨도 안 쉬고 말한 다음 뒤늦게 한 걸음 물러섰다.

"어, 에, 근데, 여자란 말이지?"

무화는 옷을 단단히 여몄다.

"입조심 해. 만약에 이상한 소문이 돌기라도 하면 제일 먼저 네 멱을 따러 올 거야."

페른은 씩 웃었다.

"좋아. 누가 나를 죽이는지 정도는 알아도 되겠지?"

"무화야."

"나는 페른이다. 어이, 혼자 함부로 다니면 안 돼!"

무화는 그 말을 무시하고 바구니 안에 빵과 과일을 하나씩 집어 씹으며 돌아섰다. 날붙이 부딪는 소리와 상쾌한 기합에 저절로 발이 움직였다. 연석이 깔린 연무장에 오륙십 명의 남자들이 열과 자세를 맞추어 절제된 공격과 방어 동작을 수행하고 있었다. 무화는 그들을 구경했다.

"이봐, 훈련에 안 들어가고 뭐해?"

뒤에서 툭 친 남자가 무화를 보더니 움찔했다.

"어? 어느 분단 소속이지? 본 적 없는데?"

다른 남자의 손이 칼집을 쥐었다.

"염탐꾼이냐?"

무화는 휘둘러 오는 칼날을 가볍게 피하는 동시에 연석을 디디고 발을 차올려 칼등을 치고 몸을 굴려 떨어지는 칼자루를 순식간에 낚아챘다. 두 남자는 꼼짝도 못하고 방향이 바뀐 칼끝을 바라보았다. 연무장에 있던 훈련병들이 소란을 듣고 달려와 그들을 에워쌌다. 무화는 동요 없이 겨눈 칼끝을 유지한 채 왼손으로 낮게 단검을 쥐었다. 다친 걸 눈치 채이지 않고 위협하듯 천천히. 그들 모두를 상대할 수는 없겠지만 틈을 봐서 목숨은 건져갈 수 있을 터였다.

"이봐, 내 사람이다."

긴장이 팽팽한 가운데로 야르스가 성큼성큼 걸어왔다. 병사들의 일부는 고개를 숙였고 일부는 못마땅해 했다.

"개인 손님을 연무장에 들이다니 월권 남용이오, 야른 공."

밝은 갈색 머리에 단단해 보이는 턱을 가진 풍채 좋은 남자가 말했다.

"이 애는 손님이 아니라 내 부하요. 언제든지 나를 만나러 여기 올 거요."

야르스가 대꾸했다. 주변이 술렁댔다. 무화가 야르스를 올려다보았다. 야르스는 눈짓으로 무화를 입막음했다. 무화는 그들이 야르스의 부하들이 아니며, 야르스가 협력관계를 위해 이곳에 머물고 있다는 것을 알았다. 무슨 일을 하는 걸까?

"그만 가라. 페른이 안내해 줄 거다."

무화는 야르스를 올려다보고 뒤따라온 페른을 따라갔다.

"여긴 함부로 다니면 안 돼."

페른이 말했다. 무화는 담장의 색깔과 지붕에 올린 돌 장식을 보고서 그곳이 어디인지 알았다. 운교의 중앙 공관이었다. 정식 외교 관저가 없는 작은 나라의 사신들이 오가며 묵는 장소이자, 외부에서 온 군 병력이 공식적으로 머무르는 장소이기도 했다. 운교는 목국의 절반 크기였지만 항만 시설로 외부와의 교류와 간섭이 활발했다.

"네 마님은?"

"술에 절어서 뻗어 계시지. 야른님의 기분을 살피는 게 내 임무고."

페른은 묻지도 않은 얘길 잘도 떠들었다.

"염탐꾼이란 걸 길게도 말하네."

"투장에서 몸 파는 남창주제에."

페른은 말하고 나서 킥킥 웃었다.

"아니, 넌 사내도 아니지, 야른님도 모르시는 거지? 아시면 널 가만두지 않을 테니까. 여자애가 겁도 없이 어쩌려고? 목적이 뭐야?"

무화는 눈살을 찌푸렸다.

"돈 벌기 싫어? 다음에 어디서 싸울지 안 궁금해?"

"이런, 그건 아니지. 잘해 보라고. 문신쟁이."

페른은 킥킥 웃으면서 주소를 적은 쪽지를 주었다.

"결정되면 여기로 알려 줘. 네 대전금을 대신 지불할 용의도 있어."

무화는 쪽지를 낚아챘다.

"너희 마님께 나 같은 건 경계할 건더기도 안 된다고 전해드려."

페른이 눈을 빛냈다.

"정말로 그렇게 생각해?"

거친 얼굴과 대조되는 부드러운 금발과 뜨거운 손가락이 새삼 떠올라서 무화는 턱에 힘을 주었다.

"그럼, 충고하건대, 야르스를 손에 넣으려면 남령의 엔센부터 이겨야 할 거야."

"그거 참 쓸데없는 충고네."

페른이 비웃었다.

"그러게."

무화는 손을 흔들고 등을 돌렸다. ㄷ자를 이룬 담장 너머로 탑처럼 쌓아올린 반듯한 돌 더미 사이에 규칙적으로 뚫린 작은 창 하나에서 금빛이 너울지다 사라졌다. 중천에 오르는 해일까, 야르스일까. 무화는 잠깐 생각했지만 다시 돌아보진 않았다.

제6장
목숨으로 피우다

운교의 대로는 밝은 색 돌을 깔았고 벽은 흰색이었으며 지붕들은 꽃처럼 알록달록했다. 무화는 무늬를 가진 장식 돌을 올린 담장을 따라 터덜터덜 걸었다. 적송가 정문에는 따가운 여름 볕을 피해 처마 그늘에 등을 기댄 문지기가 있었지만 뒷문은 아무도 없었다. 무화는 고양이처럼 슬그머니 문틈을 비집고 들어가 눈에 띄지 않게 옥색 방으로 갔다. 방문은 열려 있었다. 시원하게 열린 창 옆에는 서 있는 반하를 보고 무화는 괜히 마음이 졸았다.

"어디 갔던 거야?"

그가 물었다. 무화는 칼 띠를 풀어 탁자에 놓았다.

"미행하는 줄은 몰랐는데."

사실은 알았다. 깡패와 협잡꾼들 틈에 은발의 귀공자가 있는데 모르기가 어려웠다.

"다친 데는?"

그의 목소리엔 하루를 꼬박 걱정에 절여 낸 한숨이 묻어났다. 무화는 더욱 날이 선 그의 뺨을 보며 약간 미안해졌다.

"늘 그렇지, 아무렇지 않아."

반하는 불쑥 다가와 무화의 팔을 잡았다. 무화는 신음을 삼켰다. 반하는 아랑곳없이 옷깃을 젖혀 상처를 드러냈다.

"아무렇지 않다고?"

무화의 얼굴이 달아올랐다.

"치료했으니까 괜찮아."

반하는 붕대의 말끔한 매듭을 확인하고 물러났다.

"그래? 저녁에 연회에 갈 거야. 그만큼은 괜찮길 바라."

"연회?"

무화는 침대에 걸쳐있는 연한색 비단 옷을 보고 눈을 끔벅댔다.

"오랫동안 기다린 그날이지. 유리 저택에서 상인 조합회가 열려. 당연히 노래하는 나무 상단도 참석하고."

반하가 말했다. 무화는 깜짝 놀랐다.

"유리 저택은 폐쇄됐잖아? 흉가가 됐던데?"

"도둑이 들끓어서 색유리 창을 막아둔 거야. 오늘 밤엔 전부 열 거야. 불빛이 비치면 장관이겠지."

무화는 옷과 반하를 번갈아 보았다.

"그냥, 하인으로 따라가면 되잖아?"

"하인들이 출입할 수 없는 곳도 들어가야 하잖아."

반하는 등을 돌리고 방문을 열었다. 그 너머에 있던 하녀들이 썰물처럼 들어왔다.

"얼굴은 그냥 둬."

그가 나가면서 말했다. 하녀들은 무화가 입 열 틈도 주지 않고 각자 할일을 했다. 무화는 옷들이 벗겨져 나가고 머리와 손과 발을 치장해 곱게 다듬고 물들이고 향기 나게 하는 모든 과정에 몸을 맡겼다. 타인이 몸을 만지는 건 결코 익숙해지지 않았다. 하지만 무화는 궁에서 스스로를 인형처럼 만드는 법을 배웠다.

"아름다운 분이 이 상처들은 뭐래요."

오래된 하녀가 조심스럽게 옷소매를 입혔다. 징그러운 왼팔은 붕대에 감겨서 측은함만 자아냈다. 옥색 방의 고양이에 대해서 하녀들 사이엔 무수한 소문이 돌았다. 하인들은 도련님의 기벽이 하나 더 늘었다고 투덜댔고 하녀들은 반하가 애인을 숨겨뒀을 거라고 속삭였다. 청지기가 가져오는 빈 접시에 음식을 담고 침구를 청소하는 게 그들 일이었다. 요리사와 세탁부에게 숨길 수 있는 건 아무것도 없었다.

'얼마나 예쁘기에 꽁꽁 숨겨뒀을까?'

침구에서 검은 머리카락을 발견한 하녀가 말했다.

'너무 끔찍해서 숨겨 뒀을지도 모르지.'

누비이불을 속속들이 해체하면서 다른 하녀가 말했다. 겉을 빨고 속을 틀어 다시 채우려면 할일이 잔뜩 있어서 중간 중간 한숨도 잊지 않았다.

'장반이 고양이랬잖아.'

'옛날에도 장반이 그 방을 잠궈 두고 드나든 적이 있었어.'

나이든 하녀가 말하자 어린 하녀들이 달라붙었다.

'그래서?'

'그래서긴, 아무것도 아니었어. 일이나 해.'

나이든 하녀는 다림질감을 잔뜩 이고 일어났다. 하녀들은 오늘 드디어 옥색 방 고양이의 정체를 알게 되었다.

"다 됐어?"

반하가 성장을 갖춰 입고 돌아왔다. 날렵한 몸에 딱 맞는 이국적인 까만 비단 옷에 묵직한 광택을 발하는 은발은 하나로 묶어 왼쪽 어깨에 드리웠다. 장식은 새빨간 브로치인데, 핏방울처럼 붉은 안료로 상감을 한 비늘 모양의 적금 조각을 여러 겹 덧대어 꽃송이로 만든 거였다. 중심으로 갈수록 붉은 불길이 일렁이는 같았다. 어디서 저런 걸 구했을까.

하녀들은 일을 마치고 도구를 챙겨서 왔던 문으로 썰물처럼 사라졌다. 반하는 겉옷을 의자에 걸고 비단 장갑을 탁자 위에 놓았다.

"앉아."

그가 화장함을 열자 무화는 머쓱했다.

"나도 할 수 있어."

"음, 할 줄은 알겠지."

반하의 입술이 호를 그렸다. 그가 탁자를 두드리자 무화는 마지못해 그 앞에 앉았다. 반하는 정교하게 땋은 머리칼 새로 보이는 향긋한 목선과 근육이 꽉 조인 어깨와 봉긋한 가슴께로 흘러내리는 것을 비껴보았다. 그는 몸과 마음을 다스리는 법을 익혀 왔고, 이런 순간마저 슬프게도 훈련의 성과가 돋보였다.

"서미가 네 얼굴을 흉내 냈던 거 알아?"

반하는 무화의 전체 얼굴을 다듬은 다음 세밀한 붓을 들었다. 무화의 눈가가 움찔했다. 반하는 계속 말했다.

"서미는 눈이 둥글고 아주 큰데 눈꼬리를 길게 그어서 가늘어 보이게 했지. 그건 네 얼굴이었어."

무화의 입술이 가늘게 떨렸다.

"지금, 서미가 내 미래를 염려했다는 거야? 자기랑 나랑 되바뀔 걸 생각했다는 거야?"

화장을 망쳐서 씻고 다시 하는 수고를 줄이기 위해선 가진 인내심을 다해야 했다.

"진실이야 알 수 없지. 아마 서미도 몰랐을걸? 계속 흔들렸겠지, 너를 향한 욕심과 죄책감 사이에서. 나라면 말이야. 기회를 놓치지 않고 너를 제거했을 거야. 무슨 수를 써서든. 네가 아무것도 모르고 시녀 하나 죽어 나가도 아무도 궁금해 하지 않을 때. 그럼 껍데기 짓을 할 거 없이 진짜가 될 테니까. 하지만 서미는 너랑 함께인 걸 견뎠지. 그게 누굴 위한 건지 나는 몰라."

반하는 붓을 가지런히 놓았다. 무화는 고개 저었다.

"내가 선택한 거였어. 함께 목 왕가로 가겠다고. 내가 서미를 지켜주겠다고 맹세했었어."

사신단을 따라 갈 때 함께 가겠다고 말한 건 무화였다. 새까만 어둔처럼 검은 눈을 한 사람들 속에 서미만 혼자 보낼 수는 없어서. 서미는 어두운 걸 진짜 싫어하니까.

"아마 네가 다른 선택을 했다면 서미가 따랐겠지."

생각해 본 적도 없었다.

"글쎄. 그럴까?"

"너희는 생각만큼 서로를 안 믿었군."

"아니야."

무화는 이를 악물었다.

"단순히, 너를 닮은 척하는 게 진짜 공주 노릇하기에 수월할 거라고 판단했을 수도 있지. 서미는 영리하니까. 하지만 공주로서 변변한 대접도 못 받고 목숨의 위협까지 겪어 왔다는 걸 생각하면 글쎄, 네 생각은 어때?"

꽉 다물린 무화의 턱이 파르르 떨렸다.

"걔가 나를 지켰다고? 왜?"

반하는 어깨를 으쓱했다.

"대답할 수 있는 건 서미 본인뿐이겠지."

눈이 아프도록 하얀 발목이 떠올랐다.

'결국은 핏줄이라는 건가요? 운명이란 이미 다 정해졌고 우리 같은 천것들은 노력해 볼 기회조차 없는 건가요?'

서미가 말했다. 맞은편에 앉은 비단 휘장에 가려 있는 이는 마노였다.

'운명을, 바꿔 보겠어?'

그때 서미가 뭐라고 대답했더라. 무화는 정교한 미로를 헤매는 기분이었다. 아니, 미로가 아니라 미궁이었다. 미로는 출구를 찾으면 해결되지만 미궁은 가장 깊숙이에 도사린 괴물을 처치해야만 했다.

"어떤지 봐."

반하가 거울을 무화 쪽으로 돌렸다. 무화는 미궁 속 괴물의 얼굴을 본 것처럼 흠칫 했다.

"이건 누구의 얼굴이지?"

반하는 한 번 무화의 얼굴 위에 서미의 얼굴을 그렸었다. 이 얼굴은 또 달랐다. 하지만 무화의 얼굴은 아니었다.

"도망친 반공주인 걸 선전할 필요는 없잖아. 운교와 목국의 관계가 복잡해질 거야."

무화는 대꾸 없이 준비된 마차에 올랐다,

운교는 도로가 좁아서 솜씨 좋은 장인들은 마차를 작고 아름답게 설계해 말 한 마리로 충분히 끌 수 있도록 만들었다. 다만 내부가 비좁아서 반하와 마주앉자 무릎이 닿는 걸 피할 수가 없었다. 무화는 마차에 탈 때 반하가 옆에 앉겠다고 한 걸 거절한 걸 후회했다. 반하는 가끔 마차가 흔들릴 때마다 잡아 주는 것 외엔 내내 창밖만 보았다. 무화는 곧 그와 있는 것이 익숙해졌다.

구리와 청동으로 가짜 금을 흉내 낸 사치스런 저택이 눈에 들어왔다. 기억과는 달리 창을 막은 덧문과 흉흉한 가리개는 모두 걷혀 있었다, 마차에서 내리자 하늘의 마지막 금빛이 무화의 뺨에 닿았다. 운교의 특산품인 정교한 색유리로 만들어진 조각등과 장식품이 노을을 반사해 저택 전체가 호박으로 만들어진 것처럼 빛났다. 장관이었다.

"여기가 거울의 방이다. 유리 저택에서 가장 유명한 장소지."

반하가 속삭였다. 생화와 반짝이는 청동 조각으로 온 벽을 둘러 연회장으로 꾸민 넓은 방이었다. 벽에는 거울이 아니라 아름다운 무늬를 수놓은 천개를 드리웠는데 그 색이 청동의 연마된 면에 비쳐서 다채롭게 빛났다. 천개로 가린 뒤가 전부 거울이었다. 무화는 천장에 일부 드러난 거울 조각을 보고 알았다.

"이 문을 닫으면 시간도 멈춰서 몇날 며칠이고 밤이 새도록 연회를 할 수 있어."

반하가 거울로 된 문을 가리켰다. 문은 문고리를 중심으로 화려한 여름 꽃들로 빽빽이 장식되어 있었다. 어쩐지 모든 거울을 일부러 가린 거 같았다. 거울 도둑 때문일까? 무화는 행상조합장의 이야기를 떠올렸다. 유리와 거울은 운교의 주요 수출품이었다. 물건을 감춰야 할 정도로 도둑이 들끓는다면 모든 상인 조합이 소집될 일이었다. 그래서구나. 노래하는 나무 상단이 입항한 건.

반하는 무화를 데리고 유리 저택의 주인 부부에게 인사를 건넸다. 주인은 반하가 가까이 오기 전부터 초조하게 그를 기다리고 있었다. 그 옆의 안주인은 하도 치마를 꽉 쥐어서 그 부분만 주름이 졌다.

"오랜만이오, 빙사 반하. 목국에 가서 영영 돌아오지 않는 줄 알았다오."

그들은 반하가 외국인이 아니라 운교 사람인 것처럼 대했다. 사람이 난 곳과 부모를 선택할 수 있다면 어떨까. 무화는 궁금했다.

"초대해 주셔서 감사합니다."

그들은 나직이 사업상 이야기를 몇 마디 나누었다. 손님들의 행렬은 계속 이어졌다. 무화는 천정을 올려다보았다. 아름다운 천정화에서 이어 내려오는 벽감 일부에 거울 조각이 보였다. 무화는 거기서 자기 얼굴을 찾느라 몹시 오래 걸렸다.

"사정이 복잡해 뵈던데, 이런 화려한 연회를 열어도 되는 거야?"

"그거야 말로 최고 상인다운 태도지. 망할 가게에서 비싼 상품을 사려는 사람은 없어. 상인들은 자기가 가진 상품과 가치에 흔들림이 없다는 걸 과시해야 해."

무화는 주위를 둘러보았다. 아는 사람도 알아볼 사람도 없었다.

"뭐 먹을래?"

반하가 물었다.

"이런 걸 입고?"

무화는 딱 숨 쉴 만큼만 남기고 조여 놓은 허리를 가리켰다. 반하는 웃었다.

"그럼 춤을 출까?"

반하는 무화의 손을 이끌어 춤추는 사람들 속에 끼었다. 군무에 섞일 차례를 기다리는 중에도 많은 사람들이 반하에게 말을 걸었고 인사를 나누고 싶어 했다. 벌써 몇 장이나 세공품을 숙원하는 편지도 전달되었다. 그 편지의 주인들은 몹시 특별해서 이런 자리에 나서지 않지만, 반하는 직접 만나지 않은 주문은 꺼렸기 때문에 별실에서 그를 기다리고 있었다. 물론 그의 얼굴을 구경하러 온 귀부인들의 줄은 더 길었다.

"다른 사람이랑 춤추는 게 좋겠어. 난 춤 잘 못 춰."

무화는 그들의 질시의 시선을 받는 게 부담스러웠다.

"동대공 앞에서 춤춘 게 누군데, 그 말을 믿으라고?"

반하는 무화와 손을 맞잡고 가볍게 등을 당겼다. 턱이 무화의 이마에 닿았다. 그의 향기는 타는 나무처럼 향긋했고 체온은 따뜻했다. 반하는 춤이 끝나기 전에 살짝 무화의 얼굴을 들었다. 뜨거운 손가락이 무화의 입술을 스쳤다. 무화의 심장이 한 번 크게 뛰었다.

“반하님.”

춤이 끝나자 멀찍이 서 있던 하인이 반하에게 쪽지를 전했다. 반하는 내용을 읽고 무화를 돌아보았다.

“잠깐 기다려.”

그는 하인과 함께 떠났다. 무화는 연회장 한쪽에 차려진 식탁에서 술과 작은 다과를 집었다. 꽉 조이는 옷이 불편했지만 배도 고프고 목도 말랐다. 잘도 이런 걸 입고 버티네, 운교 여자들은. 목공주 옷도 겹겹해서 불편했지만 이렇게 허리를 조이진 않았다. 무화는 새삼 버들 부인의 차림새를 떠올렸다. 확실히 그는 유행을 앞섰다.

무화는 술잔을 들고 벽에 등을 기댔다. 태피스트리 너머로 서늘한 기운이 느껴졌다. 슬쩍 천들이 겹친 곳을 들자 거울에 비친 얼굴이 타인처럼 낯설었다. 옷도 머리 모양도 거울 너머 새까만 풍광도 완전히 달랐다. 검다 못해 광택이 흐를 것만 같은 어둠속의 얼굴이 싱긋 웃었다. 무화는 그 얼굴의 이름을 불렀다.

“서미?”

거울 너머의 소녀가 무화의 왼손과 손을 마주 댔다. 거울 속은 오른손이었다. 그 손은 뼈만 남은 채 기괴한 얼룩으로 가득했다.

“무화님?”

무화는 흠칫 돌아보았다. 반하 외에 여기서 그 이름을 부를 만한 사람은 없었다.

"찾는 분이 계십니다."

그를 부른 하인이 손가락으로 가리켰다. 훤칠한 뒷모습에 달빛을 반사하는 이슬 맺힌 거미줄처럼 아스라하게 찰랑이는 은발이 보였다.

"반하?"

반하가 아니었다. 무화는 홀린 듯이 그를 따라갔다.

"아라킨?"

입술에서 그의 이름이 떨어지자 아라킨은 무화를 돌아보며 웃었다. 핏빛 눈동자가 부서진 별처럼 빛났다.

불가능했다. 아라키은 유령선에서 떨어져 죽었다. 야르스가 그를 죽였다.

"기다렸어요."

둘은 어느새 포도알 같은 보라색 꽃이 가득 핀 아름다운 등나무 정자에 서 있었다. 아라킨을 둘러싼 일행은 아름다운 등갓으로 장식한 정자 아래서 말판 놀이 중이었다. 웃음소리가 푸른 향기처럼 퍼지고 꽃들은 어둠속에서 등불처럼 떠올랐다. 짙은 술 향기와 상쾌한 나무뿌리 냄새가 그들 주위에 보이지 않는 벽을 만들었다.

*서미가 **그늘**을 지나갔어.*

밤이 말했었다. 젊은 여자가 소리 소문 없이 사라질 수는 없었다. 예쁜 여자라면 더더욱. 서미가 하현도를 두고 떠났다면 이유는 딱 하나였다. 어둔이 함께 있었다.

"당신이 서미를 데려갔죠?"

거울 속에 떠오른 환영은 착각이 아니었다. 아라킨은 손안에 장기말을 굴렸다. 주변 사람들은 그의 눈짓을 따라 하나씩 떠났다. 마침내 정자 아래는 아라킨과 무화 단둘만 남았다.

"말판 놀이 할 줄 아세요?"

무화는 탁자 위에 놓인 정교한 말판을 힐긋 보았다. 매끄럽게 다듬은 빨간색과 검은색 네모 칸마다 둘의 얼굴이 비쳤다. 검은색과 붉은색 말들은 투명하게 내부에 빛을 투과했다. 색유리인가?

아라킨이 바깥쪽에 내려놓았던 빨간 말 한 개를 판 위에 올렸다. 투명한 내부에서 붉은 액체가 찰랑였다. 그건 색유리가 아니라 보석을 깎아 내부를 채운 후 달군 유리로 틈을 마감한 정교한 세공품이었다. 무화는 광택이 흐르는 검은 말을 들어올렸다. 순간 세상이 파도처럼 출렁대며 말판이 무화를 집어 삼켰다. 색색의 말은 사람이 되고 판 위의 선과 색은 밭과 집과 길들로 변했다. 여자가 달리고 있었다. 휘적대는 긴 검은 머리가 땀에 젖은 목덜미에 엉겨 붙었다. 길은 점점 좁아져 거친 돌부리와 잡초가 여자의 발목을 잡아챘다. 횃불들은 사냥감을 모는 사냥개처럼 조여 왔다.

"찾았어?"

"어쩌면 거두어 준 은혜를 모르고!"

사람들이 말했다. 여자는 뛰면서 조각보와 다름없는 너덜너덜한 치마를 걷어 올려 허리에 묶었다. 앞이 벽으로 막혔다. 여자는 횃불들이 달려들기 전에 먼저 뒤돌아 가슴과 정강이를 걷어찼다. 손에 쥔 불쏘시개가 부러질 때까지 몇 명을 넘어트렸지만 계속 늘어나는 사람들을 상대하기란 벅찼다. 여자는 고양이처럼 사뿐히 담벼락을 타올라 달렸다. 아래에서 횃불들이 아우성치며 벽을 두드려 여자를 떨어트리려고 했다. 여자는 계속 뛰었다. 어둠이 발목을 잡아 챌 때까지.

이번이 벌써 아홉 번째였다. 카르파에게서 받은 옷을 팔고 몸에 지닌 금붙이 몇 개로 버틸 수 있는 기간은 길지 않았다. 처음에는 하녀 일을 구했다. 그러나 수시로 추근대는 손과 강간의 위협 때문에 번번이 그만두었다. 길에서 떨어진 소개장을 주워서 신분을 위장한 다음 가정교사 일을 구하기도 했다. 서미는 예쁘고 여러 학문에 능통했으며 귀족의 예법이 몸에 배어 있었기 때문에 어렵잖게 일자리를 얻었다. 하지만 뛰어난 미모가 안주인의 시기를 사고 바깥주인의 지나친 관심을 받았다. 결국 서미는 치근대는 바깥주인을 두들겨 패서 반쯤 죽여 놓고 쫓기는 신세가 되었다.

도와줄까?

쫓기던 서미가 그늘 속에 숨어 숨을 고를 때 속삭임이 들렸다. 서미는 그 목소리를 무시했다.

무화의 **씨앗**을 삼켰을 때, 빈 종이에 보이지 않는 손이 그림을 그리듯 아무도 없던 곳에 어떤 남자가 서 있었다. 서미는 거미줄처럼 가는 은발을 보고 마음이 덜컹했다. 반하인 줄 알았다. 이 더러운 소굴에서 반하가 구하러 와 주기를 얼마나 바랐는지 몰랐다. 그러나 한편으로 이런 꼴은 보이고 싶지 않았다. 그래서 '그것'이 서미에게 온 거다. 서미가 비틀린 소원을 빌었기 때문에.

'어둔은 그런 거야. 비틀린 마음, 뒤틀린 소원에 응답한다. 그러니까 늘 조심해. 그것을 불러들이는 것은 너희다.'

마노가 둘에게 말했었다. 서미는 그게 자기 일이 될 줄은 몰랐다.

서미는 어둠 속에서 떠오르는 시든 장미처럼 검붉은 눈을 보고는 돌아서 뛰었다. 등 뒤의 눈동자는 사라졌다.

"저기다! 잡아라!"

서미는 지붕을 밟고 뛰다가 약한 홈통을 밟고 미끄러져서 시장 바닥의 오물 위에 나뒹굴었다. 사람들이 몰려와 복날의 개처럼 서미를 질질 끌고 갔다.

"빤질하게 생겼다고 걱정했었지. 감히 내 남편을 넘봐?"

안주인이 서미 앞으로 나와서 뺨을 때리고 얼굴에 침을 뱉었다. 서미는 눈을 감고 이를 악물었다. 바깥주인이 아내 뒤에 숨어서 말했다.

"내가 그런 게 아니야, 저게 꼬리를 친 거라니까."

바깥주인은 코도 제대로 닦지 못해서 피가 얼굴에 벌겋게 말라붙었고 부푼 상처에 멍이 올라오고 있었다. 서미는 옭아맨 힘이 약해진 틈에 벌떡 일어나 둘을 떠밀었다. 안주인은 비명을 지르며 바닥에 밀쳐졌고 바깥주인은 그 아래 깔려서 버둥댔다. 서미는 사람들이 어깨를 떠밀어 떼어 내기 전에 재빨리 침을 뱉었다.

"저런 개자식을 누가 쳐다봐? 너 같은 거나 쳐다보겠지."

"악! 이 쌍년이!"

안주인은 길길이 날뛰며 서미의 머리카락을 휘어잡고 주먹으로 뺨을 난타했다. 한 번도 싸움 제대로 배우지 않은 손인지라 치명적이진 않지만 아팠다. 그리고 모욕적이었다. 서미는 어설픈 안주인의 손목을 잡아채 비틀었다. 안주인은 비명을 질렀다.

"아얏!"

서미는 그 손이 부러질 때까지 놓지 않았다. 머리 위로 뭇매가 쏟아졌다. 결국 양쪽 모두 어딘가가 부러지고 여주인이 죽을 듯이 울부짖으면서 떨어져나가자 서미는 손을 놓았다. 어디를 잘못 맞은 건지 핏물이 눈을 덮고 소리는 점점 먹먹해졌다. 그 와중에 거친 손이 팔다리를 억지로 잡아 벌리고 허벅지 안쪽에 동통이 느껴졌다. 올라탄 사내들의 무게에 짓눌린 폐에서 왈칵 피거품이 올라왔다.

이렇게 죽는 거구나, 결국.

'배에서 내리면, 어떻게 살게 될까.'

배를 흔드는 바람이 시원했다. 출렁이는 어지러운 느낌은 이제 많이 익숙해졌다. 하지만 서미는 끝까지 노래하는 나무 상단에 익숙해지지 못했다. 그들은 인간이 아니다. 거긴 서미가 있을 곳이 아니었다. 무화처럼 자기가 있을 곳, 머물 수 있는 자리를 찾아낸다면 얼마나 좋을까. 언제쯤 모래 속에 던져진 물고기처럼 숨이 막히지 않을 수 있을까.

'보통 여자들처럼 결혼을 하고 애를 낳고 늙어 죽겠지.'

무화가 말했다. 서미는 고개 저었다.

'난 공주님이 될 거야.'

'공주님도 마찬가지야. 좀 더 편하게 살다 죽을 수는 있겠지.'

무화가 대꾸했다. 서미는 웃었다.

'너처럼 생각하면 사는 게 다 별로지. 넌 대체 무슨 생각을 하는 거니?'

무화가 대답할 필요도 없었다. 그가 원하는 게 뭔지는 서미도 아주 잘 알았다.

'너는 인간이야, 무화. 절대로 저들처럼은 될 수 없어.'

'나도 알아.'

무화는 망루에서 바닷바람을 맞고 있는 마노를 바라보았다. 긴 금발이 바다에 떠오르는 아침 해처럼 깊은 황금빛으로 빛났다. 마노의 눈을 믿을 수 없을 정도로 파랗고, 얼굴은 여자인지 남자인지 가늠하기 어려울 정도로 아름다웠다. 키는 크고 몸은 우아하고 군 데 없이 날렵했다. 다른 옥인들도 아름답지만 그의 광휘는 특별했다.

'이루지 못할 꿈은 꾸는 건 죄가 될까?'

무화가 말했다. 서미는 고개 저었다.

'아니, 최소한 나는 너한테 그렇게 말 못해.'

눈앞에 점멸되던 붉은 등이 꺼지며 귓가에서 웅성이는 소리들이 사라졌다. 비단처럼 부드럽고 차디찬 죽음이 서미를 잡아채 비틀었다. 드디어 돌고 돌아 제자리구나. 죽음이 그 바다에서 거두지 못한 목숨을 거두러 왔구나.

***나**를 불러.*

목소리가 아무도 아니게 된 것에 말을 걸었다. 아무도 아닌 것은 아무도 아니기 때문에 아무것도 할 수 없었다. 생각할 머리도 부를 목소리도 손짓할 손도 볼 눈도 아무것도 없었다. 진흙을 눌러놓은 것 같은 미미한 존재감만이 간신히 그 소리를 들었다.

*내 **이름**을 불러라.*

속삭임은 다급하고 끈질겼다. 왜 부르라는 거지? 그런데 부르는 게 뭐지?

그를, 다시 보고 싶지 않으냐?

서미라는 이름을 가졌던 존재가 점점 작아져 두 가지 색으로 빛나는 씨앗을 감싼 한 겹만이 남게 되었을 때 아름다운 얼굴이 횃불처럼 떠올랐다.

'반하…….'

축 늘어진 몸 안에 서미가 가득 찼다.

'아……라킨…….'

은발의 남자가 서미 위에 올라탄 사내들의 등짝을 지팡이로 내질렀다. 비명 소리와 함께 벌거벗은 엉덩이들이 나뒹굴었다.

"누구야!'

"시신을 범할 셈인가?"

늘씬한 몸에 값비싼 정장을 걸친 남자의 눈은 죽은 짐승의 내장처럼 붉었다. 저건 사람이 아니야. 사람의 껍질을 뒤집어 쓴 다른 무엇이다. 산 것들은 본능적으로 알고 뒷걸음질 쳤다. 서미의 늘어진 몸은 얻어맞아 부은 얼굴이 무시무시하게 퍼래졌다. 고상한 안주인은 하인들에게 뒤처리를 떠넘기고 사라진 뒤였다. 서로에게서 나는 쓰고 비린 공포의 냄새가 공기 중에 번지자 사내들은 서미를 버리고 달아났다.

아라킨은 망토를 벗어 서미의 몸을 갈무리 해 아기처럼 소중히 품에 안았다. 번들대는 검은 천개를 씌운 마차가 마부도 없이 그 옆에 와서 섰다. 말발굽도 바퀴 밑바닥도 길 위가 아니라 자기 그림자 속에 걸쳐져 있었다. 아라킨이 마차 문을 닫자 달린 적도 없는 모양뿐인 바퀴가 그늘 속으로 스며들었다.

눈을 감고 귀를 막아라.

숨 쉬지 말라는 말은 필요 없었다. 서미는 스며오는 음성에 따르려고 했다. 하지만 꼼짝도 할 수 없었다. 벌어진 눈과 코와 귀와 입으로 진득하게 흘러드는 미세한 모래알도 뱉어낼 수 없었다. 산 채로 흙에 파묻히는 기분이었다. 아라킨은 서미가 버거워하는 것을 알고 그늘로 들어가다 말고 형체를 되돌렸다.

"지상으로 가자."

마차 바퀴가 땅을 밟고 굴렀다. 서미는 그 안에서 정신을 차렸다.

"당신이로군."

힘겹게 숨을 몰아쉬며 서미가 말했다.

"이름을 불러라."

그가 명령했다.

"아라킨."

서미는 간신히 그 이름을 불렀다. 죽은 짐승의 내장 같던 눈이 갓 핀 장미처럼 선연히 붉어졌다.

"계속, 나를 따라다녔지? 왜?"

망토를 걸친 서미가 계속 몸을 떨자 그는 상의도 벗어 어깨에 걸쳐 주었다. 벌레에게서 짜낸 옷감은 매끄럽고 가볍고 따뜻했다.

"글쎄."

서미는 그를 알고 있었다. 조선소에서 소개받기 이전에도 그를 본 적이 있었다.

"그때, 그 나무 아래 서 있던 건 당신이지? 이름 없는 산에서?"

거미나무 아래 그가 서 있었다. 이름 없는 산의 수많은 나무들 중에서 유독 그 나무에 안개처럼 가늘고 빽빽한 거미줄이 뭉텅이져 있어서 사람들은 그걸 거미나무라고 불렀다.

“기억하고 있을 줄은 몰랐는데?”

서미가 아주 작아서 그는 나무보다 커 보였다. 그리고 왕자님처럼 근사했다. 그가 입은 겹겹의 옷과 머리를 올린 광택 없는 장식을 서미는 구경조차 해 본 적 없었다.

남자는 말을 걸지 않았다. 서미도 말 걸지 않았다. 한참 서로를 빤히 보던 둘은 무화가 오자 약속이나 한 듯이 서로 모른 척 했다. 어둔을 보는 무화가 그 남자를 보지 못했기 때문에 서미는 그 남자가 사람인 걸 의심하지 않았다.

다시 그 남자를 보게 된 건 녹옥의 입궐 준비 때였다.

‘무화를 놓치지 마. 녹옥 공주님을 모시는 나처럼. 그럼 어떻게든 될 거다.’

녹옥 공주의 곁을 봐주던 엄마가 말했다. 서미는 머리 저었다.

‘아니야, 엄마. 우리는 친구야. 친구는 이용하는 거 아니야.’

엄마는 서미의 등짝을 때렸다.

‘정신 차려, 이것아. 녹옥님이 네게 쓸데없이 고상한 소리를 집어넣었구나. 너희는 절대 친구가 될 수 없어. 신분이 하늘과 땅 차이라고. 네가 나를 공주님께 빌붙어 단물을 빠는 벌레라고 생각하는 거 안다. 무화가 너랑 같은 걸 먹고 입어도 걔는 공주야. 넌 아니고. 알아들어? 우리 같은 천것은 그 옆에서 콩고물이나 주워 먹으면 인생 트인 거야. 절대로 춥지도 배고프지도 않을 거다.’

‘싫어!’

서미가 소리쳤다.

‘왜 나는 공주가 아닌 거야? 걔랑 나랑 뭐가 달라서!’

엄마는 서미의 뺨을 때렸다.

'난 공주가 아니야. 그러니까 너도 아니야. 알아들어?'

벌개진 엄마의 눈에 섬뜩하게 노려보는 서미의 얼굴이 비쳤다.

'서미야.'

엄마는 뒤늦게 딸을 안아 주려고 손을 뻗었다. 서미는 그 팔을 뿌리치고 뛰쳐나갔다. 왜 녹옥 공주님이 아니라 엄마가 나를 낳은 걸까. 왜 나는 저런 비천한 엄마 딸이고 공주의 딸이 아닌 걸까. 무화보다 내가 훨씬 더 착하고 영리하고 예쁜데!

서미는 나뭇가지가 팔을 찢고 구멍 뚫린 신에 돌멩이가 들어와 아프게 밟혀도 그냥 계속 달렸다. 서미를 멈춘 건 얄팍한 바닥에 우직 밟힌 벌레의 비명이었다. 죽음은 귀가 아니라 몸이 듣는 소리라 오싹한 침묵이 발을 타고 흘렀다.

'에이, 더럽게.'

서미는 발밑을 확인하지 않고 신발을 바위에 대고 문댔다.

'애도는?'

혼자인 줄 알았던 서미는 깜짝 놀라 돌아보았다. 나무 그늘에 아름다운 사람이 서 있었다. 머리가 희고 투명한데 얼굴은 젊고 아름다웠고 눈은 피처럼 붉었다. 언젠가 녹옥이 그렇게 생긴 사람들 이야기를 해 주었다. 녹옥은 그들을 옥인이라고 불렀다. 서미는 녹옥이 있는 쪽으로는 갈 수 없고, 녹옥도 물을 건너 올 수 없었다. 오직 무화만이 그 개울을 건너다녔다. 하지만 바위들이 이어진 좁은 상류에서 녹옥은 서미가 볼 수 없는 세상에 대해 이야기해 주곤 했다.

아니야, 옥인 같은 건 세상에 없어.

서미는 순진하지 않았다. 세상이 서미를 그렇게 두지 않았다.

이름 없는 산엔 외부인이 오지 않았다. 아무리 귀한 약초가 자라도 여기서 난 것은 아무도 쓰지 않았다.

'녹옥님을 뵈러 왔나요?'

'아니.'

그의 손에 벌레 모양의 검은 안개 같은 것이 서렸다가 흩어졌다.

'그게 뭐예요?'

서미가 물었다.

'네가 애도하지 않은 벌레 그림자야. 살아 있던 기억을 가진 동안 잠시 형태를 유지했던 거지. 이젠 그냥 우리야.'

'우리?'

서미는 어쩐지 그의 대답을 듣지 않아도 알 것 같은 기분이 들었다. 그의 입에서 흘러나올 말을 들을 면 안 될 거 같은 느낌도 들었다. 특히 그 장소에선.

'오늘은 왜 혼자지?'

왜 언제나 모두가 무화만 찾는 걸까.

'몰라요. 무화가 필요하면 직접 찾으시죠.'

그는 물끄러미 서미를 내려다보다가 손에 뭔가를 쥐어 주었다.

'이게 필요할 거다.'

서미는 하얀 거미 알집 같은 거품을 들여다보았다.

'뭔데요?'

'사람을 사라지게 하는 약이지. 딱 한 명분이야. 네가 원하는 걸 가지려면 누굴 사라지게 하면 될지 생각해 보렴.'

서미가 그 약을 누구에게 사용했는지는 단둘만 알았다.

"부모가 죽어야지 아이는 진짜 어른이 되지."

아라킨이 말했다.

"당신은 요괴야, 귀신이야?"

서미가 물었다.

"뭐든 부르는 게 되지, 우리는. 아직 결정되지 않았거든. 옥은 최후의 최후까지 다듬어진 것이고 우리는 아직 아무것도 아니야."

아라킨이 말했다.

그래, 요괴이고 귀신인 건 나였다. 사람이 아닌 것, 사람이 하면 안 될 일을 한 것은.

"내게 원하는 게 있는 거지?"

서미의 질문에 아라킨의 눈이 빛났다.

"네가 삼킨 씨앗."

"당신도 그 돌을 노리고 있었던 거야? 어쩌지? 똥으로라도 나오면 팔려고 했는데 안 나오더라고. 대체 그게 뭐라고 수련도 당신도 계속 찾는 거지?"

서미는 웃으려고 했지만 숨소리만 끽끽댔다. 말을 뱉는 것조차 목에 걸린 것처럼 괴로웠다. 아라킨은 주머니에서 뭔가를 꺼내 서미의 입안에 넣어 주었다. 둥글게 만 진흙처럼 생긴 환단이었다.

"삼켜 봐라. 인간의 몸은 약하지만 질기기도 하니까."

서미는 삼켰다. 삼키려고 애썼다. 아직 죽고 싶지 않았다. 아직 보고 싶은 사람이 있다. 이제 그와 나란히 설 수는 없겠지. 서미는 지독하게 아프지만, 그래도 반하를 다시 보고 싶었다.

이 꼴을 하고도 그런 생각을 하다니.

서미는 웅크려 얼굴을 감쌌다. 몸에서 나는 지독한 냄새에 질식할 것 같았다. 아라킨이 묵묵히 지켜보는 시선이 느껴졌다. 그는 반하와 같은 은발인데 전혀 다른 느낌이었다. 반하가 그렇기 때문에, 아라킨이 반하를 닮았기 때문에 둘은 더더욱 달라 보였다.

"내가 삼킨 게 도대체 뭐야?"

"씨앗이야."

"뭐가 열리는데? 보석?"

아라킨은 빙긋 웃었다.

"너는 볼 수도 상상할 수도 없는 것."

서미는 빈정이 상했다.

"당신은 볼 수 있나 봐?"

"그래."

"무화도 볼 수 있어?"

이건 시기였다. 나는 정말 저열해. 하지만 공주도 무엇도 아닌 산골 계집애에 불과한 서미가 무화와 동등해 지려면, 대가를 치러야 했다. 서미는 준비가 되었다.

"누가 보게 될지는 아무도 몰라."

"어떻게 하면 되는데?"

아라킨은 서미의 오른손을 잡았다. 그의 손은 크고 부드럽고 다정했다. 서미가 그런 걸 기대했던 사람은 그가 아니어서 마음이 울컥했다.

"여기에 옥인들이 찍은 낙인이 있지. 그걸 없애는 게 첫 번째야."

아라킨의 손이 스친 피부 위에 글씨인지 그림인지 알 수 없는 어두운 문양이 떠올랐다 사라졌다. 서미는 그가 꺼내는 도구를 보며 용기를 잃지 않으려고 숨을 몰아쉬었다. 아라킨은 목구멍이 타 버릴 것처럼 뜨겁고 시큼한 냄새가 풍기는 병의 뚜껑을 열었다. 날카로운 칼과 집게는 어디에 쓸지 알고 싶지도 않았다.

"손가죽을 벗길 거야."

서미는 눈을 감았다. 인생이 원하는 대로 흘러간 적은 없지만, 적어도 선택할 기회가 있었다. 그것만으로도 가치 있다고 생각하자. 아니면 비참함에 질식해 죽을 거 같으니까.

"벗겨."

아라킨은 병에 든 것을 서미의 손에 부었다. 피부가 끓어오르며 안쪽으로 오그라들었다. 녹아내린 근육이 뚝뚝 마차 바닥에 떨어져 흔적도 없이 사라졌다. 악물었던 서미의 잇새로 짐승 같은 울부짖음이 터져 나왔다. 참을 수 있을 거라고 생각했다. 아무리 끔찍한 일들도. 하지만 언제나 일어나는 일들은 각오한 것보다 지독했다. 아라킨은 살점이 타들어가고 손 껍질이 홀딱 벗겨져 누런 인대와 허연 뼈가 드러날 때까지 빙산을 붓고 남은 것을 뼈에서 긁어냈다. 서미는 기절했다가 눈을 떴다가 다시 까무라쳤다.

말들이 물방울처럼 뚝뚝 떨어졌다. 서미가 아는 어떤 종류의 말로도 어순을 맞출 수 없고 귀가 듣는 것이 아니라 온몸으로 스며드는 듯한 **말**이었다. 서미는 눈을 떴다. 아직도 꿈을 꾸는 걸까?

오른손이 썩어 들어가서 짓무른 살과 뼈가 드러나고 그 속으로 벌레들이 꿈틀대며 파고들어 고치를 짓고 살과 뼈를 돌아 마침내 자신인 것은 하나도 남김없이 조각조각 부서져 흩어지는 꿈을 꾸었다. 아프다 못해 감각이 마비된 느낌이었다. 아마 감각을 느낄 수 있는 부분은 죄다 태워 버렸기 때문이리라. 서미는 끙끙댈 힘도 없어서 한동안 누운 채로 숨만 헐떡였다.

여기가 어딜까.

사위가 어두웠다. 침묵만이 팽팽한 공간에서 검은 바위 틈에 얼어붙은 실개울처럼 반짝이는 머리칼을 발치까지 드리운 아라킨이 무언가를 하고 있었다. 마노도 저렇게 머리가 길었지. 명료한 선을 그리는 머리와는 달리 아라킨의 얼굴은 손으로 덜 마른 물감을 문댄 것처럼 흐릿해 보였다. 시야가 아직 선명하지 않은 걸까. 마치 누군가 그의 얼굴을 만들다 만 것 같다. 그가 잔을 들고 오는데, 안에 든 음료가 뭔지는 알 수 없었다. 그게 음료인지 확실하지도 않았다. 입에 넣자 모래같이 버석하고 연기처럼 매캐한 촉감이 느껴졌다.

"뱉지 마, 토해도 안 돼. 아주 귀한 거니까."

서미는 삼켰다. 목구멍이 빽빽했다. 물을 마시고 싶었지만 소리가 목으로 나가지 않았다. 그제야 누운 곳이 침대가 아니라 관 속인 게 보였다. 몸을 덮은 것도 이불이 아니라 어슴푸레한 안개였다. 부피와 질감은 있는데 무게가 없었다. 서미는 겁에 질렸다.

이건 꿈이야. 나는 아직 깨지 못한 것뿐이야. 눈을 뜨면 비단 차양과 조각한 기둥을 가진 침대에 누워 있고 말리와 무화가 시중을 들러 달려 올 거야. 말리는 차가운 물을 주고 무화는 팔다리를 문질러 줄 거야. 악몽에서 깨어 안심하도록. 서미는 눈을 감았다. 눈물이 한 방울 감은 눈 사이로 흘렀다.

아니, 꿈이 아니다.

서미는 천천히 오른손을 들어보았다. 꽁꽁 싸매 놓은 안쪽에는 부피감이 없었다. 그 모습을 다시 떠올리는 것만으로 속이 울렁대서 서미는 다른 생각을 하려고 애썼다. 억지로 삼킨 안개 같은 음료가 돌기 시작하자 움직임이 부드러워졌고 아픔도 가셨다. 평생 무화처럼 병신인 채로, 괴물인 채로 살아야겠구나. 손을 뒤로 감추고 장갑을 끼고 누군가 볼까 봐, 숨겨둔 손을 알아채고 손가락질 할까 봐 두려워하면서.

'죽음을 건널 수 있겠어? 무화가 그랬던 것처럼?'

무화와 비교하지 않았다면 서미는 못한다고 했을 것이다. 아라킨의 목소리는 침대 속의 연인이 등을 쓰다듬듯 감미로웠지만 서미는 그의 아름다운 안에 기괴하게 뒤틀린, 수천 마리의 뱀을 꼬아 만든 듯한 어둠을 보았다.

'사람의 몸도 뱀으로 이루어져 있어. 이 껍질 하나만 벗기면, 그리고 그 안에 무수한 강이 흐르고, 이파리가 나지 않는 나무들이 뿌리를 내리고 있지.'

아라킨은 서미의 팔을 쓰다듬었다. 그의 눈은 진창에 떨어진 꽃처럼 붉고 붉었다.

'사람도 나무야. 수액이 흐르듯 피가 흐르고, 벌레가 달라붙듯이 기생충이 살고 목피처럼 껍질을 입고 속살이 뽀얗게 차오르지. 그리고 어느 정점에 이르면 속에 가득 찬 것을 비우며 생을 늘리거나 목까지 가득 찬 욕심에 질식해 죽어. 나무가 오래 사는 법을 알아? 속을 계속 비워내는 거야. 그리고 밖으로 밖으로 뻗어나가 외부와 맞댄 면을 늘리며 더 큰 존재가 되는 거지. 네 진짜 야망을 이루려면 네 안의 욕심을 버려야 해.'

그의 목소리는 이슬의 무게로 음계를 이룬 거미줄처럼 섬세하면서도 울림이 강했다.

'더 큰 존재가 되기 위한 내 야망을 소거한다면, 내가 내가 아니게 되는 거잖아. 그게 무슨 의미가 있지?'

'네가 기억하지 못해도 너는 네가 원한 존재가 되어 있을 거야.'

'지금의 나는 없어지고?'

'두려워하지 마라. 어떤 모습으로 변한대도 네가 너인 건 변하지 않아. 영원히 애벌레로 남을지 나비가 되어서 세상을 볼지, 결정하는 건 너다.'

서미는 웃었다.

'두려울 리가! 바라던 바야.'

서미는 붕대에 싸인 팔을 내려다보았다. 그 속에 흐르는 피를 갈아 넣고 살을 잘라내고 눈 코 입을 바꿔서 다른 사람이 되고 싶었다. 진짜 공주가 되고 싶었다.

아라킨은 서미의 머리를 쓰다듬었다. 서미는 어린애가 된 기분이었다.

'모든 것은 같은 먼지로부터 시작되었어. 먼지들이 뭉쳐서 씨앗이 되고 씨앗이 움터서 숨 쉬고 움직이고 눈과 발을 뻗는 방향에 따라 다른 모양과 이름과 생장법을 갖게 되었지. 어떤 것은 멈추어 뿌리내린 식물이 되고 어떤 것은 몸을 움직여 동물이 되고, 어떤 것들은

움직이는 돌들로 남았지. 모든 것은 한 나무에서 열린 서로 다른 열매인 거야.'

아라킨이 말했다.

'거짓말 마. 지금 내가 길에 돌아다니는 개나 고양이나, 길가에 선 나무랑 같다고 말하는 거야?'

'그 둥치에 핀 버섯과도 같지.'

서미가 도리질 쳤다.

'말도 안 돼.'

아라킨은 미소 지었다.

'어차피 인간은 죽음으로밖엔 이해할 수 없어.'

'그래서 지금 나를 죽일 거야?'

'아니, 너를 영원히 살게 하려는 거야. 너는 별을 삼켰으니까.'

아라킨의 붉은 눈이 빛났다. 그의 입술에서 떨어지는 말들이 서미의 피부에 스며들어 혈관을 타고 심장을 뜨겁게 달궜다. 그 열기가 지금 서미를 살아 있게 했다.

"좀 어때?"

아라킨이 물었다.

"아파."

서미는 모래알 맛이 나는 음료의 빈 잔을 돌려주며 말했다.

"너희는 통증을 느끼지. 슬픔도 그리움도, 아픔과 사랑스러움과 애처로움, 증오와 기쁨과 열망과 갈증과……."

서미는 그의 장광설을 닥치게 하고 싶었다.

"어둔은 안 느끼나 봐?"

아라킨의 눈이 빛났다.

"그래. 어둔은 그런 것은 안 느껴. 대신 다른 것을 느끼지."

아라킨은 몸을 숙여 서미의 팔다리를 부드럽게 모아 안고 관 밖으로 꺼내 주었다. 서미는 거대한 물기둥에 안긴 것 같은 생경한 촉감에 몸을 떨었다. 날카롭고 단단해 보이는 외모에서 연상했던 것과는 전혀 달랐다. 이자는 사람의 형태를 빌렸을 뿐 사람이 아니구나. 서미는 통렬하게 깨달았다. 그럼에도, 그의 품이 싫지는 않았다. 그에게선 쟁기로 방금 갈아엎은 흙의 속살 같은 달콤하고 산뜻한 향기가 났다. 갓 파낸 무덤 냄새와도 비슷했다.

"발에 힘을 주고 디뎌 봐."

서미는 맨발에 닿는 차고 까슬까슬한 털의 촉감에 흠칫했다. 아라킨은 서미가 감각을 되찾고 혼자 설 수 있을 때까지 받쳐 주었다.

"여긴 어디야?"

"사막에 있는 왕들의 무덤 안이다. 인간의 왕들은 자기가 죽어서도 살았을 때처럼 부귀영화를 누릴 거라고 생각했지. 그래서 궁궐처럼 크고 아름다운 무덤을 짓고 온갖 보물들을 가득 채우고 살아 있는 하인들을 넣고 무덤을 닫았지."

서미도 출구 없는 미로로 지어진 왕의 무덤들에 대한 이야기를 들어보았다.

"나를 제물로 바칠 건가? 죽은 왕들에게?"

서미는 좀 전까지 자기가 누워 있던 순금과 청금석으로 장식된 아름답고 오싹한 관을 돌아보았다.

"어둔은 아무것도 섬기지 않아. 당연히 제물도 필요 없어."

"하지만 '제단'을 지었잖아. 지하에, 사람의 살과 뼈로."

서미는 고래등걸의 지하에 있던 무시무시한 방을 떠올리고 오싹한 어깨를 털었다. 앞으로 얼마나 더 끔찍한 것들을 보게 될지 모르는데 이정도로 쫄면 안 되었다.

"죽은 자는 아무것도 안 먹어. 산 것들이 산 세상에 존재하려고 먹지."

서미는 용기를 내어 빈 관과 주위를 탐색했다. 왕이 누워 있던 자리는 이미 오래전에 썩고 바스라져 흔적조차 남지 않았다.

"그래서, 여기 갇힌 하인들은 어떻게 되었어?"

"모두 죽었지. 무덤은 사람이 살기에 적당한 곳이 아니야."

아라킨은 서미를 천장이 높은 거실로 인도했다. 사람이 사용한 흔적은 조금도 없는 물건들이 먼지조차 없이 어제 만든 것처럼 반짝반짝 빛났다. 거실 가운데는 거인이나 쓸 법한 크고 높은 돌 탁자가 있고 탁자 위엔 아름다운 장기판이 놓여 있었다.

"장기 둘 줄 알아?"

아라킨이 서미를 거인의 의자에 올려 앉혀 주었다.

"이 장기는 다른 장기랑은 좀 달라. 보통 장기는 아무 능력도 없는 병사가 적진 끝에 이르면 그 전에 빼앗긴 아무 말과 바꿀 수 있지. 아무리 높은 말이라도. 그런데 이 장기는 말이야, 적진 끝에 다다른 말은 어느 편에 설지 선택할 수 있어."

서미는 장기판을 둘러보았다. 빨간색과 까만색과 흰색으로 매끈하게 다듬어진 격자 위에는 말이 없었다.

"내가, 장기 말이군?"

아라킨은 서미의 영민함에 웃었다.

"바로 그래."

"그럼 이 판은 누구의 것이지?"

예상치 못한 질문에 아라킨은 미소를 거두고 입술을 핥았다.

"너는 매번 나를 놀라게 하는군. 좋아. 그럼 이 대답을 알아내 봐. 나무에게서 꺾인 가지가 홀로 자라면 그건 이전의 그 나무일까? 새로운 나무일까?"

서미는 어리둥절했다.

"수수께끼야?"

"그래."

아라킨이 웃었다.

제7장
미혹의 향기

새털처럼 가볍고 물풀처럼 질긴 가죽 날개가 영롱한 빛을 발했다. 보드라운 털이 촘촘히 돋은 날개 밑을 떠받치는 바람은 크고 강하고, 해와 별과 융단처럼 보드라운 구름의 바다가 사방에 펼쳐져 있었다. 용은 밤과 낮, 빛과 어둠 사이를 날고 별들 사이로 솟구쳐 유영했다. 큰 날개가 뇌운에 스칠 때면 우박과 함께 불을 품은 비늘이 유성처럼 떨어지기도 했다.

어둠 속에서 부릅뜬 눈동자 같은 별들이 젊은 용의 유영을 지켜보았다. 용은 자기 폐가 뿜어내는 불길의 농도와 압력을 관찰하고 날개의 강도를 측정하고 바람이 풍성한 갈기와 등줄기를 따라 돋은 돌기를 쓰는 촉감을 즐겼다. 날개를 좁혀서 구름 속으로 하강하자 두툼한 솜뭉치가 묵직하게 부딪쳐 왔다. 용은 구름을 헤치고 모으며 마음에 드는 모양을 수놓고 계속 계속 내려갔다. 달궈진 비늘에 부딪는 빗방울들이 수증기로 변했다. 더 멀리 더 빨리 날고 싶었다. 빛과 어둠이 만들어 낸 시간과 공간을 넘어 미로처럼 펼쳐진 혼돈의 뿌리를 지나 세상의 시작과 끝을 보고 싶었다.

하지만 거기까지 날기엔 힘에 벅찼다. 날개가 점점 무거워지고 몸이 가라앉았다. 이 몸은 아직 안 돼. 변이가 덜 되었다. 진짜 세상을 보고 싶다면 인간이었던 존재의 허물을 완전히 벗어야만 했다.

용은 안개처럼 넓게 허공에 펼친 몸을 수렴해 내부로 응축했다. 광활한 세상이 깔때기 속으로 함몰되듯 갑작스럽게 좁아지며 감각이 조밀하고 섬세해졌다. 몸이 작아지면 세상이 더 넓어질 것 같지만 오히려 시야가 더 좁아졌다. 가늘어진 몸이 빗방울 섞인 돌풍과 함께 휘몰아치며 하강했다.

들일로 허리가 굽은 농부들은 오랜만에 고개를 들어 하늘을 올려다보았고 우물가의 처녀들은 치마를 움켜쥐었다. 오래된 무덤으로 걸어가는 검은 순례자들의 행렬이 갑작스럽게 불어오는 바람에 우왕좌왕 흩어졌다. 덮개가 뒤집어진 짐수레에서 보석들이 빛났다. 아니, 보석이 아니라 거울과 색유리였다. 운교에서 가는 건가? 특이한 봉납품이로군. 용은 가장 높은 첨탑 위에 웅크려 앉았다가 따뜻한 바람으로 변해 벽을 타고 지상으로 쏟아졌다. 스치는 창문에 낯익은 얼굴이 보였다. 야르스였다. 맞은편에는 긴 로브를 입은 키 큰 남자가 있었다. 누굴까. 야르스와 어깨를 견줄 만한 키는 정말로 드물었다.

용은 격자창 틈새로 바람을 일으켜 그의 로브를 날렸다. 키 큰 남자가 창을 돌아보았다. 찌를 듯이 새파란 안광과 함께 검은 머리가 쏟아져 내렸다. 그는 청목 세자였다.

반하는 별채의 차가운 돌 바닥 위에서 눈을 떴다.

"또 바닥에서 주무셨습니까? 감기 걸리십니다."

청지기가 그를 굽어보고 있었다. 반하는 변이한 몸의 몽롱한 이질감을 떨치느라 눈을 몇 번 껌벅였다. 작업실 한구석에 침대가 있지만 사용하지 않은지 오래였다. 그래도 청지기는 정기적으로 침구를 갈러 왔다.

"옥색 방은?"

무화에 대해 묻는 거였다.

"아직 안 돌아오셨습니다."

"아침이야, 저녁이야?"

반하는 어스름이 깔린 창을 내다보았다. 청회색과 보라색으로 물든 하늘은 때를 가늠하기가 어려웠다.

"점심 드실 시간입니다. 비가 와서 컴컴하네요."

반하는 배가 고프지 않게 된 지가 꽤 됐지만 내색하지 않았다. 청지기는 가져온 찬합을 두고 침구와 앞치마, 더러워진 작업복이 담긴 빨래거리를 담은 고리를 챙겼다.

"점심은 됐어. 외출할 거야."

청지기는 찬합도 챙겼다.

반하는 마차를 타고 운교의 공관으로 향했다. 불쑥 방문하기에 지금처럼 좋은 기회가 없거니와 핑계도 충분했다.

"북대공 야르스를 뵈러 왔네."

그가 입구에 선 병사에게 말했다.

"야른님은 다른 손님과 계십니다."

"알고 있네."

그는 병사의 안내도 받지 않고 성큼 안으로 들어섰다. 공관을 지키는 병사는 서대공 휘하이기 때문에 야르스의 명령을 받지도 않았고, 당연히 그를 만나러 간다는 걸 막을 이유도 없었다. 반하는 안내도 없이 야르스가 있는 곳을 똑바로 찾아갔다. 언젠가도 이런 적이 있었다. 저물녘에 인적이 드문 회랑을 따라 야르스의 방으로 찾아갔던 적이. 반하는 발밑이 약간 어지러워서 잠깐 쉬었다가 몸을 바로 했다. 그건 내가 아니야. 그 기억은 달이 뜨지 않은 밤에 드리운 그림자처럼 거짓되고 허망한 것이다. 그리고 지금조차도 허망한 꿈의 조각이 되리라.

"누구요?"

방문을 두드리자 울림 있는 목소리가 문 너머에서 대답했다. 반하는 말없이 문을 열었다. 야르스가 반하를 돌아보았다. 그의 맞은편엔 금으로 빚은 사람이 서 있었다. 반하는 노래하는 나무 상단의 수장 마노엔을 보고 놀라지 않았다. 잃어버린 조각이 달칵 맞춰진 기분이었다.

"일전에 제대로 못 올린 인사를 드리러 왔습니다. 노스 파라 야른. 친구를 도와주셔서 감사합니다."

"들어오게."

야르스는 눈짓으로 문을 닫으라고 시켰다. 반하는 약간 망설였다.

언제라도 달아날 수 있도록 그 문을 열어 두고 싶었다. 기회라고 생각한 것이 덫이 될지도 몰랐다. 보물을 찾아 들어갔는데 괴물이 사는 미궁일 수도 있었다. 하지만 그는 문을 닫았다.

"친구? 그 애가? 신분이 다르잖아?"

야르스가 말했다. 반하는 어깨를 으쓱했다.

"세상엔 여러 가지 인연이 있죠, 노스께선 어떻게 그 애를 제게 맞길 생각을 한 겁니까?"

계속 궁금했었다.

"투장 장외에서 늘 지켜보고 있었잖나?"

반하는 그가 자기를 알아챘다는 게 마음이 편하지 않았다.

"저는 노스를 못 뵈었는데요?"

봤다면 바로 알았을 것이었다. 야르스는 묵묵히 말했다.

"나는 그들과 같아. 하지만 자넨 다르지. 숲에서 나무를 찾기는 어렵지만 꽃은 눈에 띄니까. 여기 온 목적을 말하게. 천하의 빙사가 인사만으로 들렀을까?"

"무안한 말씀이십니다."

반하가 대꾸했다.

"여기서 뵙게 될 줄은 몰랐습니다. 위대한 마노엔."

반하가 옥인의 이름을 불렀다. 마노는 살짝 웃었다.

"저는 알았습니다만."

흠집 하나 없는 청옥처럼 맑고 투명한 파란 눈이 반하를 꿰뚫어 보았다. 누구나 빛나는 존재에 끌리지만 마노의 빛과 아름다움은 특별해서 상대를 눈멀게 하기에 충분했다.

'무화를 원하나?'

섬세하고 단정한 턱은 세자궁에서 반하가 본 것과 똑같았다. 왜 지금껏 깨닫지 못했을까. 빛 중의 빛, 옥중의 옥이 세자에 베일 속에 숨다니 영리했다. 그는 그걸로 옥인이 세상에 관여하지 않기로 한 맹약을 교묘하게 이용했다. 청목 세자는 인간으로서 합당한 무게를 지고 세상사에 관여 할 수 있었다. 반하는 마노가 세자의 베일을 사용한 게 처음이 아닐 거라고 확신했다. 진짜 청목은 어디 있지? 살아 있기는 한가? 그가, 태어나 자라기는 했을까?

'저는 원하지 않습니다.'

혀에 감기는 대답이 얼마나 침착하고 매끄러웠는지 아직도 그 촉감을 기억해 낼 수 있었다.

베일 아래 감춰진 세자의 입술이 웃었다.

'무화는 어둔을 가졌지.'

반하는 그의 입으로 듣는 이름이 낯설었다.

'모두가 꺼리는 이름을 그렇게 쉽게 부르실 줄은 몰랐습니다.'

어둔은 불릴수록 힘을 가졌다.

'자네가 해 줄 일이 있네.'

수련은 방금 물에서 나온 세자의 몸이 식지 않게 모피를 둘렀다. 거기 붙은 짐승 눈은 살아 있는 것 같았다. 어쩌면, 정말 그랬을 수도 있었다. 청목이 마노라면.

찻잔에서 떠오른 김은 온천에 고인 안개와 색과 농도가 미묘하게 달랐다. 하늘을 향해 뭉치고 흩어지는 두 가지 색을 보면서 반하는 둘이 얼마나 다른 존재일지 상상했다. 사람이 보기엔 비슷한 김이지만, 둘은 소통은커녕 서로가 존재한다는 걸 감지하지 못할 정도로 다를 수도 있었다. 인간과 옥인처럼.

'반공주에게 붙어 있게.'

'감시라면 할 사람은 차고도 넘칠 텐데요?'

세자는 상대의 의도를 떠보는 반하의 교활한 화법을 무시했다.

'자넨 그 앨 돕고 싶나, 해치고 싶나?'

'전하께서야 말로 반공주를 어쩌시려는 겁니까?'

정략물로 쓰려고 이 모든 조치를 하는 건 과했다. 어차피 어디든 보내 버리면 소용이 끝날 공주였다.

'동대공이 반공주를 원해.'

'카르파 엔센은 청혼을 했죠. 왕실은 가승낙 상태구요.

반하는 세자가 찻잔에서 입을 떼길 기다렸다.

'고작 정략혼에 쓰려고 피의 공주를 복위시키고 7년이나 실종된 반공주를 찾아내 입궐시켰다고 생각하나.'

반하는 그의 말에 귀를 기울였다.

'그럼 무얼 하시게요?'

'알게 될 걸세.'

청목 세자는 마시던 찻잔을 내밀었다. 반하는 그 잔에 남은 차를 마셨다. 비밀이 완성되었다.

"비켜 드릴까요?"

야르스가 둘에게 말을 걸었다.

"아닙니다."

마노가 대답했다.

"당신을 뵈러 온 겁니다. 인간 중의 인간, 노스 야른. 반하 공자가 계셔도 상관없습니다."

그는 주전자를 들어 안에 든 물을 탁자에 쏟았다. 물은 한 방울도 흩어지지 않고 응축되어 정교한 모양을 이루었다. 물로 만든 작은 나무 대륙 모형이 모두 앞에 펼쳐졌다. 물의 지도는 맑은 곳도 있고 흐린 곳도 있지만 북쪽은 잔뜩 금간 얼음처럼 유난히 뿌옜다.

"당신이 지켜야 할 땅을 떠나 떠도는 이유를 압니다."

그는 계속 말했다. 야르스의 입매가 굳어졌다.

"그 괴물들을 압니까?"

"**균열**이 변질시킨 어둔이죠. 원래 어둔은 육체가 없습니다. 하지만 생명을 먹고 육체를 가졌죠. 북쪽은 시작에 불과합니다. 모든 것이 탐욕의 제물이 되어 멸절될 겁니다. 당신의 예상처럼. 그림자를 가진 것들은 무엇도 피할 수 없습니다."

마노의 목소리는 섬뜩하리만치 차분했다.

"하지만 아무도 내 말을 믿지 않습니다."

야르스는 북령을 떠나온 후 계속 불가해한 괴물들의 공격에 대해 각령의 우두머리들에게 경고하고 대비를 요청했다. 하지만 그의 말에 귀 기울인 건 남령의 카르파 엔센뿐이었다.

"**균열**? 변질된 괴물? 무슨 말씀이시죠?"

반하는 습관처럼 어둔을 입에 담는 걸 꺼렸다.

"당신은 누구보다도 잘 알지요."

마노가 손가락 하나 까닥하지 않아도 물은 저절로 움직였다. 부서질 것 같던 북쪽의 **균열**이 사방으로 점점 퍼져갔다. 마지막까지 섬처럼 남은 곳은 서옥과 북쪽의 작은 섬, 목국이었다. 곧 **균열**이 모든 곳을 삼키고 물의 지도는 와해되었다. 야르스는 눈앞에 안개처럼 흩어지는 것이 대륙이라고 생각하자 등골이 오싹했다.

"이 북쪽 섬은 무인돕니다. 아무도 아무것도 없습니다."

야르스가 말했다.

"그건 산호섬입니다. 산호는 살아 있는 돌들이고 아무것도 없는 게 아니죠."

마노가 말했다.

"서옥과 목국은요?"

반하가 사라진 지도를 되짚어냈다.

"서옥의 자라나는 탑에는 **화룡의 알**이 숨겨져 있습니다. 목국에는 **물의 현**, 북쪽 산호섬에는 **폭풍의 눈**이 있습니다. 이곳들이 **균열**을 막을 수 있는 마지막 보루죠."

"하지만 서옥의 중심인 돌탑은 무너졌습니다."

야르스가 말했다. 반하는 동요하는 기색이 드러나지 않도록 조심했다.

"동쪽을 빼고는 모두가 뒤틀려 있군요. 목에서 쓰는 방비는 동쪽에 물의 가호, 서쪽에 바람의 가호, 남쪽에 불의 가호, 북쪽에 땅의 가호를 쓰고 위와 아래에 나무의 가호를 씁니다. 나무의 가호는 중심건물이나 사람으로 생략될 수도 있죠. 그에 따르면, 물을 다루는 수현 외에는 모두가 제 위치에서 어긋나 있군요."

반하의 말에 마노는 짧게 긍정했다.

"그 어긋남이 방비며, 그 가호가 되는 힘의 근원을 부르는 다른 이름은 '용'입니다. 세상은 한그루의 나무, 목숨은 매일 피고 지는 꽃, 빛에서 난 것과 심연에서 난 것들, 그 가운데 용들이 있나니. 산호들은 폭풍의 눈을 지켜냈고 풍룡은 무사히 자각했습니다. 화룡도 곧 자각하겠죠."

"그럼 땅의 방비는요?"

야르스가 물었다. 반하는 기억속의 지도를 더듬었다.

"남쪽 왕들의 무덤이군요. 지룡입니까?"

마노는 고개 저었다.

"거기엔 용이 없습니다."

그는 야르스에게 말했다.

"노스 야른, 곧 풍룡이 바람을 몰고 당신에게 올 겁니다. 그를 지켜주세요."

"용이라면, 인간보다 크고 위대한 존재가 아닙니까? 어떻게 제가 지켜줄 수 있죠?"

마노는 반하를 보면서 말했다.

"인간 모습일 땐 인간과 같아요. 변이가 완료된 상태가 아니라면 인간도 용도 아닌 그냥 먼지랑 다를 바 없죠."

반하는 그 말을 새겨들었다.

마노는 외투에 달린 모자를 깊게 눌러쓰고 올 때처럼 조용히 관저를 떠났다. 야르스는 그를 배웅하며 발 딛는 곳마다 물길이 생겼다 사라지는 걸 유심히 보았다. 아무것도 없는 마룻바닥이나 땅 위로 발자국만큼 작은 샘이 솟구쳤다가 사라졌다.

"옥인은 육지를 디딜 수 없죠. 그게 규칙입니다."

반하가 말했다. 하지만 얼마나 지켜지고 있을까, 그렇다면 그 역도 성립한다는 뜻이었다. 어둔은 무엇이 달라졌을까. 반하는 주점 지하에 있던 역겨운 태를 떠올렸다.

이게 변질인가?

옥도 어둔도 제자리에 있지 않았다. 발밑의 그림자가 입을 벌려 제 주인을 삼키고 **균열**이 그를 갈기갈기 찢었다.

"반하?"

너울지는 금빛이 시야를 밝혔다. 반하는 등을 떠받친 야르스의 팔을 깨닫고 황급히 몸을 바로 했다.

"괜찮나? 어디 아픈가?"

"헛디딘 겁니다. 실례했습니다."

반하의 귓불이 붉어졌다.

"열이 있는 것 같은데?"

야르스는 무방비한 반하의 얼굴이 신경 쓰였다. 손바닥에 남은 열기도 거슬렸다. 반하는 손을 내젓고 그와 거리를 두었다. 회랑이 좁았기 때문에 딱 한 발짝만 가능했다. 야르스는 그의 태도가 이상했다.

"자네, 그 은발은 날 때부터 그랬나? 아니면 머리가 셀 일을 겪은 건가?"

목인은 흑발 흑안이고, 귀족 가문은 순혈을 자랑했다. 그런데 어째서 반하는 은발인 걸까. 항간에서는 그 미모를 절대 권력이라고도 불렀다. 하지만 어둠 속에서 하얗게 빛나는 은발을 보고 야르스가 떠올린 건 불길함이었다. 고래등걸에서 해치운 아라킨은 거미줄 같은 은발이었다. 자라나는 탑에 살던 괴물들도 어둠에 바랜 창백한 은회색이었다.

"개인사입니다."

둘 사이로 바람이 불었다. 공기 중에 비 냄새가 떠돌았다. 반하는 손을 내밀어 바람을 만졌다.

"미혹의 바람이군요."

야르스는 가슴이 철렁했다.

'미혹의 바람이네.'

기억 속의 아몬드가 불어오는 바람을 향해 손을 내민다. 비가 쏟아지기 직전 대지가 들떠 울렁이고 있었다. 목마른 도시에 내리는 단비는 오직 그것 하나로 축제가 되었다. 빗물을 받아 저장하려고 독을 들고 나온 여자들 사이로 아이들이 물웅덩이를 밟으며 뛰어다녔다. 광장의 가게들은 처마를 드리우고 빗소리가 넘치게 담긴 차와 술을 팔았다. 작은 북 와츠바가 울리고 바를라가 날카로운 현을 튕기면 신나게 춤을 추기도 했다. 아몬드도 개구진 소년의 손에 이끌려 춤 한가운데로 끌려 나갔다. 검은 머리카락에 진주알처럼 걸린 빗방울이 무지갯빛을 뿜었다. 야르스는 구경꾼들을 가르고 소년에게서 아몬드를 가로챘다. 아몬드는 아쉬워하는 백면서생들 앞에서 야르스와 몸을 맞췄다. 그의 삶에는 나중이란 것이 없었다. 지금 이 순간 원하는 것을 해내는 것이 인생이었다. 야르스는 우아하게 뻗는 팔다리와 상쾌하게 흔들리는 어깨와 물고기처럼 찰랑이는 허리를 감고 당기고 놓고 허공에서 빙글 돌렸다. 차가운 비에 질린 하얀 뺨과 춤의 열기에 달아오른 짙은 입술이 무방비하게 웃었다. 야르스는 고개 숙여 그 입술에 입을 맞췄다. 아몬드가 그를 때렸다. 주먹이 벌처럼 매서웠다.

"비가 오겠군요."

반하는 하늘을 올려다보았다. 야르스는 무심코 그의 뺨에 닿으려던 손을 거뒀다. 아몬드의 뺨이 어땠었는지 기억이 나지 않았다. 새의 날개처럼 미려한 선을 그린 눈매가 이자와 닮았던가?

"쏟아지기 전에 가야겠습니다. 신세가 많았습니다. 감사합니다."

반하가 인사했다. 야르스는 말없이 떠나는 뒷모습을 지켜보았다.

발은 길을 걷고 길은 사람들을 향해 이어진다. 반하는 타고 온 마차를 돌려보내고 걸었다. 종일 찌푸렸던 하늘에 먹구름이 검게 뭉쳤다. 사람들은 각자 모자와 도롱이와 우산을 챙겨들었다. 반하는 우산이 없었다. 저쪽 길목에 우산이 담긴 손수레 앞에서 요란한 색동으로 치장한 화동이 목소리를 높여 손님들을 끌었다. 반하는 우산장수를 스쳤다. 습기를 머금은 바람이 부드럽게 뺨을 스쳤다. 한낮의 비는 상쾌하면서도 선득한 데가 있었다. 반하는 빗방울 속에 스민 계절을 느꼈다. 가을이 오고 있었다. 소리 소문도 없이.

몸이 완전히 식어 차가워지기 전에 넓은 처마를 찾을 수 있었다. 반하는 비를 긋다가 멈추지 않으면 집주인에게 부탁해 적송가로 사람을 보내야겠다고 생각했다. 처마에서 떨어지는 커다란 빗방울이 영롱하게 빛났다. 저 조각을 그대로 멈춰서 보석으로 매달 수 있다면 좋을 텐데. 그가 하염없이 내리는 빗방울을 바라보는데 낯선 이가 슥 옆에 와서 섰다. 비가 내릴 때 처마를 나누는 건 특별한 일이 아니다. 하지만 반하는 긴장했다. 손바닥에 땀이 고이고 몸 안에 두려움이 휘돌았다. 반하는 그 안의 인간이 완전히 겁먹기 전에 옆 사람을 쳐다보았다. 그는 얼굴이 없었다. 얼굴 없는 부분이 점점 커져서 몸 전체가 되고 주위를 삼키는 거대한 어둠으로 변했다. 반하는 가위에 눌린 것처럼 꼼짝도 하지 못했다. 텅 빈 침묵이 그를 압박했다. 세상이 진공으로 가득 차 눈앞에 쏟아지는 빗소리도 들리지 않았다. 어떻게 이런 것이 버젓이 대낮에 나돌아 다니는 거지?

멀리서 타다닥 하고 주인을 본 개처럼 달려오는 경쾌한 발소리가 반하를 불렀다.

"나리! 이쪽이에요!"

반하는 우산팔이 소년에게 손목이 잡혀 뛰었다. 소년이 아니라 소녀였다. 반하가 짙은 광대 화장으로 가려진 얼굴을 알아보았을 때 소녀는 품 안 가득 반하를 꽉 끌어안으며 몸을 돌려 오른손을 뻗었다. 거대한 검은 날개가 가죽 방패처럼 둘을 감싸며 반하의 시야를 차단했다. 긴 대롱처럼 구멍이 있는 날카로운 촉수들이 가죽 날개를 긁었다. 소녀는 그가 모르는 말을 괴물에게 던졌다. 검은 날개가 사라지고 비로소, 반하의 귀에 빗소리가 다시 들렸다. 처마 밑이 훤했다. 어둠에 익숙해진 눈은 작은 빛에도 민감해졌다. 그곳이 비정상적으로 어두웠기 때문에 갑자기 밝아 보인다는 걸 반하는 깨달았다. 언제 오는지도 모르게 슬그머니 하루를 끝장내러 오는 어스름처럼, 빛이 시뻘건 피를 쏟으며 기진하여 스러질 때까지 틀어쥔 숨통을 놓지 않는 밤처럼 그곳은 어둔으로 가득 차 있었다. 아니, 그런 걸 어둔이라고 불러도 되는 걸까? 너무 크고 무시무시하고, 분명히 실체가 있었다.

반하는 인간의 그릇 안에서 용의 감각을 펼쳤다. 매듭마다 생명의 보석이 매달린 거대한 그물이 보였다. 하늘과 땅과 물과 모든 사물이 뒤얽힌 모습은 가죽을 벗겨 핏줄과 근육이 드러난 짐승의 생살 같기도 하고 나뭇가지가 뒤얽힌 숲 같기도 했다. 그 치밀한 조직을 농부의 곡괭이 같은 **균열**이 찢고 파헤쳐 시뻘건 핏물을 사방에 튀기고 죽음으로 검게 박제했다.

'용의 알은 인간으로는 불가능 했던 것, 닫혀 있던 문들을 열어 줄 거야. 그걸 삼키고, 그 문 너머에 있는 것들을 감당할 수 있겠어?'

클로버가 말한 게 이거구나.

음산한 공포가 빗물처럼 몸에 스몄다. 반하는 턱을 떨지 않도록 꽉 다물고 손안에서 빠져나가는 소녀의 손목을 꽉 움켜쥐었다.

"어떻게 된 겁니까, 서미 공주님?"

모르는 것, 이미 놓쳐 버린 것은 어쩔 수 없었다. 하지만 잡을 수 있는 것을 잡아야 했다. 소녀의 눈이 흔들렸다. 내리는 순간 녹아 버리는 눈송이 같았다. 당장 눈물이 넘칠 것 같은 눈으로 우산팔이 소녀는 용케 울지 않고 말했다.

"잘못 보셨어요. 나리."

우산팔이 소녀는 그를 밀치고 돌아서 달렸다. 반하는 쫓아갔다. 푹 젖은 진흙길이 발목을 잡아채도 우산팔이 소녀는 빨랐다. 하지만 반하도 빨랐다. 전보다도 훨씬 빨라진 것 같았다.

골목 모퉁이에서 반하는 소녀를 바싹 벽에 몰아붙였다. 비와 땀에 젖은 등에서 온기가 피어올랐다. 달궈진 피가 돌아 빨갛게 물든 입술은 탐스럽고 거기서 풍기는 생명의 냄새는 지독히 달콤했다. 그는 고개 숙여 서미의 입술에 입을 맞추었다. 그 안의 용이 그 몸을 찢고 잘 익은 복숭아처럼 연한 살과 턱에 흘러내리는 뜨겁고 달콤한 피를 삼키고 싶어 했다. 반하는 뱃속에서 으르렁대는 짐승의 소리를 듣고 퍼뜩 서미에게서 떨어졌다.

"반하?"

서미는 그의 눈이 달군 쇠처럼 빨갛고 드러난 손등의 혈관이 황금빛으로 두드러지는 것을 보았다.

"당신, 괜찮아요?"

반하는 두려움을 느꼈다. 여기 있는 건 나인가, 용인가. 서미에게서 굶주린 욕정을 느끼는 건 용인가, 나인가.

"미안합니다, 공주님."

"난 공주가 아니에요."

서미가 말했다. 반하는 서미의 오른손에 입 맞추었다. 축축하고 달큰한 묘지의 흙냄새가 났다. 서미의 오른손은 사람이 아니어서 반하의 체온이 지나치게 뜨겁다는 것을 몰랐다. 서로가 사람이 아니게 된 것을 그때는 몰랐다.

"그래요. 하지만 당신은 무화의 서미 공주지요."

그 말이 얼마나 복잡한 의미를 가지는 지 둘 다 알았다. 서미는 반하와 자기가 얼마나 닮았는지 깨달았다. 너무 닮아서 영원히 비껴갈 평행선이라는 것도 알았다. 서미는 반하를 꽉 끌어안았다. 두 번 그를 안을 기회는 없으리라. 그의 숨결과 새의 날개깃 같은 속눈썹과 우뚝한 콧날과 새카만 눈을 이토록 가까이서 볼 기회는 다시는 오지 않으리라.

"공주님?"

반하의 어색한 두 팔이 서미의 어깨에서 머뭇대는 동안 서미는 그를 놓고 돌아섰다.

"밤길 조심해요."

찰박찰박 물길을 밟는 발소리가 멀어졌다. 반하는 서미가 쥐어 주고 간 우산을 보았다. 목국의 반공주가 거리에서 우산을 팔다니. 아니, 가짜 반공주였지. 그렇다고 씁쓸함이 덜어지진 않았다.

어디서 어떻게 지내는 걸까?

그는 서미가 사라진 뒷모습을 좇았다. 그 모든 것이 우연이 아니란 걸 알게 되기까지는 오래 걸리지 않았다.

"유리 저택에서 초대장이 도착했습니다."

집에 도착하자 청지기가 반하에게 비단 봉합을 전달했다. 반하는 내용을 훑고는 준비 사항을 지시했다. 청지기는 흙먼지투성이인 그의 옷을 흘끔 보았다. 비가 오고 있었지만 반하는 사막을 건너온 것처럼 바싹 말라 있었다.

"별채에 목욕물을 준비할까요?"

청지기가 물었다.

"그래."

하지만 반하는 그 물이 필요가 없었다. 그는 더러운 옷을 욕조에 걸쳐 두고 단풍과 만든 가마에 들어갔다. 주변에 쌓아둔 땔감은 눈가림일 뿐 용광로를 달구는 진짜 불은 반하 자신이었다. 잠시 후 그는 녹은 은처럼 뜨거운 광택이 흐르는 머리와 먼지 한 점 없는 말끔한 모습으로 옷을 걸치고 옥색 방으로 향했다.

제8장
거울로 만든 방

야르스는 유리 저택 2층 실내 발코니에서 연회장을 내려다보았다. 새로 손님이 당도할 때마다 권력에 따라 회장 내의 사람들이 물고기 떼처럼 한꺼번에 방향을 바꾸는 건 장관이었다. 야르스는 홀을 훑어서 가장 큰 반향을 일으킨 손님을 눈으로 찾았다. 색색깔 머리와 장식 속에서도 묵직한 광택이 도는 은발은 단번에 알아 볼 수 있었다.

빙사 반하.

야르스는 입술과 치아에 살짝 물리는 이름을 더듬었다. 고래등걸 이전에 그를 만난 적은 없었다. 카르파와 반하는 이전부터 아는 사이인 것 같았다. 그들 사이엔 야르스에게 말하지 않는 것이 있었다. 분명히 야르스는 그게 뭔지 알아야 했다. 카르파가 순순히 말해 줄 리는 없었다. 그를 설득할 수 있을까? 어떻게?

그가 생각에 잠긴 동안 아래에선 몇 번의 군무가 돌았다. 야르스는 무심히 춤추는 사람들을 구경하다가 반하가 춤추는 줄에 끼자 몸을 내밀었다. 상대를 이끄는 반하의 움직임은 경쾌하고 유연했다. 그의 짝은 춤은 서툴렀지만 쭉 뻗은 어깨와 등이 다른 여자들과 뚜렷이 구분되었다. 얼굴을 몰라도 그 등만 보면 알아볼 것 같았다. 야르스는 그 등을 어디서 보았는지 기억났다.

"무화?"

그가 서둘러 아래층으로 내려갔을 때 둘은 이미 없었다. 야르스는 하인에게 반하의 행방을 물었다.

"내실로 가셨습니다."

하인은 따로 거상들이 모인 3층 회합 장소로 야르스를 안내해 주었다. 커다란 방 문 앞에는 잘 차려입고 무장을 한 병사 둘이 서 있었다. 그들은 야르스에게 초대장을 요구했다.

"초대장이 없으면 들어가실 수 없습니다."

야르스는 초대장이 없었기 때문에 밖에서 기다렸다. 억지로 밀고 들어갈까 생각도 들었지만 여기는 서령이고 그들은 천강 서대공 휘하였다. 야르스는 천강과 한참 힘을 겨루는 중이라 굳이 껄끄러움을 보태고 싶지 않았다.

시간이 흘렀다. 문도 벽도 두꺼워서 안에 누가 있는지 무슨 이야기를 하는지 짐작하기가 어려웠다. 야르스는 벽에 기댄 등을 떼고 슬쩍 옆방으로 들어갔다. 비어 있었지만 저택 외관과 색유리창을 돋보이게 하기 위해 환하게 등이 밝혀져 있었다. 그는 주위를 한번 살펴보고 훌쩍 창문을 넘어 창틀을 밟고 벽을 탔다. 오늘은 유리 저택을 구경하는 사람들이 넘쳐날 것이다. 들켜서 망신을 감수할 만한 가치가 있을지 계산하기 전에 몸이 먼저 움직여서 야르스는 벽에 매달려 이동하면서 계속 생각했다. 밝혀둔 창 때문에 한층 어두워진 벽 그늘이 몸을 은폐하기 좋았다. 창 근처마다 위층 창을 가린 천들이 정원까지 길게 늘어진 것도 도움이 되었다.

그는 마침내 거상들이 모인 방 발코니에 닿았다. 그늘을 가린 천에 몸을 감추고 난간 안쪽 벽에 바싹 붙자 안이 절반쯤 엿보였다. 목소리도 간간이 들렸지만 야르스가 모르는 상품과 교역에 대한 이야기였다. 반하가 보였다. 그가 데려온 여자는 곁에 없었다. 반하는 상인들을 남겨두고 먼저 방을 나갔다. 야르스는 그의 행적을 쫓아 벽을 타고 아래층 계단참에서 저택 안으로 들어갔다. 막 아래층으로 멀어지는 발소리가 들렸다. 야르스는 그 뒤를 따랐다.

"무화?"

반하는 홀을 뒤지다가 마침내 정원 정자에 쓰러진 무화를 발견하고 놀라서 달려갔다. 무화는 숨이 없었고 몸은 차디찼다. 죽은 건가? 강간당했나? 반하는 반사적으로 떠오른 생각을 지웠다. 누가 감히 무화를 제압할 수 있단 말인가.

"무화! 정신차려 봐!"

반하는 무화의 몸을 문지르고 뺨을 두드렸다. 겁에 질린 그의 어깨에 커다란 손이 내려앉았다. 야르스였다. 반하는 그의 손짓대로 물러났다. 야르스는 무화의 등을 받쳐 목을 뒤로 넘겨 기도를 열고 억지로 숨을 불어 넣었다. 숨을 넣지 않을 때는 큰 손으로 가슴뼈 중앙을 규칙적으로 압박했다. 반하는 안절부절 하지 않고 애쓰는 게 할 수 있는 전부였다. 그는 사람을 살리는 것에 대해서는 아는 바가 없었다. 마침내 눈꺼풀이 떨리며 무화의 몸에 맥박이 돌아왔다.

"서미!"

무화는 갓난애의 첫 울음처럼 그 이름을 뱉었다.

"괜찮아? 죽은 줄 알았어!"

반하가 말했다. 하지만 무화에겐 들리지 않는 것 같았다. 열린 동공이 여기가 아닌 다른 곳을 보고 있었다.

"아라킨을 봤어."

무화가 말했다. 무덤에 고인 어둠이 손에 잡힐 것 같았다.

"아라킨? 그는 죽었어."

야르스가 말했다. 그가 칼로 찔러서 바다에 던졌다. 몸을 관통한 촉감이 뼈와 근육이 아니라 모래가 가득 찬 포대 자루 같던 이상한 느낌이 아직도 생생했다.

"그는 안 죽어. 그자는 어둔이거든. 여기에 있었어. 연회에 초대되었어."

무화는 야르스를 알아보지 못했다. 몸이 물속에 잠긴 것처럼 감각도 소리도 느리게 전달되었다. 반하만 선명했다. 무화는 그 이유를 몰랐다.

"초대장 명단을 요청할게."

반하는 휘청대는 무화의 팔을 목에 두르고 안아 일으켰다.

"마노는?"

무화는 여기 온 목적을 잊지 않았다. 반하는 빛이 새어 나오는 3층 창을 올려다보았다.

"이걸 잊은 거 같은데?"

야르스가 흩어진 장기판을 챙겨왔다. 반하의 용안이 거기서 일렁이는 그림자를 보았다.

"그냥 거기 두세요."

만류하는 손길이 장기판을 스치자 오직 한 사람만을 위해 준비된 덫이 발동되었다. 검고 희고 붉은 장기 말들이 후두둑 떨어지며 어둠이 입을 벌렸다. 괴물이 기어 나왔다.

"반하!"

야르스가 반하를 감쌌다. 하지만 수십 개의 검은 팔이 그를 후려치고 반하를 빼앗아 갔다. 반하는 이 팔을 알았다. 처마 밑에서 그를 노렸던 팔이었다.

무화는 뒤늦게 자기가 반하를 잡을 미끼가 된 걸 깨달았다. 무화는 붕대를 뜯고 왼팔의 **어스름**을 펼쳤다. 상처가 터져 붉은 피가 흘렀다. 괴물이 무화의 선연한 피 냄새에 홀린 사이 **어스름**이 놈을 물어뜯었다. 그 틈에 무화는 상현도를 쥐었다. 옷은 거추장스럽고 칼은 짧다. 무화는 괴물이 지은 고치 속에서 반하를 빼내기 위해 애썼다. 하지만 팔들은 그림자 속에서 계속 계속 나왔다.

"반하! 대답해!"

무화는 팔로 휩싸인 거대한 고치 속을 파헤쳐 애벌레처럼 웅크린 반하를 간신히 찾아냈다. 그의 은발은 벼린 쇠처럼 녹아 흩어졌고 눈은 숯불처럼 빨갰다. 피부는 번들대며 갈라지고 입은 짐승의 주둥이처럼 길게 찢어졌다.

"반……하?"

무화의 목소리가 약간 떨렸다.

"보지…… 마."

갈라지는 목소리마저 괴이했다. 무화는 그의 피부 밑에서 올올이 돋는 불꽃을 품은 비늘을 보았다. 빛과 열기를 느낀 괴물 팔들이 느슨해졌다.

"무화! 반하!"

누군가 둘을 찾고 있었다. 무화가 고치 밖으로 외쳤다.

"칼을 줘!"

큰 칼이 둘 사이로 떨어졌다. 무화는 훨씬 쉽게 반하의 몸에 걸쳐진 팔들을 끊어냈다. 시야가 트이자 멀리서 오트가 달려오는 게 보였다. 그는 허리에 걸친 씨앗 주머니를 괴물을 향해 던졌다. 씨앗들은 날아오면서 허공에서 싹이 트고 줄기를 돋우어 괴물 팔에 달라붙어 꽃을 피웠다. 기생 식물이 달라붙은 팔들은 하얗게 말라 바스라져 떨어졌다. 꽃들은 괴물을 양분으로 해서 환하게 빛을 발했다. 피고 지는 꽃들이 마른 가지에 매달린 반딧불처럼 사방에서 깜박깜박 빛났다.

무화는 반하를 고치에서 끌어냈다. 반하는 제멋대로 뒤틀리는 몸을 추스리려고 버둥댔다. 무화는 사람들이 몰려오는 걸 보고 치마폭으로 그를 덮어 모습을 가렸다. 그때 사그라져 가던 괴물 팔 너머에서 거대한 입이 튀어나와 무화의 다리와 반하를 채갔다.

"안 돼!"

강에 떨어진 구슬처럼 반하가 사라지는 게 보였다. 물어뜯긴 정강이 위가 검게 타들어갔다. 무화는 **그늘** 속으로 끌려가는 반하를 보면서 뛸 수도 길 수도 없었다.

"오트! 반하를 잡아요!"

오트는 반하를 잡지 않았다. 이미 놓쳐서 잡을 수도 없거니와 그는 옥인이었다. **그늘**에는 간섭할 수 없었다.

"물을 가져와! 빨리!"

누군가 물통을 가지러 뛰어가는 데 커다란 손이 무화를 번쩍 들어 옆 분수대에 빠트렸다. 뜯긴 다리에서 연기가 피어오르며 분수의 물이 순식간에 검붉게 물들었다. 야르스는 무화의 몸이 완전히 빠지지 않게 버티면서 우왕좌왕 소란을 피우는 하인들에게 지시했다.

"모두를 안쪽 큰 방으로 이동시켜. 진정제로 쓸 술을 준비하고 의자를 꺼내고 노인과 여자들이 기댈 곳을 마련해. 마차와 인력거가 준비된 차례대로 손님들을 보내. 한꺼번에 나가려고 하면 사고가 생긴다."

하인들은 주인도 아닌데 즉각 그의 지시를 따랐다. 야르스의 이마와 몸에 남은 검은 화상 자국에서 열기가 피어올랐다. 상흔 아래 계승식에서 전수받은 반점이 옮어진 게 보였다.

오트는 무화의 상처를 돌보려고 물에 손을 담갔다. 물은 마노의 권속이고 숨 쉬는 것처럼 그의 힘을 전달할 수 있었다. 하지만 이번엔 아무 반응이 없었다. 오트는 당황했다.

"그 남자, 북대공을 물려."

뒤늦게 따라온 야래가 말했다. 야르스는 손을 놓으면 무화가 익사할까 봐 걱정됐지만 오트와 눈이 마주치자 지시에 따랐다. 그의 눈은 사람이 아니라 별조각처럼 빛이 났다.

야르스가 물러나고 오트가 심어를 말하자 갈색인 그의 머리가 투명해지며 물에 젖은 돌멩이 같은 질감으로 빛났다. 피로 오염된 분수물이 순식간에 맑아지며 고통에 일그러졌던 무화의 얼굴에서 긴장이 빠져나갔다. 숨소리도 한결 편해졌다. 하지만 타들어간 살과 붉게 드러난 뼈는 회복되지 않았다.

"괜찮아진 겁니까?"

야르스가 물었다.

"통증만 없앤 겁니다."

오트와 야래는 무화의 왼팔에 닿지 않도록 하며 들어 옮기려고 했다. 하지만 불가능했다.

"제가 하죠."

야르스는 무화를 안았다. 없어진 다리만큼 훌쩍 가벼워진 무게가 가슴을 찔렀다.

"살 수 있겠죠?"

"무화는 **반어둔**이니까 마노가 직접 보셔야 해요."

야르스는 반어둔이 뭐냐고 묻지 않았다. 그는 오트가 안내한 방으로 들어가 준비된 욕조에 무화를 넣었다.

"따라오시죠. 상처를 봐야 해요."

오트가 물에 손을 넣자 야래가 야르스를 다른 장소로 인도했다.

"여기 있겠습니다."

야르스가 고집을 부렸다. 야래가 고개 저었다.

"당신이 있으면 일이 틀어져요. 인간 중의 인간, 그게 마노가 당신을 부르는 이름이죠?"

"그게 대체 무슨 소립니까?"

야르스가 울화를 터트렸다. 오늘 밤은 그가 이해할 수 없는 일투성이였다.

"소식을 전해드리죠. 약속합니다."

오트는 야르스의 코앞에서 문을 닫았다. 야래는 야르스를 데려가 상처를 치료해 주었다. 인간은 어둔의 상처를 치유할 수 없었다. 하지만 옥인은 할 수 있었다.

"몸에 방비가 있군요."

야래는 야르스의 몸에 새겨진 반점을 보고 깜짝 놀랐다.

"이런 걸 어디서 얻었죠?"

"전사왕의 계승식 중 일부죠. 당신 차례요. 무슨 일이 일어난 거죠?"

야르스가 물었다. 야래는 고개 저었다.

"곧 알게 될 거예요. 인간들에게 당신이 꼭 필요해질 테니까."

제9장 검은 비

카르파는 창을 따라 흘러내리는 물방울을 바라보았다. 뒤엉킨 구름은 수십 마리의 뱀들이 허연 배를 뒤집고 꿈틀대는 것 같았다. 산 저편에서 용오름이 비쳤다. 구름으로 만들어진 긴 회오리가 하늘과 땅을 잇는 실처럼 보였다. 용이 하늘과 땅을 잇는 다리라는 말도 있었지만 하늘은 너무 높고 땅은 너무 무거워서 용의 가느다란 몸뚱이는 금방이라도 끊어질 것 같았다.

클로버는 어디에 있을까. 서옥에 있는 용의 알에 집착한 누이는 며칠을 황금 새장 구석에 틀어박혀 식음을 전폐하다가 마침내 새장 밖으로 나오자 서옥의 경계에서 죽어가는 사람을 구해오라고 했다. 카르파는 황금새의 지시에 따랐다. 그의 병사들은 백옥처럼 흰 피부에 녹인 은으로 빚은 듯한 여인을 발견해 데려왔다. 다음 날 그는 후원의 샘에서 여자를 씻어내고 남자가 되었다. 마치 뱀이 허물을 벗은 것 같았다. 카르파는 그를 얼음뱀이라고 불렀다.

'그를 잘 대접하세요. 절대로 해를 끼치면 안 됩니다.'

클로버가 당부했다. 빙사가 엔센의 궁전에 머무는 동안 둘의 사이는 급격히 가까워져서 친 오누이인 카르파보다도 다정해 보였다.

얼음뱀에게 황금새의 알을 얻을까.

그런 생각도 했었다. 황금새를 얻는 것은 엔센 가문의 수장의 의무였다. 하지만 카르파는 여자에겐 흥미가 없었다. 억지로 안을 수야 있겠지만 지루하고 불쾌한 시간이 될 것이다. 클로버가 수태를 온전히 견딜지도 의문이었다. 많은 황금새들이 근친상간으로 미쳐버렸다. 내관들은 만약을 위해서라도 하루빨리 어린 항금새를 얻어야 한다고 간언했다. 하지만 카르파는 계속 미뤘다. 둘 다에게 나쁜 일은 늦을수록 좋다는 게 그의 속셈이었다.

누가 씨를 뿌리던 황금새가 알을 낳기만 하면 되는 거 아닐까? 만약에 얼음뱀이 실패하더라도 클로버는 어리니까 얼마든지 다시 임신시키면 될 터였다. 그런데 얼음뱀이 여자를 임신시킬 수는 있을까? 직접 잠자리에 넣고 확인해 볼까? 카르파는 제 속을 돌아다니는 음흉한 생각에 킬킬댔다. 저 뱀을 품을 만큼 용기 있는 여자나 남자가 있을까?

있었다. 나중에 알았지만. 만약에 그가 야르스의 아몬드라는 걸 알았다면, 카르파는 놓치지 않았으리라. 용의 알을 가로채인 것보다 그게 더 분했다. 하지만 그때 카르파와 야르스는 모르는 사이였다.

인연이란 기묘한 거지. 맞이할 준비도 없이 들이닥치고 잡을 새도 없이 달아났다. 용의 알을 삼킨 자에게 황금새의 알을 얻었다면 어땠을까?

이미 지난 일이지.

그는 혼잣말하고 긴 의자에 누운 채로 손가락을 까닥했다. 붉은 옷으로 치장한 노예가 그의 미세한 움직임에 반응해 즉각 창문의 커튼을 내렸다. 엷은 방울 소리가 복도를 거슬러 노예의 귓전에 속삭였다. 붉은 옷의 노예는 카르파에게 손님이 왔다고 알렸다.

엔센이 운교에 머물고 있는 건 비공식이었다. 그런데 누가 어떻게 알고 만나러 온 걸까?

호기심이 무르익기 전에 초로의 여인이 들어와 엔센에게 절했다. 머리는 빛바랜 재색이지만 주름진 뺨은 아직 무너지지 않았고 녹색 눈은 깜짝 놀랄 만큼 총기가 있었다. 카르파는 어린애처럼 빛나는 그 눈이 낯익었다. 새장에 갇힌 늙은 황금새들을 풀어 놨다면 저런 얼굴이었을까?

오라버니는 왕으로서 대비해야 해. 인간들을 준비 시켜야 해.

카르파는 믿을 수가 없어서 몇 번이나 눈을 껌벅였다.

클로버?

여자는 빙그레 웃었다.

그래, 나야.

그 꼴이 뭐야? 변장?

아니, 진짜로 나이 먹은 거야. 내 소원이었거든.

소원?

클로버는 불필요한 질문을 물리쳤다.

나락이 용을 가졌어. 오라버니는 대비해야 해. 나락이 날개를 갖추면 무덤에서 기어 나와 세상을 덮칠 거야. 균열은 시작되었고 이제 아무도 멈출 수 없어. 왕들은 머리 위 왕관의 무게를 증명해야 해.

증명?

인간의 울타리, 백성의 울타리가 되는 거지. 모든 살아 있는 것, 여기 존재하는 것. 지배하는 게 왕이라면 마땅히 지켜야하는 것도 왕이지. 지금까지 황금 왕관을 쓰고 누려 온 대가야. 모두가 굶주린 봄에 혼자 살찐 숲의 왕처럼.

카르파는 눈살을 찌푸렸다.

듣기 몹시 불쾌하군.

그는 미간을 문지르며 생각을 쥐어짰다. 좋은 질문은 필요한 답을 끌어낸다. 그는 오랫동안 예언자를 거느려 온 혈통답게 신중했다. 예언은 반드시 이루어지지만, 생각지도 못한 때에 전혀 예상치 못한 모양으로 닥친다는 걸 알고 있었다. 하지만 이번에는 황금새가 먼저 그에게 질문했다.

세상을 가리키는 가장 오래된 이름이 뭔지 기억해?

카르파는 황금 새장 바닥에 펼쳐진 지도를 떠올렸다. 오래전 카리나가 더욱 융성하여 더 먼 남쪽까지 남령의 영토로 했을 때의 대륙 모습이었다. 거기엔 지금 지도에는 없는 더 많은 땅과 강과 해안선과 섬들이 그려져 있었고 아래에 우아한 고어가 적혀 있었다.

사이.

카르파가 기억속의 고어를 말했다.

그래, 빛과 어둠의 경계, **사이**에 성립된 얄팍하고 불안정한 곳. 그게 우리가 사는 세상이야.

클로버가 말했다. 카르파는 심드렁하게 대꾸했다.

그래서. 내 왕국이 내일 당장 끝장나기라도 한다는 거야?

카리나뿐만 아니라 우리가 사는 세상이. 카리나는 한 번 나락의 공격에서 살아남았지. 이번엔 아무것도 남지 않을 거야. 나락조차도 **균열**에서 무사하지 못해.

카르파가 신음했다. 카노푸스는 꿀과 황금의 도시이지만, 나락이 덮치기 전까지는 카리나의 영토 전체가 카노푸스처럼 화려하고 풍요로웠다. 나락이 무엇인가에 관해서는 아직도 학자들의 의견이 분분했다. 가뭄이나 홍수, 지진과 태풍 같은 자연재해라는 설과 살아 있는 것을 모래로 만드는 검은 안개라는 설도 있었다. 카르파는 목국에도 비슷한 것이 있다는 걸 알았다. 목인들은 그 이름을 입 밖에 내는 것조차 쉬쉬했다.

그건 과거야. 남령의 도시들은 별의 심장으로 땅을 정화하고 둥글게 올린 지붕마다 엄격한 문양과 장식으로 나락에 대한 방비를 구축했어.

그 별의 심장이 사라졌잖아?

카르파는 입가가 굳어졌다.

너 때문이야. 네가 그 알을 가졌어야 했어. 그건 네 몫이었잖아?

얼음뱀이 훔쳐간 게 남쪽의 보물인 줄 알았다면, 순순히 보내주지 않았을 것이다. 그가 야르스의 심장인 걸 알았다면 살려 두지도 않았으리라.

나는 두려웠고, 행동하지 않았어. 그건 내 것이 아니야.

하지만 넌 황금새로서 임무를 다했어야만 해.

카르파가 질책했다.

나는 새가 아니야. 나는 사람이고 여자고 클로버야. 오라버니 것이 아니야. 카리나의 것도 아니야. 나는 선택하고 성공하고 실패할 거야. 난 나야.

클로버가 맞섰다.

그래서, 의무를 저버리겠다? 네 맘대로 하고 싶었다면, 돌아오지 말았어야지.

나는 오라버니를 도와주러 온 거야. 함께 세상을 지키려고. 선택의 자유도 없이 책임과 의무만 지는 건 노예지. 나는 노예가 아니야. 나락이 용을 가졌어. 그 힘으로 세상을 집어삼킬 거야. 인간은 스스로를 지켜내야만 해. 아무도 대신해 주지 않아.

카르파가 손가락을 움직였다. 클로버가 깨닫고 돌아봤을 때는 이미 늦었다.

나락이 용을 가졌다고?

힘센 남자 둘이 클로버의 팔다리를 옥죄었다.

나는 너를 갖겠어.

클로버는 입술을 깨물었다.

예언자들이 말하는 때가 언제인지 아무도 모른다는 걸 우리 둘 다 알지. 네게 무슨 일이 있었건, 어떤 모습으로 변했건 네 임무가 사라지는 건 아니야. 내일 세상이 멸망한대도 오늘 밥을 먹고 잠을 자야 하는 것처럼 네 할일은 해야지. 너는 임신해서 내게 황금새를 낳아 줘야 해. 네가 세상의 멸망을 막을 수 있고 별의 심장을 삼켰더라도 넌 그냥 계집애고 여자로서 할일은 해야 하는 거야.

카르파가 말했다. 클로버는 분노로 몸을 떨었다.

여자를 안지도 못하는 주제에!

다른 여러 가지 방법이 있지.

카르파의 말이 혓바닥에서 떨어지자마자 관능으로 치장한 청년이 들어왔다. 긴 팔다리에 우아하고 날렵한 근육으로 치장한 청년은 향유로 반들거리는 피부가 걸친 것의 전부였다. 청년의 손이 카르파에게 닿았고 카르파는 청년의 허리를 안고 혀를 얽었다. 청년의 다른 손은 클로버의 뺨에 닿으며 천천히 아래로 내려갔다. 클로버는 그 손을 감싸 쥐었다. 청년은 싱긋 웃었다. 그 미모로 홀리지 못한 이는 없었다. 하지만 그 미소는 곧 공포와 혐오로 변했다. 청년을 쥔 클로버의 손에 황금빛이 돌며 입은 길게 찢어지고 몸은 점점 부풀어 방 안에 가득 차고도 멈추지 않았다. 벽과 기둥이 부서져 나가고 살을 찢는 날카로운 바람이 회오리쳤다. 클로버를 붙잡고 있던 덩치들은 지축이 흔들리는 충격에 나동그라졌다가 엔센을 보호하기 위해서 굴러갔다.

클로버는 인간의 눈에는 다 담을 수도 없는 거대한 존재로 변해 하늘로 떠올랐다. 카르파는 입을 떡 벌린 채 하늘에 그어진 녹색 기류를 바라보았다.

풍룡이다!

그는 정신을 차리고 소리쳤다.

어느 방향으로 가는지 추적해! 북대공에게 전선구를 날려라. 흑요로 간다!

후두둑 가지가 떨리고 새들이 한꺼번에 날아오르는 소리와 함께 하늘이 컴컴해졌다. 뺨을 때리는 건 물이 아니라 진흙 조각이었다. 사람들은 어수선하게 하늘을 보았다. 세상을 후려치는 듯이 거대한 발소리가 쿵쿵 울리며 울부짖는 여자 같기도 하고 높은 새소리 같기도 한, 등골이 오싹한 비명이 먼 곳에서 점점 가까워졌다. 비릿한 찬바람이 몰아닥쳐 들과 밭과 길에 있는 사람들은 겁먹었다. 살아 있는 것들은 본능적으로 좁은 곳을 찾아 기어들었고 움직일 수 없는 것들은 그 자리에서 잔뜩 움츠렸다. 돌조차 그림자보다 작게 쪼그라든 거 같았다. 꽃과 나무도 땅속으로 기어들어가고 싶어 했다. 폭풍전야 같은 정적이 흘렀다. 소리도 진동도 없이 검은 괴물은 사뿐히 운교의 첨탑 꼭대기에 내려앉았다. 나뭇잎조차 흔들리지 않았다. 마치 거대한 그림자가 스윽 움직이다 거기 머문 것 같았다.

한나절 동안 그림자는 거기 그대로 있었다. 광택 없는 검은 공단이 흐리게 바랜 낮 하늘 한구석에 걸린 것 같았다. 괴물이 너무나 검었기 때문에 어떤 모양인지 제대로 알기가 어려웠다. 집 안과 구석진 골목에 숨은 사람들은 불안한 표정으로 탑 꼭대기를 응시하다가 하나둘씩 일상으로 돌아갔다. 하늘 위에 뻥 뚫린 구멍을 걱정하는 것보다 당장 먹고 사는 일이 더 급했다.

참극은 사람들이 검은 조각에 익숙해져 방심했을 때 시작되었다. 웅크린 그림자 괴물이 사방으로 몸을 펼쳤다. 그건 몸이 아니라 가느다란 수천 개의 실들이 뭉쳐진 덩어리로 실 끝마다 길고 날카로운 대롱발톱이 달려 있었다. 소나기처럼 쏟아진 대롱 발톱은 피와 살을 가진 것들을 향해 정확히 내리 꽂혀 목숨을 빨아들였다. 살을 찢고 뼈를 뚫는 질척한 소음과 공포의 절규가 사방을 울렸다. 대롱에 꿰인 사람들은 물에 분 시체처럼 갑자기 부풀었다가 쪼그라들듯 빨려가 사라졌다. 사라진 자리에는 입고 있던 옷가지와 작은 씨앗 봉오리 같은 것이 떨어져 작은 짐승이나 벌레가 스치기라도 하면 톡 터져서 순식간에 사냥감을 낚아챘다. 도시가 순식간에 부장터로 변했다. 살아남은 사람들은 문과 창문을 꼭꼭 닫고 집 안에 숨어 벌벌 떨면서 재앙이 지나가길 기다렸다. 닫힌 문 밖에서 도움을 청하던 사람은 문살에 손가락을 남긴 채 대롱에 빨아 먹혔고, 남을 돕기 위해 문을 연 집은 뱀처럼 기어든 검은 실 한 올에 몽땅 빨려 먹혔다. 숨 쉴 때마다 생명을 감지한 대롱 발톱이 창을 긁었다. 사람들은 꼬박 사흘 동안 산지옥을 견뎠다. 아무도 집밖으로 나오지 못했고 달아날 수도 없었다. 갓난애를 가진 아낙이 집 안에 물이 떨어져 조심조심 우물가로 나섰다가 순식간에 빨아 먹혔다. 그림자 괴물은 결코 포만감을 느끼지 않았고, 잠자지도 않았다.

나흘째 되는 날 동남쪽 바다에서 초록색 바람이 불어왔다. 바람은 원래 눈에 보이지 않지만 밝지도 어둡지도 않은 젖빛 하늘을 가르는 녹색 기류는 모두가 보았다. 먼 데서 불어온 거센 녹풍은 거리 구석구석에 걸쳐진 거미줄 같은 발톱 실들을 휩쓸고 첨탑 위에 그림자를 물어 높은 하늘로 끌어 올렸다. 구름이 몰리고 벼락이 치고 검은 비가 사방에 후두둑 쏟아졌다. 비가 아니라 시체 썩은 내가 나는 검은 피였다. 피 비에 맞은 식물은 바싹 타들어 갔고 가축은 살이 타고 눈이 멀었다. 비가 그치자 녹풍도 첨탑의 그림자 괴물도 완전히 사라졌다. 습격도 멈췄다. 사람들은 불안하게 집 밖으로 나와 하늘을 올려다보았다. 검은 비와 함께 죽음의 재앙은 멈췄지만 하늘은 여전히 개지 않고 어스름 했다. 밤도 낮도 아니고 구름도 해도 달도 별도 없는 그냥 텅 빈 허공 끝도 없이 이어진 것 같았다. 빛이 없으니 그림자도 없고 공기 중에 부연 안개가 가득 찬 것처럼 시야가 흐렸다.

하늘에선 내린 검은 피 얼룩은 닦아내도 지워지지 않았다. 사람들은 피 비의 피해를 입지 않은 먼 데서 흙과 돌과 나무를 운반해 집을 보수하고 길을 덧깔았다. 아주 잠시 일상이 되돌아 온 듯싶었다. 밤낮없이 희뿌연 하늘 외엔 모든 것이 정상적으로 느껴졌다.

무릇은 그림자가 나타난 날 바로 황옥 홀로 출근했다. 운교는 연합국이라 왕이 아니라 귀족 투표로 뽑힌 대표가 차례로 중앙 권력을 위임받았다. 황옥 홀은 대표가 위임 기간 동안 머무르는 공공 건물이며 그가 외교관 일을 수행하는 곳이었다.

운교의 대표 화운옥도 홀에 나와 있었다.

"첨탑을 보셨습니까?"

무릇이 물었다. 화운이 답했다.

"사흘 전부터 보고 있었습니다."

"사흘 전이라니요? 저건 오늘 아침에 나타났습니다만?"

화운은 얇게 쪼갠 나무 조각을 엮어 만든 현장 보고서를 무릇에게 보였다.

"사흘 전 북동쪽에서 지진이 나서 깊은 구덩이가 파였습니다. 령의 경계가 없던 시절 족장들의 둥근 돌무덤이 있는 곳이죠. 아침 일찍 구덩이에 돌을 묶어 내려 봤는데 끝이 없이 들어가서 결국 준비한 밧줄을 다 쓰고 그냥 멈췄답니다. 소모한 밧줄 길이는 450인분이었고 바닥에 닿지 못했죠. 근방을 지키던 병사들이 무저갱에서 큰 박쥐 같은 것이 쑥 튀어나와 날아갔다고 보고했었습니다. 그런데 너무 크고 날갯짓 소리도 안 나서 헛것을 본 것 같다고 정식 보고서를 작성하진 않았더군요."

키 큰 장정 450명을 길게 눕혀서 잰 만큼의 밧줄이 사라지고도 닿지 못한 깊이라니 상상하기 어려웠다. 땅속이 얼마나 깊은지는 몰라도 지하수나 튀어나온 암석에라도 걸리게 마련이었다.

"실측자들은 뭐라고 합니까?"

운교에는 예언자나 사제가 없었다. 대신에 기록과 실험을 하는 학자들이 있었다.

"아직 보고가 없습니다."

무릇은 화운이 숨기는 게 있는지 주의 깊게 살폈다.

"어제 밤 유리 저택에서 있던 사고와도 관련이 있을지 지켜보는 중입니다."

화운이 말했다. 무릇이 몸을 돌렸다.

"유리 저택에서 무슨 일이 있었습니까?"

반하가 거기에 갔었다. 아직 돌아오진 않았지만 다 큰 어른인 아들을 무릇은 걱정하지 않았다. 여자와 함께 갔다니 기다릴 필요도 없다 여겼다. 그런데 화운의 이야기는 달랐다.

"거기서 열린 상단 회합이 중지되었습니다. 여자와 하인들이 정원에서 괴물이 기어 나왔다는 소리를 했지만 헛것을 봤을 수도 있으니 신중히 알아보던 참입니다. 그대의 아들이……."

화운은 말을 망설였다. 무릇은 듣지 않아도 그가 할 말을 알거 같았다.

"그 애는 걱정 안 하셔도 됩니다."

그는 보통 사람이지만 그의 아들은 아니었다. 무릇은 자신이 닿을 수도 이해할 수도 없는 곳에 성큼 들어서 있는 얼굴들을 떠올렸다. 녹옥과 청목이 그랬고, 반하가 그랬다. 그는 자식과 자주 어울리지는 못했지만 자식이 무엇을 보고 어디에 있는지는 늘 알아두려고 애썼다.

"그런데 그 많은 사람들이 동시에 헛것을 볼 수 있을까요?"

지금 운교 사람들 모두가 저 헛것을 보고 있으리라. 그는 멀리 첨탑에 앉은 그림자를 굽어보았다. 우연이 세 번이면 필연이다. 무릇이 밀어닥치는 사건들 속에서 거대한 징조를 깨달은 순간 참극이 시작되었다.

검은 비가 내리고 사방에서 비명과 괴성이 들렸다. 붉은 피보라가 찢어진 몸에서 피어오르는 열기와 섞여 올라왔다. 검은 비로 보인 것은 빗방울이 아니라 날카로운 발톱이 달린 가늘고 긴 대롱이었다. 대롱들은 마치 살아 있는 뱀처럼 사냥감을 향해 단박에 내리 꽂혔다. 하인들이 달려와 창가에 선 무릇을 당기고 덧문을 닫았다. 숨을 쉬는 게 끔찍한 시간들이 흘렀다. 무릇은 목 밑이 꽉 조이는 걸 느끼고 숨을 쉬려고 애썼다. 담배 생각이 간절했다.

"천강 전하는 어디 계시지? 아직 운교 공관에 계신가?"

화운은 전사왕의 위치를 파악했다.

"넵, 북대공께서도 함께 계신 걸로 압니다."

"연락 가능한가?"

"소식새를 날리겠습니다."

하지만 소식새도 새를 날린 관원도 창틀을 넘지 못하고 대롱에 빨아 먹혔다. 그 모양을 눈앞에서 본 다른 관원들은 대롱이 쳐들어오기 전에 문을 막는 것이 할 수 있는 전부였다. 거둘 시신도 없이 입고 있던 옷가지와 깃털뭉치가 관원의 유품이 되었다.

지옥 같은 사흘이 흘렀다.

황옥 홀은 검은 비와 혈흔 때문에 빛나는 노란 대리석으로 지은 외관이 살을 벗겨낸 뼈처럼 흉측해졌다. 다행히 첫날 죽은 관원 외엔 다른 희생자는 없었다. 마치 그곳만 재앙이 비켜간 것 같았다. 무릇은 건물의 가장 높은 곳에서 도시를 내려다보며 피해가 비켜간 곳을 어림해 보았다. 무사한 집은 대부분 귀족가나 부잣집이었다. 특히 유리 저택은 보이지 않는 지붕이 있던 것처럼 깨끗했다. 시커메진 곳은 정원뿐이었다. 비린내가 거리 곳곳에 진동했지만 분수대나 수로는 대부분 무사했다. 물이 오염되지 않아서 천만 다행이었다.

"이제 끝난 건가?"

화운은 홀 문을 열고 피해 상황을 보고 받았다. 모여든 사람들에게선 비린내와 오래 삭은 먼지 냄새가 났다. 피와 그림자의 냄새였다.

"앞으로가 큰일입니다."

무릇은 먹구름이 가시지 않는 하늘을 올려다보았다. 괴물이 언제 다시 올지도 걱정이지만 이렇게 계속 해가 나지 않으면 젖은 것들이 부패하고 곡식은 여물지 않고 나무는 시들 터였다. 이미 거둔 것들도 말려 저장할 수 없어서 썩어 나갈 게 분명했다. 기근이 시작되고 사람들은 굶주리고 역병이 창궐하리라. 도시는 와해되고 서령의 요충지인 아름다운 무역도시 운교는 폐허만 남게 될 것이다.

"재앙이 비켜 간 곳도 있습니다."

실측자가 보고했다. 명단에는 무릇의 저택과 유리 저택도 끼어 있었다. 화운은 그 보고를 유심히 들었다.

"하늘이 핏줄을 보우한 것인가……."

그의 중얼거림에 무릇이 따끔히 말했다.

"운교의 대표 화운옥께서 그런 어리석은 말씀을 입에 담으시다니요."

그는 명단을 받아 훑어보고 끈적대는 창틀 밖으로 몸을 내밀어 시내를 살폈다. 그을음을 뒤집어 쓴 모형처럼 다닥다닥한 건물 사이로 수로와 우물이 얼음처럼 희게 빛났다. 그을음 속에 장난감처럼 선명한 지붕들이 일렁이는 물빛을 반사했다. 유리가 빛나는 거였다. 가끔 집안에 걸린 거울이 덧문 밖으로 반짝이기도 했다.

"빛이 있군요."

무릇이 말했다.

"유리나 거울, 수반(水盤)이나 물독을 내 놓은 집입니다. 나무 격자창이나 덧문 대신 유리창을 달 수 있는 건 부잣집이니까 금전적인 요인이 작용하지 않았다고는 말하기는 어렵겠군요."

수반이 기원을 위해서 떠놓은 정안수라는 걸 생각하면, 하늘의 가호라는 것도 약간 작용했을지도 모르겠다.

"사람들에게 은붙이나 빛나는 유리조각으로 액막이를 제공하면 좋을 것 같습니다. 장만할 수 없는 사람들에겐 담보를 잡고 빌려 주고요. 피해가 비켜간 축사에도 후속 조처가 필요합니다. 유리는 운교의 주요 생산품이니까 무리 없이 시행 가능할 겁니다."

무릇이 **서옥**의 학사에 다닐 때 학생들은 신분증으로 빛나는 은패를 지급받았다. 서옥은 남령에서 가장 마지막까지 나락이 활보했던 곳이고 그때까지도 학사의 옛 건물과 탑에서는 가끔 실종 사고가 일어났었다. 모두 은패를 달지 않았던 학생들이었다.

"저 괴물이 **흑괴**라고 생각하는 겁니까?"

화운이 반문했다. 빛나는 것을 부적으로 삼아 대항할 괴물은 흑괴뿐이었다. 흑괴도 나락도 어둔의 다른 이름이었다.

"하지만 그건 이야기 속 괴물이고, 설사 있대도 대낮에는 나돌아다니지 않는다고 압니다만."

화운의 말에 무릇은 고개 저었다.

"저는 그것이 실존하는 땅에서 왔습니다. 빛을 싫어하고 육체가 없다고 알려져 있습니다만, 진짜로 어떤지는 모릅니다."

존재하는 모든 것들은 끊임없이 변화한다. 계속 존재를 유지하기 위해서. 어둔도 예외는 아닐 것이었다.

"공의 의견을 따르고 싶지만 유리 도둑들이 들끓어서요. 값은 천정부지로 치솟고, 시장 수급도 몹시 어려운 상황입니다. 그것 때문에 상단 회합이 있었죠. 유리 장인들이 세공 재료인 모래와 암석을 모아 두었지만 타르 같은 빗물자국으로 오염되어서 당분간은 손쓸 수 없을 것 같습니다."

무릇도 유리 도둑 때문에 볼품없어진 유리 저택 이야기를 들었다.

"유리 저택에 거울의 방이 있지요? 거기 거울들을 제가 모두 사겠습니다. 그걸 조각내서 가공하면 꽤 많은 양을 수급할 수 있을 겁니다."

무릇은 청지기에게 편지를 보내 일을 진행하도록 일렀다. 화운은 운교 출신도 아니고 옥홀의 신하도 아닌 외교관 무릇의 협조에 깊이 감사했다. 물론 이것이 공짜가 아니라 동령의 목국과 운교의 외교관계에 한 수가 진행되었다는 것도 충분히 알았다.

"무사하셔서 다행이오, 화운옥."

황옥 홀에 모인 사람들을 썰물처럼 가르며 서대공 천강이 당도했다. 붉은 수염을 양 갈래로 땋은 풍채 좋은 전사왕 천강은 옆에 떡벌어진 어깨에 날렵한 허리를 가진 젊은이를 함께 데려왔다. 무릇은 타는 듯한 금발의 청년을 전에 본 적이 있었다. 반하에게 왔던 손님이었다.

"노스 파라 야른, 북대공 전하."

화운이 인사해서 무릇도 덩달아 무릎을 낮췄다.

북대공이라고? 저렇게 젊은데? 무릇은 그의 얼굴을 살짝 훔쳐보았다. 대공좌는 수명이 짧다. 그들은 죽거나 젊음이 가시면 더 강한 전사에게 자리를 물려주었다. 그에 비하면 천강은 꽤 오래 지위를 유지한 셈이었다. 하긴 서령은 오랫동안 평화로웠으니까.

"잠시 같이 갈 곳이 있소."

청강이 화운의 손에 있던 서류를 가로채 탁자에 내려놓았다. 화운이 어디냐고 묻기도 전에 청강은 그를 대신할 임시 후임을 결정했다.

"천강 전하, 월권이십니다."

화운이 항의하자 천강은 전사왕의 부름으로 답했다.

"서령을 지키는 전사왕의 이름으로 화운, 그대를 부르겠소."

이토록 많은 사람들 앞에서 호명되었으니 화운은 거부할 수도 없었다.

"지금이 전시라고 판단하신 겁니까? 싸울 적은 어디 있습니까?"

"전사왕은 지켜야 할 백성의 생존을 위협하는 것이 무엇이건 전쟁을 선포할 수 있소."

천강은 무릇을 한번 훑었다.

“따라 오겠소? 목국의 대리인으로 그대가 필요할 거 같소만.”

무릇은 고개 저었다.

“전하께서 향하는 곳을 알지 못하오나 제가 가야 할 곳은 압니다. 부디 말씀을 거두어 주십시오.”

그는 천강이 가는 곳을 몰랐고 그의 왕도 아닌지라 부름을 거부할 이유와 자격이 충분했다. 천강은 혼란에 빠진 사람들과 달리 담담한 태도를 보고 무릇이 상황을 제대로 파악하고 있다고 느꼈다.

“알겠소. 그대를 부르는 건 동대공의 권리지.”

천강은 화운옥과 야르스를 거느리고 항구에 정박한 쾌속선에 올랐다. 무릇은 적송가 소유의 배를 탔다. 항구와 해안은 다행히 아무런 피해도 없었다.

두 척의 배는 해안선 나들목에서 남쪽과 동쪽으로 뱃머리가 갈라졌다. 무릇은 화운과 천강이 탄 배의 선기를 뒤늦게 알아보았다. 노래하는 나무 상단 깃발이었다.

제10장
노래로 만든 배

죽음의 언저리 생과 사가 불분명하게 뒤엉킨 어느 접점에서 밤은 늘 보던 어둑한 구석에 고인 흐릿한 그늘이 아니라 크고 아름다운 짐승의 모습을 하고 있었다. 늑대처럼 뾰족한 주둥이에는 수십 개의 이빨이 번뜩이고 편편한 이마 한가운데 칼날처럼 끝이 굽은 뿔이 돋았다. 전신이 은색과 회색과 청색이 뒤엉킨 멋들어진 털로 뒤덮여 있었다. 그게 언제였더라.

무화의 왼팔에서 화상 같기도 하고 문신 같기도 한 기묘한 상흔이 살아 있는 것처럼 손목부터 팔뚝까지 몸을 뒤챘다. 얄팍한 피부 아래 몹시 깊은 물이 있어서 가끔 뒤척일 때 지느러미만 수면 가까이 스치고 치나가는 것처럼 보이기도 했다. 계속 들여다보면 무화가 팔 안으로 빨려 들어가고 팔 안에 있는 것이 밖으로 튀어나와 안과 밖이 뒤집어질 것만 같았다.

무화는 따끈한 피와 선연한 살점에 대한 갈망이 내부에서 휘몰아치는 걸 가만히 들여다보았다. 이것은 누구의 욕망일까, 괴물일까 나일까. 이제 둘을 가르는 것은 무의미하게 느껴졌다. 무화가 괴물이었고 괴물이 무화였다.

"우리는 어둔에 간섭할 수 없어. 지금이냐 나중이냐의 차이일 뿐 결국 무너질 수밖에 없겠지만 내일 죽을 걸 알아도 오늘을 살지 않을 수는 없지?"

의식의 얇은 막이 느껴졌을 때 목소리가 들렸다.

"결국 너도 이름을 가졌군."

왼팔에 미온한 촉감이 느껴졌다.

"무화의 왼팔이 날뛰어서 마노엔을 공격했을 때, 저 앨 처리하셨어야 해요. 둘을 아예 구해 주지 마셨어야 해요. 인간의 목숨은 나무에 피고 지는 꽃과 같죠. 어차피 져 버릴 한 송이를 왜 억지로 붙들고 계신 거죠? 녹우가 낳았기 때문에? 누가 그 애의 아버지죠? 죽은 부마? 아니면 무릇? 저 애의 아비가 인간이긴 해요?"

날카로운 수련의 음성이 귀를 할퀴었다. 수련은 목국에 있을 텐데, 그럼 여긴 목궁인가? 그렇게 열심히 달아났는데?

다시 무의식이 무화를 깊고 깊은 심연으로 끌어당겼다. 안개 낀 것처럼 흐리고 어둡고 푸른 물속에서 수초가 흔들리고 있었다. 수초가 아니라 여자였다. 팔과 손과 사방으로 치솟은 머리카락을 이파리처럼 흔들고 있었다.

서미?

무화는 돌처럼 단단해진 서미의 뺨을 쓰다듬었다. 분가루라도 묻어날 것처럼 보드라웠다. 이건 서미가 아니야. 수초도 아니다. 동물도 식물도 아닌 숨 쉬고 생장하고 사냥하고 알을 뿌려 번식하는 바닷속의 산호였다. 무화의 손이 닿자 서미였던 것이 입을 벌렸다. 소리는 나오지 않았다. 동굴처럼 벌어진 입속에서 빛이 새어 나왔다. 무화는 빨려들 듯 그 안을 들여다보았다. 작은 씨앗이 벌어져 뾰족한 싹이 움트고 있었다. 아직 이파리의 모양도 알 수 없지만 잔털에 뒤덮인 보드라운 줄기가 엿보였다. 무화는 가지런히 돋은 털들이 나무처럼 줄기의 문양이 길과 강과 마을과 도시처럼 보이는 것 같아서 흠칫 물러났다. 큰 파도가 둘을 덮쳤다. 노랫소리가 들렸다. 클로버인가? 아니 고래였다. 둘이 같은 곡조를 부르고 있었다. 외뿔 고래의 웅장한 몸이 둘의 곁을 스쳤다. 너무나 거대했기 때문에 무화는 전체를 볼 수도 없이 그저 물살의 기류로만 고래를 인지할 수 있었다. 반들반들한 눈동자가 천천히 껌벅이며 무화의 옆을 지나갔다. 고래의 긴 속눈썹을 쓸자 손바닥에 뽀얀 안개 수정 같은 맑은 조각이 묻어났다. 노랫소리가 멀어졌다. 외뿔 고래는 떠났다. 다른 멸종된 태고의 존재들처럼 영원히. 남겨진 무화는 너무 외로워서 울었다. 누군가 살포시 무화의 손을 잡았다. 돌아보자 서미는 없고 수십 개의 검은 촉수가 벌어진 입처럼 사방에서 뻗어와 무화를 삼켰다. 캄캄한 눈꺼풀 아래서 금빛 보리가 일렁이고 새빨간 서미초가 보리 발치에 피었다. 까르륵한 웃음소리가 오후의 햇살처럼 부서졌다. 꽃받침에 매달린 꿀을 빨면서 툇마루에 앉아 있으면 세상이 그대로 영원할 것만 같았다.

하지만 툇마루에 앉은 것은 서미 혼자였다.

그 애는 너 대신이야. 언제나 그랬지. 그래서 이제 너 대신인 게 싫대.

은빛 거미줄이 기둥 그늘 사이에서 반짝였다. 서미는 계절을 거스른 것 같은 푸른 보리를 보고 있었다. 눈가에 거미줄에 맺힌 이슬 같은 것이 고여 떨어졌다.

*네가 **밤**의 이름을 불렀어. 바로 네가 우리들에게 분열을 가져왔지. 어둔의 분열은 빛과 어둠의 균형을 흔들고 비틀린 틈새로 **균열**을 만들었지. 봐라, 저 **균열**은 네가 만든 거야.*

금빛 햇살 가득한 툇마루 기둥 뒤에 시푸르게 진 그늘 사이로 빛나던 거미줄이 점점 크고 두꺼워져 시야를 조각냈다. 유년의 기억이 깨진 색유리처럼 쏟아져 무화를 덮쳤다. 발치에서 빛나는 날카로운 조각 위로 붉은 피가 뚝뚝 떨어졌다. 무화의 얼굴과 팔과 다리에 온통 베이고 찢긴 상처들이 벌어져 이야기를 쏟아냈다. 무화의 이야기지만 언제나 서미가 함께 나왔다. 서미에게도 이런 상처들이 있을까? 그 애의 상처도 내 이야기를 할까?

어째서 인간은 이토록 작을까. 세상이 무너진다는데 너희는 고작 추억거리나 곱씹는 거냐?

아라킨이 말했다. 무화는 싱긋 웃었다.

'세상의 운명 같은 거 몰라. 나한테는 서미가 세상이었어. 그리고 무너졌지. 내가 어디서부터 시작할 거라고 생각해?'

무화는 손바닥에 외뿔 고래가 남긴 결정을 문질렀다. 상현도의 얼음 칼날이 빛으로 어둠을 갈랐다. 눈꺼풀 아래 달라붙었던 어둔이 찢겨나갔다.

"무화?"

눈을 떴지만 아직 꿈속인 것 같았다. 파랑 중의 파랑을 녹여 넣은 듯한, 세상 어디에도 없는 아름다운 눈이 무화를 굽어보았다. 순금이 녹아 흐르는 듯한 머리카락이 뺨을 간질였다.

"마노?"

목이 뻑뻑해서 소리가 더디게 나갔다.

"오랜만이구나."

무화는 마노가 꿈처럼 흩어져 버릴까 봐 겁이 나서 아무 말도 하지 않았다. 마노는 빙그레 웃었다.

"보고 싶었다."

무화가 하고 싶은 말이었다. 너무 많은 사건들이 있었음에도 그리움은 조금도 바래지 않았다. 눈물을 참느라고 코끝이 시큰했다.

"움직일 수 있다면 걸어 봐. 너무 오래 깨지 않아 걱정했어."

무화는 이불을 들췄다. 어둔이 물어뜯어 썩어 문드러져 뼈가 드러난 두 다리가 멀쩡했다. 꿈을 꾼 건가? 마노가 물러나자 무화는 일어나 침대에서 나왔다. 걸음이 깃털처럼 가벼워서 몸이 없는 것 같았다. 꿈일 리가 없었다. 꿈이라면, 무화가 여기 있지도 마노를 다시 만나지도 못했다.

"반하는요?"

오트는 고개 저었다.

"어둔에 삼켜져서 무사할 수는 없어."

오트는 적옥이 걸린 무화의 왼팔을 흘끔 보았다. 옥인인 단풍조차도 가장 단단한 자기의 일부 외엔 남기지 못했다. 연약한 인간 따위는 뼈도 남지 않을 것이었다. 그 반하를 그렇게 쉽게 잃다니 믿을 수가 없어서 무화는 어리둥절했다.

"내 다리, 어떻게 된 거예요?"

무화도 인간이었다. 괴물인 부분은 왼팔뿐이었다. 아무리 마노가 강한 힘을 가졌다 해도 만든 상처를 말짱하게 만들 수는 없었다.

"넌 괜찮아. 네 일부가 어둔이니까."

마노가 말했다. 어둔은 무화에게 거짓말을 안 하지만 옥인은 거짓말을 했다. 무화는 마노에게 달려들어 옷고름을 잡아챘다. 몇 번의 몸싸움이 얽힌 후 얇은 옷감 사이로 꽃잎 같은 붉은 피 얼룩이 가득 드러났다. 오래전 **어스름**이 할퀸 옆구리에선 아직 피 냄새가 선연했다. 옥인은 무엇으로도 상처낼 수 없지만 어둔이 남긴 것은 아물지 않았다.

"왜……."

무화는 목이 막혀서 말을 잇지 못했다.

"공짜는 늘 가장 비싼 값을 치르지."

수련이 싸늘히 말했다. 무화가 비틀대며 물러서자 마노는 옷고름을 다시 여몄다. 반짝이는 비단으로 상처를 가리자 그는 여전히 아름답고 강대한 마노엔으로 보였다. 하지만 이제 전처럼 뱃머리 끝에서 하루 종일 서서 바람을 즐기지는 못할 것이었다. 고통이 무화의 마음을 짓이겼다. 무엇으로 그에게 보답할 수 있을까.

"그냥 두지 그랬어요. 내 상처잖아요. 내가 감당해야 하는 거잖아요."

무화는 무력감과 분노를 느꼈다. 왜 마노는 언제나 갚을 수도 없는 은혜를 입히는 걸까.

"그대로 뒀으면 넌 죽었어."

수련이 말했다. 그냥 죽게 뒀어야 한다고 말하진 않지만 무화는 들은 것 같았다.

"시비 걸만큼 힘이 났으면 옷 입고 나오렴."

마노는 긴 지팡이를 짚고 일어섰다. 그림자처럼 서 있던 수련이 그를 부축했다.

붙박이 침대 밑 상자에는 옷가지가 들어 있었다. 무화는 물고기 비늘가죽으로 만든 질긴 바지와 조끼를 꺼냈다. 1년 전에 무화가 입던 옷들이었다. 소매 길이는 짧아졌지만 허리둘레는 넉넉해졌다. 뒷골목에서 구르느라 체중이 줄고 키는 조금 커졌구나. 선실에 있으니 그 시간들이 칼로 자른 듯이 낯설게 느껴졌다. 하지만 어깨에 커다란 흉터가 남아 있었다. 무화는 야르스가 꿰맨 바늘자국을 한 번 훑고 칼 띠를 조였다. 질긴 가죽 허리띠 안에는 연검이 들어 있었다. 실발 안에 주머니칼을 한 자루씩 넣고 늘 손이 닿는 허벅지에 날이 바짝 선 단도를 차고 등에는 장검을 가로 질러 매자 비로소 제대로 차려입은 기분이 들었다. 목궁에서는 아무리 치장해도 늘 헐벗은 기분이었다.

문 밖은 눈을 감고도 다닐 만큼 익숙했다. 무화는 모퉁이를 따라 뒷계단을 올라 작은 문을 통과했다. 사방에 난 덧창으로 노래하는 나무 상단 본선의 넓은 갑판이 내다 보였다. 바싹 마른 나뭇결 위에 반들반들 광택이 돌았다. 저기에 물이 닿으면 심어가 드러나고 다스리는 자들의 힘이 발동됐다. 무화의 가슴에 잔물결이 일었다. 손에 닿는 나무판들마다 모르는 말로 낯익은 음조를 불렀다. 영영 이 노래들을 듣지 못하리라고 생각했다. 다시는 여기 설 수 없을 거라고 생각했었다.

"한 눈 팔지 말고 선장실로 와."

운송선 관리하는 야래가 하나로 올려 묶은 머리를 찰랑이며 경쾌한 걸음으로 무화를 앞질러 갔다. 선장실은 사선으로 벽과 지붕을 이어서 햇볕이 아주 잘 들었다. 무화는 잿빛 그림자처럼 보이는 사람들을 알아보기 위해 눈을 몇 번 껌벅였다. 빛에도 바래지 않고 모습이 보이는 이들은 모두 옥인이었다. 하지만 그들보다 먼저 크고 낯익은 실루엣이 눈에 쑥 들어왔다. 햇볕이 반사된 금발이 등불처럼 타올랐다. 무화는 그의 눈에 띄고 싶지 않아서 야래 뒤에 숨어서 사람들 사이에 섞였다.

"우리는 화룡을 잃었어요."

품위와 단호함을 갖춘 나이 지긋한 여자가 말했다. 무화는 그 녹색 눈이 낯익었다.

"용들은 원래 어느 쪽도 아니오. 꼭 이쪽의 힘이 되리라고 장담할 순 없지."

뻣뻣한 붉은 수염을 길게 땋아 내린 남자가 말했다. 허리에 찬 큰 칼의 고풍스런 문양과 위압적인 태도가 그의 신분을 증명했다. 무화도 그를 알았다. 서대공이었다.

"화룡은 그림자가 없는 존재들 중에 가장 빛에 가깝죠. 용은 육신을 빌어 현신하는 존재고 인간의 몸을 빌렸으니 우리 편이에요. 반하는 냉소적이지만 자기가 인간인 걸 부정하진 않죠."

무화는 꿈속의 화어(火魚)의 비늘과 똑같던 반하의 장신구를 떠올렸다. 어둔이 삼키기 직전에 뜨겁게 달아오른 몸과 비늘처럼 갈라진 피부와 길게 찢어진 입도 생각났다. 그가 화룡이었다.

"반하는 살아 있어요."

무화가 말했다. 꿈속의 서미가 푸른 보리마당에서 울고 있었다. 서미네 아궁이에서 불기가 사라진 지가 언제더라. 서미는 마지막 남은 자존심을 지키려고, 굶주림과 궁상맞은 가난 속에서 수치심을 감추려고 무화를 밀어냈다. 어린 무화는 서미가 화가 났거나 미워한다고 속상해 하며 며칠을 집 안에 틀어박혔다. 이제 왜 서미가 그랬는지 알았다.

무화는 가만히 어린 서미 옆에 앉았다. 할 말이 아주 많았던 거 같은데 아무 말도 떠오르지 않았다.

'가.'

서미가 무화를 밀었다. 무화는 가만히 엉덩이를 딱 붙였다.

'가. 너네 집으로 가란 말이야!'

서미가 소리치며 무화를 밀쳤다.

'같이 가자.'

무화는 서미의 손을 꽉 쥐었다. 서미는 그 손이 필요했기 때문에 더 밀쳐냈다. 그래서 무화가 더 힘주어 잡았다. 서미가 잡아야 할 몫까지.

'같이 가자.'

서미는 고개를 푹 수그렸다. 그리고 무화의 어깨에 기대 조그맣게 속삭였다.

'반하가…….'

무화는 눈을 깜박여 현실로 돌아왔다.

"화룡이 반하라고?"

야르스가 물었다.

"그래요."

녹색 눈의 여자가 대신 대답했다. 무화는 이제 그 여자가 누군지 알았다.

"클로버?"

여자가 웃었다.

"그래. 나야."

무화는 깜짝 놀랐다.

"왜 폭삭 늙었어?"

무화가 속삭이자 클로버는 눈살을 찌푸렸다.

"품위 있게 나이 들었다고 하는 거야."

"실례했습니다, 공주님."

무화는 정중히 무릎을 낮췄다. 어떻게 된 건지 궁금했지만 사사로운 이야기는 나중으로 미뤄도 됐다.

"어떻게 알지? 용이 무사하단 걸?"

서쪽 전사들의 왕이 힐문했다. 무화는 망설였다. 선장실에 모인 이들은 모두 전사와 왕과 제후들이었다. 그들은 무화를 몰랐고, 무화의 말을 믿을 이유가 없었다. 게다가 지금 그들은 혼란에 빠져 있었다. 그들 중 몇몇은 **균열**의 징조를 보았지만 무슨 일이 일어나고 있는지 정확히 아는 이는 없었다. 무화는 그들에게 증명해야 했다.

"마노……."

무화가 마노를 보자 마노는 고개를 끄덕였다. 수련은 한발 물러서 방어할 준비를 했다. 무화는 탁자 위에 왼팔을 걸어 **어스름**을 내보였다. 빛을 받은 괴물이 낮게 으르렁댔다. 콩알처럼 작은 수십 개의 눈들이 동시에 각기 다른 먹잇감을 주시했다. 공포로 얼어붙은 신음이 선실을 휩쓸었다.

"**마수**잖아!"

어둔, 나락, 흑괴, 마수등 여러 가지 언어로 된 다른 이름들이 **어스름**을 불렀다. **어스름**은 눈을 가늘게 뜨고 기분 좋게 그르렁댔다.

"그만, 그것들은 불릴수록 강해집니다."

마노가 주변을 정리했다. 무화는 차분하게 말했다.

"이건 어둔의 일부예요. 그들은 혼자이면서 여럿이고 여럿인 동시에 하나라서 모든 것을 공유하죠. 그들이 아는 것은 어스름도 알게 되요. 그리고 저도 알게 되죠."

찬물을 끼얹은 듯한 침묵이 감돈 후에 서대공이 무화를 손가락질했다.

"어떻게 저 괴물이 여기 있을 수 있소이까? 여기는 저것들에게서 가장 안전한 곳이 아니오?"

그는 무화에게 직접 말하지 않았다. 마치 소나 말처럼. 무화의 얼굴이 빳빳해졌다.

"무화는 사람입니다."

묵직한 목소리가 울렸다. 야르스였다.

"똑같이 먹고 자고 울고 소리치는 사람이죠. 또 강한 전사이며, 우리 편입니다."

"동대공께서 그의 신분을 보증하는 것이오? 지킬 것을 잃은 왕께서?"

서대공이 그를 비웃었다.

"당신이 명예를 알았다면 흙비로 운교를 잃지 않았을 거요."

서대공의 얼굴에서 핏기가 가셨다. 야르스가 무화에게 고갯짓 해 발언권을 넘겼다.

"제가 **그늘**에 가서 화룡을 찾아오죠."

클로버가 말렸다.

"안 돼, 무화. 그들은 너도 원해. 너는 어둔이고 옥이고 인간이지. 그들이 너마저 갖게 할 수는 없어."

무화는 머리를 흔들었다.

"반하를 도울 수 있는 건 나와 **어스름** 우리 둘뿐이야."

잔잔하던 웅성임의 파도가 다시 높아졌다. 마침내 마노가 손을 들고 일어섰다.

"**그늘**에 갈 수 있는 건 너뿐이다. 혼자서 감당할 수 있겠니?"

"네."

시작했다면 멈추지 말아야 한다. 끝은 알아서 오게 되어 있다. 결과를 미리 판단할 필요는 없었다. 무화는 해야 할 바를 할 준비가 되었다.

"어떻게 **그늘** 속에 갈 수 있지?"

서대공이 물었다. 그건 물고기에게 어떻게 물속에서 숨을 쉬느냐고 묻는 것과 같았다.

"여기만 아니면 어디서든지요. 우리는 모두 그림자를 갖고 있고, 어둠은 어디에나 있죠."

마노는 수련에게 작게 말했고, 수련는 고개를 끄덕였다.

"야래의 배가 가까운 육지로 데려다 줄 거다. 필요한 것들을 가져가렴."

무화는 고개를 끄덕이고 선실을 나왔다. 문을 닫자 높아진 목소리들이 따갑게 등을 찔렀다.

흔들리는 복도를 따라 걷는데 커다란 굉음과 함께 갑자기 선체가 크게 기울었다 바로 섰다. 무화는 모퉁이를 돌아 천장에 매달린 긴급 사다리를 통과해 갑판으로 올라갔다. 날렵하게 균형 잡힌 새카만 배 한 척이 당당하게 노래하는 나무 본선에 배다리를 놓고 있었다. 무화도 아는 배였다.

"흑요?"

선실에서 뛰어나온 클로버가 배의 이름을 불렀다. 그의 얼굴에 푸른 기운이 서리며 머리카락이 구름처럼 부풀고 피부가 조각조각 비늘처럼 일어났다. 광풍이 불어 배 안의 모든 창과 문을 활짝 열었다. 고막을 찢는 굉음이 하늘에 가득 차고 돛은 찢어질 듯 부풀어 당장이라도 날아가 버릴 것 같았다. 사람들은 주변 기물에 매달렸고 옥인들은 재빨리 밧줄에 몸을 맸다. 배는 금방이라도 떠내려갈 것처럼 파도 위를 빙글빙글 돌았다. 배다리가 두 배 사이에서 갈려나갔다. 사람들은 두 배가 난파될까 봐 떨었다.

사방에서 몰아치는 팽팽한 힘의 간섭에 숨이 막혔다. 노래하는 나무 배를 바다에 머무르게 하는 건 닻이 아니라 마노의 힘이었다. 하지만 지금 마노는 무화 때문에 약해져 있었다.

"그만둬, 클로버!"

무화는 클로버의 빈 옷을 부여잡고 불렀다. 바람으로 변해 사라졌던 노부인이 다시 옷 속으로 돌아왔다. 모든 문들이 쾅 소리를 내며 한꺼번에 닫혔다. 오래된 문설주가 뒤틀리고 선반 위의 물건들이 와장창 떨어졌다.

"너는 나한테 손댈 수 없어. 너를 살려두는 건 오라비라서가 아니라 우리가 같은 목적을 가졌기 때문이야. 너를 용서했다는 게 아니야."

클로버가 으르렁댔다. 뱃전 너머에서 카르파가 양손을 들어 휴전을 표했다.

"예언하는 황금새 따윈 필요 없어. 내가 카리나의 마지막 왕이 될 테니까."

그는 노예들이 낸 새 배다리에서 본선으로 뛰어 내렸다.

"어떤 왕도 너희에게서 자유롭지 못했지. 그들은 왕이었지만 언제나 예언과 후계자에 얽매여 있었어."

카르파는 클로버에게 바싹 다가갔다.

"황금새들의 예언은 반드시 이루어져. 너희 혓바닥에 미래가 달린 셈이지. 계속 궁금했어."

땡그랑 하고 바닥에 칼자루가 떨어졌다. 카르파가 붉게 물든 손을 벌렸다.

"말하는 자가 없다면, 미래는 어떻게 될까?"

클로버는 몸에 박힌 칼을 내려다보고 카르파를 보았다.

"그 일은 아예 안 일어나는 게 아닐까?"

"어리석은 자."

마노의 지팡이가 카르파를 때렸다.

"인간은 두려움 앞에서 무지해지지. 그들은 모르는 것을 인정하지 않고 아는 것으로만 한계를 해명하려 들어."

수련은 힘없이 고꾸라지는 클로버를 받았다. 카르파는 달려든 옥인들에게 제지당하면서도 클로버에게 발길질했다.

"나는 이제 너희의 자궁에서 완전히 자유로워."

카르파의 섬뜩한 광기에 갑판 전체가 싸늘하게 질렸다. 마노가 말했다.

"그를 감금해. 클로버를 배의 심장으로 옮겨. 서둘러."

옥인들은 즉각 명을 따랐다. 인간들은 카르파의 신분 때문에 돕기를 꺼렸다.

"믿을 수가 없군."

야르스는 끌려가는 카르파를 보면서 이마를 짚었다. 그는 엔센이 얼마나 현명하고 영리한지 알고 있었고 이런 행동은 납득할 수가 없었다.

"인간이니까요. 세상의 종말을 내다보면서 제정신을 지키기는 자가 몇이나 될까요?"

그와 천강을 실어온 야래가 말했다. 그는 여자란 점만 빼면 키도 크지 않고 머리색도 짙어서 거의 보통사람처럼 보였다. 하지만 야르스는 그에게 그림자가 없다는 걸 진즉 눈치 챘다.

"카르파는 어떻게 되는 겁니까?"

"저라면 클로버를 걱정하겠어요."

야래는 무화를 불렀다.

“가자. 너는 내 배를 탈 거야.”

무화는 쪼르르 야래의 뒤를 따라갔다. 둘이 아주 가까워 보이는 것을 야르스는 유심히 보았다.

야래의 상선은 건축자재와 연마된 대리석을 실어 나르는 운송선이었다. 배 위의 감독은 야래가 하고 하역 관리는 오랫동안 함께 일한 하역장이 했다. 무화도 하역장을 알았다. 목소리가 크고 좋은 사람이었다.

육지로 가는 동안 무화는 창고 옆에 칸을 낸 좁은 공간에서 생활했다. 궤짝을 침대 대신 쓰는 좁고 남루한 공간이었지만 상단 생활에 익숙한 무화는 편안하게 느꼈다. 따로 등을 켜지 않아도 상선 내부에는 희미한 빛이 흘러 그림자를 흐트러트렸다. 그림자가 얼마나 짙어지는지로 육지에 얼마나 가까워졌는지 어림할 수 있었다. 노래하는 나무 상단 본선에는 그림자가 없었다. 거기서는 **그늘**로 갈 수 없었고, **밤**을 부를 수도 없었다.

무화는 왼팔을 들여다보았다. 걱정했던 것과는 달리 **어스름**은 노래하는 나무 상단에서도 위축되지 않았다. 팔을 움직일 수 없던 때가 까마득했다. 원래 왼팔은 움직일 수 있었을 것이다. 하지만 옥의 배에 어둔이 활보하게 둘 순 없으니 마노가 방비를 했겠지. 팔병신과 죽는 것 중에 골라야 한다면 어느 쪽이 나았을까. 무화는 선택할 수 없었다.

녹옥은 왜 나를 낳았을까? 남편도 없는데 여자로서 지독한 수치와 수모를 감수할 걸 뻔히 알면서 아이를 낳았으면 보통 마음은 아니었으리라. 녹옥은 애정이 깊은 사람이 아니었다. 목궁에서 지내는 동안 빈말로라도 무화에게 살갑게 대한 적이 없었다. 문안을 드리러 가도 기침하지 않거나, 일어나면 거처에 없어서 만나지 못했다. 결국 무화도 따로 부름이 없으면 녹옥에게 가지 않게 되었다.

녹옥은 친딸인 무화보다 조카인 청목 세자와 더 가까웠다. 무화는 가끔 녹옥의 거처에 가는 길에 청목을 스치기도 했다. 처음에는 그가 청목인 줄 몰랐다. 키가 크고 검은 비단 같은 머리를 드리운 젊은 남자의 뒷모습을 보고 누굴까 생각했을 뿐이었다. 가끔 담장 너머로 둘이 함께 있는 걸 본 적도 있었다. 그럴 때면 궁녀는 녹옥이 처소에 없다고 거짓말 했다. 무화는 밀회를 나누는 두 남녀가 몹시 아름다운 그림이 되는 것에 석연찮은 기분이 들었다.

"저녁 먹어."

야래가 부르고 갔다. 무화는 가방을 궤짝에 넣고 식당으로 갔다. 옥인들은 먹을 필요가 없었지만, 상단 식구들은 인간 껍질을 유지하고 사람들과 섞이기 위해서 먹는 흉내를 냈다. 거기서 진짜로 먹는 것은 무화뿐이었다. 그런데 오늘은 다른 진짜 먹는 손님이 있었다.

"야르스?"

무화는 무심코 이름을 불렀다가 얼른 제대로 예를 갖췄다.

"노스 파라 야른."

야르스는 어색하게 그 인사를 받았다. 그는 무화를 어떻게 대해야 할지 아직 결정하지 못했다.

식사는 간소하지만 신선하고 따뜻했다. 갓 잡아 구운 물고기 살은 고소하고 삶은 구근과 잘게 썬 야채, 향긋한 식초와 기름을 섞은 양념은 아주 산뜻했다. 절임과 말린 음식으로 이루어진 항해 식단에 익숙한 야르스에겐 경이로운 식사였다. 생각해 보니 야래의 배는 오물과 구정물, 쥐 오줌 냄새와 땀 냄새가 뒤엉킨 배 특유의 악취도 없이 오래된 폐허처럼 실어 나르는 돌과 나무의 마른 냄새만 났다. 야르스는 노래하는 나무 상단이 소속 선원 외 일반인 출입을 엄격히 금지하는 이유를 알 것 같았다. 특이한 외모야 이방인으로 치장할 수 있지만 인간과 전혀 다른 체취는 감출 수가 없었다.

"배의 조타실을 구경할 수 있습니까?"

야르스가 야래에게 청했다. 천강과 처음 배를 탔을 때부터 쭉 궁금했다. 이 배엔 키가 없었다. 마노의 배도 그랬다.

"노래하는 나무 배는 조타실이 없어요."

야래가 대답했다. 야르스는 어리둥절했다.

"그럼 어떻게 배를 조종합니까?"

야래는 산뜻하게 미소 지었다.

"당신이 가고 싶은 곳으로 가는 것과 같은 이치로요."

옥인들은 이야기를 나누며 음식을 먹는 척만 하다가 금방 썰물처럼 사라졌다. 식탁에는 정말로 식사가 필요한 야르스와 무화만 남았다. 야르스는 크고 거친 손으로 딱딱한 빵을 찢어 잠깐 망설이다가 빵 바구니에 내려놓았다. 무화는 그 빵에 손대지 않았다. 식사가 끝나자 둘은 각자의 식기를 정리했다. 야르스는 무화보다 한발 먼저 정리를 마치고 부엌에 들렀다가 식당으로 돌아왔다. 무화는 이미 가고 없었다. 그는 부엌에서 가져온 술병을 아쉽게 흔들다가 발길을 돌렸다.

무화는 두드리는 소리에 의아히 문을 열었다. 상단에서는 아무도 문을 두드리지 않았다. 문 밖에는 방보다 큰 남자가 구부정하게 서 있었다. 무화가 문을 닫으려고 하자 야르스가 얼른 문틀을 쥐었다.

"나한테 할 말 없어?"

무슨 말을 원하는 걸까? 여자인 걸 감춘 것? 반공주인 것? 그에게 무화의 삶을 해명할 필요가 있던가? 그도 북대공이라고 말한 적이 없지 않은가. 그걸 다 따지려니 괜히 감정이 북받쳐서 무화는 입술을 꾹 다물었다.

야르스는 고개를 숙인 채 말이 없는 무화 앞에 술병을 흔들었다.

"좋은 술인데, 여기는 마시는 사람이 없군."

그가 마개를 열자 달콤한 향이 좁은 방 안에 가득 찼다. 야르스가 한 모금 꿀꺽 마시고 병을 내밀자 무화는 마지못한 척 병을 받아 입안을 적셨다.

"몸은 괜찮아?"

야르스는 무화가 얼마나 심하게 다쳤는지 알고 있었다. 정강이 아래로 다리가 거의 없었다. 지금 무화는 말짱해 보였다. 겨우 닷새 전이었다. 이렇게 걸어다니는 건 불가능했다.

"보여 드릴까요?"

무화가 주섬주섬 바지를 걷자 야르스가 말렸다.

"됐어."

야르스는 비좁은 문을 지나 방으로 들어왔다. 서면 머리가 천장에 닿아서 웅크려 앉아야 했다. 그것만으로 방 안이 꽉 찼다.

"반하가, 화룡인 걸 언제 알았어?"

야르스가 술병을 건네받으며 물었다.

"유리 저택에서요."

무화는 비늘처럼 조각조각 일어난 반하의 피부 아래 일렁이던 불길과 기괴하게 찢어진 입과 등을 따라 돋아나던 돌기를 떠올렸다. 반하는 어둔에게서 스스로를 방어하려고 인간이 아닌 뭔가로 변하는 중이었다.

"원래부터 용이었던 거야?"

야르스가 묻자 무화는 어깨를 으쓱했다.

"저는 잘 몰라요. 용으로 태어났는데 인간의 껍질을 입었던 걸 수도 있고, 인간으로 났는데 용이 된 걸 수도 있죠."

야르스는 무화가 전과 달리 대하는 게 어색했다.

"편하게 얘기하고 싶어."

무화는 "명령이시라면." 하고 답했다.

"클로버는 카르파의 동생이지. 그런데 바람의 용이 되었어."

야르스가 말했다.

"클로버는 시험을 마쳐야 한다고 했어. 그게 용이 되는 거였나 봐. 반하는 적송가문의 적자야. 아이를 바꿔친 게 아니라면 원래는 인간이었던 거지."

무화가 본 반하는 처음부터 은발이었다. 그 전에는 검은 머리였을까? 어떤 얼굴이었을까?

"화룡의 알은 서옥의 탑에 숨겨져 있었어. 클로버가 놓친 알이고 카르파는 불처럼 화를 냈지."

그 알을 가진 건 아몬드지 반하가 아니었다. 이제 야르스는 사막의 탑에서 없어진 알에서 뭐가 나왔는지 알게 되었다. 아몬드가 어디로 사라졌는지도 알았다. 카르파는 아몬드를 돕지 않았다고 했지. 아몬드가 아니라 빙사 반하를 빼내 준 거니까. 뱀보다도 영악한 혓바닥 같으니라고.

"클로버는 카르파의 소유물이 아니야. 스스로의 운명을 결정하고 감당할 자격과 책임이 있어."

무화는 술을 한 모금 마셨다.

"**그늘**에 가면 어떻게 돼?"

야르스가 물었다. 무화는 어깨를 으쓱했다.

"나도 몰라."

안다면, 두렵지 않을 거였다. 무화는 겁내고 있다는 걸 그제야 깨달았다. 거기는 이곳과는 전혀 다르고 아는 이도 없었다. **밤**은 이제는 **그늘**에 갈 수 없다고 했다. 무화는 완전히 혼자였다.

무화는 적옥 팔찌를 흔들어 잘강이다가 청옥 목걸이와 함께 서랍에 넣고 닫았다. 야르스가 물었다.

"왜 여자라고 말 안 했어?"

무화는 당황해서 갑자기 웃음이 터졌다.

"말할 필요가 없잖아? 당신은 남자란 걸 말하고 다녀?"

그 말이 옳았다.

"하지만……."

야르스는 입을 떼다가 말았다. 무화는 술을 한 모금 더 마셨다.

"처음부터 내가 남자라고 단정지은 건 당신이지. 여자는 남자만큼 싸울 수 없다고 생각했지?"

"그래도 무투장 출입은 지나치잖아? 여자인 걸 들통나면 어쩔 뻔했어?"

"반하랑 똑같은 말을 하네. 싸우는데, 상대가 여자인 게 중요해?"

무화는 병 모서리를 두드렸다.

"남자들한텐 중요하겠지. 여자한텐 이겨 봤자 명예롭지 못하고 지면 자존심이 상해서 인정할 수 없을 테니까. 애초에 상대도 안 하려고 하겠지. 나는 그런 거 생각 안 하고 싶었어. 그냥 온 힘을 다해 싸우고 피 흘리고 살아 있는 걸 느끼고 싶었어."

이 애는 진짜 전사다. 야르스는 속으로 감탄했다. 어떻게 여자가 이 정도의 경지에 다다를 수 있지? 감히 누가 여자에게 싸움을 가르칠 생각을 한 걸까.

"목궁에서 동대공을 제압한 반공주가 너지?"

처음에는 혼란스러웠다. 서미인지, 무화인지. 고래등걸에서 무화가 여장을 하고 서미를 흉내냈었기 때문에 더 복잡했다. 하지만 지금은 명료했다.

"네, 노스 야른."

무화는 그가 알고 있으리라고 생각했다. 그의 태도가 변했을 때를 생각하면 오히려 너무 늦은 질문이었다.

"누가 진짜 반공주냐고는 묻지 마. 무의미하니까."

무화는 병목을 기울였다.

"아주 대담했어."

목궁에서 동대공을 사로잡은 반공주의 솜씨는 깜찍하고 훌륭했다. 기습이고, 여자라서 방심한 탓도 있었지만 목숨을 건 싸움엔 규칙이 없다. 그때 동대공의 목숨은 이 작은 손에 달려 있었다. 청목세자가 말리지 않았으면 무화는 동대공을 죽였으리라. 사냥감의 목을 따는 것처럼 그 손은 죽음에 익숙했다.

"겁나지 않았어?"

남자들도 싸움 앞에서 두려워했다. 그 두려움을 어떻게 처리하느냐도 전사의 중요한 자질이었다.

무화는 피식 웃었다.

"매일 매순간 두려워. 하지만 싸우지 않고 달아나는 건 더 두려워. 맞서지 않는 공포는 저 혼자 점점 더 크게 자라. 거기 잡아먹히는 거보단 얻어맞고 피 흘리는 편이 나아. 뒤에 숨겨지는 건 지겨워. 선택한 게 아니라면 더더욱. 난 직접 싸워서 죽거나 죽이고, 나와 적의 시체 위에서 울 거야. 그게 진짜로 사는 거지."

"이길 수 없어도?"

야르스는 술병을 빼내 한 모금 마셨다.

"남자들은 이기기 위해서 싸우지만, 여자들은 살아남기 위해서 싸워."

무화가 말했다. 술병이 비었다.

갑판 위의 밤하늘은 검고 무시무시하게 빛나는 별들로 가득했다. 노래하는 나무 본선은 해가 지지 않는 바다에 있었기 때문에 야르스는 오랜만에 보는 캄캄한 밤이 경이롭게 느껴졌다. 저기에 별이 하나도 없다면, 그저 무저갱의 새카만 암흑뿐이라면 어떨까. 거기가 무화가 가는 곳인가?

목궁에서 야르스는 반공주를 여우 공주라고 부르는 걸 들었다.

'왜 여우야? 예뻐서?'

야르스가 물었다. 까만 피부에 금안을 가진 카르파의 노예가 대답했다. 그는 주인만큼 야르스를 따랐다.

'목에는 사람으로 둔갑해 간을 빼먹는 여우 얘기가 있어요. 빼어난 미모로 사람을 홀린대요. 반공주는 미인이고 주변에서 영문 모르는 시체가 자주 나오는데 아무도 캐지 않고 왕실은 권력으로 덮어둔대요. 모두가 알고 있지만 아무도 말은 못하는 거죠.'

야르스는 그때까지도 무화가 반공주인 걸 몰랐다. 하지만 반공주가 목숨의 위협을 받고 있고 무화가 그 지킴이라는 걸 알고 있었기 때문에 놀라진 않았다. 공주가 목숨의 위협을 받고 있는데 공개적으로 수사하거나 처벌하지 않는 건 범인이 궐이나 권력과 긴밀하게 얽혀 있기 때문이리라.

'반공주의 어머니는 녹옥 공주인데, 별명이 혈옥 공주랍니다. 목왕가에는 원래 딸이 난 적이 없는데 처음으로 난 공주가 아비 없이 또 딸을 낳다니 나쁜 징조라고 둘을 달갑잖게 여기는 세력이 많은가봐요. 녹옥이 역모를 꾀했다는 누명을 쓰고 부마를 잃기도 해서 너그럽게들 봐주는 거 같지만요.'

뱃속의 아이를 골라 낳을 수 있는 사람은 없었다. 골라냈다면 그 이후다. 야르스는 좁고 음산한 궁궐에 밴 피 냄새를 맡았다. 뭐든 오래되었다면 반드시 썩은 데가 있기 마련이지만 목숨으로 장난질 치는 것은 최악이다. 굶어 죽은 시체가 쌓이는 처지라도 최후의 최후까지 지켜야 할 것들이 있었다. 그걸 못한다면 사람이 사람인 이유가 뭔가.

'청목 세자가 부르는데 같이 가자.'

카르파가 옷을 차려 입고 나왔다. 세자의 처소에는 이미 동대공이 당도해 있었다.

'반공주의 일을 사과하러 부른 줄 알았는데?'

카르파가 도착한 걸 보고 동대공이 말했다.

'우리 둘 다 반공주에게 청혼했으니 같이 사과 받는 게 맞겠죠.'

동대공은 눈썹을 일그러뜨리며 억지로 웃었다.

'난 청혼 안 했소만.'

그는 카르파와 야르스를 번갈아 보았지만 쓸데없는 말은 하지 않았다. 불편한 침묵 속에 청목 세자가 붉은 옷을 입은 궁인들을 거느리고 나타나 예를 취했다.

'이쪽으로.'

그들이 당도한 곳은 담을 따라 수로를 두른 북서쪽의 별궁이었다. 다리처럼 느껴지는 대문지방을 통과하자 붉은 옷의 궁인들이 등 뒤에서 문을 닫았다. 한여름에도 섬뜩한 한기와 지독한 비린내가 훅 끼쳤다. 야르스에겐 낯익은 냄새였다.

'마수다.'

그 말에 카르파는 바싹 긴장했다.

'궁 안 궐에 나락이 있다고?'

청목이 말했다.

'죽은 겁니다. 동대공이 사냥해 오셨죠. 동령에선 이걸 어둔이라고 부릅니다. 원래 어둔은 안개나 그림자처럼 몸뚱이가 없지만 사냥감을 삼킨 동안엔 잠시 육체를 갖기도 하죠. 이 괴물은 북쪽에서 온 겁니다.'

야르스는 청목이 내온 독 안을 침통하게 내려다보았다.

'북령에는 이런 괴물들이 득시글댄다오. 북대공은 제 땅을 버리고 달아났지. 지켜야 할 것이 없으니 의미도 없는 이름이지만.'

동대공이 야르스를 자극했다. 야르스는 도발당하지 않았다.

'북대공에게 협력을 요청 받았을 때는 믿지 않았소. 그건 좀 미안한 일이라, 기회가 있다면 사과하고 싶소만. 대신 북쪽 변경을 지켰으니 갚은 셈으로 치지.'

붉은 옷을 입은 궁인들은 괴물이 완전히 썩어 없어질 때까지 물이 마르지 않도록 독을 채웠다. 야르스는 이들이 어떻게 괴물을 다루는 법을 꿰고 있는지 궁금했다. 그게 목궐의 전통이라는 건 나중에 알았다.

야르스는 얼음장 같은 마음을 안고 육지가 다가오는 것을 보았다. 여명의 하늘은 죽은 자의 얼굴처럼 희푸르고 육지는 다물어지지 않은 입처럼 검었다. 무화가 갑판 위로 올라왔다. 야래는 그들을 육지로 데려다줄 작은 배를 내렸다. 쪽배에 타기 전에 야래는 무화를 안아 주려다가 왼팔의 **어스름**을 깨닫고 멈췄다. 무화는 오른손으로 야래와 악수했다.

"괜찮아요, 야래."

미안해하는 그에게 무화가 말했다.

"다시 보자."

야래는 무화의 이마에 입 맞췄다. 서미와 배에서 내릴 때 야래는 "안녕."이라고 작별을 고했었다. 그래서 무화는 그 인사가 퍽 마음에 들었다.

"어디로 갈 거야?"

야르스가 물었다.

"해가 보이지 않는 곳, 그림자가 짙은 곳으로."

무화가 대답했다. 야르스는 펄쩍 무화가 탄 조각배에 옮겨 탔다. 그의 무게에 배가 휘청 흔들렸다.

"같이 가."

야르스는 능숙하게 균형을 잡았다. 무화는 노를 젓지 않아도 저 혼자 육지로 흘러가는 뱃머리에 섰다. 야르스는 후미에 앉았다. 무화의 등은 야르스가 거느렸던 중 가장 어린 전사만큼 작았다. 저 작은 어깨로 괴물들이 우글거리는 소굴에 혼자 가는 건가?

"인간이 **그늘**에 가면 어떻게 돼?"

야르스가 물었다.

"잠수를 못하는 인간이 단번에 심해로 들어간 꼴이 되지."

배가 육지에 닿았다. 무화는 한낮에 그림자가 가장 짙은 바위 밑을 찾아 갔다.

"저쪽에 떨어져 있어. 놈들은 원래 낮에는 활동하지 않지만 안심할 순 없어."

야르스는 시키는 대로 했다. 무화는 깊고 축축한 그늘 속에서 **밤**을 불렀다.

무화.

빛과 어둠의 예리한 경계에서 미끄러져 나오는 **밤**의 모습은 크고 아름답고 무시무시했다. 나선형으로 꼬인 외뿔은 더 높고 날카롭고 등을 따라 돋은 돌기는 달처럼 빛났다. 무성하게 돋은 회보라색 갈기는 비둘기 가슴처럼 무지개 광택을 띄었다. 어둠이 내리기 직전에 보라색으로 물든 하늘 같다. 검은 비늘이 덮인 발등과 발톱은 잘 벼린 칼처럼 날카로웠다. 사람의 키를 훌쩍 넘을 만큼 거대해진 **밤**은 목을 낮추어 무화와 시선을 맞췄다. 붉은색과 금색이 뒤섞인 눈은 폭죽처럼 부서지고 태어나는 별들로 가득했다. 무화는 **밤**의 콧등을 쓸고 뺨을 기대 서늘한 체온과 촉감을 확인했다. **어스름**은 적옥 팔찌를 꼈을 때보다도 더 온순하게 굴었다.

"너 또 변했네."

이제 **밤**은 흐릿하게 형태를 뭉그러뜨리는 어둔 때와는 완전히 다르게 모든 선이 또렷했고 양감이 두드러졌다.

네 덕분에. 네가 내 이름을 불렀지. 그걸로 나는 전체와 분리되었어. 어둔이 이쪽에서 실체를 가지려면 계속 먹어야 해. 하지만 네 왼팔이 내 일부라서 나는 다른 생명을 더 취할 필요가 없었어. 이제 나는 너와 네 왼팔과도 분리되었지. 내 사랑스러운 허물들.

어스름은 어미를 만난 새끼처럼 가르랑댔다.

"난 **그늘**에 가야 해."

무화가 말했다. **밤**은 끝이 갈라진 긴 꼬리를 채찍처럼 낮게 휘둘렀다. 마음에 안 든다는 몸짓 언어였다. 그런 것들은 여전히 **밤**다웠고 하나도 변하지 않았다. 무화는 약간 안심했다.

"네가 갈 수 없다는 건 알아. 그냥 틈만 비틀어 주면 돼. 가능하지?"

밤은 머리를 저었다.

나는 이제 안 돼. 하지만 네 왼팔은 되지.

무화가 왼팔을 내밀자 **밤**은 **어스름**을 물어뜯었다. 거기서 흐른 검은 피가 땅을 적셔 광택 없는 칠흑을 만들고 **그늘**이 순식간에 기어올라 무화를 삼켰다. 무화가 녹아내려 검은 늪이 된 것 같기도 했다. 광택 없는 어둠이 사라지자 바위 그늘은 평범한 그림자로 돌아왔다. 야르스는 무화가 사라진 자리를 발로 두드렸다. 흙과 이끼와 돌로 된 단단한 땅바닥뿐이었다.

"**밤**? 그게 이름인가?"

야르스가 부르자 괴물은 폭죽 같은 눈으로 그를 내려다보았다.

인간 중의 인간.

야르스는 경외를 담아 괴물에게 물었다.

"무화를 도우려면 뭘 해야 하지?"

밤은 그들이 타고 온 쪽배를 가리켰다.

인간들 틈에서 지켜줘. 그 애는 거기서 혼자야.

야르스는 고개를 끄덕이고 상선으로 돌아갔다.

제11장 말할 수 없는

누군가 **그늘**을 걷고 있었다. 그게 자기라는 걸 깨닫기까지 무화는 약간 시간이 걸렸다. 한밤중에 혼곤한 잠에서 깨어 내가 누구인지 누워 있는 장소가 어디인지 혼란을 느낄 때처럼, **그늘**을 통과하는 건 꿈속에 흩어져 있던 자아가 육체 안에 응축되어 자각에 이르는 것과 아주 흡사한 느낌이었다.

그늘 속에는 아무도 아무것도 없었다. 그저 더 어두운 곳과 덜 어두운 곳과 얼룩덜룩한 곳과 반질반질한 곳이 있을 뿐이었다. 그 미세한 차이를 무화의 감각은 구분할 수 없지만 **어스름**은 했다. **어스름**에게는 **그늘** 속의 모든 것이 뜨거운 물과 찬물, 단맛과 쓴맛, 좋은 냄새와 나쁜 냄새, 단단한 것과 부드러운 것처럼 명확했다. 무화는 **어스름**에게 길잡이를 맡겼지만, 경계를 소홀히 하진 않았다. **어스름**은 무화이지만 무화가 아니기도 했다.

그늘에서 자각에 이르기 전에 무화는 잠시 서미였다, 아라킨이었고 **밤**이고 어둔이고 하늘에 흐르는 구름이고 누군가의 눈에 비친 달이기도 했다.

녹색 눈이 그 달을 바라보았다. 클로버라고 생각했는데 녹옥이었다. 이상하다. 녹옥 공주는 전형적인 목인으로 눈과 머리가 검었다. 무화는 녹옥을 보는 게 **어스름**의 감각이라는 걸 알았다. 녹옥의 눈은 얼음 속에 갇힌 시체처럼 차갑고 무감하게 세상을 향해 열려 있었다. 거기 청목 세자가 비쳤다. 녹옥이 보는 청목은 너무나 아름답고 증오스러워서 숨이 막힐 지경이었다. 왜 조카를 이런 눈으로 보는 걸까?

이건 현실이 아니야, 여긴 **그늘** 속이고 모든 상이 뒤틀리고 재조합되어 맺혔다. 녹옥과 청목은 유난하다고 느낄 만큼 사이좋지 않았던가. 녹옥은 친딸보다 조카와 있는 시간이 더 길었다.

"**그늘** 속에 흘러다니는 상은 왜곡되지만, 애초에 없는 것을 만들어내진 않아."

무화가 뒤돌아보았다. 아라킨이 길고 우아한 손바닥을 내밀었다. 무화는 살포시 그 위에 손을 얹었다. 아라킨의 손에 얹힌 왼손은 백옥처럼 희고 깨끗했고 오른손은 검은 비단 장갑을 끼고 있었다. 무화는 잠시 매끈한 왼손의 낯선 모양에 넋을 잃었다.

"그 용을 잡았다."

"용?"

"그래. 네가 훼방 놓았던 그 화룡이다."

아라킨은 거인의 탁자 위에 놓인 장기판으로 소녀를 인도했다. 무화는 등 뒤에 꼬리처럼 끌리는 드레스자락을 느꼈다. 내가 언제 이런 옷을 입었지?

장기판의 모양은 유리 저택의 정자에 놓여 있던 것과 같았는데 더 크고 섬세하고 경이로운 문양으로 가득 차 있었다. 제일 특이한 건 장기 말들의 색이었다. 보통 장기 말은 세 가지 색인데 다섯 가지 색이 놓여 있었고 판 자체가 둥글어 말들의 진영이 어디인지 구분하기가 어려웠다. 장기판 모서리와 금을 이루고 있는 가느다란 선들은 모두 심어로 되어 있었다.

"이건 옥인의 언어잖아?"

어둔의 세계에서 그 단어를 말하는 것이 약간 망설여졌지만 달리 부를 것이 없었다.

"이건 옥인들의 것이 아니라. 힘의 언어 심어야. 힘은 사용할 수 있는 자의 것이지, 누구의 것도 아니야."

아라킨은 무화를 맞은편에 앉혔다. 반들반들하게 닦인 탁자엔 무화의 얼굴이 아니라 서미의 얼굴이 비쳤다. 아라킨은 비치지 않았다.

"내게 바라는 게 뭐지?"

탁자에 비친 서미의 얼굴이 말했다. 하지만 움직인 건 무화의 입이었다. 무화는 존재의 불안정함을 느끼며 육신의 내밀한 곳으로 웅크렸다. 움직이는 건 내 몸인데 멀리서 구경하는 구경꾼이 된 것 같았다.

"너는 사람에게서 난 별을 삼켰지."

아라킨의 붉은 눈이 깊게 가라앉았다.

"옥인들이 손에 넣으려고 혈안이 된 것. 그자들은 이미 한 번 놓쳤고, 두 번째 것은 놓치지 않으려고 발악을 했지만 결국 내 손에 들어왔지."

소녀의 기억 속에 보석을 투과한 황금빛 노을과 그걸 삼키던 순간이 떠올랐다. 아니 노을이 아니라 보석 자체가 해질녘 같은 금색과 보라색이었다.

"당신은 그게 세상의 씨앗이라고 했어. 그 씨앗은 언제 움트지?"

"한 세계가 태동하려면 이전 세계는 죽어야 해. 아이가 어른이 되어 세상을 상속받으려면 부모가 죽어야 하지. 우리는 곧 세상을 죽일 거야. 조금만 더 기다리렴, 공주님."

아라킨은 서늘한 손으로 두려움 없이 쏘아보는 소녀의 눈을 감겼다.

"나는, 무화 대신인 거지. 그 보석은 무화 거였으니까."

아라킨은 웃었다.

"그래."

"그럼 무화가 다시 오면 나는 필요 없어?"

무화는 내부에서 자기를 보는 지켜보는 섬뜩한 시선과 함께 육체와의 분열을 느꼈다. 이제 소녀는 서미였고, 무화는 꿈속의 구경꾼에 불과했다.

그 애는 언제나 네 대신이었지. 이제는 네 대신인 게 싫대.

"아니."

아라킨이 답했다. 은은한 빛을 머금은 은발이 엷은 빛 안개를 어둠 속에 흐트러트렸다. 반하와 닮았다. 하지만 반하의 은발은 찌를 듯이 날카로운 금속광을 가졌고 그의 것은 흩어지는 모래알처럼 뿌옇게 빛났다.

"너로 충분해."

턱에 닿았던 아라킨의 손이 사라졌다. 그는 언제나 서미가 듣고 싶어 하는 대답만 했다.

"밖에 나가서 햇볕을 쬐고 와. 넌 아직 살아 있으니까."

아라킨이 말했다. 서미는 진저리쳤다.

"싫어. 밖에 가려면 **그늘**을 통과해야 하잖아."

그들이 있는 무덤은 사람이 다닐 수 있는 출구가 없었다. 서미가 밖으로 나가려면 **그늘**을 통과해 공간을 비껴가는 수밖에 없었다. **그늘**은 빛도 소리도 온도도 촉감도 시간도 생명도 죽음도 없는, 오로지 아무것도 없음으로만 팽팽하게 가득 찬 길이었다. 거기를 통과하는 건 산 채로 죽는 기분이었다. 죽으면 고통은 끝났다. 하지만 **그늘**은 끝나지 않았다.

"익숙해지려고 해 봐. 어차피 너도 곧 우리가 될 거니까."

"노력한다고 되는 일이 아니야."

서미는 장기 말이 놓인 거인의 방을 떠났다.

죽은 자를 위해 지은 집에서 유일하게 살아 있는 소녀는 밖에 나가는 대신 홀로 등을 켜고 이야기가 그려진 벽들을 지나 더 깊은 아래로 아래로 내려갔다. 불빛이 닿은 곳의 그림자들이 바람도 없이 흔들렸다.

얼마나 걸었는지 알 수 없었다. 살아온 세월 내내 걷고 있는 것 같기도 하고 아주 잠깐 눈을 깜박인 거 같기도 했다. 다리가 쑤셨기 때문에 서미는 계단참에서 잠시 쉬었다. 차지도 뜨겁지도 않은 미온한 어둠이 점점 엷어졌다. 그 너머에 하얀 얼음 조각이 있었다. 맺힌 물방울이 맑게 떨어지는 턱 선과 섬세하게 한 올 한 올 다듬어낸 은빛 머리카락, 살짝 열린 입술과 타오르는 호박색을 띈 동공은 누군가 빚어낸 것이 아니라 시간으로 스스로를 빚은 살아 있는 사람이었다.

얼음에 갇힌 눈동자 속에서 불길이 일렁였다. 가만히 보고 있노라면 파란 입술에서 숨결이 흘러나오는 것도 같았다. 서미는 천천히 그의 뺨을 쓰다듬고 입을 맞췄다. 마주 댄 입술마저 금세 얼어붙었다. 이대로 그와 함께 얼어서 하나가 되어 버리면 어떨까. 그럼 그와 내가 맺어질까?

아니.

서미는 스스로에게 냉정하게 말했다. 얼어붙은 청년의 얼굴 반쪽은 입이 짐승처럼 길게 찢어지고 피부 아래서 비늘이 바짝 돋고 있었다. 서미는 시커멓게 그을린, 뼈가 앙상한 오른손을 그 뺨에 댔다. 미풍이 느껴졌다. 돛을 간질이는 부드러운 바람을 타고 갓 피어난 목련 같은 남자가 노래하는 나무 본선에 오르고 있었다. 햇볕은 약간 따갑고 등에 흐르는 땀방울이 그늘에서 식으면 상쾌했다.

서미는 심부름 일을 하다 말고 멍하니 그 남자를 바라보았다. 무화와 서미는 어른들 일에 끼는 것이 허락되지 않았지만 젊은이는 턱이 굵고 세월이 주름으로 내려앉은 얼굴들 가운데 서서 모두를 호령하며 교섭을 주도했다. 나이와 경험 여하에 상관없이 사람을 부리는 걸 보니 귀족이 틀림없었다. 하지만 파도와 바람에 다져진 사내들은 애송이 맘대로 되지 않았다. 서미는 그가 혼자 뱃머리에 서 있는 걸 보고 다가갔다.

'저어…….'

서미가 제대로 말을 건네 보기도 전에 그의 눈이 시커먼 손끝과 뱃일하는 차림새를 단박에 훑어 내렸다. 얼굴이 화끈 달아올랐다.

'아랫것이 윗사람에게 허락 없이 말을 거는 거 아니다. 육지였으면 경을 쳤을 줄 알아. 조심해.'

그는 찬바람 도는 옷깃을 스치며 뱃전을 떠났다. 서미는 노엽고 부끄러워서 새파랗게 질린 채로 그를 노려보았다. 저 얼굴이 이쪽을 돌아보고 홀린 얼굴로 발 앞에 무릎 꿇는다면 어떨까. 상상만으로 짜릿했다.

그거, 해 볼만 하겠는걸.

서미는 그가 적송가의 장손이며 그 가문이 얼마나 부유한 세도가인지 들었어도 절망하지 않았다. 서미는 일부러 마노가 반하의 세공품을 육지에 전달하는 일을 모두 떠맡았다. 서미는 발언권이 없었지만 마노가 무화에게 약한 걸 알고 있었고, 무화는 단순하니까 서미가 그냥 '하고 싶다'고만 말하면 일은 알아서 풀렸다.

그렇게라도 한 번 더 그를 볼 수 있을까?

그 모든 노력에도 서미의 기대는 채워지지 않았다. 깨끗이 씻고 차림새도 잘 갖추었지만, 고관대작의 아들이 뱃일하는 심부름꾼을 눈여겨 볼 일은 아예 없었다.

그러던 어느 날, 마노가 서미를 불렀다.

'네가, 무화 대신 진짜 반공주가 될래?'

목의 사신이 다녀간 얼마 뒤였다. 서미는 마노를 올려다보았다.

'무슨 말씀이시죠? 제가 반공주예요.'

입술이 살짝 떨렸다. 무화가 열에 들떠 헛소리를 할 때, 둘은 서로를 바꾸었다. 이미 벌어진 상처를 나눠 가질 순 없지만 악몽은 나눠 줄 수 있었다. 무화는 자기 팔이 화상 때문이라고 완전히 믿었다. 뒤엉킨 나무뿌리 같기도 하고 뱀 떼 같기도 한 무늬는 화상이랑 달랐지만, 아무래도 상관없다. 무화가 꿈에서 중얼대는 헛소리를 기억하지 못한다면. 누가 무슨 짓을 했는지 영영 기억해 내지 못한다면.

그때쯤이었던 것 같다. 무화가 왼팔을 영영 못 쓰게 된 건. 시간이 갈수록 무화의 왼팔은 화상이 옅어지기는커녕 더 결이 깊고 조밀하고 나무옹이 같은 무늬들이 도드라졌다. 무화는 자주 열이 났고 경련을 일으켜 쓰러진 적도 있었다. 마노는 무화에게 청옥 목걸이를 걸어 주었다. 그러자 눈동자 같던 옹이들이 사라졌다.

'너는 늘 네 운명을 바꿨지.'

마노가 일어났다. 서미는 그의 옷자락을 잡았다.

'마노가 말씀하셨죠. 귀족이나 평민이나 다를 바 없다고. 모두 살과 피와 뼈를 가진 인간이라고. 저도 계속 궁금했어요. 무화와 제가 어디가 다를까.'

서미는 마노의 발치에 있는 비단 옷상자를 보았다.

'저 옷을 입고 제가 직접 알아보죠.'

그리고 반하를 손에 넣을 것이었다.

한 달 뒤에 목의 사신단이 서미를 마중 나왔다. 다시 만난 반하는 서미가 상단 심부름꾼인 걸 전혀 알아보지 못했다. 빙사의 꿍꿍이야 알 수 없지만, 겉보기엔 그랬다. 그와 함께 걷는 상상을 질리도록 했었다. 어깨를 기대고 이마를 맞대는 것도. 그런데 막상 반하와 나란히 걷게 되지 서미는 속이 바싹 졸았다. 그를 손에 넣는 건 막연한 상상이었지만 목소리의 온도를 느끼며 대화를 나누는 건 현실이었다.

상단에서 처음 반하를 만났을 때, 그는 유리창 너머로 구경하는 작동 인형과 다름없었다. 그와 춤을 추고 입을 맞추게 될 줄은 몰랐다. 괴물이 되어 다시 만나게 될 줄도 몰랐다.

시간이 흐른다는 건 뭘까. 변한다는 건 뭘까. 어른이 된다는 건 뭘까. 인간이 아니게 되는 건 뭘까. 징그러운 목숨이 죽어지지도 않고 먹고 숨 쉬고 생각하고 마음에 품은 이를 만나 떨고 있는 나……란 뭘까.

등 뒤에서 기척이 느껴졌다. 돌아보았지만 아무것도 없었다. 하지만 그 없음이야말로 **그들**이 있다는 뜻이었다.

"용을 잡아온다더니, 이건 사람이잖아?"

서미가 말했다. 허리에 걸린 뿔피리가 시큼한 소리로 울었다. 어둔의 소굴에서 살지만 어둔이 아니었기 때문에 소통하려면 도구가 필요했다.

그건 화룡이야. 변이가 덜 되었어.

변이를 마쳤으면 안 잡혔겠지.

아무것도 아닌 것들이 저희끼리 낄낄댔다. 서미는 반하를 처음 보는 것처럼 주위를 한 바퀴 돌았다.

"왜 이렇게 된 거야?"

용들은 그림자가 없어. 물로도 불로도 죽일 수 없지. 그래서 얼음 속에 가둔 거야.

"칼은?"

좋은 칼은 저 스스로 빛나. 용을 죽일 칼은 보통이 아닐 거고 우린

만질 수 없어.

서미도 그런 칼을 가진 적이 있었다. 비단과 보석으로 치장하고 파란 하늘 아래 환한 길과 정원을 거닐었다. 지금은 간신히 기운 검은 옷 한 벌과 허리춤에 매단 작은 주머니 속의 부싯깃, 약간의 기름, 마실 물, 소금과 무딘 단검 하나가 가진 전부였다. 잠시 이 비루함을 면했다고 생각했었다. 하지만 결국 서미의 몫은 그거였다.

"용을, 죽일 거야?"

서미는 둘러대지 않고 물었다. 무심결에 반하라고 부르지 않기 위해 말을 걸러야 했다.

아마.

반하의 긍지가 얼마나 높은지, 얼마나 영리하고 교활한지 서미는 충분히 겪어 보았다. 빙사의 혓바닥은 어둔도 휘두르리라. 그럴 기회만 있다면.

"살려 주면 안 돼? 우리 편으로 한다거나."

용들도 각기 다르지만 저 용은 특별히 빛에 가까워. ***심연****이 자각을 마치기 전에 아라킨이 저 용을 처리할 거야.*

반하를 없앤다는 말만으로 마음이 부서질 것 같았다. 하지만 서미는 이를 물고 아무렇지 않은 척 물었다.

"**심연**? 자각이라니?"

산개해 있는 우리가 하나로 응집되어 육체를 갖는 거야. 비로소 진짜 ***우리****가 되는 거지!*

어둔과 인간은 표현하고 받아들이는 감각은 서로 다르지만 그 목소리는 분명 희열과 기대에 들떠 있었다.

"그러면, 드디어 세상이 뒤집어지는 거야?"

오랫동안 숙원한 것처럼 왕도 거지도 없고 여자도 남자랑 똑같이 원하는 삶을 선택할 수 있게 될까? 아니면 그저 모든 것이 모래 먼지가 되는 걸까?

어둔은 대답하지 않았다.

"응?"

서미는 재차 물었다. 그들이 거짓을 말하지 않는다는 걸 알았다. 그래서 억지로라도 대답을 받아내야만 했다.

세상이 바뀔 거야.

그게 내가 원하는 세상일까? 반하랑 어깨를 나란히 할 수 있는? 서미는 얼음 속의 용을 돌아보았다.

"그게 꼭 누군가 죽어야만 가능해?"

그 세상이 오더라도 반하는 없겠지.

너는 상냥하구나, 인간.

어둔이 말했다.

"그 응집은 언제 돼? 내가 얼마나 기다려야 하지?"

반하를 희생해서라도 그런 세상이 와야 하는 거겠지.

얼마 남지 않았어.

서미는 곧 사라질 모습을 눈에 새겨 넣듯 오래오래 바라본 다음 말했다.

"옥인들이 가만히 있을까? 위대한 마노엔은 강력해. 그리고 거긴 무화가 있어. 빛이고 어둔인 인간. 아라킨이 가장 탐내던 씨앗. 마노가 그 애로 뭔가 하지 않을까?"

당신은 그 애를 사랑한 걸까, 그 애를 이용하기 위해서 아낀 걸까. 축사에 가두고 곱게 기른 암소처럼. 무화, 너는 네 운명이 다를 줄 알지만 우린 결국 같아. 힘 있는 자들이 마음대로 주무르는 장기 말일 뿐이지.

그 애도 우리야. 너처럼 죽을 시간을 기다리지 않고도 이미 우리지. 그러니까 걱정 마.

"걔가 너네랑 같다는 거야? 원하는 것도?"

그 애에게 이름을 불린 **밤***은 이제 우리가 아니지만, 그 왼팔에 사는 건 우리지. 네 오른손처럼. 그러니까 우리야.*

"너희는 인간을 모르는 구나."

서미는 허리에 차고 있던 물주머니를 바닥에 쏟았다. 횃불과 물, 아직 인간인 서미에게 허락된 몇 안 되는 소지품이었다.

"인간은 말이야, 남들이 자길 휘두르고 이용하는 걸 아주 싫어해."

서미의 왼손이 물에 젖었다.

"너희에겐 남과 내가 없지만 인간은 언제나 남과 나고, 때론 나조차도 남이야."

서미가 할 수 있는 건 무화도 할 수 있고, 무화가 할 수 있는 건 서미도 할 수 있었다. 둘은 마주본 거울이고 서로의 빛이자 그늘이었다. 그리고 둘 다 양손잡이였다.

무슨 말이야?

빛나는 하현달이 손 안에 날카롭게 휘어 잡혔다. 오른손에 새긴 마노의 심어는 살점과 함께 떨어졌지만 하현도는 물이 있다면 어디건 서미를 따라 왔다.

서미가 원하는 세상이 오려면 반하를 희생해야 했다. 그런데, 반하가 없는 세상이 가치가 있을까? 서미는 계속 스스로에게 물었다. 가장 좋은 답은, 반하도 살리고 그런 세상이 오도록 하는 거였다.

"무화!"

서미의 손이 어둠을 갈랐다. 허리에서 뿔피리가 폭풍처럼 울부짖었다.

무화의 몸이 **그늘**에서 쏟아져 재구성됐다. 동시에 서미 안의 어둔과 연결된 고리도 끊겼다. 무화는 쌍둥이에서 혼자가 된 듯한 단절을 느꼈다. 하지만 지금 진짜 서미가 등을 맞대고 있었다.

"반하를 데려갈 준비 됐어?"

"불이 필요해."

빛나는 걸 그늘로 가져올 수 없기 때문에 무화는 빈 몸과 다름없었다. 가진 것은 껍질 입은 몸뚱아리와 손톱과 발톱과 이빨과 **어스름**뿐이었다. 서미는 주머니의 부싯돌을 벽에 긋고 등을 던졌다. 안에 있던 기름이 쏟아져 불길이 타올랐다. 얼음 속에 갇힌 반룡이 꿈틀댔다.

"반하를 깨워서 각성을 마쳐야 해."

무화가 말했다.

"어떻게?"

서미가 물었다.

"반하 안의 용은 굶주려 있어. 제물이 필요해."

무화는 말하기를 주저했다. 어둔에 걸쳐진 일부로 무화가 서미를 보았을 때 서미도 무화의 일부를 엿보았다.

'반하는 나보다 훨씬 전에 용의 알을 삼켰고 진즉 용이 되었어야 해. 하지만 여전히 인간이지. 그는 한 번도 제물을 취하지 않았어.'

반디불처럼 빛나는 눈을 가진 여자가 말했다.

'제물?'

무화가 물었다.

'산 제물. 동족의 피와 살. 그걸 먹고 인간을 벗는 거지.'

자그마한 얼굴의 클로버가 손과 입에 피 칠을 하고 사람의 팔다리를 삼키는 모습이 기억을 관통했다. 서미는 짙어지는 어둠을 보며 전세를 어림했다. 둘이서 절대로 이길 수 없었다.

"반하."

서미는 하현도로 왼쪽 가슴을 그어 피와 살을 얼음 동상에 발랐다.

"서미야!"

무화가 질겁하고 말렸다.

"시간이나 벌어!"

서미는 이를 악물고 무화를 밀쳤다. 신선한 살과 따끈한 핏물을 뒤집어 쓴 용이 입맛을 다시며 몸을 뒤쳤다. 단단히 응집된 얼음조각이 얇게 부서져 나가며 긴 숨소리가 공간 안에 가득 찼다. 그동안 무화와 서미는 반하를 사이에 두고 사방을 조여 오는 어둠을 방어했다.

조각조각 갈라진 피부가 일어나 두꺼워지며 붉은 광택을 입었다. 무서운 기억과 행복한 추억과 모호한 상념들이 반하의 몸을 통과해 비늘 하나하나에 맺히고, 뼈가 늘어나고 부서지고 재조합 되며 몸이 길어지고 뿔이 돋고 위협적인 돌기들이 등뼈 마디마다 불거졌다. 쑥쑥 길어진 갈기가 등줄기를 따라 휘황한 적금빛을 뿌리며 턱과 미간과 어깨와 팔다리 아래 물결쳤다. 갈기는 거대한 지느러미처럼 보이기도 했다.

무화는 등 너머에서 점점 거대해지는 용의 신체를 느끼며 몸속 깊은 곳에서 끓어오르는 감정을 누르려고 애썼다. 이건 경이일까, 두려움일까. 떨고 있는 것은 나일까, 어둔일까.

깊고 깊은 한밤을 두 개의 달이 갈랐다. 얼음 칼날에 갈려나가던 어둔은 한꺼번에 칼에 들러붙어 무화의 손과 어깨를 타고 기어올랐다. 적의를 느낀 **어스름**이 길게 포효했다. 육체가 없는 어둔은 한 번도 무화에게 위협을 느끼게 한 적이 없었다. 하지만 지금은 달랐다. 그들은 명백히 공격적이었고, 무화를 삼켜서 자기들의 일부로 하려고 했다.

서미 쪽은 더 했다. 서미는 인간이었고 피를 흘리고 있었기 때문에 어둔의 굶주림을 자극했다. 게다가 서미는 어둔을 볼 수 없었기 때문에 뿔피리에서 흘러나오는 위협적인 바람 소리로 적을 가늠하는 수밖에 없었다.

"조심해!"

어둔이 위에서 쏟아져 서미를 덮치려는 걸 무화는 몸으로 밀쳐 구했다. 그러나 더 깊은 어둠속으로 굴려 넣은 꼴이었다. 그곳은 동굴이고 무덤이고 현실에 사는 어둔의 둥지였다. 이기는 건 불가능하거니와 달아날 곳도 숨을 곳도 없어서 지칠 때까지 싸우다 죽는 수밖엔 없었다.

"괜찮아?"

무화는 서미를 돌아보지도 못하고 목소리만으로 물었다.

"그래."

서미가 대답했다.

"포기하지 마."

무화가 말했다. 그건 응원이라기보다 스스로를 향한 다그침에 가까웠다.

"내가 할 소리."

상처로 힘이 흘러나가는 듯한 무력감을 느끼며 서미가 대꾸했다. 얼마나 더 견딜 수 있을까? 무엇 때문에? 누구를 위해?

무화, 서미!

공기가 화끈 달아오르며 뜨거운 열기가 팽창했다. 뿔피리에서 어둔이 비명을 질러 댔다. 둘은 무슨 일이 일어난 건지 알지 못했다. 갑자기 허리가 낚아 채여 발이 허공에 붕 떴고, 몸을 짓누르는 듯한 압박감과 열기가 사라지며 상쾌한 바람이 얼굴을 때렸다. 서미는 비명을 질렀고 무화는 칼을 거머쥐고 따라 올라오는 어둔의 촉수를 베어냈다. 화룡이 지하 무덤을 가르고 하늘을 향해 치솟았다. 한 쪽에는 무화를 다른 쪽에는 서미를 꽉 쥐고 있었다. 어둔의 촉수는 화룡에 닿자마자 허연 재가 되어 흩어졌다. 화룡은 무화와 서미가 통구이 되지 않을 만큼만 바싹 더 조여 안았다. 둘에게 매달려 있던 어둔이 힘을 잃고 검은 실오라기처럼 허공에 흩어졌다.

"반하?"

그래, 나야.

"서미는?"

괜찮아. 숨 쉬고 있어.

"좀 다쳤어. 서미가 당신한테……."

알아.

화룡은 무화의 말을 끊었다.

"무화, 괜찮아?"

서미의 목소리가 들렸다. 얼굴을 때리는 바람 때문에 아주 열심히 들어야 했다.

"너는?"

무화는 크게 소리 질렀다. 킥킥 웃음소리가 들렸다. 무화는 갑자기 마음이 놓여서 몸이 후들댔다. 서미와 함께 있었다. 무사히 반하를 구출했다. 모두가 다시 함께 있었다. 전과는 전혀 다른 모양새지만.

"왜 웃어?"

무화가 물었다.

"그러는 넌? 바보같이 히죽히죽."

서미가 말했다. 무화는 자기가 웃고 있다는 걸 그때 알았다.

"그냥."

서미는 무화를 한 번 째려보고 픽 웃었다.

"나도 그냥."

둘은 발아래 광활한 협곡을 내려다보았다. 얼룩덜룩한 흑갈색 땅 위에 굽이친 모래 강 틈으로 수정 같은 샘물이 빛났다. 이 비슷한 걸 마노의 방에서 봤다. 갈색과 검정색과 무지개 조각이 뒤엉킨 거대한 요와 오팔 탁자랑 똑같았다. 그걸 닦을 때마다 둘은 채광에 따라 무늬가 달라지는 것을 홀린 듯이 들여다보았다. 얼룩이란 같은 모양이어도 볼 때마다 달라 보이고, 특히 오팔은 보는 각도에 따라 색과 광채가 달라 보였다. 무화는 비로소 그게 특이한 탁자가 아니라 날씨와 시간에 따라 변화하는 진짜 대륙의 지도였다는 걸 알았다.

갑자기 고도가 낮아지며 지도의 지형이 확확 커졌다.

"반하, 왜 그래?"

서미가 이상해.

화룡이 빠른 속도로 하강했다. 가슴이 서늘하게 조이는 게 하강 때문인지 불안 때문인지 판단할 수가 없다. 빨려들 듯 가까워지는 협곡이 너무 깊고 어두워 보였다.

"저기는 안 돼."

왜?

무화는 본능적인 불안을 설명할 수 없었다. 화룡은 높고 편편한 봉우리를 목표로 속도를 줄이며 내려앉았다. 무화는 봉우리 사이에 검은 금이 점점 커지며 협곡으로 변하는 걸 지켜보았다. 거기서 뻗어 나온 어둔이 그물처럼 화룡을 덮쳤다. 용의 내부에서 열기가 끓어 올랐다.

"불을 토하면 안 돼, 반하! 우리가 타 버려!"

아궁이 속처럼 뜨거운 용의 손아귀에서 무화가 비명을 질렀다. 화룡이 주춤하자 어둔이 용을 휘감았다. 이빨로 물어뜯고 발톱으로 할퀴어도 어둔은 흩어졌다 다시 얽히기를 반복할 뿐 약해지거나 상처 입지 않았다. 지지부진한 싸움이었다. 몰려든 먹구름이 하늘을 가리며 그림자가 용 위로 드리워졌다. 화룡은 그림자가 없지만 주변의 구름들이 그늘을 만들며 어둔에 세력을 더해 사냥감을 아래로 아래로 끌어내렸다.

그늘을 만들고 있어.

무화는 왼팔을 펼쳤다. **어스름**을 자기 일부로 인식한 어둔은 그 부분에 소홀했다. 그 틈에 반하는 짧은 불길을 토해 촘촘한 그물망을 찢고 활짝 날아올랐다. 어둔은 재빨리 용의 다리와 꼬리에 매달렸다. 화룡은 힘으로 그것들을 떨쳤지만 무화와 서미에게 달라붙은 어둔은 처리할 수가 없었다. 무화는 상현도로 그것들을 베어 떨어트렸다. 하지만 출혈로 정신을 잃은 서미에게 엉긴 어둔은 점점 짙고 무거워졌다. 용은 발에 끈이 감긴 새처럼 협곡 주위를 빙빙 돌았다.

"서미야!"

무화가 소리 질렀다. 서미가 언뜻 눈을 떴다. 그리고 어둔과 용과 무화를 보더니 입을 벌렸다. 목소리는 들리지 않았다. 바람이 너무 강했고 목소리는 미약했다.

어둔이 끌어내리려는 힘과 용이 날아오르려는 힘이 팽팽하다가 갑자기 화룡이 꿈틀하더니 인력을 벗어난 불꽃처럼 힘차게 솟구쳤다. 어둔의 매듭이 끊어졌다. 무화는 그 끝과 함께 지상으로 추락하는 서미를 보았다.

"서미!"

하얀 얼굴이 별처럼 빛나며 속절없이 어둠속으로 사라졌다. 무화는 화룡의 발을 때렸다.

"반하, 서미가 떨어졌어! 반하! 어디 가는 거야!"

화룡은 들리지 않는 것처럼 어둔이 닿을 수 없는 하늘 끝까지 쏜살같이 날아올랐다. 바람은 너무 세고 공기가 희박해서 말하기는커녕 숨도 쉬기 어려웠다. 화룡은 사막을 가로질렀다. 바다와 강과 구름과 별과 해를 거슬러 다시는 돌아갈 수 없을 만큼 서미와 멀어졌다. 눈물이 흐르기도 전에 뺨에서 얼어붙었다. 둘은 또다시 만날 수 없을 만큼 멀어졌다.

"왜……."

무화는 말을 잇지 못했다. 화룡이 급격하게 고도를 낮추자 지상에서 피어오르는 먼지와 연기의 냄새 때문에 숨이 막혔다. 비명과 함성, 말발굽소리, 활이 시위를 떠나고 칼날이 허공에서 맞부딪쳤다.

아수라장이었다.

무화는 상황을 판단하기도 전에 전쟁터의 한가운데 떨어졌다. 적과 아군을 구별하는 것은 어렵지 않았다. 인간과 괴물이 뒤엉켜 싸우고 있었고 높은 하늘에서 녹색 풍룡이 울부짖었다. 잔뜩 낀 구름이 녹색 바람을 물어뜯었다. 화룡은 몸을 바짝 낮추어 타오르는 지느러미로 지상을 훑었다. 야르스를 옥죄며 집어삼키려던 어둔이 재로 변해 흩어졌다.

"북대공!"

수장을 되찾은 전사들의 사기가 충전되었다. 야르스는 하늘로 치솟는 화룡을 올려다보았다. 용은 불을 뿜어 구름을 물리치고 풍룡과 합세했다. 괴물들은 갈라진 땅의 틈새에서 꾸역꾸역 계속 기어 나왔다.

"끝이 안 나."

야르스는 입안에 흘러드는 찝찌름한 체액을 뱉었다. 인간은 죽고 사라지고 다시 태어나 자라려면 시간이 필요했다. 하지만 어둔은 끝

없이 저 혼자서도 생겨났다. 싸움의 결과는 뻔했다. 그는 마음에 등불이 꺼지는 것을 느꼈다. 목이 메고 눈앞이 캄캄했지만, 그럼에도 그는 묵묵히 적을 베어 넘기고 동료를 어깨에 둘러메고 자리를 지켰다. 희망이 사라진 텅 빈 암흑 속에서도 그렇게 반응하도록 몸과 마음을 단련해 왔다. 죽어 넘어지는 순간까지 동료와 가족과 백성의 산 울타리가 되도록. 죽어서도 그 몸을 짐승이 먹고 시체에 벌레가 들끓어 완전히 썩어진 흙 위에서 나무가 자라고 잎을 틔우고 꽃이 피워 열매는 생명을 먹이고 가지는 하늘에 닿도록.

발밑에 진동이 느껴졌다. 먼 데서 소리 나지 않는 북을 두드리는 것 같은 울림은 진폭이 점점 짧고 빨라졌다. 야르스는 대기에서 소나기가 내리기 직전 같은 불안한 고요를 느꼈다. 그는 꺼진 용기의 심지를 가다듬으며 힘을 불어넣어 외쳤다.

"위로! 높은 곳으로!"

야르스의 호령에 전장의 전사들은 바위와 구릉 쪽으로 후퇴했다. 후퇴 중에도 그들은 어둔을 베었고 어둔에 붙들리고 어둔에 끌려가는 동료의 다리를 잘랐다. 어둔에 먹힌 상처는 절대로 나아지지 않고 결국 온몸이 썩어들어 간다는 걸 그들은 몇 번의 전투로 체득했다. 전사들 일부는 동료들의 퇴로를 지키며 가장 마지막까지 버티다가 멀리서 밀려오는 빛의 파도를 보고 쓰러진 시체더미 위로 기어올라갔다.

물이 밀어닥쳤다.

거대한 물살이 어둔을 씻고 땅에 갈라진 틈을 메웠다. 기울어진 술병의 술처럼 끊임없이 흘러나오던 어둔의 마개가 틀어 막혔다. 전사들은 목까지 차오른 물살에 휩쓸리지 않으려고 칼을 쥐고 버둥댔다. 물은 마치 살아 있는 손처럼 가볍게 그들을 떠받쳐 높이 높이 밀어 올렸다. 전투가 벌어진 돌산과 구릉은 삽시간에 거대한 호수로 변했다. 작은 배들이 송사리처럼 수면을 타고 물에 떠오른 사람들을 구조했다. 송사리 배들은 진짜 배가 아니라 씨앗 하나에서 돋아난 한그루의 나무가 뿌리와 가지를 얽어 짠 그물이었다. 나무 그물배는 사람들을 태우는 중에도 계속 자라나 이파리로 물이 새는 틈을 막고 뱃전을 높였다. 그 뒤로 거대한 노래하는 나무 상단 본선이 위풍당당하게 밀려 왔다. 야르스는 그 배가 마감된 나무로 건조한 게 아니라 살아 있는 여러 그루의 나무가 서로를 치밀하게 얽고 오랜 손길에 반들반들 닳아졌다는 걸 깨달았다.

"우리가 이겼다!"

구조선에 오른 사내들이 외쳤다. 야르스는 낙오자를 찾느라 수면을 훑다가 낯익은 얼굴을 발견하고 풍덩 물속으로 도로 뛰어들었다. 무화가 둥둥 떠 있었다. 반신에 펼쳐진 뱀들이 지느러미처럼 헤엄쳐 몸을 띄웠다. 그는 품에서 적옥 팔찌를 빼 무화의 손에 쥐어 주었다.

"이걸 어떻게?"

분명히 야래의 배에 두고 왔다.

"내가 받아 두었어. 너는 전사고, 전장에서 반드시 만날 테니까."

굳어 있던 무화의 얼굴이 조금 부드러워졌다.

"올라가. 얼굴이 파래."

그는 무화 먼저 뱃전으로 밀어 올렸다. 손들이 무화를 끌어 올리다가 왼팔을 보고 흠칫 놓았다.

"괴물이다!"

"밀어! 떨어트려!"

"머리를 잘라!"

아우성치는 사람들 때문에 쪽배가 크게 한쪽으로 기울었다. 무화는 다시 물속에 처넣어졌다. 머리 위로 뭇매가 쏟아졌다.

"그만 둬!"

야르스는 서둘러 무화를 감쌌다. 그는 목에 건 젖은 스카프를 억지로 펼쳐서 무화를 가리고 위협적으로 손을 휘저으며 옆구리에 끼고 배에 올렸다. 무화는 이물 끝에 앉았다. 야르스는 등을 돌려 큰 벽이 되어 주었다. 동요하던 사람들은 전사왕의 진중한 침묵에 침착해졌다. 무화는 눈을 감았다. 누군가 나직이 승전가를 불렀다. 다들 지쳐 있었지만 하나둘씩 동참했고, 다른 배들에서도 노래가 흘러나왔다. 무화와 **어스름**은 숨죽이고 몸 안을 울리는 소리를 들었다. 몸을 기댄 뱃전이 우릉우릉 떨렸다. 놀란 사람들의 노래가 줄어들자 무화가 야르스에게 말했다.

"계속하게 해."

야르스는 작아지는 노래에 목소리를 보탰다. 살아 있는 가지들이 더 크고 빠르게 자라서 바닥을 넓히고 난간을 높이고 돛대를 만들었다. 가지에서 돋아난 이파리가 모여 작은 돛이 되었다.

마노는 본선 머리에 서서 작은 배들에서 들려오는 전사들의 노래를 들었다. 그는 노래하는 나무 배 본선을 돌아보았다.

"봐, 인간들이 노래로 배를 만들었어. 어느 쪽이 진짜 노래하는 나무일까?"

"예?"

오트는 작은 씨앗 배들을 조종하느라 그 말을 제대로 듣지 못했다. 그는 작은 군도로 변한 구릉에 배들을 대고 사람들을 피신하도록 도왔다. 작은 상선들이 섬마다 마른 천과 불 피울 도구와 먹을 것을 실어 날랐다.

야영지 곳곳에 피운 불이 물 위에 뜬 연꽃 같았다. 전사들은 살아 있는 것처럼 저 스스로 움직이며 지켜주는 듯한 물을 신기한 듯이 보며 몸을 말리고 음식을 먹었다. 어스름이 내렸다. 별이 무섭도록 번뜩이며 하늘 가득 떠올랐고, 물결은 쉼 없이 움직이며 그 빛을 반사해 어둠이 다가올 틈을 주지 않았다. 한밤중에도 주위는 새벽처럼 미명이 떠나녔다.

녹룡은 우아한 여자로 변해 살포시 섬에 내려앉았다. 야르스와 무화가 있는 섬이었다.

"사람들이 많이 죽었어요."

클로버의 목소리는 덤덤했지만 슬픔이 묻어났다.

"그래도 지지 않았죠."

힘은 용이 강했지만 전투 경험은 야르스가 더 많았다. 그는 아직 포기하지 않았다.

"마노엔의 저력이 얼마나 될까요?"

야르스가 물었다. 클로버가 대답했다.

"옥인에게 너무 많은 걸 기대하지 말아요. 어차피 그들의 힘은 인간의 능력으로는 가늠할 수 없고 발동된 힘이 어떤 결과를 가져올지도 예측할 수 없어요. 쥐가 들끓는 섬에 고양이를 풀었다가 토끼들까지 멸종된 것처럼요."

"화룡이에요."

무화는 별똥별처럼 떨어지는 불길을 가리켰다. 화룡은 바로 옆 섬에 내려앉았다. 주위를 태우지 않기 위해 불은 수렴했지만 클로버처럼 인간으로 변하지는 않았다. 무화는 물에 뛰어들어 옆 섬으로 헤엄쳐 갔다.

왜 어둔은 서미를 잡아 둔 걸까. 뭘 하려고?

잡아먹으려는 건 아니었다. 그러려면 진즉에 먹어치웠다. 아라킨은 서미로 뭔가를 하려고 했다. 그게 뭘까.

"반하, 서미에게 가야 해. 가서 데려와야 해."

화룡은 머리를 저었다.

아니, 무화. 그건 서미가 선택한 거야.

무화는 한 대 얻어맞은 기분이었다.

"뭐라고?"

화룡은 움켜쥔 손아귀를 펼쳤다. 하현도에 날카롭게 베인 상처에서 용암처럼 뜨거운 피가 흘렀다. 용이 불길 같은 혀로 상처를 핥자 용암이 새어나오던 금이 때워졌다.

좀 쉬어. 넌 인간이잖아.

이제 인간이 아니게 된 존재가 말했다. 용이 입김을 불어 작은 불을 피웠다. 무화는 몸을 말리며 깜박 잠들었다 깨었다. 지붕처럼 거대한 용의 머리가 어딘가를 보고 있었다. 무화는 그 시선의 끝에 야르스가 있는 것을 보았다. 어둠 속에 가득 찬 별들이 서로 부대끼며 부스럭거렸다. 하늘의 중심을 가로지르는 은하수는 산 짐승의 벌어진 등뼈처럼 무시무시했다.

'반하는 처음부터 용이었어?'

야르스가 물었다. 그의 몸에 있는 가장 큰 흉터는 사막의 자라나는 돌탑에서 얻은 거랬지. 마음이 바싹 얼어붙으며 내쉬는 숨이 차갑게 느껴졌다.

"아몬드?"

내내 그 이름이 마음에 걸렸다. 야르스가 무화의 등을 안고 속삭였던 이름, 한밤중에 남자의 침실에 쳐들어온 미친 여자가 피처럼 토해 낸 이름이었다.

반하는 침묵 속에 몸을 웅크렸다. 용들도 거짓말을 할까?

나는 남자고, 이제 용이야.

용들도 어둔처럼 거짓말을 못하는 모양이었다. 반하라면 필시 다르게 답했겠지.

"그전엔 여자였지. 인간이었고?"

사막의 돌탑에는 화룡의 알이 있었고, 아몬드가 가져갔다. 그리고 지금, 화룡은 반하였다. 어떻게 반하가 아몬드가 된 걸까? 아니, 아몬드가 반하가 된 걸까?

그건 아주 잠깐 사막이 꾼 꿈, 신기루 같은 거야.

용은 눈을 감았다. 용도 잠을 잘 필요가 있을까? 꿈도 꿀까? 무화는 야르스와 클로버가 있는 섬에 깜부기불이 이는 걸 보았다.

그는 여전히 아몬드를 사랑할까?

무화는 용을 돌아보지 않으려고 눈을 꾹 감았다.

그가 사랑한다는 걸 반하가 알까?

마음속에서 피는 줄도 몰랐던 꽃이 부서져 흩날렸다. 무화는 이제 그 꽃이 뭔지도 알 수 없게 되었다. 불 옆에 있어도 몸이 점점 차가워졌다. 벼린 얼음으로 콕콕 쑤시는 것만 같다. 모른 척 하면 돼. 네 일이 아니야. 침묵하고 기다리면 지나가고 사라질 거야. 지금껏 그래왔던 모든 감정처럼. 입을 열어 토하는 순간 고통은 실체를 입고 상처로 남았다. 그러면 다시는 모른 척 할 수 없다.

무화는 감정을 단절시키고 다른 것에 집중하려고 했다. 밤의 어둠이 눈앞에 아른댔다. **어스름**이 뒤척였다. 무화는 그 너머의 넘실대는 어둔과 천천히 동화되었다.

배신자!

배신자!

온몸이 산산이 부서진 것 같았다. 이렇게 아픈데 어떻게 살아 있는 거지. 아예 정신을 놓으면 편할 텐데 흙과 부서진 자갈이 맨팔과 손바닥 밑에서 까끌대며 감각을 깨웠다. 몸 위에는 덜 깬 가위눌림처럼 어둔이 득시글거렸다. 아라킨 때문에 억누르고 있던 식육의 욕망을 맘껏 드러낸 괴물들은 서미의 옷을 긁고 드러난 속살을 헤치고 보드라운 피부와 근육과 지방과 골수를 핥았다.

늘 *너를 먹고 싶었지. 무덤 속을 돌아다니는 너한테서 얼마나 달콤하고 부드러운 냄새가 풍기던지!*

허벅지를 물어뜯고 흐르는 핏물을 꿀떡 삼키며 어둔이 웅얼댔다. 붉게 드러난 생살을 까끌까끌한 혀가 훑었다. 가시 돋친 넓은 사포로 천천히 살을 긁는 느낌이었다.

'살려…… 줘…….'

소리가 목을 통과하기가 너무 힘들었다.

너는 배신자야. 아라킨은 너를 구하려 안 와.

아무에게도 도와 달라고 이름 부를 수 없었다. 소리 지를 힘도 울 힘도 없지만 눈물은 알아서 잘 흘렀다.

'그만둬!'

아라킨이 왔지만 이미 늦었다. 서미를 덮친 어둔이 많아서 아라킨은 탐식을 막을 수가 없었다. 그는 가만히 무리 진 어둔 속에서 점점 농밀하게 굳어지는 한 점을 바라보았다. **응집**이 시작되었다. 검고 검은 안개 속에 더 검은 눈과 입과 코가 뭉쳐지고, 앞발이 돋아나고 꼬리와 뿔과 돌기가 돋았다. 흑암의 비늘이 반짝였다. 검은 물비늘은 제일 작은 조각도 아라킨보다 컸다.

'제물을 받았다.'

모든 어둔이 압축되어 거대한 암흑용으로 변한 존재가 서미의 나머지를 한입에 삼키려는 순간 하현도로 그은 가슴에서 빛이 터져 나왔다. 반하가 용이 되도록 피를 준 상처였다. 그 속에 내장처럼 가득 찬 녹색 줄기가 있었다. 서미가 삼킨 씨앗이 뱃속에서 움터 떡잎을 틔우고 줄기를 키우고 연한 가지 끝에 작은 봉오리들을 가득 달고 있었다.

뭐가 피어날까.

속을 들여다보려는 순간 무화의 눈이 떠졌다. 태어나는 별처럼 아름다운 눈이 무화를 보고 있었다.

"**심연**이 눈을 떴어요."

무화의 입에서 서미의 목소리가 흘러나왔다.

"나를 돌려보낼 건가요? 죽음보다 더한 그 고통 속으로?"

마노는 그 입술에 입을 맞췄다. 그의 입맞춤은 고통을 씻어 내리는 빗물처럼 차고 상쾌했다. 창백하게 질렸던 무화의 뺨이 발그레해지며 마노의 뺨에 피처럼 붉은 꽃이 피었다가 사라졌다.

마노가 속삭였다.

"부서지지 마라. 너는 별을 낳을 거니까."

제12장 피로 버린 칼

우거진 녹음과 습윤한 공기가 폐부 깊숙이 가라앉았다. 빽빽한 가지 때문에 하늘은 보이지 않지만 떠다니는 먼지가 빛을 타고 흘렀다. 무화는 나무 배의 심장 속으로 한 발 더 들어갔다. 방 안의 밀림은 깊고 고요했다. 장인이 짠 융단처럼 곱게 깔린 이끼가 무화의 소리를 흡수했다. 정적이 도처에 엎드려 있었다.

물살이 찰랑이는 소리가 들렸다. 무화는 그리로 걸음을 돌렸다. 시간을 되돌리는 듯한 기분이 들었다. 무화는 이 다음에 펼쳐질 광경을 이미 알고 있었다. 푸른 물속에 황금을 녹여 넣은 것 같은 금빛이 일렁였다. 벗은 등에 옅은 색 꽃가지가 흐드러지게 피어 있다. 점점이 떨어진 꽃잎이 허리를 지나 날렵한 둔부와 긴 다리까지 이어졌는데, 다리에는 더 크고 붉은 꽃들이 피어서 아프게 눈을 찔렀다.

"무화."

그는 돌아보지 않고 무화를 불렀다. 무화는 고개를 숙인 채 우물댔다.

"저, 다른 배에 있었는데……."

마노는 노래하는 나무 본선에 있었고 무화는 인간의 노래로 만든 배에 타고 있었다. 오트의 씨앗들이 인간들의 노래로 자라나 서로를 얽어 거대한 배가 되었다. 그 배의 내부는 오랫동안 정돈된 옥인의 배와는 달리 얽히고설킨 원시림 같았다. 무화는 갑판으로 올라가는 통로를 찾느라 계속 문을 열어 보다가 배의 심장에 다다랐다. 나무배는 조타실이나 선교가 없었다. 대신 심장이라고 불리는 작은 방에 생장하는 나무 배의 뿌리가 집중되어 있었다.

"모든 나무 배의 심장은 이어져 있어. 혈관은 여러 개지만 심장은 하나지."

"어둔처럼요?"

무화가 말했다. 마노의 푸른 눈이 별처럼 빛났다.

"존재와 방식을 혼동하면 안 돼."

마노가 손을 들자 무화는 가지에 걸어둔 옷을 건네고 돌아섰다. 너무 고요해서 물방울이 손끝을 달려 바닥에 떨어지는 진동과 맨살에 옷이 감기는 소리가 다 들렸다. 그에게 묻고 싶은 것이 많았다. 하지만 무엇부터 어떻게 물어야 할지 알 수가 없었다.

"이렇게 될 줄 아셨어요? 그래서 우리를 구해 주신 거예요?"

"무화, 너는 태어날 때 네가 어떤 사람이 될지 이미 알았니?"

마노가 반문했다.

"이미 일어난 일들에 대해서 되풀이 묻는 것은 어리석어. 네가 뭘 하고 싶은지, 뭘 할 수 있는지 뭘 해야 할지 생각해. 그게 바른 질문이야."

그가 말했다.

"너희를 구했을 때, 나는 너를 몰랐어. 녹옥이 칼을 벼려 내게 던졌다는 건 알았지. 비겁하게 물러서야 할까, 감당해야 할까. 네가 자라는 걸 보면서 생각했어. 우리는 직접 손을 더럽히지 않고도 그냥 너희가 죽게 내버려둘 수 있었어. 인간이란 얼마나 쉽게 죽는지."

무화는 귀를 의심했다.

"녹옥 공주가, 뭘했다고요?"

마노는 잠시 침묵했다.

"무화, 녹옥은 유폐된 게 아니야. 스스로 은거한 거지. 부마의 죽음으로 왕실의 피붙이는 구원받았어. 하지만 녹옥은 면죄를 거부했지."

무화는 고개 저었다.

"아니에요. 녹옥 공주는 시냇물 너머에는 갈 수 없다고 했어요. 그래서 서미 엄마랑 제가 심부름을 다녔죠. 마을 사람들은 녹옥 공주를 감시하고 있었어요."

모호한 어린 시절의 기억들이 인과를 입었다. 먹을 것 없는 산중에 비루하게 모여 있던 사람들과 그들이 일군 적 없던 곡식, 근근한 삶. 산골마을 사람들은 서로 헐뜯고 서로 욕하고 서로 미워하면서도 서로에게 빌붙어 살았다. 무화는 늘 그들이 왜 비루함의 고리를 끊지 않는지 궁금했었다. 나중에야 마을사람들 모두 자유민에도 들지 못하는 천민 신분이란 걸 알았고, 그 산 밖에서는 자유롭지조차 못하다는 걸 알게 되었다. 그들은 모두가 꺼리는 이름 없는 산에서만 자유로웠고, 은거하는 녹옥의 감시역으로 고래등걸 영주에게 곡식을 배급 받았다.

천민이란 게 뭔지 아이들은 금방 배웠다. 엄마는 열심히 삯바느질을 했지만 제값을 받을 수 없었고, 그나마도 직접 일을 주는 사람도 없었다. 서미와 무화가 주점에서 기다리고 있으면 엄마는 마을에 사는 노파에게 마친 일감을 갖다 주고 새 일감을 받아왔다. 노파는 아무 일도 하지 않고 그저 일감을 전해 주고 전해 받으며 품삯의 절반을 떼 갔다. 한번은 엄마가 너무 적은 품삯에 따져 물었었다.

'내가 아니면 지비가 그 일을 어떻게 하겠어? 아예 한 푼도 못 받지. 그러니까 고마운 줄 알아.'

노파는 선심 쓰는 양 말했다.

'왜 삯일을 해. 남자들이 지비한테 뭘 바라는지 알잖아? 천민이건 뭐건 이불 덮으면 모르는 거지.'

아이들은 노파의 집 대문에서 마주친 남자의 옷자락이 아직 울타리 근처에 어른대는 것을 보았다. 삯바느질꾼들에겐 절대 나돌리지 않는 짙은 색으로 물들인 한 가지 천으로 만든 옷이었다.

엄마는 그날 집에 와서 울었다.

'이제 그 집에 안 가.'

하지만 엄마는 보름 후에 다시 갔고 한 달 후에도 갔다. 삶이란 그토록 지난하고 버티는 것이고 더 좋은 일은 일어나지 않을 거라는 걸 둘은 엄마에게 배웠다.

"너도 이제 알지? 그 산골 마을은 원래 있어서는 안 됐어. 제정신인 인간이라면 누가 이름 없는 산에서 살려 했겠어? 그들은 녹옥의 감시였고 사고가 나자 책임을 물어 몰살당했지."

뱃속에 차가운 것이 흘렀다. 밤과 함께 산골 마을로 돌아갔을 때 폐허로 변해 있던 집과 담이 떠올랐다. 무슨 일이 있던 건지 그때는 몰랐다.

"왜……? 누가 그런 짓을?"

무화는 끔찍한 사실에 대해 제대로 물으려고 몇 번 숨을 들이쉬어야 했다.

"존재해선 안 되는 공주가 가져서는 안 될 아이를 가졌으니까. 왕실은 공주를 더럽힌 자가 그들 중에 있을 거라고 생각했지."

발밑이 쑥 꺼졌다. 팔에 무게가 느껴지지 않았다.

"목왕가는 딸이 태어나면 가문의 명운이 다한다고 해. 그래서 여아가 나는 즉시 죽였지."

마노가 말했다.

"왜 녹옥 공주는 살려 준 거죠?"

무화는 간신히 물었다.

"살려 준 게 아니야. 죽일 기회가 없던 거지. 그리고 또 딸을 낳았어. 이건 무슨 의밀까?"

"우리가 목왕실을 멸문시킬 거라는 거죠?"

"혹은 그 원흉이 되거나."

무화는 가슴이 싸늘했다.

'녹옥이 칼을 벼려 내게 던졌지.'

마노가 말했다. 설마 무화가 죽을 위기에 처해 밤과 연결되고 어스름을 얻은 것도 녹옥의 계략이었을까?

그럴 리가 없어.

녹옥을 엄마라고 생각한 적은 없었지만 인간이 아닐 거라고 생각한 적도 없었다. 자식을 이용하다니 사람이 할 짓이 아니다.

"녹옥은 영리하고 끈질기지. 인간처럼 약하고 불안정한 것에 운을 맡기다니 놀랐어."

무화는 가죽과 금박으로 장식된 아름다운 책의 책장을 한 장씩 한 장씩 불에 넣어 태우던 섬세한 손과, 화락 종이에 불이 붙을 때마다 녹옥의 눈에 떠오르던 불길이 기억났다. 거기 그려진 아름답고 무시무시한 그림들이 불꽃을 받아 선명하게 떠올랐다 사그라졌다. 그건 어둔이었다.

"녹옥이 이기려고 든다면 공격할 무기는 하나가 아니죠. 절대로 실패 안 하려고 할 테니까요."

건너편 나무 그늘에서 수련이 걸어 나왔다. 그는 자연스럽게 마노의 옷시중을 들었다. 무화는 수련이 어떻게 목국과 노래하는 나무배에 동시에 있을 수 있는지 늘 궁금했다.

"수련이……."

무화가 입을 떼기 전에 작은 웅덩이들이 한꺼번에 번쩍이며 머리만 있는 처녀가 경고했다.

어둔이 출몰합니다. 본선 좌현에 어둔이 출몰합니다.

"네 배로 가. 무화."

무화는 고개 저었다.

"마노를 도울래요."

마노는 엄하게 말했다.

"가서 네 자리를 지켜. 그게 나를 돕는 거다."

마노는 문밖으로 무화를 내쫓았다. 무화는 등 돌린 그의 뒤에 수련이 따르는 모습을 보고 알았다.

그가 청목 세자였다.

제13장

등을 대고 손을 잡고

용은 눈을 감은 채 눈꺼풀 속에서 혼자 장기 놀음을 했다. 거대한 장기판에 세 가지 색 장기 말이 있다. 모양과 크기가 가지가지지만 밤하늘처럼 검푸른 말과 맑은 옥처럼 투명하게 내부에 빛이 일렁이는 말, 그리고 붉은 색 나무로 깎아 만든 말이었다.

'이 병졸은 어떻게 아직 살아 있지?'

붉은 나무 말들 사이에 졸 하나가 두드러졌다. 다른 졸들은 이미 판 외로 빠졌는데 큰 장수말들 속에서 끝까지 혼자 버티고 있었다.

'여왕이 같이 있어서 그래.'

'떼어 봐.'

두 말을 떨어트리자 갑자기 전체 말들의 진형이 바뀌었다. 두 말 주위로 뚜렷하게 집중된 붉은 나무 말들 외에 검푸른 말과 빛나는 말이 각기 진영을 벗어나 둘 사이를 막고 섰다. 여왕 말과 맞선 졸

말은 여왕처럼 홀로 당당했다. 팽팽한 긴장이 휘몰아치던 말들이 검은 소용돌이 속으로 빨려 들어갔다. 용도 그 말들 중에 하나였다. 디딜 곳도 숨 쉴 공기도 없는 무의 공간에서 사방이 조여 왔다. 산 채로 매장 된 것처럼 어둠이 사방에 가득 차올라 입과 귀와 눈과 피부의 숨구멍까지 가득 들어찼다. 용은 헐떡이며 버둥댔다. 무덤으로 가는 긴 행렬이 보였다. 검은 옷을 입은 그들은 참배객이 아니었고 그들이 지고 가는 것은 봉납품이 아니었다. 그들은 도둑이었고 훔친 거울을 무덤으로 운반하고 있었다. 그들에게 거울을 사겠다고 제안한 장물아비는 그들의 목숨까지 샀다. 도둑들은 등 뒤에서 닫히는 무덤 문에 매달렸지만 곧 어둠의 먹이가 되어 싸늘한 잿가루로 변했다. 그들이 운반한 거울이 그들의 부장품이 되었다. 용은 몸을 기울여 거울을 들여다보았다. 검은 머리에 아름다운 여자 얼굴이 비쳤다. 그 입술이 말했다.

'너는 내 것이어야 할 꿈을 대신 꾸었지.'

용은 그 얼굴을 알아보았다. 녹옥이었다.

'할 수 있는 것과 그 일을 해낸 것은 달라. 용의 알을 얻어낸 건 나야. 당신은 기회를 놓쳤어.'

용이 반하로 변해 거울 너머로 말했다.

'아니, 내가 원한 건 용이 되는 게 아니야. 내가 원하는 건 복수지.'

거울속의 얼굴은 사라지고 빨려들 것처럼 깊은 심연이 떠올랐다. 거울이 매끄러운 눈동자처럼 깜박였다. 반하는 흠칫 물러섰다. 두려움에 바싹 일어선 소름이 비늘로 변했다. 심연속의 존재가 꿈틀했다. 웅크린 그림자처럼 고여 있는 존재를 이해할 때마다 반하의 입은 일그러지며 위협적인 이가 드러나고 길어지는 머리와 목과 등과 허리와 꼬리를 따라 공격적인 뿔이 돋았다. 화룡이 신체를 갖추기 전에 검은 존재는 흩어지고 거울은 다시 보통 거울이 되었다. 반하는 바싹 일어난 비늘을 느슨하게 뉘였다. 인간이었다면 식은땀을 흘렸을 거였다. 용의 몸은 엷은 불똥을 튀겼다.

"조심해. 여기는 배 위야. 화재가 나면 곤란해."

용은 눈을 떴다. 야르스가 보이고 물 냄새와 바람 냄새가 났다. 용은 과거와 현재와 미래와 다른 저편에 동시에 존재할 수 있기 때문에 지금 있는 곳에 머무르려면 감각을 집중해야만 했다.

노스 야른.

야르스는 그 어조에 아몬드의 기색이 남아 있는지 더듬어 보았다.

"반하?"

용은 대꾸하지 않았다.

"아몬드?"

그 이름을 듣자 몸에 돋은 비늘이 후두둑 섰다 가라앉았다.

나는 그냥 용이야.

붉은 화룡이 말했다.

한때 소년이고 여자였고 인간이었지. 하지만 이제 용이야.

"어떻게 그럴 수 있지?"

그대는 그대가 보는 것 외에는 이해할 수가 없지. 인간의 왕. 그게 그대의 장점이고, 한계지.

그리고 그게 바로 너지. 용은 속으로 말했다.

"이제, 인간은 되지 않는 거야?"

용은 길게 불꽃 없는 한숨을 내쉬더니 몸을 한 번 떨었다. 봄에 흩날리는 꽃잎처럼 빛나는 비늘이 흩어지고 펼쳐진 갈기가 오그라들고 높은 뿔이 사라진 자리에는 한층 차분한 얼굴을 한 반하가 있었다.

"당신이 사랑한 여자는 아무데도 없습니다."

야르스는 찬찬히 반하를 관찰했다. 어딘가 아몬드와 닮은 구석이 있을까?

"용인 게 혼란을 덜 것 같았는데요."

반하는 먼지 한 점 묻지 않은 은회색 옷깃을 털었다. 햇빛을 머금은 구름 같은 옷은 사람이 입는 직물과는 전혀 달라 보였다.

"아몬드에게 물어볼 게 있어."

야르스가 신중하게 말을 골랐다. 목이 메어서 말을 잇기 어려운 것처럼 보이기도 했다.

"그 여자는 원래 없었습니다. 하지만 당신이 필요하시다면."

반하는 씁쓸하고 온화한 미소를 지었다. 구름으로 자은 옷자락이 길어지고 손목은 가늘고 우아해졌다. 길어진 목과 부드러운 어깨선 위로 아름다운 얼굴이 야르스를 올려다보았다. 꿈에서도 잊을 수 없는 사막의 바람 냄새가 야르스의 폐부를 찔렀다. 오래된 상처에서 피 냄새가 풍겼다.

"아몬드."

야르스가 그 이름을 불렀다. 여자는 미소 지었다.

"노스 야른."

다시는 볼 수 없으리라고 생각했던 얼굴이었다. 그가 사랑한, 그를 사막의 탑에 괴물들 먹이로 던져주고 사라진 얼굴이었다.

"나를, 이용한 거야?"

야르스는 감정을 담지 않으려고 노력했다.

"처음부터, 그런 목적으로 접근했어?"

여자는 입술 끝만으로 웃었다.

"인간의 기억이란 참으로 변덕스럽지. 네가 자청했어. 너는 나보다 어렸고, 그저 덩치 큰 코찔찔이에 불과했어."

심하게 매력적인 코찔찔이지만. 여자는 그 말은 혀 밑에 숨겼다.

"내게 복수할래?"

외모도 말투도 영락없는 기억속의 그 여자였다. 야르스의 턱이 딱딱하게 굳었다.

"해. 지금이 기회야."

화룡의 알을 집은 순간, 괴물들이 깨어났고 알은 스스로를 안전한 곳으로 이동시켰다. 반하는 덤으로 딸려 갔다. 야르스가 위험 속에 혼자 남았다는 걸 알지만 되돌아 갈 수 없었다. 하지만 지금 그 얘길 하는 건 너무 비겁했다.

"아니면, 나를 안을래?"

사막의 바람 냄새가 야르스의 목에 감겼다. 부드러운 촉감에 상처에 흐르던 피가 마르고 딱딱한 딱지가 앉았다. 야르스는 제 마음이 벼려지는 속도에 놀랐다. 상처에 피가 흘렀던 것이 아주 오래전인것 같았다.

"어느 쪽이든 네 기분이 풀린다면, 야른."

여자의 목소리가 향기로운 꽃잎처럼 그의 뺨을 스쳤다. 단 한 번도 잊지 못했던 여자가 품 안에 있었다. 그토록 바라던 순간이었다.

"너는 그 여자가 아니야."

야르스의 목소리가 조금 떨렸다.

"내가 그 아몬드야."

그의 가슴에 기댄 얼굴이 말했다. 야르스는 설익은 과육을 씹을 때처럼 달콤한 고통과 시큼한 안도 뒤에 입안에 남은 떫은맛을 훑었다. 연한 풀줄기 같던 소년은 상처마다 옹이진 나무 같은 단단한 사내가 되었다. 시간이 흘렀고 사랑이 변했다는 걸 그는 깨달았다. 하지만 아몬드는 처음 만났을 때 모습 그대로 조금도 변하지 않았다. 이 여자는 가짜구나. 야르스는 그게 무엇보다 아팠다.

"그래. 하지만 내가 기다린 여자는 아니군."

아몬드를 갖는다고 해도 그의 상처는 아물지 않을 것이었다. 훔쳐갔던 그의 조각을 돌려준다고 해도 그가 변했기 때문에 이제 그 조각이 맞지가 않았다.

"내가 남자라서? 모습이 변하면 사랑도 변해?"

아몬드는 얇은 미소를 머금었다. 야르스는 손아귀에서 빠져나가려는 여인을 꽉 붙들었다. 아몬드는 그가 때릴 거라고 생각했다. 그는 진짜 여자도 아니었고, 오랫동안 야르스를 속였다. 그 정도는 감수해야 했다.

"나……."

야르스는 아몬드를 때리는 대신 목덜미에 얼굴을 묻었다.

"이제 그 남자가 아니야."

아몬드는 살짝 몸을 떨었다. 주먹보다도 그의 숨결이 더 겁날 줄은 몰랐다. 야르스는 아몬드를 놓아 주었다. 여자는 천천히 물러나려 했지만 다리가 흔들렸다. 그걸 감추려고 아몬드는 얼른 용으로 둔갑했다.

"인간은 변해. 그리고 너희는 나를 인간 중의 인간이라고 불렀지."

야르스는 한때 그가 사랑했던 웅장한 존재를 올려다보았다. 비로소 그것이 오롯이 진짜 용으로 보였다. 아몬드였고 반하였던 존재는 과거를 수렴해 새로운 것이 되었다. 그의 사랑도 끝났다. 서늘한 바람이 불었다. 둘은 잠시 함께 바닷바람을 맞았다.

"서대공이 찾으십니다."

갑판 아래서 병사가 야르스를 불렀다.

가 봐.

용이 말했다. 야르스는 등을 돌렸다.

"무화는?"

갑판을 내려가면서 야르스는 무화의 위치를 물었다. 출항할 때 그들은 서로 다른 배를 탔다. 하지만 항해하는 동안 배들은 계속 자라고 서로를 얽어서 거대한 한 배가 되었다. 무화는 정글처럼 우거지는 배 안을 말끔히 구획하는 일을 주도했다. 아무도 살아 있는 나무로 된 노래하는 나무 배를 타 본 적이 없기 때문에 배를 어떻게 움직이는지 어떻게 사용할 수 있는지 아는 이가 없었다.

"마지막으로 남쪽 고물 쪽에서 봤습니다."

야르스는 서대공 천강에게 들렀다가 배의 남현 끝으로 갔다. 가는 동안 그는 마주치는 전사들마다 일일이 독려했다. 전사들은 훈련되어 있었지만 선상 생활이 낯설었고, 자기 령 외에서 싸우게 될 거라고 생각한 적은 없었기 때문에 불안해했다. 하지만 서대공과 북대공이 함께였기 때문에 간신히 용기를 붙들 수 있었다. 남대공은 카르파와 함께 서쪽 대륙의 안전을 맡았다. 카르파는 불안정했지만 클로버와 떨어트려 놓자 훨씬 나아졌다. 야르스는 그의 궁전의 황금새들을 다른 곳으로 옮겨 놓도록 남대공에게 미리 충언해 두었다.

무화는 우림처럼 뒤엉킨 가지와 뿌리를 정돈해 공간을 구획하고 자라면 안 될 곳에는 돌로 깎은 못을 규칙적인 형태로 박는 일을 하는 중이었다. 처음에는 혼자 그 일을 하다가 솜씨 좋은 몇 명이 배워서 비교적 수월한 상부 구역으로 보냈다. 무화는 더 깊고 나무 벽이 얇은 곳을 도맡았다.

"이 배는 동쪽으로 가고 있어. 정확히는 목(木), 네 나라야."

무화는 습윤한 공기에 흠뻑 젖은 이마를 훔쳤다. 쌉싸름한 송진 냄새와 짓이긴 나뭇잎 냄새가 짙게 풍겼다.

"**청목산**으로 가는 거지?"

야르스는 무화가 조금 전에 천강의 입에서 나온 말과 같은 얘기를 하는 것에 약간 놀랐다.

"목국에서는 거기서 세상이 시작되었다고 해. 목궁은 어둔에 대항하려고 그 산 아래 궁을 짓고 수도로 삼았어. 동령에서 한판 붙으면 거기가 최고 거점이라고 생각했지."

무화는 배 벽에 붙은 굴 껍질들을 살폈다. 자라는 속도가 빠른 걸 보니 항속이 느려진 게 확실했다.

"풍룡은 아직 돌아오지 않았지? 화룡은 갑판을 지키고 있어?"

클로버가 돌아오지 않는다는 건 마노의 전투가 아직 끝나지 않았다는 뜻이었다. 반하의 화룡은 등대가 되기 위해 인간들 곁에 남았다. 야르스는 무화에게 수건과 수통을 건넸다. 무화는 달게 물을 마시고 시원하게 얼굴에 부은 다음 수건으로 닦았다.

"언제 물살이 세질지 몰라. 지금 노래하는 나무 배 본선은 전투 중이고, 마노가 여기까지 신경써 줄 여력이 없으니까. 날씨가 바뀌면 요람 같은 바다는 당장 우리를 찢어발기겠지."

"그래서 밑바닥을 신경 쓰고 있는 거야?"

야르스는 뭐가 어디인지도 구분할 수 없는 깊은 숲속 같은 주위를 둘러보았다. 그로서는 불가해한 영역이었다.

"노래로 만든 배는 암초에 걸려 구멍이 나도 스스로 복구할 수 있어. 미리 준비만 해 준다면."

무화는 나무 그루터기에 앉았다.

"천강이 쫓아내서 여기 있는 줄 알았는데."

서대공 천강은 무화를 눈엣가시처럼 여겼고, 야르스가 신분을 보장하지 않았다면 진즉에 배에서 쫓아냈을 터였다.

"폭풍이 올 거야. 쓸려가지 않게 단단히 몸을 매고 문을 닫아야 해. 큰 파도가 지나가면 우리는 동령에 당도해 있을 거야."

무화는 도구를 가방에 챙겨 넣었다. 야르스는 양어깨에 맨 짐 하나를 덜어 주었다. 둘은 상층부로 올라갔다. 윗 갑판은 벌써 우왕좌왕하는 발소리들이 가득했다.

"폭풍이 옵니다."

누군가 알렸다. 무화는 야르스의 짐을 도로 받았다. 야르스가 의

아한 표정으로 내려다보았다. 무화가 말했다.

"반하에게 가요, 노스 야른. 화룡은 물과는 상극입니다."

야르스는 짐을 놓다가 멈췄다.

"너, 뭘 알고 있는 거지?"

굳이 야르스가 화룡에게 가야 할 필요는 없었다.

"천강 전하는 휘하 전사를 챙기셔야 하니 화룡은 야른 전하께서 돌봐주셔야지요."

무화는 시치미 뗐다. 야르스는 가방을 건네주고 갑판으로 올라가다가 걸음을 멈췄다. 나무 조각을 두드리는 둥근 음의 잔영이 거센 파도를 타고 밀려왔다. 커다란 하르피엔에 몸을 기대고 한 음씩 소리를 음미하던 귀부인의 우아한 등과 단련된 팔과 꽉 조인 허리가 무화의 뒷모습과 겹쳐졌다.

"맙소사."

야르스는 얼굴을 쓸어내렸다. 반공주가 동대공을 처리했을 때 알았어야 했다. 청목 세자가 무화를 서미라고 거짓말 했을 때, 야르스는 무화가 고래등걸에서처럼 복잡한 이유로 반공주 서미를 흉내냈다고 생각했었다.

그래서였군. 반하가 돌봐준 건.

무화가 진짜 반공주였던 거였다. 그래서 적송가의 적자가 뒤를 봐주고 있던 거였다.

정말, 몰랐나?

야르스는 스스로에게 물었다. 아니. 알고 있었다. 무화가 여자처럼 느껴진 순간이 있었다. 다만 인정할 수가 없었다. 여자도 남자처럼 싸우고 동등하게 마음을 나누고 절대로 배신하지 않으리란 걸. 그는 무화를 믿고 싶었고 잃고 싶지 않았다. 하지만 여자는 믿을 수가 없기 때문에 무화가 남자이길 바랐다.

"화룡, 비를 피해야 해."

야르스는 갑판 아래서 가져온 장포를 화룡에게 덮었다. 화룡은 하늘을 보더니 날개를 펼쳤다. 쬐그만 장포는 꼬리조차 감추지 못했다.

비구름 위로 갈 거야. 몸 조심해.

화룡은 순식간에 까마득한 하늘로 솟구쳤다. 먹구름 너머에 오색 아지랑이가 아롱댔다. 화룡이 날고 있다는 걸 깨닫고 야르스는 갑자기 웃음이 났다. 무엇을 미련스럽게 붙잡고 있던 걸까. 반하가 이해할 수도 도와줄 수도 없는 전혀 다른 존재로 변했다는 게 비로소 실감이 났다.

야르스는 비바람을 맞으며 정돈된 갑판 위를 확인하고 마지막으로 갑판 문을 닫았다. 파도와 바람이 괴성을 지르며 선채를 뒤흔들고 할퀴었다. 하지만 나무 배는 크고 안전했고, 사람이 다루지 않아도 스스로를 지켰다. 폭풍이 지나갈 때까지 불안한 휴식기가 찾아왔다. 청강은 기우뚱대는 배 안에서 전사들이 제대로 휴식을 취하도록, 그러나 흐트러지진 않게 관리했다. 식료품은 부족하지 않았지만 절제되었고 특히 술은 금지 되었다.

무화도 술을 청하러 갔었다.

"다들 똑같은 생각이라니까. 한가하고 불안하니까 술에 기대려는 거지."

창고지기가 말했다.

"마지막 술일지도 모르잖아."

창고지기는 손을 저어 술꾼들을 물리쳤다.

"그래서 안 돼."

무화는 터덜터덜 숙소로 돌아왔다. 야르스가 문 옆에 서 있었다. 팔짱을 껴서 더욱 크게 두드러진 상체와 우묵한 쇄골과 꽉 조인 허리선이 날렵하게 돋보였다. 무화는 전사의 왕에게 예를 취했다.

"필요하신 일이라도?"

야르스가 술병을 흔들었다.

"금지라는데? 특권 남용 아냐?"

"개인 소지품이야."

야르스가 병뚜껑을 열자 그윽한 향이 마음을 녹였다.

"그 술이군. 엄청 독한."

어깨를 봉합할 때 마취제 대신 마신 술이었다. 그가 무화에게 한 걸음 다가왔다.

"전사는 수명이 짧아."

야르스의 손가락이 무화의 입술에 닿았다. 그의 손은 크고 뜨겁고 부드러웠다.

"사랑할 시간은 더 짧지."

야르스는 고개를 숙이고 무화의 턱을 끌어당겨 입을 맞췄다. 무화의 팔이 야르스의 허리에 감겼다. 그 몸을 얼마나 갈망했는지 그를 안아 보고야 무화는 깨달았다.

야르스는 몸을 굽혀 무화의 팔을 목에 감고 허리를 바싹 붙였다. 맞닿은 곳마다 열기가 꽃처럼 피었다. 아몬드가 낸 상처는 그가 모르는 사이 이미 단단하게 굳어졌고 꽃이 피지 않는 아름다운 나무 한 그루가 자라나 있었다. 그 껍질에서 풍기는 향기는 상쾌하고 감미로웠다.

무화는 그의 가슴에 바짝 기댄 채 고동 소리와 체온을 음미했다. 전투로 다져진 근육들이 한 겹 천 너머에서 요동치는 게 느껴졌다. 야르스는 등 뒤의 문을 닫았다. 어둠 속에서 벗은 몸에 새겨진 흉터를 따라 손가락들이 움직였다. 굳게 입 다문 상처들 대신 관능적인 한숨이 야르스의 입에서 새어나왔다. 그는 수줍음을 감추려고 무화에게 입을 맞췄다.

"계속해도 될까?"

이마를 맞대고 그가 물었다. 무화가 작게 속삭였다.

"응."

오늘밖에 없을지도 모른다. 다음 같은 건 오지 않을지도 모른다. 야르스는 무화의 옷을 벗기고 어깨를 쓰다듬었다. 그가 서툴게 꿰맨 상처가 흉터로 남았다. 그는 우툴두툴한 골곡을 따라 입술을 댔다. 무화는 숨을 삼켰다. 그의 입술이 멈추지 않고 왼팔을 따라 내려갔다. 무화이지만 무화가 아닌 것이 잔뜩 움츠려 숨어들어 갔다. 억지로 등을 긁힌 고양이처럼 계속하는 것도 멈추는 것도 싫은 복잡한 기분이었다. 야르스가 길고 느리게 쓰다듬자 **어스름**은 몸을 깃털처럼 부풀렸다가 완전히 숨어 버렸다.

"징그럽잖아?"

무화가 걱정했다. 야르스는 킥킥 웃었다.

"신을 안는 기분인걸."

그는 무화의 등과 허리와 엉덩이를 따라 쓰다듬으며 바싹 당겨 안았다. 무화는 야르스의 목에 팔을 감았다. 굵직한 금발이 팔 안에 엉겨들었다.

"너를 다치게 하면 어쩌지?"

야르스가 속삭였다. 무화는 허리를 들었다.

"내가 당신을 다치게 할 수도 있지."

무화가 그의 등에 속삭였다.

"괜찮아. 상처는 살아남았다는 증거니까."

둘은 세심하게 서로를 안았다. 그의 몸에 새겨진 무수한 이야기들이 무화에게로 쏟아져왔다. 무화가 침묵했던 모든 탄식이 그에게 흘러들어갔다.

야르스는 뜨겁게 달아오른 열기 속에서 타르만의 말을 떠올렸다.

'너는 너무 신중해. 좋은 습관이지만 전사의 덕목은 아니지. 상처주고 상처 받아라. 너는 한 번도 젊었던 적이 없지. 그제야 나는 네가 진짜로 살아 있다고 본다.'

그는 무화에게 입을 맞췄다.

"사랑해."

그가 가장 무모했던 순간이었다.

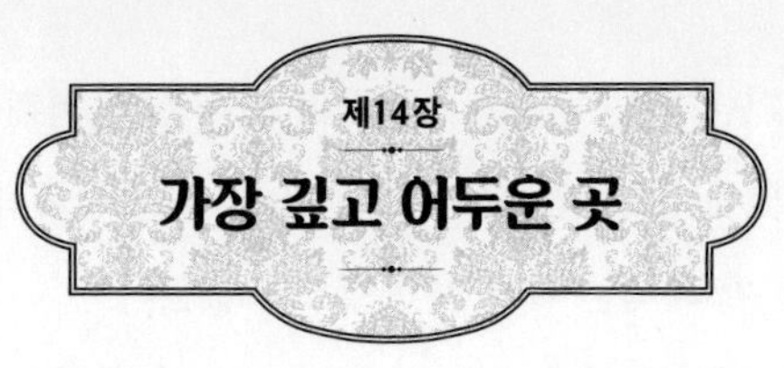

제14장

가장 깊고 어두운 곳

"목단왕은 어디 있지?"

동대공은 시커멓게 찌든 피와 뒤집어쓴 먼지를 닦으며 문지방을 넘었다. 어깨에 달라붙은 어둔의 찌꺼기가 문지방을 기준으로 촘촘한 면보로 거른 것처럼 밖에 떨어졌다.

붉은 옷의 궁인들이 나와서 전쟁을 치른 전사의 왕과 전사들을 수발했다. 검해는 그들의 손길을 뿌리쳤다.

"청목 세자는? 전쟁을 치르는 건 백성뿐인가?"

동대공이 강하게 질타했다. 전사의 왕이 부르면 검을 들 수 있는 사내라면 누구든 답해야 했다. 하지만 목단왕은 와병을 핑계로 궐 안 깊숙이 숨어 버렸다. 청목 세자는 무장을 갖추었지만 싸움터에 얼굴을 내미는 일은 드물었다. 동대공은 어이가 없었다.

"사내들이 제 구실을 못했군요."

녹옥 공주가 나와 동대공과 전사들을 맞이했다. 검해는 녹옥을 쳐다보지도 않았다. 그는 남자랑만 말했다. 여자는 잠자리에서 엉덩이를 들어야 할 때 외에는 말을 섞을 필요가 없었다.

"목단왕은 어디에 숨은 거지? 보이는 건 저 계집뿐이잖아? 왕비도 아닌 주제에 궁궐의 주인인양 행세하는군."

동대공은 목에 칼을 들이 댔던 반공주의 어미라는 것보다 나이 찬 딸을 뒀음에도 늙어 보이기는커녕 으스스하리만치 아름다운 녹옥이 늘 불편했다. 한번은 궁궐 사정을 모르는 휘하의 부하가 겁간을 시도한 적이 있었다. 그는 뜻을 이루지 못하고 절명했다. 누군가 도와준 흔적도 없고 병사의 무기도 그대로였다. 동대공은 강간범의 목뼈가 깨끗하게 부러져 있다는 보고를 받고 등줄기가 섬찟했다.

"녹옥 공주는 제정신이 아니죠. 신경 쓰지 마십시오."

연제군이 동대공에게 말했다. 그는 나이에도 불구하고 전사왕의 부름을 기꺼이 받아 동대공을 수행하는 중이었다.

어둔의 침탈을 버티는 동안 목궁은 요새처럼 변했다, 문무백관 행사가 열리던 큰 마당과 뜰은 병사들의 숙소로 개방되었고, 지붕이 있는 곳은 모두 부상병들을 위해 쓰였다. 궁인들은 부상자를 돌보고 병사들을 먹였다. 어린 아이라도 사내라면 칼을 지급 받았다. 녹옥은 여자들에게도 무기를 지급하도록 타진했다. 무기고에서는 사내들에게 줄 것만으로도 부족하다고 불평했고, 녹옥은 궐내의 은비녀를 모두 모아 날카롭게 두들겨 칼처럼 만들어 궁녀들에게 나누어 주었다.

"그 따위 무른 날붙이로 뭘 하겠다고?"

동대공이 비웃었지만 제 그림자에 먹혀서 증발하는 사람들의 수가 부쩍 줄었다. 궁은 매년 새로 방비를 보수했고 수도도 어둔에 대한 대비가 되어 있었지만 조금만 길을 벗어나도 사방이 위험천지였다. 사람들은 내쉬는 숨에도 그림자가 질까 봐 조바심 냈고, 낙엽을 밟는 것조차 주저했다. 부연 안개가 종일 가시질 않았고 대낮에도 하늘이 흐렸다.

"서쪽 강 너머에서 보고가 끊겼어. 거긴 곡창지대지. 아직 추수를 마치지 않았을 텐데."

동대공이 말했다.

"고립시킬 셈이군요."

녹옥이 말했다. 동대공은 그를 노려보았다.

"계집이 낄 자리가 아닌데."

"아, 설마 티끌 같은 계집 때문에 위대한 인간의 왕께서 심기가 불편하시거나 하진 않으시겠죠? 저는 그저 있건 없건 뵈지도 않는 하찮은 계집에 불과한데요."

동대공은 주먹을 꾹 쥐고 화를 눌러 참았다. 보통 계집이라면 매로 다스렸을 것이나 녹옥은 공주였다. 다른 곳도 아닌 그들이 거점으로 삼은 목궁의 공주이기 때문에 예의를 차릴 필요가 있었다. 그는 출신이 천했지만 멍청하진 않았다.

"네가 공주인 걸 다행으로 알아라."

녹옥은 그를 더 자극하지 않았다. 그는 말판의 장수일 뿐이고 녹옥이 잡을 왕은 따로 있었다.

회의가 끝나자 가벼운 술과 음식이 날라졌다. 녹옥은 직접 술병을 들어 동대공의 잔에 따랐다. 동대공은 그 손에서 쇠 냄새가 난다는 걸 눈치 챘다.

"우리가 없을 때 저 계집이 뭘 하는 지 알아봐."

동대공은 녹옥의 잔을 받았지만 마시진 않았다. 반공주의 일 이후로 그는 전처럼 여자들에게 경계심을 풀지 않았다. 반공주를 보고 다들 모녀가 하나도 닮지 않았다고, 도대체 아비가 누군지 모르겠다고 수근 대는 말도 들렸다. 그는 동의하지 않았다. 저토록 닮은 모녀는 본 적도 없었다. 언제든지 쓰다듬는 손을 물어뜯을 준비가 된, 억지로 길들인 짐승 같았다.

연제군은 녹옥과 동대공을 주시했다. 녹옥의 이마는 주름 하나 없이 뽀얀 피부가 보석처럼 빛났다. 녹옥이 너무 아름다웠기 때문에 연제군은 늘 불안했다. 제 남편의 목이 떨어지는 걸 끝까지 두 눈 똑바로 뜨고 보던 계집이었다. 곱고 약한 꽃처럼 치장하고 있지만 돌처럼 단단한 둥치와 뱀처럼 뒤엉킨 교활하고 질긴 뿌리를 가진 계집이야. 연제군은 꿀물처럼 달콤한 향을 풍겨 벌레를 꿰어 잡는 식충식물에 동대공까지 걸려들지 않았기만을 바랐다. 녹옥은 이미 목단왕보다 한 수 위였고 왕비도 어쩌지 못한 세자를 틀어쥐었다. 녹옥이 세자와 그렇고 그런 사이라는 건 궐내에서 공공연한 비밀이었다. 연제군도 그들이 함께 있는 걸 먼발치에서 본 적이 있었다. 세자의 베일을 쓰고 있지 않아서 처음엔 몰랐다. 하지만 궐 안팎을 뒤져서 그만큼 키가 큰 남자는 없었다. 세자는 상징이자 얼굴인 베일까지 벗어놓고 녹옥과 무슨 일을 꾸미는 걸까. 혹시 베일을 미처 쓰지 못할 일을 둘이서 하고 있던 걸까. 연제군은 온갖 불길한 상상들이 현실에서 그대로 일어나는 것을 봐 왔고, 이제 무슨 일이 일어난대도 별로 놀라지 않을 만큼 나이를 먹었다.

연제군은 아기 때 보았던 청목을 떠올렸다. 아장아장 걸음 걷던 보드라운 얼굴은 목단왕보다는 목단비를 쏙 뺐다. 그런데, 목단비는 어떤 얼굴이었더라. 연제군은 왕비를 알현한 지가 너무 오래되었다는 생각이 들었다. 왕비가 대외활동을 하지 않게 된 건 언제였더라. 세자가 서옥으로 유학을 떠났다가 베일을 쓰고 돌아왔을 때쯤일까? 아들이 장성하여 돌아왔으니 더 어미로서 할 일이 없어서일 거라고 생각했던 건 안일했을까? 녹옥이 저렇게 설치는 꼴을 보면 궁궐의 안주인으로서 한마디 할 법도 한데 쥐죽은 듯 하는 것도 이상했다.

녹옥은 왕실의 권력자를 쥐고 뭘 하려는 걸까. 왕관을 원하는 것 같지는 않았다. 그랬다면 한 번 실패했던 만큼 더 교묘해야 하리라. 하지만 이미 한 번 역모에 휩쓸렸던 녹옥에게 접근하는 가문은 없었다. 녹옥은 외톨이였다.

어쩌면 정말로 돌아 버렸을지도 모르지, 저 계집은. 껍데기만 멀쩡할 뿐 속은 곯아터진 알처럼. 성인식을 갓 치렀었으니, 딱 무화와 같은 나이였으리라, 부마가 처형당한 건. 목단의 세자 책봉식 직후 혼인식을 치른 녹옥은 부마와 1년도 채 살지 못했다. 선왕은 목단의 지위를 공고히 하기 위해 귀족 가문의 권력과 부를 왕실로 흡수했고, 마지막 제물은 녹옥이 되었다.

적송가의 무릇은 일찌감치 외교관의 자리를 꿰차 녹옥의 부마로 제삿밥이 되는 걸 피했다. 마지막까지 부마 후보였던 차목과 무릇 중에 녹옥은 차목과 맺어졌다.

그 무릇은 부마의 처형식에도 있었지. 그가 녹옥을 감쌌기 때문에 둘이 내연관계가 아니냐는 의심도 받았다.

'그저, 왕실에 대한 충성 때문이지요.'

사극이 말했다. 무릇이 처형당한 부마와 학사 동기였다는 것은 아주 나중에 다른 통로로 들었다. 그곳은 목단 이 세자 시절 잠시 수학했던 곳이기도 했다.

녹옥의 유배 결정과 동시에 사극은 무릇을 운교로 빼돌리고 자기가 궐에 똬리를 틀었다. 혹여 아들에게 미칠 화를 피하게 하려 함도 있고, 권력이 격동하는 궁궐에서 적송가의 세력을 공고히 하려는 뜻도 있었다. 무릇은 아비와는 전혀 다른 사내였다. 그는 영리하지만 몽상가여서 행동을 하는 일이 극히 적었다.

무릇보다는 반하가 사극을 더 닮았지. 그 비할 데 없이 예쁘장한 얼굴만 빼면. 깎으면 깎을수록 빛을 더하는 보석처럼 시간에 깎여 더욱 아름다워지는 반하를 보면 연제군은 내심 불안한 기분이 들었다. 원석에서 빛나지 않는 부분이 깎여 나가 보석으로 변하는 것처럼 반하는 사람이었던 부분을 깎아 내어 다른 존재가 되어 버릴 것만 같았다.

사람이 다른 무엇이 될 수 있을까. 반하는 뭐가 되려는 걸까. 그는 이미 막강한 집안의 장손이었다. 왕위를 노리지 않는 한 그의 머리 위에는 천장이 없었다. 그가 반공주와 가까워질 때는 왕위에 욕심이 있는 줄 알았다. 하지만 그가 활약하는 범위를 보건데, 목국의 부마는 그에게 살점 없는 뼈다귀였다. 그제야 반공주가 반하에게 기울어 있는 게 보였다. 그런데 그 반공주가 무화로 바뀌고 나서 판도가 달라졌다. 뚜렷하게 반하는 무화에게 관심을 보였고, 동대공에게 빼앗길 위기에 처하자 남령의 왕에게 도움을 청했다.

반공주가 그럴 만한 가치가 있을까? 연제군은 궁금했다. 카르파엔센과 반하, 그리고 동대공까지 움직일 만한 매력을 그 애가 가진 걸까? 입궐 전까지 가짜 반공주를 내세워 안위를 꾀했으니 보통 내기는 아니었다. 입궐 후의 안일한 태도와 동대공을 위협한 행동을 보건데 정말로 그 지위를 원한 건지는 의문이지만, 주위를 끌어들이는 폭풍의 눈처럼 무심한 행동 하나에도 파장이 컸다.

그게 바로 녹옥이 바란 걸까. 부마를 죽인 궁궐에 파란을 일으켜 아비규환으로 몰아넣고 싶은 걸까. 그래서 그 애를 가진 걸까? 계집인데 꽃피지 말라는 잔인한 이름을 지어서?

도대체 녹옥은 무엇의 씨를 품어 아이로 낳은 걸까. 무화가 태어난 건 유배지에서 몇 년을 보낸 뒤였다. 절대로 죽은 부마의 씨일 수는 없었다.

"너는 전처럼 자주 자지 않는구나. 밤에도 안 자는 거 같던데, 어디 불편한 거 아니냐?"

연제군이 말했다. 차라리 녹옥이 잠병을 핑계로 두문불출하던 시절이 궁궐이 훨씬 조용했던 것 같았다.

"제가 불편하길 바라시는군요."

연제군은 가느다랗게 웃는 그 눈이 몹시 거슬렸다.

"그렇게 말하지 않았다."

"쉬세요, 마마. 내일을 준비하셔야지요."

녹옥은 그를 지나쳐갔다.

검해는 잠들기 직전에 잠시 녹옥을 생각했다. 아름다운 꽃은 가시가 있는 법이지만 그건 독화였다.

"녹옥이 궐 밖으로 나갔습니다."

눈감은 그의 발치에 소리 없이 선 이무기가 말했다.

"이 밤중에?"

어둔은 밤에 더 강력해졌다. 방비가 있다 해도 밤에 밖에 나가려는 사람은 없었다. 녹옥의 손에서 나던 쇠 냄새가 떠올랐다.

"누가 따라올 텐가?"

검해는 벗어 두었던 옷을 걸쳤다. 칼 띠는 애초에 풀지도 않았다. 한쪽에 기대 잠들었던 다륜이 즉각 곁에 섰다. 다륜은 아직 어려서 민첩하고 쉽게 지치지 않았다. 검해는 이무기에게 몇 가지 지시를 남기고 녹옥을 따라 붙었다. 녹옥은 밤눈이라도 달린 것처럼 밤길을 걷는데 거침이 없었다. 검해와 다륜은 바짝 긴장했다. 어둔은 쥐죽은 듯이 고요했다. 사라졌을 리는 없다. 삶과 죽음이 함께이듯이 사물이 그림자를 가지는 한 그것들은 불멸했다. 놈들은 그늘 속에서 숨죽이고 일행을 지켜보고 있으리라.

녹옥은 북쪽으로 북쪽으로 걸었다. 청목산의 기슭과 수도 가람을 가로지르는 가장 큰 강의 원류가 되는 작은 개울이 나왔다. 녹옥은 거기서 멈췄다. 긴 은발 머리를 휘날리는 키 큰 남자가 녹옥에게 다가왔다. 어디서 나타났는지 알 수가 없었다. 발소리도 다가오는 낌새도 없이 칼로 자른 비단 너머에서 불쑥 나타난 것 같았다. 남자의 머리카락이 어찌나 가늘고 빛나던지 밤하늘에 거미줄이 흩날리는 것처럼 보였다.

"그래. 그 애가……."

드문드문 목소리가 들렸다. 남자의 그늘 옆에서 젊은 여자가 나왔다. 마치 그림자가 여자로 변한 것 같았다. 젊은 여자가 녹옥에게 인사하자 녹옥은 고개를 끄덕였다. 반공주와 비슷한 또래로 오랫동안 알던 사이 같았다.

"준비는 끝났어. 이름 없는 산에 가서……."

속삭이는 소리가 낮아졌다. 녹옥이 먼저 돌아서자 남자와 여자는 검은 비단 너머로 나타났을 때처럼 불쑥 사라졌다. 녹옥은 발길을 돌려 검해와 다륜이 숨은 바로 옆을 스쳤다. 좁은 나루에 당도하자 사공 없는 배가 떠 있었다. 녹옥은 그 배에 오르더니 말했다.

"계속 따라 오시려거든 노를 맡아 주시지요."

검해는 혀를 차고 앞으로 나섰다. 다륜은 바싹 그 옆을 따랐다.

"감히 왕에게 사공 노릇을 시키다니."

그는 투덜댔지만 노를 잡았다. 다륜은 반대편 노를 들었다. 물이 배를 밀었다.

별은 삼킨 검은 뱀처럼 강은 깊고 길고 어두웠다. 수면에는 아무것도 비치지 않았다. 가끔 갈대 뿌리가 노에 걸렸다. 검해는 노가 부러지지 않도록 살살 달래어 여울목을 지났다.

"어디 가는 거지?"

"이 강은 노루 뿔 큰 나루와 이어져 있지요. 궁에서 가장 가까운, 사신과 공물이 주로 드나드는 나루지요."

멀리 어른대는 새벽 끄트머리에 커다란 돛이 보였다. 녹옥은 배가 부딪치지 않도록 얕은 여울에 대고 밧줄을 말뚝에 묶었다. 굵고 거친 밧줄을 다루는 솜씨가 야무져서 궁궐에서 수나 놓고 찻잔이나 들었던 손이라고는 믿기가 어려웠다.

녹옥은 여왕처럼 검해와 다륜을 거느리고 막 하역 중인 배다리 앞으로 갔다. 동대공은 여자의 뒤를 따르는 것이 불쾌했지만 모르는 장소라서 말없이 녹옥을 따랐다. 인부들은 녹옥의 옷차림과 대동한 심상치 않은 사내들을 힐끔대면서 머리를 조아렸다. 마침내 녹옥이 기다리던 사람이 배에서 내렸다.

"무릇."

녹옥이 그의 이름을 불렀다.

"녹옥?"

풀잎을 문 것처럼 아주 작은 소리였는데도 무릇은 녹옥을 찾아냈다. 그는 팔을 펼치고 다가가다가 문득 깨달은 듯 허리를 낮췄다.

"공주 마마."

녹옥도 마주 무릎을 굽혔다. 무릇은 녹옥의 어깨 너머를 보았다. 그는 오랫동안 서쪽에 있었기 때문에 동대공을 만난 적이 없었다. 그러나 한눈에 그가 강한 전사이며 우두머리의 풍모를 갖추었다는 것을 알았다.

"'그것'들이 출몰한다는 소식을 오면서 들었습니다."

녹옥은 인부들이 부리는 짐을 둘러보았다. 우리째 실린 가축들도 있었다.

"이게 다 뭐지?"

녹옥은 어제 헤어진 것처럼 그에게 거리를 두지 않았다.

"유리 조각이랑 식량입니다. 운교에도 그것들이 나타났습니다."

무릇은 운교의 첨탑에 앉아 있던 어둔의 공격과 피해를 알렸다. 검해는 그의 이야기를 주의 깊게 들었다.

"유리 조각은 부적으로 쓸 수 있습니다."

무릇은 주머니에 있던 조각 목걸이들을 검해와 다륜에게 나눠주었다. 녹옥은 받지 않았다. 무릇은 남은 유리를 하인에게 넘기고 나눠주도록 했다.

"결국 이렇게 됐군요."

그가 말했다.

"알았다면 피해야지. 왜 왔어?"

녹옥은 눈썹 하나 흐트러트리지 않았다.

"죽음에서 달아날 수 없듯 삶에서도 달아날 수 없죠. 전 늘 제대로 살고 싶었어요."

동대공은 그들 사이의 침묵을 들었다. 무릇이 녹옥과 막역한 사이라는 소문은 들었다. 녹옥의 배우자가 죽을 때 마지막을 지키고 제정신이 아닌 녹옥을 수습해 온 게 무릇이었다.

"궁으로 갈 거지?"

녹옥이 물었다.

"불러 주신다면요."

무릇이 대답했다. 녹옥은 적송가에서 마중 나온 마차를 돌아보았다. 이런 때인데도 저토록 화려한 마차를 준비할 수 있다니 그 가문의 부강함이 새삼스러웠다. 마부가 마차 문을 열자 무릇이 손을 내밀어 녹옥을 도우려 했다. 녹옥은 그를 지나쳐 혼자 마차에 올랐다. 무릇은 민망하지 않았다. 그는 녹옥이 조금도 변치 않은 걸 확인했다. 사랑하는 반려의 목이 몸에서 떨어지는 걸 보며 피를 토하던 모습 그대로. 처형장의 진저리나는 피 냄새가 다시 맡아지는 것 같았다. 한 가문의 식솔이 거기서 모두 죽었다.

'그를 죽이면 안 돼요. 그를 살려 주세요. 살려 주세요.'

처형대 앞에 선 남자를 두고 녹옥은 빌었다. 태어나서 평생 그토록 비굴해 본 적이 없으리라. 녹옥은 계집으로 났으나 사내로 살았다. 선왕은 몸 약한 목단이 무사히 자라서 왕위를 이을 때까지 녹옥으로 그 자리를 대신했다.

혼인하기 전까지 그는 사내들과 똑같이 세상을 자기 것처럼 살았다. 하지만 혼인을 하고 나서 모든 것이 달라졌다. 세자의 베일을 벗은 후 공주로 돌아간 녹옥이 선택할 수 있는 건 밥을 지금 먹을지 물릴지 정도였다. 늘 하던 산책조차도 혼자일 수 없었다.

원래 녹옥은 태어나자마자 죽어야 했다. 목왕가는 계집이 나면 죽였다. 녹옥은 운 좋게 살아남았고 질기게 목숨을 보전한 대가를 반려인 차목이 치렀다. 무릇은 자기를 비켜간 불행을 생각하면 아직도 목이 서늘했다. 원래 선왕은 녹옥의 배우자로 무릇을 꼽아두었다. 하지만 대신들은 적송가가 권력을 장악할 것을 염려해 반대했다. 마침 재상가의 차목이 적극적으로 구애를 했고, 녹옥은 그와 맺어졌다. 녹옥에겐 그나마 숨통을 트는 일이었지만 차목에겐 제 명줄을 끊는 일이었다. 녹옥이 순진하게 세상을 믿었던 건 그게 마지막이었다.

'그와 맺어져서 다행이라고 생각했었어.'

녹옥은 피눈물을 삼켰다.

'그런데 내가, 나와 우리 가문이 그를 죽였어.'

녹옥의 쉰 목소리가 혀끝에서 갈라졌다. 차목은 형장으로 끌려 나갔고 녹옥은 뒤에 남겨졌다.

"그때, 네가 내 눈을 가렸지."

녹옥은 바로 어제 일처럼 말했다. 차목의 목에서 뿜어진 피가 녹옥을 가린 무릇의 긴 소매에 튀었다.

"아니, 결국 못 가렸지요."

무릇이 말했다. 녹옥은 무릇을 물리치고 반려의 죽음을 지켜보았다.

"저는 마마가 숨을 놓으실까 봐 걱정했습니다."

"그래서 밤새 침소를 지켰어?"

녹옥의 말에 무릇은 뜨끔했다.

"내가 죽으면 누가 웃을지 너무 잘 아는데 그렇게 순순히 죽어 줄까 봐? 차목은 소중했지만, 결국 내 목숨이 더 소중해. 당연하잖아?"

무릇은 그 말 속에서 녹옥이 차목보다 제 목숨을 소중히 해서 미안하다고 고백하는 걸 들었다.

"세상이 망하고 있어서 마음이 풀리십니까?"

무릇이 물었다. 녹옥은 처음 듣는 것처럼 눈을 크게 떴다.

"그렇게 단순하게 생각했다니! 늙었군, 무릇."

무릇은 흘려보낸 시간이 되돌아오며 둘 사이에 가득 차 녹옥이 별처럼 멀어지는 것을 느꼈다. 마음이 아팠지만 전처럼 찢어질 것 같지는 않았다. 녹옥의 말이 옳았다. 그는 늙었다.

"이건 장기판에 펼쳐진 말의 행보일 뿐이야. 일어날 일들이 일어난 거고 난 숟가락을 얹은 것뿐이지."

"누가 당신을 장기 말로 씁니까? 겁도 없이?"

무릇은 쑤시는 미간을 눌렀다.

"글쎄. 누굴까."

녹옥은 덧창을 열고 밖을 내다보았다. 하늘이 무거웠다.

"당신 말이 옳아. 이건 복수야. 인간은 하찮지. 그러니까 뭣에든 빌붙어서 숙원을 이뤄야지. 그게 빛이건, 암흑이건."

대낮에 바람도 없이 하늘에 컴컴한 구름이 몰려들고 있었다. 너무 빠르고 너무 검었다. 녹옥은 입안에 고이는 피 맛을 느꼈다.

"녹옥 공주!"

마차가 멈추고 동대공이 밖에서 녹옥을 불렀다. 녹옥과 무릇은 밖으로 나왔다.

"'그것'들이 몰려와. 그대의 이름은? 가솔들은 무장했나?"

동대공이 무릇에게 물었다. 땅을 밟을 수 있는 사내라면 전사의 왕이 부를 때 명예로 답해야 했다. 무릇은 하인들을 돌아보았다. 모두 빛나는 날붙이를 지녔고 무장했다.

"무릇입니다, 전하. 가솔들은 무장했고 배는 방비가 되어 있습니다."

"배로 후퇴하는 게 좋겠군. 마차에 불을 놓고 엄폐물로 쓴다. 배로 퇴로를 터라."

동대공이 명령했다. 무릇과 선원들을 불을 지르고 칼을 뽑았다. 녹옥은 말들을 풀어 주고 마차에 불을 놓았다.

"이 싸움이 지랄 같은 게 뭔지 알아? 죽일 적이 없다는 거야. 그저, 내가 죽지만 않으면 이기는 거지."

동대공은 칼을 바투 쥐었다.

검은 모래바람이 덮치며 지옥이 펼쳐졌다. 검해처럼 용맹하고 냉철한 전사의 정신도 흐리게 만드는 안개가 사방에 가득했다. 죽음이 눈을 감기면 이 광경을 지울 수 있을까? 혹시 죽어서도 이 전장을 벗어날 수 없으면 어쩌지? 이미 죽어서 혼만 남은 채로 계속 싸우고 있는 건 아닐까?

날카로운 통증이 검해를 깨웠다. 그는 전투에 집중했다. 언제나 그를 깨우치게 하는 건 굶주림과 갈증과 분노와 고통이었다. 웃을 때나 먹고 마실 때, 승리를 거머쥐었을 때나 사랑을 나눌 때는 자신이 아니라 한 발짝 떨어져서 남을 구경하는 것 같았다. 그래서 그는 전장이 좋았다. 가장 그다운 모습으로 살다가 죽을 장소를 고를 수 있다면 바로 여기였다.

피어오르는 흙먼지 너머로 날렵한 실루엣이 보였다. 베는 솜씨가 뛰어난데 그의 부하는 아니었다. 무릇은 좋은 부하를 가졌군. 눈앞에 장막처럼 나부끼는 어둔을 베어 흐트러트리자 녹옥이 보였다. 녹옥?

검해는 녹옥을 지키러 달려갔다. 풀뿌리에서 기어 나온 어둔이 그의 발목을 잡아챘다. 녹옥이 그를 돌아보았고 그 너머에서 뭉클 짙어지는 어둔의 형체가 보였다. 검해는 한 팔로 녹옥을 잡아채며 칼을 뻗었다. 어둔이 순식간에 그의 다리를 집어 삼켰다. 너무 차서 뜨겁게 느껴지는 얼음물에 들어간 것 같았다. 뭉근하고 얼얼한 통증 속에 다리가 녹아 사라지는 게 보였다.

"멍청이!"

녹옥은 큰 칼로 그의 하반신을 단번에 잘랐다. 사방이 솟구쳐 검해를 굽어 보며 끔찍한 고통이 그를 삼켰다. 귀를 먹먹하게 하는 화포 소리가 들렸다. 뜨거운 불길이 검해의 머리 위를 휘저었다. 검은 모래 바람과 안개가 하얗게 식어 잿가루처럼 흩날렸다. 벌써 첫눈인가?

"전하!"

다륜이 날카롭게 부르는 소리가 들렸다. 그는 아직 소년이어서 다른 사내들보다 목소리가 잘 들렸다.

"다륜, 도와줘! 전하를 물로 끌고 가!"

녹옥이 불렀다.

다륜이 검해를 끌었다. 단련된 몸은 상반신만이라도 무거웠다. 녹옥은 다륜을 엄호하며 틈틈이 끄는 걸 도왔다. 검해는 허리 아래 차가운 물이 닿자 통증이 덜어지는 것 같았다. 어둔은 물에서는 나오지 않았다.

"여기 있어. 어둔이 접근 못할 거야. 대공을 지켜드려."

녹옥은 다륜과 검해를 물가에 두고 전장으로 뛰어갔다. 검해의 눈이 녹옥을 좇았다. 다륜은 멀리서 들려오는 함성과 엷어지는 어둔을 보며 말했다.

"우리가, 이길까요?"

"살아남았으면 이긴 거다."

그리고 죽을 자리를 찾았다면, 그건 축복이지. 그 말은 하지 못하고 검해의 손이 다륜의 손에서 빠져나갔다. 다륜은 전사왕의 눈을 감겼다. 검해의 하반신에서 흘러나온 피가 물가를 어둡게 적셨다. 물가에서 머뭇대던 어둔이 스물스물 피를 타고 접근해 왔다. 다륜은 옆구리를 더듬어 칼을 찾았다. 비어 있었다. 검해를 옮기다가 떨어트린 모양이었다. 다륜은 검해의 옆구리에 매달린 단검을 발견하고 서둘러 뽑아들었다. 어둔이 그의 머리 위로 솟구쳤다. 다륜은 어둔을 베었다. 어둔은 그가 베는 속도보다 더 빨리 모여들었고 저희끼리 뭉쳐 계속 크고 강해졌다.

죽는 건가?

다륜은 기계적으로 팔을 휘둘렀다. 몸과 정신이 따로 떨어져 서로 멀어지는 느낌이 들었다.

“포기하지 마! 정신 차려!”

날카로운 목소리가 다륜을 때리며 불화살이 어둔에 내리꽂혔다. 사방에서 화살이 날아와 어둔을 불태웠다. 하얀 재가 눈처럼 휘날렸다. 이상하게 생긴 배가 강으로 들어오고 있었다. 처음에는 큰 배 한 척처럼 보였는데 좁은 강을 따라 계속 분산되었다. 불화살은 거기서 왔다. 가장 앞선 배는 스스로 와해되어 다리가 되었다. 그 안에서 전사들이 쏟아져 다륜에게 달려왔다. 다륜은 어둔을 헤치는 금빛 광휘를 두르고 달려오는 야수를 보았다.

“노스 전하!”

그는 북대공이 배를 타고 떠날 때 동대공과 함께 마중했던 무리에 있어서 금방 야르스를 알아보았다.

“검해는?”

다륜은 차마 입을 떼지 못하고 얼굴을 떨궜다. 야르스는 검해의 시신을 보고 목수건을 풀어 얼굴을 덮었다. 불화살이 멈췄다. 잠시간의 소강 후 굉음과 함께 하늘에 불꽃이 번졌다.

“설마, 대폭니까?”

다륜이 물었다.

"아니. 불꽃놀이 축포야. 대포보다 기동성 좋고 놈들에게 효과적이지."

야르스가 말했다

다륜은 불꽃 너머에서 미끄러지듯 내려오는 거대한 뱀 모양의 불구름을 보았다.

"저건 뭡니까?

"용이다. 우리 편이지."

화룡이 낮게 날며 지느러미로 지상을 쓸고 갔다. 그들 주변에 어둔이 섬멸됐다.

"아직 안 끝났어."

야르스의 뒤를 바싹 따라온 무화가 새까맣게 밤이 몰려오는 지평선을 가리켰다. 해가 지기 전에 깔리는 어스름이 아니라 어둔이 하늘을 뒤덮은 거였다. 어둔은 형체가 없었다. 하지만 저기 밀려오는 묵직하고 거대한 존재는 형체가 있었다.

"**심연**이야."

무화가 그것의 이름을 불렀다. 발밑을 집어 삼키던 어둠이 스며들 듯 땅 속으로 꺼졌다.

심연이 포효했다.

제15장
혈옥 공주

무화는 왼팔의 고동을 느꼈다. **어스름**이 요동쳤다. 크게 벌어진 무화의 동공에서 클로버는 점점 거대해지는 어둔을 보았다.

"뭔가가 와."

밤이 밀려오는 지평선이 보였다. 밤이 아니다. 거대한 어둔이었다. 하늘의 별들이 쏟아질 것처럼 무시무시하게 빛났다.

"옥인이다."

클로버가 말했다. 어둔은 별빛과 씨름하다가 모두를 삼키고 자욱하게 번져 왔다. 무화는 몸속 깊은 곳에서 차오르는 공포를 느꼈다.

"부상병들을 배로 옮겨. 물은 마노의 권속이고 우리 편이다. 배수진을 치고 땔감을 모아."

검해를 잃고 우왕좌왕하던 병사들은 야르스의 명령에 따라 일사분란하게 움직였다. 인간의 왕은 번쩍이는 왕관이나 표식이 없어도 스스로가 우두머리임을 증명할 수 있었다.

"용의 힘이 필요해질 거예요."

녹옥이 말했다. 클로버는 눈을 깜박이는 것처럼 편안하게 풍룡으로 변했다. 육신이 낱낱이 흩어져 먼지같이 미세한 조각까지 감각으로 변이되어 드넓고 명료하게 세상을 관찰하는 느낌이 돌아왔다. 노래하는 황금새일 때는 예지가 담길 그릇이 너무 작아서 불분명한 일부만 간신히 붙잡았지만 이제는 과거와 미래를 현재와 한꺼번에 정지된 시선으로 훑고, 각도를 바꾸고 방향을 뒤집어 면밀히 살필 수도 있었다. 빛나는 박편이 든 잘 연마된 수정조각을 이리저리 돌려 보는 것 같다. 그 안에 흐르는 녹색과 금색과 검은 조각들은 산 것과 죽은 것, 그리고 그 사이의 것들이었다. 생명은 치열하게 살고 죽고 존재하지만 용의 눈에는 그저 정교하고 아름답게 빛나는 수정 조각에 불과했다.

반하는 어떻게 세상을 보게 될까?

인간들이 서로 다른 관점으로 세상을 보듯이 용들도 전혀 다른 감각으로 세상을 보았다. 클로버는 바람이었다. 무상함이 힘이었다. 하지만 반하는 불이었다. 열정과 분노와 미련이 그의 힘이 될 것이다. 그것들마저 다 태우고 나면 완전한 용이 되겠지. 그러면 더 이상 인간을 지킬 이유가 없었다. 인간들이 개미나 진드기를 지키겠다고 하는 것만큼 무의미했다.

"조심해! 온다!"

클로버는 연달아 넘어지는 골패처럼 공포의 감정이 썰물처럼 퍼져가는 것을 보았다. 그 시작에 흑암으로 빚은 거대한 존재가 있었다. 그것은 움직이면서도 계속 계속 자라났다. 구름이라기엔 너무 빠르고 연기라기엔 밀도가 높았다.

"저건 **심연**이야."

무화가 탄식처럼 그것의 이름을 불렀다. 서미와 이어져 있을 때 **그늘** 속에서 꿈틀대던 몸뚱이와 번들대던 비늘을 보았다. 너무나 컸기 때문에 무화는 자기가 있는 곳이 **그늘** 속인지 **심연**의 눈꺼풀 위인지도 분간할 수 없었다.

발밑에 꿈틀대던 잔챙이 어둔들이 그림자 속으로 스며 사라졌다. 사방에서 비명과 쇠 부딪는 소리가 일순 멈추고 팽팽한 정적이 흘렀다. 세상이 삽시간에 어두워졌다.

조심해! 쏟아진다!

풍룡이 경고했다. **심연**의 날카로운 비늘 조각이 산 것을 갈가리 찢기 위해 소나기처럼 떨어졌다.

피해!

반하는 쏟아진 조각들이 지상에 닿기 직전에 용의 지느러미를 펼쳐 불태웠다.

"화포를 쏴라!"

야르스가 명령했다. 불탄이 하늘에 쏘아 터졌다. 빛이 폭발할 때마다 흐릿한 비늘이 새까맣게 짙어졌다.

빛이 밝으면 그림자가 강해져.

숨 막히게 자욱한 연기 속에서 풍룡이 **심연**의 몸뚱이를 틀어 밀쳤다. **심연**은 묵직한 몸을 꿈틀대면서 바람을 따라 밀려갔다.

"달아나는 걸까?"

야르스가 말했다.

"아니. 그냥 가려는 거 같아."

무화는 녹옥이 몸을 돌려 말을 잡아타는 걸 보았다. 북서쪽 왕궁 방향이었다. **심연**은 유유히 이름 없는 산이 있는 동쪽으로 미끄러졌다. 어느 쪽으로 가야 하지?

"뒤를 부탁해."

무화는 녹옥의 뒤를 쫓았다. 어차피 **심연**은 무화가 상대할 적이 아니었다.

'녹옥이 뭔가 준비했다면 하나는 아니지. 절대로 지지 않을 테니까.'

수련이 말했었다. 무화도 같은 생각이었다.

"어둠이 몰려옵니다."

망루에서 내다보던 감시병이 외쳤다. 목단왕은 똥마려운 개처럼 갑옷을 쩔꺽이며 돌아다녔다. 그의 몸에는 장인이 만든 가장 가볍고 튼튼한 갑옷도 무거워 보였다.

"대포는? 무덤섬에서 가져온 건?"

"동대공이 가져가셨습니다."

"그럼 대궐을 지킬 무기가 하나도 없다는 거냐?"

목단왕이 신경질적으로 소리쳤다. 연제군은 날선 긴장을 감춘 호랑이처럼 유연하게 어슬렁댔다. 목단왕은 그가 거슬렸다.

"왜 거기서 뱅글뱅글 돌고 있소? 수장이라면 대책을 세워야 할 것 아니오?"

"목대궐의 수장은 엄연히 마마시죠."

"지금 나랑 시비를 가리자는 게요?"

"동대공께서 비우신 지금 전권을 가진 건 마마십니다. 저는 아무 권한도 없습니다."

연제군은 살금 목단왕을 긁었다. 이건 복수라고도 할 수 없는 얄팍한 신경전이었다. 하지만 목단왕은 눈치 채지 못했다. 그는 남이 무엇을 생각하는지 어떤 의도를 가졌는지 아무 관심도 없었고 오로지 자기 안위만이 중요했다.

"그럼 권한을 가지면 될게 아닌가!"

"알겠습니다. 궐내 군수 통솔권을 잘 받들겠습니다."

이 어리석은 왕은 자기가 한 말뜻을 알기나 할까. 연제군은 진심으로 궁금했다. 전사들의 왕에게 부름 받을 때까지 왕의 칼이자 방패인 병력을 연제군이 공식적으로 넘겨받았다는 뜻이었다.

"이제 어떡할 건가?"

목단왕이 안달했다.

"여기는 여기 나름의 방법이 있죠."

연제군은 휘하 부관에게 몇 마디 건넸다. 부관은 대궐 마당에 무장 대기한 병사들에게 명령했다.

"연을 띄워라!"

가느다란 쇠줄을 실처럼 꼬아 기름먹인 가죽으로 팽팽하게 만든 연들이 하늘에 떠올랐다. 원래는 무게 때문에 날수 없지만 풍룡이 그들의 편이라 연들은 원하는 방향으로 가뿐하게 날아올랐다.

"그깟 종잇장으로 뭘 어쩌려는 거지?"

연제군이 신호하자 불화살이 허공을 가로질러 연에 꽂혔다. 기름

먹인 가죽은 사그라질 때까지 꽤 오래 불덩어리로 허공에 머물렀다가 불꽃 파편을 흩뿌리며 떨어졌다. 어둔이 엷어졌다.

긴 말울음 소리가 들렸다. 창궐하는 어둔을 뚫고 궐로 뛰어 들어온 건 녹옥이었다.

"녹옥! 무사했군! 바깥은?"

목단왕이 화급히 물었다. 녹옥은 문지방을 넘자 힘을 잃고 떨어져 나가는 어둔의 찌꺼기를 툭 털었다.

"동대공 검해께서 승하하셨습니다. 북대공이 풍룡과 화룡과 함께 원군으로 왔고요."

"우리가 이길 거야!"

목단왕은 불안감을 떨치려 억지로 강하게 말했다. 그 말 한마디로 불가능한 일들이 이뤄지기라도 할 것처럼.

"축하연을 준비해두는 것도 좋겠죠."

녹옥은 비아냥대면서 지나쳤다. 그보다 한 발 늦게 무화가 도착했다.

"누구냐! 멈춰라!"

병사들은 그 앞을 막았다.

"반공주다."

무화는 걸음을 멈추지 않았다. 병사들이 무기로 위협하자 무화는 가뿐히 그들을 물리쳤다. 녹옥은 이미 보이지 않았다.

어디로 갔을까.

무화는 나무로 된 기둥을 만졌다. **어스름**이 강해질수록 나무의 노래는 점점 희미해져서 듣기가 어려웠다.

"세상의 마지막 날에 넌 뭘 할 거니?"

복잡하게 애쓸 필요 없이 녹옥이 바로 등 뒤에 서 있었다. 발소리조차 들리지 않았다. 무화는 식은땀을 흘렸다.

"공주 마마."

"넌 절대로 엄마라고 안 부르는구나. 왜?"

녹옥의 말에 무화는 침묵으로 응수했다.

"네가 어릴 때, 너를 사랑했던가?"

녹옥이 손을 내밀어 무화의 뺨을 쓸었다. 곱게 분 발린 얼굴 위에 내려앉은 그을음과 검흔이 배긴 손이 지독하게 안 어울렸다. 무화는 어릴 적 엄마의 손이 기억나지 않았다.

"너는 귀여웠어. 하지만 너를 사랑할 순 없었지. 왜냐하면……."

녹옥은 깊게 숨을 들이쉬었다.

"너를 사랑하는 행복까지 누릴 순 없었거든. 넌 내 이기심의 제물이니까."

무화는 이를 악물었다.

"왜 지금 그런 말씀을 하십니까?"

궁에서 지내는 동안 녹옥은 무화에게 인사도 제대로 건네지 않았다.

"위대한 마노엔이 너를 길렀지. 그를 사랑해? 그를 믿니?"

"당신 입에서 그렇게 간지러운 단어가 나올 줄 몰랐는데요."

무화가 말했다.

"그가 너를 사랑해 주었니? 부모처럼, 연인처럼? 얼마나 소중히 다뤘을까. 낳아 준 엄마보다 더 따라서 제 맘대로 움직이게 조종하려고."

녹옥이 속삭였다. 무화는 소름끼치는 증오를 느꼈다.

"당신이 낳았다고, 무조건 당신을 사랑해야 하나요?"

녹옥은 싱긋 웃었다.

"나는 한 번도 엄마다웠던 적이 없었지. 끝까지 그럴 거고, 너는 나에게서 자유야."

녹옥은 무화를 지나쳐갔다. 무화는 바짝 그를 좇아갔다. 녹옥은 신경 쓰지 않았다.

"여기가 어딘지 아니?"

세자궁 앞에서 녹옥이 말했다. 정말로 대답을 원하는 건 아니었다. 그가 미닫이문을 열자 짙은 녹음 사이로 청명한 물 내가 풍겼다. 이름 없는 산의 맑고 투명한 개울물 냄새 같았다. 아니, 노래하는 나무 배의 심장과 똑같은 냄새였다.

"늦지 않았네."

녹옥은 아무도 없는 작은 마당의 샘을 가리켰다. 가장자리에 네 마리의 이무깃돌이 서로의 꼬리를 문 샘물은 바닥이 비칠 만큼 맑았다.

"조심해라. 빠지면 시체도 떠오르지도 않는다."

녹옥이 말했다. 그들이 지켜보는 동안 잔잔한 수면 아래 깊은 곳이 부옇게 회오리 쳐 올라왔다. 수면 위로 솟구친 투명한 물줄기는 사람의 형상을 이루며 떨어지는 물방울이 맺혀 손가락으로 변하고 수증기 같은 안개가 머리카락으로 어깨 위에 내려앉았다. 그 머리는 처음에는 갓 벼려낸 순금처럼 영롱했다가 순식간에 검어졌다. 닫혀 있던 눈꺼풀이 열리자 푸른 눈이 별처럼 반짝였다. 청목 세자였다.

"녹옥 공주."

청목은 녹옥과 무화를 차례로 보았다. 그의 눈길은 무화에게 좀 더 오래 머물렀다. 무화는 영영 닫아두고 싶은 상자 속을 비밀을 억지로 목도한 기분이었다.

"제가 놀란 척 해야 하나요?"

무화가 녹옥에게 말했다.

"나랑 서미를, 당신들 맘대로 할 수 있을 거라고 생각했어요?"

그리고 마노를 바라보았다.

"두 분이서 무슨 꿍꿍이셨는지 이제 말씀해 보시죠."

무화는 분노를 예의로 치장했다.

"시작된 균열을 멈출 수는 없지만, 방향과 속도를 조종할 수 있다고 우리는 생각했어. 그러려면 너희가 필요했지. 새롭고 변화된 존재. 인간이고 어둔이고 옥인, 바로 너희 둘 말이야."

무화가 물었다.

"그 우리가 마노와 공주님이신가요?"

녹옥이 대신 답했다.

"아니, 빛과 어둔. 그게 마노가 말한 '우리'다."

세상 모든 것에 배신당한 기분이었다.

"내가 말했지. 마노는 너를 사랑한 적이 없어. 그저 기르는 개처럼, 물 주는 꽃을 아끼는 것과 다를 바 없지. 옥인은 인간의 정을 몰라. 적어도 인간과는 다르지. 마노는 너희를 이용하려고 사랑하는 척 한 거야."

무화의 기억 속에서 오트와 마노가 작은 목소리로 나누는 대화가 떠올랐다.

'둘 중에 어느 쪽일까요?'

겨울 바다에서 구조되었을 때였다. 무화는 왼팔을 잃고 얼음 바다에 빠져 사경을 헤매는 중이었다.

'몰라. 인간은 똑같이 생겼거든.'

'왼팔이 정상이 아닌 쪽을 보셨죠? 그게 있어요.'

오트는 입에 올릴 수 없는 것에 대해 말하고 있었다. 마노는 알아들었다.

'방비해 둘 참이다.'

오트는 망설이다가 물었다.

'목왕가의 혈육은…….'

'저 애들은 둘이지만 하나와 같아. 한쪽을 떼어 내면 남은 쪽은 죽을 거야. 누가 반공주인지는 중요하지 않아.'

마노가 말했다. 오트는 물끄러미 그를 보았다.

'녹옥을 신경 쓰시는 거죠? 하나뿐인 자식을 제물로 삼으면 슬퍼할 테니까 만약을 위한 대용으로 쓰시려는 거죠?'

마노의 눈이 유리알처럼 미끈하게 빛났다.

'그들은 인간일 뿐이야.'

마음이 아릴만큼 무심한 목소리였다. 마치 '저건 풀이고, 저건 벌레지.'라고 말한 손가락이 무화를 가리키며 '저건 인간이고, 내게 아무것도 아니야.'라고 말하는 것 같았다.

"대답해 주세요, 마노. 공주님 말이 맞나요?"

비통한 서러움이 목까지 차올랐다.

"무화, 나는, 우리는……."

청목이 무화에게 변명하려고 했다. 그가 경계심을 늦춘 틈에 녹옥의 칼날이 그를 공격했다. 녹옥은 무장했고, 목표는 마노였다. 무화가 녹옥에게 반격하려는 찰나 그보다 먼저 물 채찍이 녹옥의 앞을 가로 막았다. 수련이었다.

"당신이 '공주가 태어나면 목왕실의 명운이 다한다.'고 왕실에 속삭였지. 그래서 얼마나 많은 목숨들이 살아 보지도 못하고 죽었지?"

녹옥은 공격을 거두지 않았다. 마노 대신 수련이 그와 맞싸웠다. 사방에 물방울이 튀었다.

"그건 목왕실이 아닌 세상의 명운에 대한 거였다. 너희 가문을 부표로 삼은 거지. 정확하게는 '세상의 마지막과 명운을 함께할 공주가 태어날 거다.'였어. 하지만 어리석은 인간들은 아예 공주를 태어나지 못하게 했지. 그럼에도, 너희는 나타나고야 말았어."

카르파도 클로버를 죽이려고 했었다. 예언하는 입을 닫치게 하려고. 이루어질 일을 예언하는 것이 아니라 예언했기 때문에 불길한 일들이 벌어지는 거라고 그는 말했다. 천적을 만나면 머리만 숨는 산 꿩처럼.

"결국 '나타났다'고? 거저인양 너무 쉽게 말씀하시네요. 그 예언을 이루려고 내가 얼마나 많은 대가를 치렀는데."

녹옥은 수련의 공격에 밀리지 않았다. 그가 휘두르는 검은 무화가 본 중 손에 꼽을 정도로 강하고 예리하고 대담했다. 수련은 녹옥의 움직임을 전혀 예측하지 못했고 녹옥은 수련의 싸움법에 아주 익숙했다.

"이제 결실을 볼 때가 됐지요."

녹옥이 말했다. 수련의 손에서 살아 있는 뱀처럼 움직이는 물살이 녹옥을 덮쳤다. 녹옥은 가볍게 몸을 낮추어 버려진 칼로 물을 갈랐다. 강하게 내리치던 물살이 힘을 잃고 흩어졌다. 녹옥의 칼날은 방패이자 칼인 수막을 찢고 수련의 심장을 찔렀다.

"우리가 한편인 줄 알았는데."

수련이 말했다.

"내가 10년전에 한 말이군."

녹옥은 칼을 뽑았다. 수련의 심장에서 떨어진 피가 뚝뚝 바닥을 적셨다. 마노의 얼굴에서 평정이 빠져나갔다.

"수련! 왜 그래?"

옥인의 피는 땅에 닿지 않는다. 그전에 빛 가루로 흩어지거나 굳어서 보석 조각으로 변했다. 수련의 발밑에 고이는 건 인간처럼 진하고 축축했다.

"너는 마노를 사랑했지. 하지만 보답 받지 못해서 속이 썩어 들어갔겠지. 그게 너를 **변질**시켰어. 어둔이 변했는데 옥은 무사할 줄 알았어?"

수련의 몸은 금간 보석처럼 내부의 빛이 상처 사이로 흘러나왔다. 그리고 순식간에 자갈을 쌓아 올린 탑처럼 와라락 무너졌다. 녹옥은 칼을 털었다. 물방울이 흩어져 무화의 입술에 튀었다. 수련의 피맛은 눈물처럼 찝찔했다.

"녹옥 공주? 청목 세자?"

검성을 듣고 병사들이 달려왔다. 그들을 지휘하는 연제군은 바닥에 부서진 연홍색 얼음 조각과 뒤엉킨 옷자락이 수현 악사의 쪽빛 옷이란 걸 금방 알아보았다.

"수련은 어디 있지? 다쳤나?"

"그는 이제 아무데도 없어요."

녹옥이 말했다. 연제군은 고개 저었다.

"그럴 리가 없어, 그는 전설속의 수현 악사야. 죽어도 죽지 않고 세월을 거슬러 오는 존재가 아닌가!"

녹옥은 혀를 찼다.

"우리 현명한 사촌께선 대체 뭘 알고 뭘 모르시는 걸까."

녹옥은 칼날을 예리하게 가다듬었다.

"당신은 자식을 갖지 않았죠. 왕이 될 기회는 영영 없지만 자식의 사지를 찢어 **균열**의 먹이감으로 던지는 꼴은 면하셨네요. 수련은 당신을 구해 줬죠. 인간의 어리석은 연정에 대한 답례로."

칼날의 방향이 청목 세자를 향하는 걸 보고 연제군은 숨을 죽였다.

"무슨 짓이냐, 녹옥! 너는 정녕 미친 게냐?"

"우리끼리 풀어야 할 숙제가 있으니 노친네는 물러나 계셔요. **균열**에서 살아남은 인간의 수가 많아야지 세상을 지킬 맛도 나지 않겠어요? 그게 비록 앙숙이라도요."

녹옥이 말했다.

"기어코, 이래야만 하나?"

마노가 손을 뻗자 허공에 퍼진 물방울들이 모여 한 자루의 칼로 변했다. 수련처럼 물의 변형이 아닌 실체를 가진 진검이었다. 무화도 그 칼을 알았다. 궁궐에서 탈출할 때 뒤를 맡아주었던 칼이다.

두 힘이 격돌했다.

녹옥은 강했다. 하지만 마노는 정말로 강했다. 무화는 그에게 싸우는 법을 배웠고, 그의 검이 얼마나 냉엄한지 알았기 때문에 칼을 뽑기 전부터 오금이 저렸다.

"너는 이길 수 없어."

마노가 말했다.

"이기려고 붙은 게 아니야."

녹옥이 말했다. 팽팽한 긴장 속에서 녹옥은 목표한 곳에 다다랐다. 부드러운 팔이 녹옥의 허리를 당기고 예리한 칼로 등 뒤에서 심장을 꿰뚫었다. 이 순간을 얼마나 오래 준비했던가. 죽음이 녹옥의 동공을 새카맣게 열었다. 등 뒤에서 뻗어온 무릇의 손이 녹옥의 눈을 가렸다.

"차목은 돌아오지 않아. 그가 없어도 너는 살아야 했는데, 너희는 그날 같이 죽었구나."

녹옥은 울컥 목숨을 토했다.

"인간은 신이 아니어서, 자기가 할 수 있는 한에서 최선을 다할 수밖에 없어. 비록 그게 잘못된 길이라도, 되돌릴 수 없어. 멈출 수 없어. 시작한 이상 끝까지 가야 해. 그게 삶이야. 그걸 못하면……."

녹옥의 숨결이 흩어졌다. 그의 길은 거기서 끝났다. 무릇은 녹옥의 시체를 샘에 던졌다. 순식간에 일어난 일이었다.

"안 돼!"

붉은 피가 샘에 번졌다. 시간이 멈춘 것 같았다.

"안 돼…… 이런……. 녹옥…… 너는……."

마노는 얼굴을 일그러트리며 바닥에 주저앉았다.

"무슨 짓을 해 버린 거냐……."

지금까지 물에 버려 온 모든 상처와 상흔과 고통이 썰물처럼 그를 덮쳤다. 마노의 온몸에 꽃이 피었다. 꽃 위에 다시 꽃이 피고 겹겹이 쌓여서 새빨갛게 물든 피부 아래로 빛이 스며서 뚝뚝 흘러 떨어졌다. 옥인의 피였다.

"마노!"

무화가 그에게 달려갔다. 마노는 손을 흔들어 막았다.

"오지 마, 무화."

그의 목소리가 점점 작아졌다. 무화는 그가 수련처럼 흩어질까 봐 덜덜 떨었다. 무릇이 무화의 팔을 움켜쥐었다.

"이리 와."

무화는 그 손을 뿌리쳤다.

"당신, 무슨 짓을 한 거야!"

"옥인은 안 죽어. 살아 있은 적도 없으니까. 이리 와. 녹옥이 벌인 일을 수습해야지."

무화는 도리질을 쳤다.

"왜 내가? 당신이 녹옥을 죽였어. 마노의 샘을 더럽혔어! 당신이 희망을 빼앗았어!"

무릇은 엄하게 말했다.

"부모란 늘 자식 앞에 서는 존재야. 나쁜 부모는 자기 욕망대로 자식을 조종하지. 녹옥은 너를 사랑한다는 거짓말은 하지 않았어. 너를 뒤틀고 휘두르지 않은 게 네 모친의 선물이다."

"아니야."

무화의 입술이 떨렸다.

"우는 건 나중에 해."

무릇이 다그쳤다.

"가라. 내 아들이 너를 기다려. 희망이란 누군가에게 기대는 게 아니라 스스로 만드는 거다. 얼른 가. 너무 늦기 전에."

그는 얼굴을 쓸어내렸다. 피로로 거뭇해진 얼굴에서 흉터가 희게 두드러졌다. 무화는 궐마당으로 나갔다. 몸체를 장소에 맞게 줄인 화룡이 지붕과 기둥에 우아하게 몸을 걸치고 있었다.

아버지.

화룡은 작은 인간에게 거대한 머리를 수그렸다. 무화를 뒤따라온 무릇은 용에게 정중이 맞절했다.

"가라. 언제나 너를 믿는다."

무릇이 몸을 바로하기도 전에 화룡은 무화를 감싸 쥐고 단숨에 날아올랐다. 화룡이 남긴 빛의 궤적은 어둠 속에 떠오른 길처럼 보였다.

***심연**이다.*

산은 시커먼 연기로 자욱했다. 연기가 아니라 겹겹이 똬리 튼 **심연**이었다. **심연**의 모습은 자세히 보려고 집중하면 할수록 흐릿해지고 시야를 계속 움직여야만 형태를 온전히 잡아낼 수 있었다. 한밤중에 저 혼자 움직이는 산 그림자처럼.

"당신 아버지랑 녹옥 공주랑 무슨 관계야?"

화룡은 대꾸 없이 사방에서 뻗쳐오는 **심연**의 무수한 갈고리 촉수를 피해 순식간에 정상에 내려앉았다. 화룡은 한손에 무화를 조심스레 내려놓고 다른 손에서 야르스를 내려놓았다. 무화는 따뜻한 눈길만으로 그에게 인사했다. 야르스도 같은 방식으로 화답했다.

잡초가 무성한 틈새로 돌부리가 발에 채였다. 무화는 이곳에서 돌을 고르던 것을 기억했다.

"여기 텃밭을 만들려고 했었어."

여기서 **밤**을 만났다. 무화는 홀린 듯이 돌밭을 가로 질렀다. 흐릿했던 기억이 한 발짝씩 선명해지며 색을 입고 냄새와 형태를 갖추었다. 기기묘묘하게 깎인 바위틈에서 샘물이 퐁퐁 솟아나는 게 보였다. 이 물이 흘러서 산 위와 산 아래를 가르고 녹옥의 거처와 서미네를 구분지었다.

"그만, 더는 못 가."

낯익은 발소리가 무화의 앞을 가로 막았다. 머리끝부터 발끝까지 가리는 긴 옷을 입었지만 무화는 그가 누군지 알았다.

"서미."

무화가 한 발 다가가는데 서미의 등 뒤에서 회색 그림자가 일어났다. 거미줄 같은 은사가 바람에 휘감겼다.

"아라킨."

무화는 등허리의 칼집을 쥐었다. 서미가 손가락을 까닥했다.

"너는 여기 오지 말았어야 해."

옷 속의 시선이 무화의 등 너머 화룡을 보았다.

"반하, 당신도요."

화룡은 침묵했다.

"그만하자, 서미야. 너는 인간이잖아."

무화는 아라킨을 곁눈질했다.

"너는? 너는 인간이고 어둔이고 옥이지. 그래서 아무도 너를 함부로 할 수 없어. 이제 나도 그래."

서미는 오른손을 들었다. 뼈만 남은 누런 팔에서 손가락이 달그락댔다.

"항상 네가 되고 싶었어. 겉모양만 닮은 쭉정이가 아니라 진짜 강력한 존재가 되고 싶었지. 드디어 너랑 내가 같아졌네. 세상이 끝나기 직전에."

"정말로 저들 편이 된 거야?"

무화가 말했다. 서미는 새삼 치미는 기억들을 꾸역꾸역 삼켰다.

"세상은 나도 엄마도 받아 주지 않았어. 너나 너네 엄마도 마찬가지야. 여자라고, 약자라고 억압하고 부정하고 수탈했지. 이런 세상을 넌 왜 지키려는 거야?"

무화는 대답할 수가 없었다. 서미가 말했다.

"이런 세상은 옳지 않아. 난 이 역겨운 세상을 끝낼 거야. 나한텐 이제 힘이 생겼으니까."

"그 힘을 준 게 누구지?"

무화는 아라킨을 가리켰다.

"누가 너한테 그 거대한 칼자루를 쥐어 주고 휘두를 방향을 가리켰지? 그자가, 다른 꿍꿍이가 있을 거라는 생각은 안 해?"

서미는 미소 지었다. 뼈만 남은 오른손이 섬뜩하게 흔들렸다.

"칼자루를 쥐어 주다니! 무화, 네가 금수저를 물었으니 다들 그런 줄 알아? 나는 기회를 잡았고 대가를 치렀어. 내가 뭘 하려는 건지 아주 잘 알고 있지. 너야말로 네가 뭘 하고 있는지 알고는 있니?"

무화는 대답을 우물거렸다.

"나는, 나는 되돌아가고 싶어. 우리가 친구인 때로, 마노가 웃고 배가 흔들리는 그때로."

깨진 구슬 조각을 손에서 놓지 못하는 어린애 같은 무화를 보면서 서미는 애잔해졌다.

"하지만 그럴 수 없다는 걸 알지. 무화, 우리가 이 자리에 서지 않았더라도 우리는 변했을 거고 각자 다른 길을 갔을 거야."

서미는 발끝으로 땅을 툭툭 쳤다. 발끝이 돌멩이 위를 그림자처럼 미끄러졌다. 무화는 위화감을 느꼈다.

"이 아래, **심연**이 있지? 여길 집어삼킬 셈이야?"

"그래! 여긴 어둔이 태어난 장소지. 이곳에서 마지막 담금질을 마치면 **심연**은 완전해지고 아무도 막을 수 없어."

"담금질?"

서미는 대답하지 않았다. 무화는 그 얼굴에서 일말의 망설임을 읽었다.

"다른 방법은 없어?"

무화가 말했다.

"그게 가능했다면 왜 지금껏 아무도 아무것도 하지 않았지? 그러니까 이제 내가 할 거야."

서미가 말했다.

"세상이 사라지면 너도 없어지는 거야."

무화가 말했다. 서미는 웃었다.

"인간은 어차피 죽어. 발버둥치지 않고 선택한 것에 최선을 다하다 죽는다면 그보다 좋을 게 어딨어?"

"넌, 제대로 살아 보지도 않았잖아."

무화는 서미를 붙잡고 싶었다.

"우린 아직 아무것도 시작하지 않았고 끝까지 살아 보지도 않았잖아."

서미의 눈길이 화룡에게 잠시 머물렀다.

"아무것도 시작하지 못했지만 결국 시작할 수 없었을 거야. 이런 세상에선."

갑작스런 정적이 그들을 감쌌다. 무화는 안개 속에서 칼처럼 휜 **밤**의 뿔을 보았다. 바위에서 떨어지던 샘물이 칼로 잘라낸 듯 뚝 끊겼다. 무화는 서미의 손목을 움켜잡았다.

"방법을 찾자, 같이. 계속, 그 생각을 했어."

"안 돼!"

갑자기 서미의 모습이 꺼지며 발밑이 진동했다. **심연**이 용트림했다.

무화의 머리 위로 살벌한 바람이 쏟아졌다. 왼팔은 본능적으로 몸을 펼쳐 방패가 되었다. 아라킨이 **어스름**을 갈랐다. 소리 없는 비명이 온 산에 메아리쳤다. 온몸의 절반이 죽어 사라지는 것 같았다. 나뭇잎들이 후두둑 흔들렸다. 멈추지 않는 아라킨의 공격에 적옥 팔찌가 터져 나갔다. 공격을 받아치느라 휘청대는 무화를 누군가 휙 끌어 밀쳤다.

"내게 맡겨."

야르스였다. 아라킨은 미소 지었다.

"한 번쯤, 제대로 칼을 나눠 보고 싶었지. 인간의 왕."

둘의 칼날이 신음 소리를 내며 비꼈다.

무화!

밤이 모래알처럼 흩어지는 무화의 왼팔 위쪽 어깨를 꽉 물었다. 스며 나온 붉은 피가 너덜너덜한 **어스름**을 덮었다. 무화는 과거가 반복되는 걸 느꼈다. 허연 머리의 노인이 무화를 겁탈하고 때리고 칼로 난도질했다. 무화는 팔을 잃었고 **밤**이 노인을 덮쳤다. 그리고 무화의 왼팔을 물어뜯었다. 입안에 흙이 차오르는 기분이었다. 환영에 사로잡히지 않으려고 죽음의 공포를 물리치려고 무화는 해야 할 일만 생각했다. 어차피 인간으로 한 번 죽었다. 모든 죽음은 고통스럽고 비참했다. 거기에 정신을 파느니 할 바를 다하는 데 집중하자.

"**밤**, 서미를 찾아!"

서미가 실체가 아닌 건 발밑에 돌이 미끄러졌을 때 눈치 챘다.

이 아래야.

밤은 무화를 끌어안고 날개를 펼쳤다. 무화는 깜짝 놀랐다. **밤**은 계속 변했다.

"너 날개가 있잖아?"

그래.

웃음의 잔영이 느껴졌다.

"이 아래라면, 산 밑?"

아니, **그늘** *속.*

무화는 귓가를 가르는 날카로운 바람처럼 쌩하게 가슴을 쓰는 불안을 느꼈다.

"**밤** 너는 이제 **그늘**로 못 가잖아?"

어스름이 없어서 무화도 못 갔다. 무화는 간신히 막힌 상처를 보았다. 이걸 뜯어서 피를 흘리면 어둔이 사냥감을 삼키러 올 것이다. 그걸 이용할 수 있을까?

***심연**은 서미를 갖고 완전해질 거야.*

밤이 말했다. 그는 무화가 상처를 뜯기 전에 온몸으로 산에 부딪쳤다. 거대한 충격과 파열음이 무화를 난도질하고 내동댕이쳤다.

잠시 무슨 일이 일어났는지 이해할 수 없었다. 눈앞에 **그늘**이 펼쳐졌고 **밤**은 무화를 보호하기 위해 남은 조각을 펼쳐 감쌌다. 땅에 떨어지는 별 속에 있는 것 같았다. **밤**의 몸이 산화되는 것을 무화는 느꼈다.

"**밤**? **밤**! 그만해! 멈춰!"

밤은 대답이 없었다. 얇은 **밤**의 한 겹 너머가 마침내 고요해졌다. 무화는 스스륵 힘이 빠진 **밤** 속에서 몸을 빼냈다. 발밑이 느껴지지 않지만 설 수 있었다. 추락하는 느낌도 들지 않았다. **밤**이 사라졌다. 심장이 뜯긴 것처럼 감각이 없었다. 슬픔도 없었다.

*내 이름을 불러. 나는 너의 **밤**이야.*

밤의 잔영이 생생하게 귓전에 맴돌았다. 무화는 묵묵히 암흑 속을 나아갔다. 육체의 감각이 부재했다. 팔다리가 어디 있는지도 알 수 없었다.

눈앞에 푸른 등이 빛났다. 밤하늘에 홀로 남은 새벽별인가? 아니, 마노의 목걸이였다. 청옥의 엷은 빛 덕분에 시각이 깨었다. 그 전에 본다고 생각했던 것은 눈이 아니라 생각이 보는 것과 다름없었다. 힘의 흐름이 보였다. 어둠 속에서 빛나는 파란 보석은 굴절된 유리창처럼 보이지 않는 것들을 비춰 주었다. 빛이 겹겹한 어둠을 뚫고 오기 위해선 얼마나 많은 힘이 필요할까. 무화는 목에서 빛나는 목걸이 덕에 마노가 무사하다는 것을 깨닫고 안도와 걱정을 함께 느꼈다. 마노는 이 힘을 내게 보내려고 얼마나 많은 힘을 소진했을까. 그를 다시 볼 수 있을까? 야르스와 반하는? 어쩌면 이 길이 내가 걷는 마지막 길이 될까?

무화는 그런 생각을 하면서 포기하지 않고 계속 걸었다. 걸을 다리도 디딜 곳도 없지만 걸으려고 했다. 육체의 유실을 견디는 동안 다리가 느껴졌다. 숨 쉬는 폐와 흔들리는 팔이 돌아왔다. 어디로 가야 할지 모르지만 찾아야 할 것은 분명했다.

서미는 어디 있지?

푸른 등이 점점 희미해지더니 사라졌다. 아무것도 보이지 않고 들리지 않고 촉감도 냄새도 없는 깊은 정적만이 남았다. 너무나 고요해서 귀가 없어진 것 같았다. 무화는 오감과 육체의 완벽한 단절을 느꼈다. 뭐든 보려고 했지만 볼 것이 없었기 때문에 눈이 없어진 것 같았다. 손가락의 촉감도 닫힌 입속의 혀의 무게도 느껴지지 않았다. **그늘**보다 더 깊은 침묵과 공허였다. 이 느낌은 잠자리에 누운 순간부터 꿈을 꾸기 직전까지의 완벽한 부재와 닮았다.

여기는 어딜까? **그늘**이 연기 자욱한 물속이라면 여기는 더 깊고 농밀하고 맥동의 잔류가 느껴졌다. 바다 속을 헤엄치다가 강한 해류에 휘말린 느낌과 비슷했다. 무화는 그 파도를 타고 해변에 닿았다.

녹옥이 서 있었다. 그의 등 뒤에는 산처럼 거대한 외뿔고래가 드러누웠고 나무와 바위가 부서지고 파해진 무더기가 널려 있었다.

태산은 기울어가는 가문의 부흥을 위해 외뿔 고래를 잡기로 결심했다. 그는 세상에서 가장 크고 단단하고 질긴 그물을 아라킨에게 주문했고 그는 마디마디에 주박을 걸어 사냥을 성공시켰다. 몰래 사냥꾼들 속에 섞여 있던 녹옥이 녹슨 칼로 고래의 눈을 찌르자 외뿔고래는 침묵에 잠겼다. 태산과 사냥꾼들은 뭍으로 끌려나온 거대한 존재의 가죽을 벗기고 살점을 잘라 욕보였다. 일꾼들은 책임자의 지시대로 그 뼈 위에 조선소를 지었고 녹옥은 고래의 뱃속에 빛이 들지 않는 둥지를 만들었다. 아라킨은 거기서 태어난 것을 배에 태워 서쪽의 오래된 묘지로 옮겨 길렀다. 그게 **심연**이었다.

'나는 실수를 했어요. 인간은 늘 실수를 하죠. 하지만 당신들은 실수를 안 해요. 당신은 차목을 죽인 걸 나에게 해명해야만 해요.'

녹옥이 말했다. 무화가 아니라 그 너머에 서 있는 이에게 말하는 거였다. 무화는 뒤를 돌아보고 숨을 멈췄다. 금을 녹여 바른 듯한 듯한 마노가 서 있었다. 그는 너무 눈부셔서 제대로 보기도 어려웠다.

'그 일은 안타깝게 생각한다, 녹옥.'

마노는 정중히 몸을 낮췄다. 신에게 바쳐질 제물에 절하듯 높은 자가 희생양에게 갖추는 단 한 번의 예우였다.

'똑똑히 알아 둬요. 멸망의 씨앗을 심은 건 당신이란 걸.'

'씨앗은 두 개야. 너와 이 아이. 어느 쪽이 희망이고 어느 쪽이 멸망이지?'

마노는 녹옥의 옆에 서 있는 까만 머리 아이에게 손을 내밀었다.

녹옥의 얼굴이 하얗게 질렸다. 아이는 마노의 아름다움에 완전히 홀려서 아무 경계심 없이 손을 내밀었다.

'잡지 마, 무화.'

녹옥이 날카롭게 아이를 붙잡았다. 그러나 찰나에 스쳐간 만상과 함께 손에서 힘이 빠졌다. 아이는 마노의 손을 잡고 쑥스럽게 웃었다. 절망이 공허한 마음을 때렸다. 바닥의 바닥이라고 생각했는데 또 떨어질 곳이 있었다. 녹옥은 무화를 이용하려고 낳았고 복수를 완성하려고 반려를 죽인 원수 손에 기꺼이 넘겼다.

'너는 아이를 낳을 수 있지. 하지만 어떤 아이로 자랄지는 결정할 수 없어.'

아라킨이 말했다. 그는 녹옥에게 외뿔 고래의 눈을 찌를 녹슨 칼을 주었다. 그의 주박이 완성될 마지막 쐐기였다.

'그래도 할 거야?'

'모든 결과는 의도와 어긋나기 마련이죠.'

녹옥이 대답했다.

아라킨은 종종 산그늘에서 혼자 있는 서미를 지켜보고 있었다. 서미도 그 남자를 보았다.

'달라지고 싶다고 했지. 그럼 뭘 해야 할까? 넌 어디까지 할 수 있니?'

서미의 손이 남자의 손과 겹쳐졌다. 서미는 그에게 받은 걸 엄마의 물그릇에 넣었다.

'고맙다.'

엄마는 웃으며 그 물을 마셨다. 무화는 울었다. 서미도 울었다. 홀찍이는 울음소리가 반딧불이처럼 깜박깜박 빛났다. 무화는 그 빛을 따라갔다. 울음소리는 깊은 우물구덩이 속에서 별무리처럼 나풀나풀 피어올랐다. 우물 바닥에 서미가 웅크리고 있었다.

"나는 어디까지 와 버린 걸까. 내가 원한 건 그저 맛있는 걸 먹고 따뜻하고 예쁜 옷을 입고 사랑하는 남자와 행복하게 사는 거였어. 그게 그렇게 큰 대가를 치러야 하는 거였어?"

서미는 무화를 보지 않았다. 누렇게 바랜 뼈만 남은 오른손이 제 몸을 안았다. 한 점 온기도 없는 달그락달그락 소리가 구덩이 속에서 공허하게 울렸다.

"다른 사람이 되려고 했어. 변하려고 했어. 그래도 변하지 않은 부분들이 나였어."

무화는 서미에게 손을 뻗었다.

"서미야."

서미는 그 손을 잡지 않았다.

"미안해, 무화. 나를 용서하지 마."

이 말을 하는데, 왜 이토록 끔찍한 상처를 남기며 먼 길을 돌아야 했던 걸까.

"그럴 거야."

무화가 대답했다. 서미는 피눈물로 범벅이 된 얼굴을 들었다.

"그래도 우린 친구야."

무화가 손을 내밀었다. 그들은 한 쪽씩만 남은 서로의 손을 마주 잡았다. 무화는 잡은 손에 힘을 주었다. 하지만 한 팔만으로는 서미를 끌어 올릴 수가 없었다.

"나를 봐."

우물 바닥에서 깊은 어둠이 꿈틀댔다. 서미의 얼굴이 공포에 질렸다.

"놔, 무화. 너까지 끌려가."

두큰.

규칙적인 진동이 사방을 울렸다. 무화는 그 소리가 낯익었다.

두큰. 두큰. 두큰.

우물이라고 생각한 건 거대한 심장으로 통하는 혈류 구멍이었다. 무화가 서미를 끌어내려 하자 심근이 움직여 서미를 더 깊이 당겼다.

"안 돼."

무화는 몸을 내밀어 서미를 끌어안았다. 어둔은 어둔의 방식대로 이어져 있었고 인간은 인간의 방식으로 이어져 있었다. 무화는 서미를 포기하지 않았다.

"놔! 무화!"

서미는 발버둥쳤다. 무화는 검게 벌어져 그들을 삼키려는 거대한 **심연**을 보면서 **밤**을 생각했다. 죽으면 너를 다시 만날 수 있을까? 아니면 이제 정말 아무 것도 없게 되는 걸까?

"안 돼!"

서미가 소리쳤다. 둘은 **심연**의 깊은 허무 속으로 추락했다.

제16장
꽃으로 피다

거대한 산이 용트림했다. 대지가 뒤흔들리며 야르스를 집어던졌다. 나무가 뿌리째 뽑히고 바위가 날아다녔다. 아라킨이 손을 들어 거미줄처럼 가늘고 촘촘한 어둔의 그물을 사방에 일으켰다. 거기 닿은 식물과 동물은 순식간에 재로 변했다. 화룡은 긴 몸을 펼쳐 야르스 주변을 불태워 그를 지켰다.

심연이 육체를 입고 나오면 이름 없는 산은 완전히 무너질 거야. 그럼 어둔을 몰아넣을 곳이 없어.

어둔이 아닌 존재가 그늘에 갈 방법은 없었다. 그늘과 지상의 유일한 접점인 이름 없는 산이 무너지면 그들 힘으로 지상에 풀려난 어둔을 제어할 방법이 없었다.

"우리가 할 수 있는 건?"

일단 저자를 해치우고.

화룡은 야르스에게 자기 비늘 한 조각을 물렸다. 그리고 그의 칼을 꺼지지 않는 불로 달궜다. 손이 타 버릴 만큼 뜨거웠지만 용의 가호를 입은 야르스는 해를 입지 않았다. 야르스는 아무리 베어도 제대로 베이지 않던 아라킨의 몸에 제대로 칼을 박아 넣었다. 용의 불길이 아라킨의 몸을 태웠다.

"내 일은 끝났다. 인간 중의 인간."

잿더미가 되어 와해되는 순간 아라킨은 지극히 만족스러워 보였다. 야르스는 그게 불안했다.

"우리가 이길 수 있을까?"

야르스가 화룡에게 말했다.

이기지 못하면 모두 죽어.

화룡은 야르스를 감싸 쥐고 날아올라 지반이 안전한 곳에 내렸다. 하지만 산이 무너진다면 어디도 안전하지 않았다.

"인간은 어차피 죽어. 지금이냐 나중이냐의 차이야."

야르스가 말했다.

다들 너처럼 생각하진 않아.

난 네가 네 몫을 다 살기를 바라. 용은 그 말은 속으로 삼켰다.

야르스는 휘몰아치는 열기 속에서 메아리를 들은 것 같았다. 화룡은 이름 없는 산에 불의 똬리를 쌓았다. 한 겹 똬리가 늘 때마다 용은 점점 거대해져서 마침내 시야에서 완전히 사라졌다. 야르스는 경이로움과 가슴에 차오르는 쓸쓸함을 함께 느꼈다. 입술에 남은 용 비늘이 차갑게 식은 마지막 입맞춤처럼 미온하게 스러졌다. 화룡은 아마 다시는 반하로 돌아오지 않으리라.

야르스는 그림자가 숨죽인 대지를 걸어 흩어진 전사들의 무리를 모았다. 풍룡이 그들을 배와 목대궐로 실어 날랐다.

살아남아요.

풍룡의 지시는 한 가지였다.

야르스는 밝게 달아오르는 동남쪽 하늘을 바라보았다. 해가 뜰 시간은 아니었다. 거기서 타오르는 건 화룡이었다. 어느 순간 그 빛마저 완전히 스러져 세상이 암흑으로 뒤덮였다. 사람들은 떨리는 몸을 망토와 담요 아래로 밀어 넣었다.

서미는 뜨거운 불덩이 속에서 깨었다. 너무 뜨겁고 아프지만 마음은 구름처럼 가벼웠다. 저 멀리 흐릿하게 꿈속인 것처럼 반하가 보였다. 서미는 그를 다시 보는 것이 부끄러워서 견딜 수가 없었다. 하지만 그를 못 보는 건 더 나빴다.

서미…….

그가 서미를 불렀다. 바라던 건 그것뿐이었다. 그의 이름을 부르고, 그가 이름을 불러 주는 것. 아무런 거짓도 거리낌도 없이 그와 나란히 걸으며 신분과 차이로 위축되거나 속이고 있다는 죄책감 없이 그저 한 인간과 다른 인간으로 나란히 걸으며 웃고 싶었다. 사랑하고 싶었다.

그걸 위해서 무슨 짓을 했지? 어떤 대가를 치렀지? 그런데 결국 원하는 건 손에 넣지 못했다.

서미는 스스로를 책망했다. 저기서 부르는 소리에 대답할 자격이 없었다. 내밀어진 손을 잡을 자격도.

'져 버릴 거라고 피지 않는 꽃은 없어. 죽을 거라고 삶을 멈추려는 생명은 없지. 맺어지지 못할 거라고 사랑이 멈춰지진 않아.'

개울 너머의 녹옥은 무심했지만 그래서 더 기억에 남았다. 둘은 시냇가에 놓인 바위에서 가끔 마주쳤다. 녹옥은 냇물을 건너오지 않고 서미도 건너가지 않았지만 둘을 가른 시내는 어린애 한 발짝도 안 됐다.

'이상하지? 나무는 아무리 절망과 고통으로 뒤틀려도 가지는 하늘을 향해 자라고 덧없이 지더라도 꽃은 세상을 향해 핀단 말이지.'

녹옥은 피어난 봄꽃 나무를 보고 있었다. 분홍색 꽃가지 사이에서 하늘은 무섭도록 파랬다.

'나는, 공주님 딸이 될 수 없나요?'

서미는 녹옥을 사랑했다. 녹옥처럼 되고 싶었다.

'왜 나는 엄마 딸이죠? 이런 산 구석에서 밭을 일구고 삯바느질을 하고 아무 남자 품에 안겨서 애를 낳고, 그렇게 살게 되는 건가요, 엄마처럼?'

녹옥이 쥐고 있던 꽃가지를 꺾어 서미에게 내밀었다.

'이 가지가 홀로 자라면 그건 이전의 나무일까, 새로운 다른 나무일까?'

서미는 눈을 떴다. 검은 뱀들이 꿈틀대며 온몸에 감겨 있었다. 뱀이 아니라 혈관이었다. 서미가 **심연**의 심장이었다.

심연은 요동쳐 어둠을 뿌리고 하늘을 가리고 세상을 잠식했다. 그 너머의 고통도 비명도 바람소리와 냄새와 촉감 모두 완벽하게 단절되어 서미는 그저 생각하는 장기에 불과했다. 어떤 공격도 서미에게

까지는 닿지 못했다. 심장은 계속 **심연** 내부에서 꿈틀대며 돌아다녔고 치명적인 공격을 교묘하게 회피했다. 온몸을 휘감은 뱀들은 서미를 당기고 밀쳐서 저희 마음대로 다루었다. 살점마다 틈 없이 뱀들에게 물려 있어서 그것들에 대항해 움직이는 건 치명적인 만큼 고통스러웠다. 서미는 **심연**의 외피에 느껴지는 열기 쪽으로 움직였다가 까무러칠 뻔했다. 거기에 화룡이 있었다.

반하…….

심연은 반하를 죽일 것이었다. 갓 태어난 용 따위가 수천 수만 년을 갈고 닦아 실체화한 어둔에 대항하는 것은 무리였다.

그를 지키고 싶었다. 목숨을 걸고.

서미의 가슴에는 그를 구하려고 그은 상처가 남아 있었다. 거기는 어둔의 뱀이 없었다. 그 상처가 서미를 지키고 **심연**과 완전히 동화되는 걸 막았다.

하지만 부족해. 이건 그냥 상처일 뿐이고 무기가 될 수 없었다.

서미는 **심연**의 몸속을 떠밀려 다니다가 검은 쭉정이 같은 것을 발견했다. 어둔과 닮았지만 온기가 있었다. 서미는 추웠기 때문에 그 가죽을 걸쳤다. 가죽을 덮은 곳에 뱀들이 말라죽어 떨어졌다. 서미는 그것에 대해 생각해 볼 틈도 없이 맥동을 따라 또 한 번 떠밀려갔다. 떠다니는 뱀들 틈으로 낯익은 얼굴이 보였다.

"무화?"

서미는 뱀들이 떨어져 나간 팔을 뻗어 무화를 잡았다. 죽은 걸까? 왼팔은 없지만 치명적으로 다친 곳은 없어 보였다. 무화는 인간이고 어둔이고 옥이니까 **심연** 안에서 죽지 않고 버텨냈을지도 모른다. 서미처럼.

"무화, 죽었어? 무화."

서미는 계속 무화를 불렀다. 마침내 빰이 씰룩대며 무화가 눈을 떴다.

"서미? 계속 너를 찾았어. 못 찾을 줄 알았어."

"내가 너를 찾았지!"

무화는 목소리와 체온과 촉감이 살아 있는 존재와의 소통이 이토록 감격적일 줄은 몰랐다.

"여기가 어디지? 우린 빠져 나가야 해."

무화가 말했다.

"여긴 **심연** 안이야. 너를 빼낼 수 있을지 방법을 찾아보자."

"너는?"

무화는 서미를 휘감은 뱀들을 보았다. 빛을 잃은 청옥 목걸이가 아직 목에 걸려 있었다. 무화는 그걸 쪼개 날카로운 돌멩이 두개로 만들어 뱀들을 잘라냈다. **심연**이 요동쳤다. 그 틈으로 화룡이 발톱으로 할퀴고 물어뜯은 상처에 불을 뿜었다. 열기가 내부까지 닿았다. **심연**은 화룡의 목을 깨물었다. 화룡의 뜨거운 피가 **심연**의 껍질을 태웠다.

"**심연**이 반하를 죽일 거야."

서미는 무화의 손에서 옥 조각을 뺏었다. **심연**은 서미를 차지했지만 서미도 **심연**의 약점을 잡았다. 바로 자신이었다.

"하지 마!"

무화는 서미가 뭘 하려는지 알았다.

"나는 어차피 죽어. 그런데 혼자만 죽으려고. 마노는 내가 별을 낳을 거라고 그랬지. 아라킨은 내가 새 세상을 볼 거라고 했어. 하지만 여기가 끝인가 봐."

무화는 서미의 손을 잡았다.

"같이 해."

서미는 고개 저었다.

"안 돼."

"혼자 가게 두지 않아. 네가 사라지고 내가 남으면 **심연**이 나를 새 식량으로 삼을 거야."

그 말이 옳았다. 둘은 옥 반쪽을 나눴다. 무화는 서미의 어깨에 걸쳐진 가죽을 쓰다듬었다.

"나의 **밤**."

마지막 남은 **밤**의 조각이 부드럽게 둘을 덮었다. 뜨겁고 붉은 꽃들이 **심연** 안에 흐드러지게 피었다. 의식이 고통 속에 침잠하는 동안 무화는 땅에 쓰러진 거대한 나무를 보았다. 처음 **그늘**을 건널 때 뒤엉킨 뱀처럼 어슴프레 보였던 그것은 수만 갈래로 갈라진 새로운 땅을 흐르는 강이었고 그들이 걸을 수 있는 모든 길이었다. 세상이 무너질 듯한 괴성이 울렸지만 둘에겐 더이상 아무것도 들리지 않았다.

바람소리가 귓가에 웅웅거렸다. 바람이 아니라 용의 진언이었다.

카르파와 인사했어?

화룡이 묻자 오색 광택을 발하는 투명한 날개와 녹색 비늘이 돋은 풍룡이 답했다.

그와 나의 인연은 끝났어. 미래가 보이지 않거든. 나는 이제 황금새가 아니야.

용들의 대화는 소리라고 하기엔 너무 낮고 진동이라고 하기엔 긁힘처럼 높낮이가 있었다.

용에게는 모든 시공간이 **현재***지.*

반하였던 화룡이 말했다.

우리가 인간인 시간은 곧 완전히 끝나. 인간이었던 기억조차 희미해져 기억의 지층 속에 화석이 될 지도 모르지. 우리는 시간을 삼키고 별의 바다를 유영할 테니까. 인간으로서 미련 없이 살았어?

클로버였던 풍룡이 말했다. 화룡은 잠시 망설였다.

응.

굽이치는 황금색 갈기를 가진 야수의 검은 눈이 떠올랐다. 향기 그윽한 피지 않는 꽃도 스쳤다. 그가 인간으로서 만났던 모든 얼굴이 스쳐가고 마지막으로 서미가 떠올랐다. 처음 만났을 때 금방이라도 울음이 터질 것 같은 입술을 단호히 다물고 붉은 색으로 치장한 채 미소 짓는 단정한 얼굴이 눈길을 끌었다. 가늘게 연마한 금사를 수십 겹 꼬아 칼로도 끊을 수 없이 질기고 반짝이게 만든 목걸이처럼 섬세하고 강했다. 서미가 흐트러지거나 마음을 놓는 걸 본 적이 없었다. 반하는 타고난 보석이 아니어도 스스로를 담금질해 빛나게 하는 그를 눈여겨보았다. 서미는 반하의 친절한 말 한마디에도 얼굴을 붉혔다. 반공주를 손에 넣는 건 손가락을 까닥하기보다 쉬워 보였다. 하지만 서미는 자기의 모든 것을 걸어 반하를 유혹할 때조차 감정이 아니라 목적에 집중했다. 감탄이 절로 나왔다.

씨앗 보석을 훔쳐갔다는 걸 깨달았을 때, 그저 여자들 중 아무나에 불과했던 서미는 완전히 달라지고 특별해졌다. 반하는 더 이상 그의 존재에 무감할 수 없었다. 서미가 가짜 반공주였다는 걸 알았어도 배신감보다는 이해와 동질에 가까운 감정을 느꼈다. 그때 너는 마음의 미로에서 헤매고 있었지. 지금은 어둔의 미로를 헤매고 있겠구나. 화룡은 사막에 지어진 웅장한 왕의 무덤들 속을 걷고 있을 서미를 떠올렸다. 오그라든 육신에 잠긴 죽음의 거대한 침묵 속에서 혼자 깜박이고 있을 생명이 너무 덧없고 아름다웠다.

우리는 서로 때가 맞지 않았어.

용은 그를 잊을 것이었다. 서미는 기억의 모래사장에 구르는 유난히 빛났던 모래 한 알이 되었다가 완전히 잊힐 것이다. 지상이 보였다. 어둔의 아우성 속에 피와 먼지를 뒤집어쓴 황금 갈기가 용맹하게 싸우고 있었다. 화룡은 지느러미 끝으로 그를 스쳤다. 주변을 기어오르던 검은 촉수들이 일시에 사그라졌다. 야르스가 안도하는 게 보였다. 용은 흩날리는 꽃잎 같은 그의 한숨에서 색과 촉감을 느낄 수 있었다. 어둔과 인간의 전쟁터는 용에게는 전혀 다르게 보였다. 피고 지는 꽃밭 같다. 생명은 검은 흙 먼지를 밀치고 피어올라 벌레들과 싸우며 자란 싹이 간신히 꽃을 피우고 스러져 씨앗을 맺거나 아름다운 그대로 떨어져 버렸다. 용은 그 꽃향기에 입맛을 다셨다. 살아 있는 꽃들은 한순간 한순간이 너무 반짝이고 바닥에 떨어져 짓이겨진 이파리마저 향기로웠다. 용은 연하고 아릿한 꽃잎을 살짝 들어올렸다. 시체에서 머리가 떨어져 바닥을 굴렀다. 용은 잠시 머리와 떨어진 몸을 보다가 날개를 접었다. 작은 세상이 순식간에 넓어지며 발밑이 빙글 돌았다.

하늘에서 검은 비늘이 쏟아졌다. 비늘이 아니라 검은 꽃잎이었다. **심연**의 아가리에서 벗어난 화룡이 비틀대며 추락했다. **심연**도 함께 쓰러졌다. 불길이 사방에 튀어 궁과 지붕을 태웠다.

“암흑에 잡아먹힐 줄 알았더니 불에 타 죽는구만.”

연제군이 투덜댔다. 목단왕은 연못 근처 누각으로 피해 불타는 수도를 내려다보며 나라의 쇠망을 한탄했다. 야르스는 물을 길어 불을 끄게 지휘했다. 바람이 불어 와 불씨인 화룡을 강과 바다 쪽으로 날렸지만 한계가 있었다. 화룡과 하늘에서 뒤엉켰던 **심연**은 천둥처럼 우릉우릉 소리를 내며 천천히 무너졌다.

“피해! 무너진다!”

사람들은 갈팡질팡 했지만 하늘이 무너지는데 피할 곳은 아무데도 없었다. 검은 덩어리가 사방에서 쏟아져 내렸다. 운교의 검은 피비와 같았다.

야르스는 마지막까지 마구간에 붙은 불을 끄다가 체념하고 비를 향해 손을 뻗었다. 빗방울은 그의 손에 닿자 검은 꽃잎으로 변했다. 그리고 눈송이처럼 녹아 사라졌다. 지붕에 붙은 불도 검은 꽃잎에 젖어 꺼졌다. 매캐한 연기가 하늘을 메우자 바람이 다시 한 번 세상을 쓸었다.

“어떻게 된 거지?”

야르스가 중얼거렸다.

“**균열**이 멈춘 겁니다.”

대답한 것은 무릇이었다. 야르스는 반하의 아비를 알아보았다. 훤칠한 아들과 닮았다.

"그럼 이제 모두 무사한 겁니까?"

"누가 그 대답을 알까요?"

그는 야르스에게 물이 찰랑이는 작은 단지를 건넸다. 안에는 눈이 멀 것처럼 새파란 보석이 잠겨 있었다.

"이게 뭡니까?"

야르스가 물었다.

"위대한 마노엔입니다. 옥인의 본 모습이죠. 당신이라면 있어야 할 곳에 옮겨 주실 수 있을 거라고 생각했습니다. 당신 외엔 다른 누구도 떠오르지 않더군요. 내 아들은 당신을 인간 중의 인간이라고 불렀죠."

야르스는 물 단지를 받았다. 녹룡이 클로버의 모습으로 그의 옆에 내렸다.

"화룡은?"

야르스가 물었다. 클로버는 고개 저었다.

"그 애가 돌아온대도 다시 볼 일은 없다는 걸 알고 있었습니다."

무릇은 아들을 잃은 슬픔을 억누르며 덤덤하게 말했다.

"그는 용이에요. 모든 시공간에 존재하죠. 이곳에 없다고 해도 영원히 사라진 건 아니에요."

클로버가 그를 위로했다. 야르스는 클로버에게 무화의 소식은 묻지 않았다. 무화와 화룡 둘 다 **심연** 속으로 사라지는 걸 직접 보았다. 세상을 집어삼키던 **심연**은 검은 눈꽃이 되어 흩날렸다. 그가 할 수 있는 건 기다리는 게 전부였다. 눈이 그치면 그는 자기에게 주어진 일을 완수하기 위해 최선을 다하고, 또다시 잃어버린 연인을 찾는 긴 여정에 오를 것이다. 그는 그 모든 것들이 숨 쉬는 것처럼 당연하게 느껴졌다.

검은 눈은 7년 동안 내렸다.

지상에서 녹아내린 **심연**의 꽃눈은 **그늘**로 스며 차곡차곡 긴 다리가 되었다. 빛이고 어둠이고 인간이었던 작은 발들이 다리를 걸었다. 아주 오래 끝도 없이 허무를 건던 발들이 스러지자 발 디딘 모든 자리에서 초록이 돋았다. 그 안에서 움튼 풀씨가 허공에 휘날려 별이 되었다. 다른 풀씨에선 껍질과 털과 비늘을 입은 것들로 돋아나 땅을 굴렀다. 눈 속에 섞여 있던 화룡의 비늘 하나가 못 박혀 해가 되고 다른 하나가 달이 되었다. 소녀들의 뼈는 대지 위에서 하얀 나무로 변했다. 피는 강이 되고 살은 대지가 되고 굳어진 내장은 산과 계곡과 동굴로 변했다.

두 개의 죽은 심장이 서로를 향해 공명했다.

두근.

별의 심장이 첫 번째 고동을 울렸다.

하얗게 마른 뼈다귀 위로 하나씩 새순이 돋고 푸른 잎이 움터 백골은 순식간에 온통 초록색 이파리로 뒤덮인 아름드리나무로 변했다. 그 잎 사이로 꽃이 피고 지고 향기가 숨결처럼 퍼져나가고 웃음소리와 울음소리가 들렸다. 그때야 비로소 땅을 구르던 것들도 울고 웃었다.

들판 가득 파란 보리가 자라 세상을 황금빛으로 물들였다. 울타리 옆엔 새빨간 꿀풀이 피었다. 시냇물 너머로 버찌가 잔뜩 달린 가지를 든 소녀들이 뛰어다녔다. 철없는 웃음소리가 들렸다. 나뭇잎들이 파드드 흔들렸다. 반짝반짝 무수하게 흔드는 손들 같았다. 그 틈새로 밤이 검게 번졌다.

〈끝〉

아이는 태어나고 배밀이를 하고 기고 걷고 뛴다. 배밀이를 시작하지도 않은 아기가 뛸 수는 없듯이 작가에게도 꼭 쓰고 넘어가야만 하는 작품이 있는 것 같다. 징검돌을 놓지 않으면 강을 건널 수 없는 것처럼 작품성이나 재미나 유행이나 독자의 호응 같은 거센 시류의 물살 앞에서 망설여지더라도 다음으로 가기 위해 반드시 놓아야 하는 징검돌. 『나무 대륙기』는 그런 작품이었다.

이 글은 정말 오래도록 품어 왔지만 긴 이야기의 사건과 인물과 상징을 적절히 소화할 필력이 부족했다. 장편을 쓸 시간도 장소도 버틸 돈도 없었다. 그래도 언젠가는 쓸 수 있을 거라고 언젠가는 시간과 환경이 갖춰질 거라고 계속 생각했다. 막연하게.

출산을 하고 나서, 그런 때는 절대로 오지 않을 거란 걸 알았다.

지금 해내지 않으면 절대로 하지 못할 거란 걸, 수유를 하고 허리가 끊어지도록 애를 업고 안고 두르고, 허리와 골반에 감각이 없어지도록 심한 통증 때문에 의자에 앉을 수가 없어서 서서 쓰다가 너무 오래 서있어서 하지 정맥수술을 하고도 그냥 썼다. 쓰지 않으면 죽을 거 같아서.

앞서 온우주에서 출간한 첫 개인집인 『노래하는 숲』에서 밝혔듯이 나는 내가 여자인 걸 잊을 수도 떨쳐낼 수도 없었다. 그래서 계속 해 보기로 했다. 남자가 아닌 '여자' 와 인간이 아닌 '다른 존재'

들의 이야기들을. 남성만 인간인 사회에 제2인류로 살아온 흔적을 다 버려낼 수는 없겠지만 더 많이 알고 말하고 자유로워지고 여자로서 때론 다른 존재로서 삶을 온전하게 살도록.

황금가지에 원고를 보여 드릴 때는 정말로 엉성한 상태였고 육아는 바닥을 치고 인생은 떨어져도 또 떨어질 곳이 있다는 걸 절감하는 시기였다. 나도 확신할 수 없는 첫 장편을 그저 믿고 오랜 시간 완성을 기다려 주신 김준혁 편집 주간님, 육아와 업무와 생활의 삼중고 중에도 작품을 함께 이고 지고 가 주신 최고운 과장님께 진심으로 감사를 전한다.

글쓰기 앞에서 주저하지 않도록 이름을 불러주신 박상준 선생님, 동아줄이 되어주신 황금가지 여러분, 이규승 온우주 사장님, 섬세하고 예리한 생각을 나눌 친구가 되어 주신 김보영, 박애진, 최지혜, 정도경, 김인정, 이수현, 김상현, 김유정, 임주연 작가님, 가장 길고 어두운 길을 함께 걸어주신 정은지, 박성환 작가님, 언제나 한결같은 희정 언니, 지원, 미은, 현정, 선혜, 혜진, 미선, 정미, 현진, 현정, 수영, 동석, 해민, 정애, 부모님, 내 늙은 봄비와 세상에서 가장 소중한 민영에게 깊은 감사와 한결같은 애정을 바친다.

나무 대륙기 2

1판 1쇄 찍음 2016년 2월 12일
1판 1쇄 펴냄 2016년 2월 19일

지은이 | 은림
발행인 | 김세희
편집인 | 김준혁
책임편집 | 최고운
펴낸곳 | 황금가지

출판등록 | 2009. 10. 8 (제2009-000273호)
주소 | 06027 서울 강남구 도산대로 1길 62 강남출판문화센터 5층
전화 | **영업부** 515-2000 **편집부** 3446-8774 **팩시밀리** 515-2007
홈페이지 | www.goldenbough.co.kr

ISBN 979-11-5888-078-1 04810
ISBN 979-11-5888-079-8(세트)

㈜민음인은 민음사 출판 그룹의 자회사입니다.
황금가지는 ㈜민음인의 픽션 전문 출간 브랜드입니다.

블랙 로맨스 클럽을 열며

로맨스 소설에도 흐름이 있다. 한참 인기를 지속하던 칙릿 이후 10대에서 출발해서 무서운 속도로 영역을 넓혔던 인터넷 소설 시장에 이어, 과히 광풍이라고 부를 수 있을 정도로 전 세계를 평정한 뱀파이어 소설이 최근의 주류를 이루고 있다. 하지만 한 작품이 인기를 끌고 나면 그 뒤로는 아류작이 쏟아져 나오는 시장의 특성상, 너무나 천편일률적인 작품들이 유행에 따라서 서점을 채우고 있다.

블랙 로맨스 클럽은 바로 이 획일화 되어 있는 로맨스 소설 시장에 대한 고민에서 출발했다. 사실 로맨스 소설은 다 비슷한 게 당연한 것 아니냐고? 천만의 말씀. 그냥저냥 잘생긴 남자랑 예쁜 여자가 만나서 악역 조연들에게 시달리며 오해를 겹겹이 쌓아가다가 어느 순간 너를 너무 사랑하니까 하고는 결혼에 골인하면 되는 거 아니냐고? 부디 블랙 로맨스 클럽을 통해 그 편견을 버려 주시길 바란다.

블랙 로맨스 클럽 편집부는 로맨스라면 흔히 떠올리는 소재나 플롯 등에서 벗어나 다양한 소재를 다룬 신선한 소설, 탄탄한 이야기 구조를 기반으로 재미와 감동을 전해 주는 소설만을 엄선하고자 한다. 시리즈의 작품들은 하나 같이 기존의 로맨스 소설의 공식을 깨는 개성 넘치는 작품들로, 시대를 초월한 재미를 추구하는 작품만을 선정했다. 추리, 호러, 스릴러, SF, 판타지, 역사, 좀비 등 소설에서 기대할 수 있는 모든 이야기에 로맨스라는 양념이 덧붙여진 종합 선물 세트와 같은 다양한 소설들로 독자들에게 색다른 재미를 드리고자 한다. 블랙 로맨스 클럽의 '블랙'은 하얀색, 분홍색, 빨강색 등의 색조로 흔히 표현되는 로맨스 소설을 뒤집어 개성 넘치는 로맨스 소설을 담고자 하는 출판사의 마음을 담고 있다.